일러두기
하나, 옮긴이 주의 경우 괄호 안에 '옮긴이' 표기를 별도로 하였습니다.
둘, 원문에서 이탤릭체로 표시된 부분은 고딕체로 구분하여 표기하였습니다.
셋, 원문에서 외국어로 표시된 부분은 이탤릭체로 구분하여 표기하였습니다.

THE NIGHT MANAGER

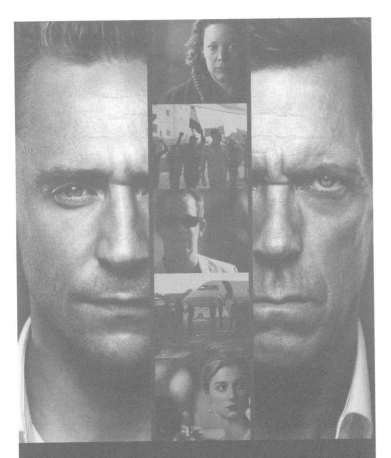

JOHN LE CARRÉ   THE NIGHT MANAGER

나이트 매니저 2

존 르 카레 장편소설 | 유소영 옮김

알에이치코리아

차 례

2권

17
세상의 진리

섬은 '크리스털' 쪽과 '읍내' 쪽으로 나뉘어 있었다. 서로 겨우 800미터 정도 떨어져 있지만, 대단한 높이는 아니라 해도 주변의 어느 섬보다 더 높은 언덕 미스 메이블 산이 그 사이에 당당하게 자리하고 있어서 양쪽은 마치 서로 다른 섬 같았다. 안개가 앞치마처럼 산 중턱을 감싸고 있었고, 발치에는 부서진 노예 판잣집이 흩어져 있었으며, 햇살이 부서진 지붕을 뚫고 들어오듯 숲 속으로 새어 들어오고 있었다.

크리스털 쪽은 영국의 시골 풍경을 연상시키는 초원이었다. 멀리서 보면 참나무 숲처럼 옹기종기 모여 있는 야자나무, 영국식 목장 울타리, 영국처럼 완만한 능선 사이로 바다가 내다보였는데, 로퍼의 트랙터가 기술적으로 구현해놓은 풍경이었다.

그러나 읍내 쪽은 불 켜진 스코틀랜드처럼 음침하고 바람이 강했다. 말라빠진 염소가 풀을 뜯어 먹는 산기슭, 주석으로 된 가게, 바람에 휩쓸려온 붉은 흙이 쌓여 있는 주석 가건물 크리켓 경기장, 카네이션 베이의 바닷물은 편동풍을 맞아 출렁이고 있었다.

카네이션 베이 주변에는 각각 정원과 해변으로 이어지는 계단이 딸린 파스텔색 오두막이 초승달 모양으로 배치되어 있었다. 로퍼의 백인 직원들이 머무는 곳이었다. 이 오두막들 중에 우디의 집은 세련된 무늬가 새겨진 발코니가 있고 만 중간에 있는 미스 메이블 섬을 조망할 수 있는 위치라 단연 돋보이는 집이었다.

미스 메이블이 누구였기에 벌꿀 양봉업, 면화 산업, 그리고 이제는 아무도 제조법을 알지 못하는 레이스 산업의 터전이었던 외람된 무인도에 자기 이름을 남겼는지는 알 수 없었다. "노예 시대에 훌륭한 귀부인이었어요." 면밀한 관찰자가 물어보니 원주민이 수줍게 대답했다. "그 기억은 편안히 잠들도록 묻어줘야죠."

그러나 우디가 누구인지는 다들 알고 있었다. 우드맨이라는 영국인이었는데, 로퍼가 섬을 샀을 때 처음 당도한 코코란 소령의 전임자로서 매력적이고 친절한 남자였다. 어느 날 두목은 그를 집 안에 감금하라고 지시했고, 경비들은 이런저런 질문을 퍼부어댔고, 나소에서 온 회계사들이 빼돌린 돈을 감사하기 위해 장부를 뒤졌다. 섬 전체가 우디의 사업에 어떤 방식으로든 동업하고 있었기 때문에, 이미 섬 전체는 숨을 죽이고 있었다. 일주일 뒤에 마침내 경비 두 사람이 우디를 차에 태워 미스 메이블 산 활주로로 데리고 갔고, 우디는 잘 걸을 수가 없어서 그들에게 부축당하는 신세였다. 정확하게 말하면 그를 낳은 어머니조차 영국인 아들을 길에서 만났다면 못 알아봤을 꼴이었다. 변함없이 마음이 넓은 고용주이자 땅 주인, 덕성 높은 기독교도, 읍내 크리켓 팀과 소년 클럽, 밴드 후원자 겸 종신 회장인 두목을 등쳐먹으려는 자는 누구든지 개처럼 두들겨 맞을 수 있다는 사실을 섬사람들에게 상기시키는 경고 차원에서, 세련된 발코니와 훌륭한 전망을 지닌 우디의 집은 그 뒤로 줄곧 비어 있었다.

구원자, 도주 중인 살인범, 요양 중인 식객, 소피의 복수자이자 버의 첩자 노릇은 침착하게 수행하기가 쉽지 않은 역할이었지만, 한없는 적응력을 지닌 조녀선은 겉보기에 쉽게 적응하는 듯했다.

당신은 누군가를 찾아다니는 듯한 인상을 풍겨요, 소피가 말했다. 하지만 난 사라진 게 당신 자신이라고 생각해요.

매일 아침 일찍 조깅과 수영을 마치고 나면, 그는 10시에 티셔츠와 스니커즈, 긴 바지 차림으로 크리스털에 얼굴을 보이러 갔다. 읍내에서 크리스털로 가는 길은 걸어서 10분이 채 걸리지 않았지만, 출발하는 것은 매번 조녀선이었고 도착하는 것은 매번 토머스였다. 길은 미스 메이블 산의 산자락 낮은 곳에 뚫려 있는 오솔길이었는데, 로퍼가 숲 속에 만들어놓은 대여섯 군데의 길들 중 하나였다. 그러나 일 년 중 대부분은 머리 위로 나뭇잎이 우거져 있어서 길이라기보다는 굴 같았다. 소나기만 한 번 쏟아져도 나뭇잎은 며칠 동안 물방울을 뚝뚝 떨어뜨렸다.

때로 직감이 제대로 맞아떨어지면, 아랍 종 말 사라에 올라타서 대니얼, 폴란드인 마구간 관리인 클로드, 손님 몇 명과 함께 아침 산책에서 돌아오는 제드를 만날 때도 있었다. 처음에는 숲 속 높은 곳에서 말발굽 소리와 함께 목소리만 들려왔다. 숨을 죽이고 귀를 기울이면 일행은 지그재그로 된 길을 따라 내려와서 굴 입구에 나타났고, 거기서 말은 집을 향해 경쾌하게 걸음을 옮기기 시작했다. 제드가 앞장섰고 클로드가 맨 끝에 섰으며, 빛을 받아 붉은빛과 금빛으로 빛나는 제드의 머리카락은 사라의 금빛 갈기와 너무도 아름답게 잘 어울렸다.

"아, 토머스. 멋지지 않아요?" 조녀선은 동의했다. "아, 토머스, 대니얼이 오늘 당신하고 같이 항해하자고 졸라댔죠. 정말 버릇이 없어요. 정말로 그래 주겠어요?" 절망스럽다는 음성. "한데 어제 오후에도 내내 대니얼에게 그림 그리는 법을 가르쳐줬잖아요. 당신은 정말 다정한 사람이에요. 3시에 약속했다고 말해도 될까요?"

진정해, 그는 그녀에게 친구로서 말하고 싶었다. 당신이 맡은 배역은 잘 아니까, 과잉 연기 좀 그만두고 자연스러워지라고. 마찬가지야, 소피라면 이렇게 말했을 것이다. 그녀는 시선으로 그를 어루만졌다.

또 어떤 때에는 해안에서 이른 시간에 달리고 있으면, 짧은 바지 차림으로 바닷물 바로 안쪽 젖은 모래사장을 맨발로 걷거나, 조깅을 하거나, 때로 해를 바라보며 운동하는 로퍼를 만날 때도 있었다. 무슨 일을 하고 있든 로퍼에게서는 주인다운 냄새가 풍겼다. 이건 내 물이다, 내 섬이다, 내 모래사장이다.

"좋은 아침이야. 날씨가 좋군." 그는 말을 걸고 싶을 때는 이렇게 외치곤 했다. "함께 달릴까? 수영은 어때? 이리 오라고. 몸에 좋으니까."

그러고는 한동안 나란히 함께 달리거나 수영을 하면서 가끔 담소도 나누다가, 로퍼는 갑작스레 육지로 나가서 수건을 집어 들고 말 한 마디 없이 뒤돌아보지도 않은 채 크리스털 쪽으로 성큼성큼 걸음을 옮기곤 했다.

"어떤 나무에 달려 있든 과일이라면 뭐든 마음껏 먹어도 돼." 코코란은 우디의 집 정원에 앉아 석양에 어두워지는 미스 메이블 섬을 바라보며 조녀선에게 말했다. "접대하는 여자들이나 식사 시중하는 여자들, 요리사, 비서, 마사지사, 앵무새 발톱 깎으러 오는 여자, 심지어 손님들도 슬쩍 따먹어도 돼. 하지만 '크리스털의 귀부인'한테 손만 댔다가는, 두목이 자넬 죽일 거야. 나도 마찬가지고. 분위기 파악은 하고 있으라고."

"아, 고마워, 코키." 조녀선은 농담처럼 말했다. "정말 고마워. 당신과 로퍼가 날 잡아먹으려고 달려온다고 생각하니, 세상의 종말이라도 맞은 것 같군. 한데 두목은 그 여자를 어디서 만났지?" 그는 맥주를 더 가져오며 물었다.

"프랑스에 있는 말 경매장이라는 소문이 있어."

'그렇게 된 거로군.' 조녀선은 생각했다. '프랑스에 가서 말 한 마리를 사다가 수녀원 학교 출신의 제드라는 여자와 같이 돌아왔다. 간단하군.'

"그전에는 어떤 여자를 만났지?"

코코란의 시선은 하얀 수평선에 못 박혀 있었다. 그는 답답하고도 신기하다는 듯 투덜거렸다. "우리가 벧엘의 별 선장까지 추적했다는 거 아냐? 그조차 자네가 대놓고 거짓말하고 있다는 걸 증명하지 못했어."

코코란의 경고는 아무 소용이 없었다. 면밀한 관찰자는 그녀에게 무방비 상태였다. 그는 눈을 감고도 그녀를 볼 수 있었다. 로마의 불가리 은제 숟가락과 그릇 안에서도, 농장을 팔고 돌아올 때마다 로퍼의 저녁 식탁에 나타나는 폴 드 라메리 은제 촛대 안에서도, 상상 속의 금박 거울 안에서도. 그는 자기 자신을 경멸하면서도 밤낮으로 그녀를 탐색하며 한심한 점을 찾아 헤맸다. 그녀에게 혐오감을 느꼈고, 그래서 더욱 그녀에게 이끌렸다. 그녀가 자신에게 권력을 휘둘렀다는 이유로 그녀에게 벌주고 있었고, 그 권력에 굴복했다는 이유로 자신에게 벌주고 있었다. 호텔의 창녀! 그는 그녀에게 소리쳤다. 사람들은 널 빌리고, 돈을 내고, 체크아웃을 할 뿐이야! 그러나 동시에 그녀에게 사로잡혀 있었다. 수영을 하기 위해, 일광욕을 하기 위해, 오일 마사지를 하기 위해 반쯤 벌거벗은 모습으로 엉덩이와 배를 실룩거리며 크리스털 대리석 바다 위를 걸을 때도, 친구 캐롤라인 랭번과 수다를 떨 때도, 《보그》, 《태틀러》, 《마리끌레르》, 사흘 전 《데일리 익스프레스》에 현실 도피용 성경처럼 푹 빠져 있을 때도, 그녀의 그림자는 그를 조롱했다. 파나마 모자를 쓰고 바짓가랑이를 걷어 올린 광대 코코란도 핌스 칵테일을 마시며 바로 3미터 거리에서 앉아 있었다.

"로퍼는 왜 요즘 당신을 데리고 다니지 않죠, 코코란?" 그녀는 잡지 너머로 느긋하게 물었다. 조너선이 이를 가는 수많은 말투 중 하나였다. "예전에는 늘 데리고 다녔는데." 그녀는 잡지 페이지를 넘겼다. "캐롤라인, 토리 장관의 정부 노릇보다 끔찍한 일이 또 있을까?"

"노동당 장관의 정부가 항상 대기하고 있다고 봐." 여가 생활을 즐기기에는 지나치게 소박하고 지나치게 지적인 캐롤라인이 대답했다.

제드의 웃음. 다른 모든 것은 세상에서 가장 우아한 숙녀 노릇을 하려고 발버둥 치면서도 웃을 때만은 목이 막히는 듯한, 배 속 깊숙한 곳에서 흘러나오는 살쾡이 같은 소리. 장난스러운 즐거움에 눈을 감고 얼굴을 환히 밝히는 웃음.

소피도 창녀였지, 조너선은 암울하게 생각했다. 다른 점이 있다면, 그녀는 그 사실을 알고 있었어.

그는 그녀가 전기로 조절하는 수도꼭지 아래서 발을 씻는 모습을 바라보았다. 처음에는 뒤로 물러섰다가 매니큐어를 칠한 한쪽 발을 들어 올려 물을 튀기고는 완벽한 엉덩이를 내밀며 다른 발을 갖다 댔다. 그런 다음 주변에는 눈길도 주지 않고 풀 옆으로 걸어가서 안으로 뛰어들었다. 그는 그녀가 반복하여 다이빙하는 모습을 지켜보았다. 꿈속에서도 그녀의 몸이 움직이지 않고 아주 천천히 상승하다가 한숨 같은 소리를 내며 다시 수면 아래로 잠기는 모습이 거듭 재생되었다.

"아, 들어와, 캐롤라인. 정말 좋아."

그는 그녀가 온갖 기분일 때의 다채로운 모습을 보았다. 크로케 정원 주변에서 몸을 흐느적거리며 다리를 벌리고 서서 욕설을 하며 웃어

대는 어릿광대 제드. 저녁 식탁을 주관하면서 정신없는 슈롭셔 잡담으로 뚱뚱한 시티 출신의 은행가 셋을 홀리는 크리스털 성의 전형적인 여주인 제드.

"아니, 우리가 하고 있는 그 모든 일들이, 그 멋진 빌딩과 가게와 공항이 결국에는 언젠가 거대한 중국한테 먹혀버릴 거라는 사실을 뻔히 알면서도 홍콩에서 산다는 건 정말 가슴 아픈 일이 아닌가요? 경마 경주는 어때요? 그건 어떻게 될까요? 말들은요? 정말이지."

혹은 로퍼가 보내는 경고성의 시선을 눈치채고 입에다 손을 대며 "그만!"이라고 외치는 너무 어린 제드. 혹은 파티가 끝나고 은행가들이 모두 침실로 물러가고 나면 로퍼의 어깨에 머리를 얹고 손을 그의 엉덩이에 얹은 채 중앙계단을 올라가는 제드.

"정말 재미있었죠?"

"훌륭한 저녁이었어, 제즈. 아주 즐거웠다고."

"그 사람들 정말 지루하지 않았어요?" 그녀는 커다랗게 입을 벌리며 하품을 했다. "세상에, 가끔은 학교가 그립다니까. 어른이 되는 건 정말 피곤한 일이에요. 잘 자요, 토머스."

"들어가세요, 제드. 주무세요, 두목."

크리스털 섬에 사는 가족의 조용한 저녁 시간이었다. 로퍼는 모닥불을 좋아했다. 그 앞에 복슬복슬한 털이 여기저기 엉킨 채 누워 있는 킹 찰스 스패니얼 여섯 마리도 마찬가지였다. 댄비와 맥아서는 나소에서 날아와서 사업 이야기를 하고 저녁을 먹은 뒤 내일 새벽에 떠날 예정이었다. 제드는 로퍼의 발치에 놓인 의자에 앉아 펜과 종이, 그리고 전혀 필요가 없어 보이는 둥근 금테 안경을 들고 있었다.

"로퍼, 그 비위 상하는 그리스인과 이탈리아 미니마우스 애인을 꼭 데려가야 해요?" 그녀는 폴 아포스톨 박사와 그 정부를 아이언 파샤의 겨울 항해 손님 명단에 포함시키는 데 반대하고 있었다.

"아포스톨 말이야? 식욕?" 로퍼는 의아해하며 대답했다. "당연하지. 아포는 중요한 사람이야."

"그리스인도 아니잖아요, 알고 있었어요, 토머스? 다들 그리스인이 아니에요. 터키와 아랍계 사람들이 부쩍 많아졌죠. 진짜 점잖은 그리스인들은 이미 오래전에 밀려났어요. 뭐, 피치 스위트에 샤워실 하나 주면 만족하겠지."

로퍼가 반대했다. "아니, 안 돼. 블루 스위트에 자쿠지 욕조를 주지 않으면 골을 낼 거야. 여자한테 비누칠해주는 걸 좋아한다고."

"비누칠은 샤워실에서 할 수 있잖아요." 제드는 짐짓 싸우는 척하며 대꾸했다.

"안 돼. 그 친구 키가 작아서." 로퍼는 말했다. 두목이 농담을 한 것이기 때문에, 그들은 모두 떠나가라 웃어댔다.

"아포는 오래전에 수도승이 되지 않았나요?" 코코란이 거대한 스카치 잔에서 고개를 들며 말했다. "딸이 죽은 뒤로는 오입질을 관둔 걸로 알고 있었는데."

"그건 그냥 사순절 때만 그런 거고." 제드가 대꾸했다.

그녀의 재치 있으면서도 고약한 언어에는 최면 효과가 있었다. 수녀원에서 교육받은 영국식 억양에 실려 나오는 길거리 단어는, 그녀는 물론 주변에 있는 모든 사람들에게 저항할 수 없을 정도의 웃음을 선사했다.

"도너휴 부부도 신경 써야 하나요? 제니는 배에 타는 순간부터 잔뜩 약이 올랐고 아치는 대놓고 무례하게 굴던데."

조너선은 그녀와 눈을 마주치면서 의도적으로 무관심한 척 그 눈을 잠시 들여다보았다. 제드는 눈썹을 추어올리더니 당신 누구야, 하고 묻는 듯 빤히 바라보았다. 조너선은 그 질문에 필사적으로 시선을 되돌려주었다. 당신은 오늘 어떤 역할을 맡은 거지? 난 토머스야. 당신이야말로 누구야?

그녀의 단편적인 모습들이 계속해서 그의 눈에 들어왔다. 취리히에서 무심하게 보여주었던 맨 젖가슴에, 승마를 마치고 옷을 갈아입을 때 우연히 침실 거울을 통해 보았던 상반신의 모습이 더해졌다. 그녀는 팔을 위로 들어 목 뒤로 두 손을 깍지 낀 채 잡지에서 읽었는지 뭔가 우아하게 곡선을 그리는 몸동작을 연습하고 있었다. 조너선은 그녀가 있는 쪽을 보지 않으려고 노력했다. 그러나 그녀는 오후 시간이면 매번 빠지지 않고 운동을 했으며, 면밀한 관찰자가 억지로 시선을 돌리는 데에도 한계가 있었다.

그는 그녀의 균형 잡힌 긴 다리와 매끄러운 등의 곡선, 놀라울 정도로 날렵한 운동선수의 어깨를 알고 있었다. 흰 겨드랑이 살과 말을 탈 때 출렁이는 엉덩이를 알고 있었다.

조녀선이 감히 회상조차 하지 못하는 일화가 있었다. 언젠가 제드는 그가 로퍼라고 생각하고는 소리쳤다. "얼른 수건 좀 갖다 줘요." 그는 대니얼에게 키플링의 《바로 그런 이야기들(Just So Stories)》을 읽어주고 돌아오다가 침실을 지나치는 길이었고, 때마침 침실 문은 열려 있었고, 그녀는 로퍼라는 이름을 부르지 않았기 때문에, 조녀선은 그녀가 자신에게 말을 건네는 거라고 진심으로, 거의 그렇게 믿었다. 침실 반대쪽에 있는 로퍼의 개인 사무실은 면밀한 관찰자에게 늘 직업적 호기심의 대상이었다. 따라서 그는 살며시 문을 열고 들어갔고, 바로 눈앞에서 얼굴에 수건을 대고 선 채 비누 거품을 닦고 있는 제드의 벌거벗은 몸의 뒷모습과 1미터가량 떨어진 거리에서 마주하게 되었다. 조녀선은 두근거리는 가슴을 안고 얼른 탈출했다. 다음 날 아침 일어나자마자 그는 마술 상자를 꺼내 제드 이야기는 입 밖에도 내지 않은 채 들뜬 목소리로 10여 분 동안 버에게 보고했다.

"침실이 있습니다. 드레스룸이 있고, 드레스룸 반대편에는 작은 사무실이 있어요. 그는 개인 서류를 거기에 보관합니다. 확실해요."

버는 퍼뜩 놀랐다. 어쩌면 그는 이 초기 단계부터 이미 재난을 예감했는지도 모른다. "거기엔 접근하지 마. 너무 위험하니까. 일단 어울리고, 첩보는 나중에 해. 이건 명령이야."

"편안한가?" 로퍼는 스패니얼 몇 마리를 대동한 채 해변을 달리다가 조녀선에게 물었다. "건강은 좀 회복되었나? 바퀴벌레는 없고? 내려와, 트루디. 이 버릇없는 놈 같으니라고! 어제 대니얼하고 항해를 했다면서."

"네. 정말 좋아하더군요."

"자네 혹시 좌파는 아니겠지? 코키는 자네가 스포츠광일 거라고 하
던데."

"무슨 말씀을. 그런 생각은 해본 적도 없습니다."

로퍼는 듣지 못한 것 같았다. "세상은 공포가 지배해. 몽상을 팔아서
도 안 되고, 자선으로 지배할 수도 없어. 아무짝에도 쓸모가 없다고. 진
짜 세상에서는. 알겠나?" 그러나 그는 조녀선이 알아들었는지 아닌지
에 대한 답을 기다리지 않았다. "집을 지어준다고 약속해도 사람들은
믿지 않아. 집을 불태워버리겠다고 협박하면 그땐 하라는 대로 하지.
그게 세상의 진리야." 그는 한동안 침묵을 지켰다. "전쟁을 일으키고
싶은 사람들은 노예폐지론자의 설교에 귀를 기울이지 않아. 전쟁을 일
으킬 생각이 없는 사람이라면 활과 화살을 갖고 있든 스팅어 미사일을
갖고 있든 관심이 없지. 세상의 진리야. 기분 나쁘다면 미안하네."

"아닙니다. 왜 그런 말씀을 하십니까?"

"코키한테 헛소리라고 했어. 무시당한다고 생각해서 늘 뚱해 있지,
그게 그 친구의 문제야. 친절하게 대해줘. 여왕님(게이의 속어 - 옮긴이)
한테 원한을 사는 것만큼 안 좋은 일도 없어."

"전 늘 친절하게 대합니다. 언제나요."

"그래. 음, 가망이 없는 상황일지도. 어쨌든, 무슨 상관이야?"

로퍼는 며칠 뒤에 또다시 이 주제를 꺼냈다. 코코란이 아니라, 어떤

문제에 대한 조너선의 결벽성 이야기였다. 조너선은 수영하러 가자고 할 생각으로 대니얼의 침실에 올라갔지만, 아이는 없었다. 로퍼가 주인 침실에서 나오다가 그와 나란히 걷게 되었고, 두 사람은 같이 아래층으로 내려왔다.

"권력이 있는 곳에 총이 가게 되어 있지." 그는 서두 없이 단도직입적으로 말했다. "권력도 무장을 해야 평화를 지킨다는 얘기야. 무장하지 않은 권력은 5분도 지탱하지 못해. 사회 안정의 첫 번째 조건이지. 내가 왜 자네한테 이런 설교를 하는지 모르겠군. 군인 출신, 군인 집안. 어쨌든 자네가 좋아하지 않는 일에 자넬 끌어들일 수는 없어."

"무슨 일에 끌어들인다는 건지 모르겠습니다."

그들은 테라스로 나가는 길에 큰 홀을 지나치고 있었다.

"장난감 팔아본 적 있나? 무기는? 폭탄? 기술은?"

"없습니다."

"혹시 접한 적은 없나? 아일랜드든 어디든. 무역 말이야."

"없습니다."

로퍼의 목소리가 낮아졌다. "다음에 이야기하세."

제드와 대니얼이 테라스 테이블에 앉아 라타크 게임을 하고 있었다. 그럼 제드에게도 그런 이야기는 안 하는군, 조너선은 마음이 가벼워졌다. 그에게 제드는 또 한 명의 어린아이일 뿐이야. 애들 앞에서는 말하지 말라.

조너선은 조깅을 하고 있었다.

그는 마당의 헛간만 한 미용실을 향해 아침 인사를 했다. 한때 나약한 반동분자들이 진압을 당했지만, 지금은 맹인 자메이카인 아모스가 낡은 쌍동선에서 미니 풍차로 전력을 생산하며 살고 있는 항구를 향해 인사를 했다. 콜리 종인 그의 개 본스가 갑판에서 평화롭게 잠자고 있었다. 좋은 아침이야, 본스.

다음으로는 잼 시티 레코드 및 보컬 음악이라는 골함석 주택이 나타났다. 안에는 닭과 유카나무, 망가진 유모차가 가득 들어 있었다. 좋은 아침이야, 닭들.

나뭇가지 위로 치솟아 있는 크리스털의 둥근 지붕에도 시선을 주었다. 좋은 아침이야, 제드.

그는 계속 경사진 길을 따라 올라가다 아무도 드나들지 않는 낡은 노예 판잣집에 다다랐다. 마지막 판잣집까지 와서도 속도를 늦추지 않고 박살 난 문간을 곧장 지나 한쪽 구석에 쓰러져 있는 녹슨 기름통으로 향했다.

그리고 멈춰 섰다. 귀를 기울였다. 호흡이 진정될 때까지 기다리다가, 어깨에 긴장을 풀기 위해 두 손을 흔들었다. 통 속의 흙먼지와 넝마 조각 속에서 그는 작은 쇠 삽을 꺼내 땅을 파기 시작했다. 송수화기 장치는 루크의 지시대로 플린과 그의 야간 공수부대원들이 미리 묻어놓은 금속 상자 안에 들어 있었다. 흰색 버튼을 누른 뒤 검은색 버튼을 누르고 지저귀는 우주 시대의 전파에 귀를 기울이는데, 통통한 검은 쥐가 마치 교회로 향하는 노부인처럼 바닥을 살금살금 지나서 다음 집으로 향했다.

"어떻게 지내나?" 버가 말했다.

좋은 질문이야, 조녀선은 생각했다. 내가 어떻게 지내지? 난 겁에 질려 있고, 낮에는 지능지수 55짜리 승마 선수에게 푹 빠져 있지. 아마 내가 기억하기로는 당신이 약속했던 대로, 하루 24시간 악착같이 사투를 벌이고 있어.

그는 소식을 전했다. 토요일에 덩치 큰 리날도라는 이탈리아인이 리어제트로 도착해서 세 시간 뒤에 떠났다. 나이는 45살, 키는 185센티미터, 보디가드 두 명에 금발 여자 한 명 대동.

"비행기 문장은 봤나?"

면밀한 관찰자는 적어두지 않았지만, 기억하고 있었다.

리날도는 나폴리 만에 궁전을 소유하고 있다. 금발 여자의 이름은 주타, 밀라노에 산다. 주타와 리날도, 로퍼는 여름 별장에서 샐러드를 먹으며 이야기를 나누었고, 보디가드는 언덕 아래쪽 대화가 들리지 않는 거리에서 맥주를 마시며 일광욕을 즐겼다.

이어서 버는 지난 금요일에 이름밖에 밝히지 않은 시티 은행가들의 방문에 대해 물었다. 톰은 뚱뚱하고 대머리에 거만한 사람이던가? 앵거스는 파이프 담배를 피우던가? 윌리는 스코틀랜드 억양으로 말하던가?

세 질문 모두 답은 '그렇다'였다.

나소에서 어떤 업무를 마친 뒤에 크리스털에 들른 분위기던가? 아니면 그냥 런던에서 나소로 갔다가 곧장 로퍼의 제트기 편으로 크리스털에 온 것 같던가?

"나소에서 업무를 봤습니다. 거기서 번듯한 거래를 한다고 했습니다. 크리스털은 비밀리에 들렀습니다."

방문객들에 대한 보고를 마친 뒤에야, 버는 안부를 물었다.

"코코란이 늘 껌 딱지처럼 붙어 다닙니다. 혼자 있게 내버려두지 않아요."

"한물간 놈이라 질투하는 거야. 지나치게 모험하지는 마. 어느 방향으로도. 무슨 뜻인지 알겠나?" 로퍼의 침실 뒤 사무실을 뜻하는 것이었다. 모종의 직관으로, 그는 그곳이 아직 조너선의 목표라는 사실을 알고 있었다.

조너선은 송수화기를 상자 안에 넣고 다시 상자를 묻었다. 그 위에 흙을 쏟아붓고, 먼지를 뿌리고, 나뭇잎과 솔방울, 마른 열매를 올렸다. 그는 언덕을 달려서 카네이션 베이 해안으로 내려왔다.

"안녕하슈! 토머스 씨, 오늘은 하루가 좀 어떻습니까?"

쌤소나이트 서류 가방을 든 자메이카인 아모스였다. 누구도 아모스에게서 뭘 사는 사람은 없었지만, 그는 신경 쓰지 않았다. 해변에 오는 사람도 별로 없었다. 그는 하루 종일 모래 위에 똑바로 앉아 마리화나를 피우며 수평선만 바라보았다. 때로 서류 가방을 열어 물건들을 펼쳐놓기도 했다. 조개껍데기 목걸이, 형광색 스카프, 오렌지색 휴짓조각으로 말아놓은 마리화나. 때로는 머리를 돌리고 하늘을 바라보며 춤을 추었고, 그럴 때면 개 본스가 그를 향해 짖어댔다. 아모스는 태어날 때부터 맹인이었다.

"벌써 미스 메이블 산에 올라갔다 오셨습니까, 토머스 씨? 그 위를 달리면서 부두교 영혼들과 교신이라도 하셨습니까, 토머스 씨? 그 높은 산에서 부두교 영혼들에게 무슨 메시지라도 보내셨습니까?" 미스 메이블 산은 정상이 해발 20미터였다.

조녀선은 계속 미소를 지었다. 하지만 맹인 앞에서 미소를 지어본들 무슨 소용이 있겠는가.

"아, 그럼요. 아주 높이 올라갔다 왔습니다."

"그래요. 허허." 아모스는 복잡한 춤사위를 보였다. "아무한테도 말 안 하겠습니다, 토머스 씨. 눈먼 거지한테는 사악한 게 안 보이고, 소리도 안 들립니다, 토머스 씨. 사악한 노래도 부를 줄 몰라요. 그저 신사 분들에게 25달러짜리 스카프를 팔고 하던 일만 하죠. 손으로 만든 좋은 실크 타이 안 사시겠습니까, 토머스 씨? 세련된 취향을 지닌 숙녀분에게 선물하세요."

"아모스." 조녀선은 그의 팔에 친구처럼 손을 얹었다. "내가 당신처럼 마리화나를 많이 피웠다면 산타할아버지한테도 메시지를 보낼 수 있겠습니다."

그러나 그는 크리켓 연습장까지 왔다가 다시 언덕으로 돌아가서 마술 상자를 버려진 벌통 더미 사이로 옮겨놓은 뒤, 크리스털로 이어지는 굴에 들어섰다.

손님들에게 집중해. 버는 말했다

손님들에 대해 알아내야 해, 루크가 말했다. 섬에 발을 들이는 사람들 전부 이름과 숫자를 알아내야 해.

로퍼는 세상 최악의 사람들을 알아요, 소피가 말했다.

손님들은 각양각색의 모습으로 나타났고, 체류 기간도 저마다 달랐다. 주말 손님, 점심 손님, 저녁을 먹고 머물렀다가 다음 날 아침에 떠나는 손님, 물 한 잔 마실 시간도 없이 경비를 멀찍이에서 따르게 한 채 로퍼와 해변을 거닐다가 할 일이 있다는 듯 서둘러 떠나는 손님.

비행기를 가진 손님. 요트를 가진 손님. 둘 다 없어서 로퍼의 제트기를 타고 오거나, 크리스털 문장과 아이언브랜드의 청색과 회색 깃발이 박힌 로퍼의 헬리콥터로 오는 이웃 섬의 손님. 로퍼는 손님을 초대하고 제드는 그들을 환영하고 접대했지만, 사업에 대해 전혀 모른다는 것은 그녀에게 진심 어린 자존심의 문제인 것 같았다.

"아니, 내가 왜 그래야 하죠, 토머스?" 그녀는 특히 불쾌했던 독일인 한 쌍이 떠난 뒤에 깜짝 놀란 듯한 무대 음성으로 말했다. "어느 집이나 걱정하는 건 둘 중 한 사람으로 족해요. 나도 로퍼의 투자자처럼 '여기에 내 돈과 목숨이 있으니 당신이 잘 지켜주시리라 믿어요,' 이쪽이 좋다고요. 그게 유일한 길이라고 생각하지 않아요, 코크? 안 그러면 잠도 못 잘 거야."

"바로 그거예요. 물 흐르는 대로 따라가세요." 코코란이 말했다.

이 멍청한 승마 선수 같으니라고! 조너선은 그녀의 감정에 공손히 동의하는 척하면서 속으로는 격분했다. 제가 제 눈에 눈가리개를 씌우고 이제 내 동의를 구하다니!

그는 기억하기 편하도록 손님들을 범주별로 분류하고, 각 범주에다 로퍼와 같은 방식으로 별명을 붙였다.

우선 날카롭고 젊은 댄비와 맥아서, 줄여서 맥댄비. 이들은 나소의 아이언브랜드 사무실을 운영하고, 같은 양복점에 다니며, 계층을 구별할 수 없는 동일한 억양으로 말했고, 로퍼가 함께 시간을 보내자고 부르면 섬을 찾아왔다가 다음 날 아침 출근 시간에 맞춰 서둘러 돌아갔다. 로퍼는 그들에게 인내심을 보이지 않았고, 조너선도 마찬가지였다. 맥댄비는 로퍼의 협력자도, 친구도 아니었다. 플로리다의 부동산 거래와 도쿄의 주식시장 가격 변동 이야기만 늘어놓으며 로퍼의 점잖고 따분한 껍데기 노릇을 대신하는 위장 보호막이었다.

맥댄비 다음에는 '단골 고객'이 있었다. 크리스털에서 파티가 열릴 때면 그 어떤 때에도 단골 고객들은 빠지지 않았다. 늘 얼굴을 비치는 랭번 경, 남편이 유모와 배를 맞대고 춤추는 동안 아이들을 돌보는 그의 불운한 아내. 젊고 잘생긴 폴로 챔피언―친구들은 그를 앵거스라고 불렀다―과 그의 사랑스러운 아내 줄리아. 폴로 챔피언 부부가 공유하는 인생 목표는 샐리에서 크로케를 하고, 존 앤드 브라이언에서 테니스를 치고, 풀장 옆에서 로맨스 소설을 읽는 것 외에도 펠햄 크레센트의 저택과 토스카나의 성채, 전설적인 미술품 컬렉션과 퀸즐랜드 해안에 섬이 딸린 20제곱킬로미터에 달하는 월트셔 영지의 소유권을 안전하게 주장할 수 있을 때까지 나소에서 조용히 때를 기다리는 것이었다. 현재 이 재산들은 수억 파운드의 뇌물과 함께 어느 역외 무인 지대에 저당 잡혀 있었다.

'단골 고객'들에게는 손님을 따로 데려올 수 있는 영광이 주어졌다.

"제즈! 이리 와봐! 아르노와 조지나 기억나? 줄리아의 친구 말이야.

지난 2월에 로마에서 같이 저녁을 먹었잖아. 바이런 뒤에 있던 생선 요릿집? 기억 안 나, 제즈?"

제드는 다정하게 미간에 주름을 잡았다. 그러더니 문득 알아봤고 믿기지 않는다는 듯 눈을 커다랗게 뜨고는 입을 벌린 뒤 잠시 놀라움과 반가움을 진정시킬 여유를 두고 말을 뱉었다. "세상에, 아르노! 아니, 왜 이렇게 살이 많이 빠졌어요! 조지나, 안녕하세요. 반가워요, 이런. 잘 지냈죠!"

그녀는 의무적으로 두 사람을 차례대로 포옹하고 나서는 필요 이상 반가워했다 싶은지 잠시 생각에 잠겼다. 조너선 역시 열이 올라 나직하게 신음 소리를 냈다. 한 번만 더 이런 식으로 연기를 하면 벌떡 일어나서 소리치고 싶은 기분이었다. '커트! 한 번 더, 제드. 이번에는 실감 나게!'

'단골 고객' 뒤에는 '왕족 & 노인'이 있었다. 멍청한 젊은 왕계 방족과 대동한 영국 시골 사교계 초짜, 연한 색 정장과 새하얀 셔츠 차림에 앞코가 반질거리는 구두를 신은 아랍계 미소쟁이, 자의식 때문에 구제 불능으로 망가진 영국의 하위급 정치가와 전직 외교관, 요리사를 대동한 말레이시아 재벌, 그리스 왕궁과 타이완 회사를 소유한 이라크계 유대인, 동독 출신들 때문에 못 살겠다고 투덜거리는 독일인 유로화 부자, 고객과 자기 자신에게 최선을 다하겠다고 떠들고 다니는 와이오밍의 시골뜨기 변호사, 관광용 농장과 2천만 달러짜리 저택에 투자해 어마어마한 돈을 번 퇴직 투자자들, 힘줄이 파랗게 드러난 앙상한 다리를 하고 알록달록한 셔츠와 우스꽝스러운 햇빛 모자를 걸친 채 작은 병에서 산소를 들이마시는 텍사스 노인, 그리고 깎아낸 얼굴이나 지방 흡입을 한 복부와 엉덩이를 자랑하며 팽팽한 눈매를 인공적으로 반짝이는 그들의 여자들. 그러나 혹시라도 다시 어딘가 찢어져서 마티 박사의 병원에 들어가는 사태가 벌어지지 않을까 두려워 사다리를 단단히 붙잡고 크리스털 수영장 아동용 풀에 조심스럽게 몸을 담그는 모습을 보니, 지구상의 그 어떤 수술로도 노년의 족쇄 같은 느릿함을 감출 수는 없는 것 같았다.

"세상에, 토머스." 제드는 숨죽여서 방백처럼 속삭였다. 백발을 파랗게 염색한 오스트리아 백작 부인이 숨을 헐떡이면서 안전한 맞은편까지 개헤엄을 치고 있었다. "몇 살쯤 됐을까요?"

"어떤 부위를 말하느냐에 따라 다르겠지요." 조너선은 말했다. "평균을 낸다면 17살 정도 됐겠죠?" 제드는 다시 눈빛으로 그를 더듬으며 사랑스러운 웃음─진짜 웃음이었다─불쑥 튀어나온 자유로운 웃음소리를 냈다.

'왕족 & 노인' 다음에는 버가 특히 싫어하는 종자, '필요악'이라고 부르는 것을 보니 어쩌면 로퍼와 마찬가지 급인 종자가 있었다. 'yes' 대신 'ear'로, 'house' 대신 'hice'로 발음하고 '이튼'을 가리킬 때 '학교'라고 말하는, 허옇게 반들거리는 면상과 이중 턱, 흰 칼라가 달린 80년대 파란색 줄무늬 셔츠와 더블브레스트 슈트 차림의 런던 투자금융회사 은행가들이었다. 이들은 땀이 배어 나온 셔츠 차림에 입에서는 카레 냄새를 풍겼고, 마치 자백이라도 이끌어내려 왔다는 분위기를 발산하며, 지금부터 네가 말하는 모든 내용을 기록하고 조작해서 법정에서 증거로 이용하겠다고 정중하게 경고하는 듯한 목소리를 지닌 건달 같은 회계사들을 대동했다―로퍼는 그들을 '경리'라고 불렀다.

다음으로는 앞과 유사한 비-영국인들이 있었다. 눈을 반짝이며 잘난 척 뒤뚱뒤뚱 걸어 다니는 퀴라소 섬의 통통한 공증인 멀더, 과시할 수 있을 정도의 훌륭한 영어 솜씨를 늘 사과하고 다니는 슈투트가르트의 슈라이버, 애인 겸용 남자 비서를 데리고 다니는 마르세유의 티에리, 숫자가 많을수록 안전하다는 듯 늘 4인 이상 몰려다니는 월스트리트 채권단, 그리고 늘 노력하는 그리스계 미국인 아포스톨이 있었다. 그는 검은 곰의 앞발 같은 가발, 금목걸이, 금십자가 차림이었고, 천 달러짜리 구두를 신고 종종거리며 뒤따라오는 불행한 베네수엘라 정부와 함께 배고픈 듯 뷔페로 향했다. 아포스톨과 시선이 마주치는 순간 조너선은 뒤돌아섰지만 이미 때가 늦었다.

"선생? 우리 언제 만난 적이 있지 않습니까? 난 얼굴을 잊어버리는 법이 없어요." 아포스톨은 선글라스를 벗으며 뒤따라오는 모든 사람들을 가로막았다. "난 아포스톨입니다. 하느님의 병사이지요."

"당연히 만난 적이 있지, 아포!" 로퍼가 능숙하게 끼어들었다. "다들 만났었어. 토머스라고. 토머스 기억하지, 아포! 마이스터의 야간 지배인이었어. 행운을 찾아 서쪽으로 왔지. 오랜 친구야. 아이삭, 박사에게 샴페인을 더 따라주게."

"아, 이런, 영광입니다. 용서하세요. 영국인입니까? 나도 영국에 인연이 있습니다. 할머니가 웨스트민스터 공작과 혈연관계이고, 외삼촌이 앨버트 홀을 설계했지요."

"세상에, 멋지군요." 조너선은 정중하게 답했다.

그들은 악수했다. 아포스톨의 손은 뱀 가죽처럼 찼다. 눈길이 마주쳤다. 아포스톨의 눈빛은 퀭하고 약간 미치광이 같았다. 하지만 별빛 아래 음악처럼 샴페인이 흐르는 크리스털 저택의 완벽한 저녁 파티에서 약간 미치광이가 되지 않을 사람이 어디 있을까?

"로퍼 씨의 고용인입니까?" 아포스톨은 계속해서 물었다. "그분의 사업에 관여하십니까? 로퍼 씨는 진귀한 힘을 가진 분이지요."

"전 이 집의 환대를 즐기고 있습니다." 조너선은 대꾸했다.

"여기보다 좋은 곳은 없지요. 코코란 소령의 친구분이십니까? 방금 두 분이 이야기 나누는 걸 봤습니다."

"코키와 저는 오랜 친구입니다."

그러나 사람들이 이동하자 로퍼는 조용히 아포스톨을 옆으로 데려갔고, 조너선은 '마마로'라고 나직하게 말하는 음성을 들었다.

"그러니까 기본적으로 제드……." 윌프레드라는 필요악이 뜨거운 달빛 아래서 하얀색 테이블 앞에 앉아 말했다. "우리 하빌 매버리치가 여기 디키에게 제공하는 서비스는 사기꾼들 업무와 똑같은 겁니다. 단지 우린 사기꾼이 아닐 뿐이죠."

"아, 윌프레드. 따분하기 짝이 없네요. 우리 불쌍한 로퍼는 어디서 짜릿한 흥분을 맛보나요?"

그녀와 조너선의 시선이 다시 마주쳤고, 두 사람은 잠시 당황했다. 어떻게 된 거지? 누가 먼저 봤지? 이건 가식이 아니었다. 같은 나이 또

래의 누군가와 장난치는 것도 아니었다. 이건 눈길의 마주침이었다. 두 사람은 시선을 비켰다. 그리고 다시 마주쳤다. 로퍼, 필요할 때는 도 대체 어디 간 거야?

　필요악과 함께 보내는 밤은 끝이 없었다. 때로 서재에서 브리지 게임이나 백개먼 게임을 하면서 이야기가 오갈 때도 있었다. 술은 직접 따라 마셨고, 시중드는 사람들에겐 그만 가보라는 지시를 내렸다. 경비가 문 앞을 지켰고, 하인들은 저택 이쪽 편으로는 접근하지 않았다. 오직 코코란만 출입을 허락받았다. 한데 요즘엔 코코란도 늘 들어가지는 않았다.

　"코키가 신임을 좀 잃었죠." 제드는 조너선에게 살짝 털어놓으며 입술을 깨물더니 더 이상 말하지 않았다.

　제드 역시 나름의 충성심을 갖고 있기 때문이었다. 그녀는 그리 쉽게 경계를 넘나드는 사람이 아니야. 조너선은 자기 자신에게 그렇게 경고했다.

　"사람들이 나한테 와서 이런단 말이야, 들어봐." 로퍼가 설명했다.

　두 사람은 그날도 산책을 즐기고 있었다. 이번에는 저녁 시간을 택했다. 조금 전 열심히 테니스를 쳤지만, 이긴 사람은 없었다. 로퍼는 돈내기가 아니라면 점수 내는 데 관심이 없었고, 조너선은 돈이 없었다. 어쩌면 그 때문에 대화가 자연스럽게 이어졌는지도 모르겠다. 로퍼는 마이스터에서 그랬듯 자신의 어깨를 조너선의 어깨에 무의식적으로 스치며 가까이에서 걸었다. 그는 신체 접촉에 대해서는 운동선수처럼 무심했다. 태비와 거스가 거리를 두고 뒤따라가고 있었다. 거스는 최근에 새로 들어온 경비였다. 로퍼는 자신에게 다가오는 사람들에게 사용하는 특별한 목소리가 있었다.

"'미스테르 로페르, 최신 장난감을 좀 주세요.'" 로퍼가 남을 흉내 내는 목소리를 듣고 조너선이 웃는 동안, 그는 우아하게 간격을 두었다. "그럼 내가 묻지. '최신 장난감이라면 뭘 말하는 거죠? 뭐 하고 비교해서 최신이라는 거죠?' 그랬더니 대답이 없더군. 세상 어떤 곳에서는 보어 전쟁 때 쓰던 화포를 줘도 곧장 최신형 무기가 된다고." 조너선은 자신의 갈비뼈에 로퍼의 팔꿈치가 스치는 것을 느꼈다. "돈 많고 하이테크에 열심이고 달리 할 일이 없는 다른 나라들은 옆 나라하고 같은 수준이 되어야 해. 아니, 같은 수준도 아니고 더 나은 수준이 되어야 해. 훨씬 더 나은 수준. 혼자 알아서 엘리베이터를 타고 3층으로 올라가서 왼쪽으로 꺾은 뒤에 헛기침을 하고 집주인을 날려버리지만 텔레비전은 멀쩡하게 남겨두는 영리한 폭탄을 원한다고." 팔꿈치가 다시 조너선의 팔뚝을 쿡 찔렀다. "한데 그들이 절대 모르는 게 있어. 영리하게 놀고 싶으면, 영리한 지원군이 있어야 한다는 거야. 그리고 그 일을 할 사람들이. 최신 냉장고를 산다 한들 전기가 들어오지 않는 오두막집에 처박아놓는다면 무슨 소용이 있겠나? 안 그래? 그렇지? 자네 왜 그러나?"

"아닙니다." 조너선은 말했다.

로퍼는 손을 테니스 바지 주머니에 찔러 넣고 게으른 미소를 지어 보였다.

"자네 나이 때에 나는 게릴라한테 무기 공급하는 일을 좋아했어. 돈보다 이상, 인류의 자유라는 대의. 다행히 오래가진 않았어. 오늘의 게릴라가 내일의 자본가가 돼버리니까. 잘해보라고 해. 진짜 적은 권력을 지닌 거대 정부야. 어디로 보나 거대 정부가 우리보다 한발 앞서서 누구에게나 뭐든 팔고, 자기 규칙을 깨뜨리고, 서로 아귀다툼을 하고, 나쁜 놈을 지원하고, 착한 놈한테 보상을 하지. 엉망진창이야. 우리 같은 독립군들은 매번 궁지에 몰려. 방법은 그들보다 앞서가는 것, 선수 치는 것뿐이라고. 배짱과 선견지명, 우리가 의지할 건 그것뿐이지. 한계를 넘어서는 것, 언제나 말이야. 보호구역 밖으로 넘어가는 사람들이 있는 것도 하등 이상할 게 없어. 사업할 장소는 거기뿐이니까. 대니얼은 오늘도 배를 탔나?"

"메이블 섬을 한 바퀴 돌았습니다. 저는 단 한 번도 키에 손을 안 댔어요."

"잘했어. 곧 당근 케이크도 만들어줄 텐가?"

"원하신다면 언제든지요."

정원 계단을 올라가는 동안, 면밀한 관찰자는 샌디 랭번이 손님 숙소에 들어가는 것을 보았다. 얼마 후 랭번 가족의 유모도 뒤따라 들어갔다. 19살쯤 된 얌전한 여자였지만, 그 순간 그녀는 은행이라도 털려는 절도범 같은 분위기를 풍겼다.

로퍼는 저택에 있을 때도 있었고, 농장을 팔기 위해 섬을 비울 때도 있었다.

로퍼는 출장 간다는 얘기를 알리지 않았지만, 정문에만 나가봐도 어떤 날인지 알 수 있었다. 아이삭이 커다란 돔 모양의 지붕 홀에서 흰 장갑을 끼고 서성거리고 있는가? 맥댄비가 대리석이 깔린 대기실에서 머리를 쓰다듬으며 지퍼와 타이를 확인하고 있는가? 그렇다. 경비들이 아래위로 긴 청동 문 옆 간이의자에 앉아 있는가? 그렇다. 집 뒤쪽으로 가는 길에 열린 창문 앞을 지나면서, 조녀선은 로퍼가 말하는 음성을 들었다. "아니, 빌어먹을, 케이트! 마지막 단락은 지우고 그에게 계약이 성사됐다고 해. 재키, 페드로에게 편지를 써. '페드로, 몇 주 전에 이야기했다시피……' 등등. 그다음에 함정을 하나 파놓으라고. 너무 작다, 너무 늦었다, 꿀통에 달려드는 벌들이 너무 많다, 그런 거 말이야, 알겠나? 케이트, 이 말도 덧붙이라고."

그러나 말을 덧붙이는 대신, 로퍼는 포트 로더데일에 있는 아이언 파샤의 선장에게 전화를 걸어 선체에 새로 페인트칠할 이야기를 나누었다. 혹은 마구간 관리인 클로드와 사료 대금 이야기. 혹은 보트 관리인 탤버트와 카네이션 베이의 잔교 상태가 엉망이라는 이야기. 혹은 런던의 골동품상과 새 온실의 바다 쪽 모서리 두 군데에 놓기 좋은 물건 이야기. 다음 주면 본햄에 괜찮은 중국 개 도자기 인형 한 쌍이 온다, 너무 칙칙한 녹색만 아니었으면 좋겠다.

"아, 토머스, 잘됐어! 몸은 어떤가? 두통이나 다른 증상은 없고? 오, 다행이야." 제드는 식료품 저장실에 있는 예쁜 셰러턴 책상에 앉아 가정부 수와 요리사 에스메랄다와 함께 메뉴 이야기를 하고 있었다.《하우스 앤드 가든》잡지 사진사를 위해 포즈라도 취하고 있는 듯한 연기였다. 조녀선이 들어오는 것을 보고, 그녀는 그의 의견이 꼭 필요하다는 듯 물었다.

"아, 토머스. 솔직히 어떻게 생각해요? 들어봐요. 로브스터, 샐러드, 양고기? 아, 정말 기뻐요. 우리가 생각했던 게 바로 그거였어요. 안 그래, 에스메랄다? 아, 토머스. 푸아그라에 소테른을 곁들이는 건 어떨까요? 두목은 그걸 좋아하는데, 난 정말 싫어하고, 에스메랄다는 그냥 샴페인으로 계속 가는 게 어떠냐고 하고. 아, 토머스." 그녀는 하인들에게 들리지 않게 하려는 척 목소리를 낮추었다. "캐롤라인 랭번이 정말 화가 났어요. 샌디가 또 돼지 짓을 하고 있거든요. 당신만 괜찮다면 같이 항해를 하면 기분이 나아질 것 같은데. 당신한테 짜증을 내도 걱정하지 마세요. 그냥 귀를 막고 계시면 돼요. ……그리고 토머스, 말이 나온 김에 아이삭에게 가대식 테이블을 도대체 어디 뒀느냐고 물어봐 주지 않겠어요? 그리고 토머스, 대니얼은 미스 몰로이에게 깜짝 생일 파티를 열어주겠다고 벼르고 있어요. 18번째 생일이거든요. 혹시 거기에 대해서도 어떤 아이디어가 있다면 뭐든지……."

그러나 로퍼가 집을 비우면, 메뉴 따윈 잊고 일꾼들은 노래하며 웃었으며―조녀선의 영혼도 마찬가지였다―사방에서 즐거운 대화가 만발했다. 두목이 돌아오기 전까지 일을 마치기 위해 서두르는 전기톱 소리와 불도저 윙윙거리는 소리, 드릴 돌아가는 소리, 인부의 망치 소리가 자웅을 겨루었다. 제드는 캐롤라인 랭번과 생각에 잠긴 채 이탈리아식 정원을 거닐거나, 몇 시간이고 손님 숙소 침실에 같이 앉아 있었고, 조녀선과는 조심스럽게 거리를 유지하며 단 한 번도 말을 걸지 않았다.

랭번의 둥지에 흉흉한 일이 벌어지고 있었기 때문이다.

크리스털 저택의 손님들을 위해 준비한 날렵한 새 소형 보트 이비스가 평화롭게 바다 위에 떠 있었다. 캐롤라인 랭번은 뱃머리에 앉아서 다시 돌아가지 않을 사람처럼 땅을 내다보고 있었다. 조녀선은 키에 신경 쓰지 않고 눈을 감은 채 선미에 누워 있었다.

"음, 노를 저어도 되고 휘파람을 불어도 됩니다." 그는 캐롤라인에게 나른하게 말했다. "수영할 수도 있어요. 전 휘파람 부는 데 한 표 던지겠습니다."

그는 휘파람을 불었다. 그녀는 불지 않았다. 물고기가 바닷물 위로 튀어 올랐지만, 바람은 불지 않았다. 캐롤라인 랭번의 독백이 반짝이는 수평선을 향해 이어졌다.

"기분이 묘해요." 랭번 부인은 대처 총리처럼 누군가를 벌하기 위해 묘한 단어를 선택하는 습관이 있었다. "나한테는 일고의 관심조차 없을 뿐 아니라 법적 지위와 위선 뒤에 숨은 최악의 사기꾼을 위해 내 주머니의 돈은 물론 몇 년이라는 인생을 낭비해왔다는 걸 어느 날 갑자기 깨닫는 기분 말이에요. 내가 아는 걸 누군가에게 말한다 해도, 제드에게는 아주 조금 털어놓았지만, 아직 나이가 워낙 어리니까 말이에요. 아무도 내 말의 절반도 믿지 않을 거예요. 아니, 10분의 1도. 못 믿을 거예요. 제대로 된 사람이라면."

면밀한 관찰자는 눈을 꼭 감은 채 캐롤라인 랭번이 이야기를 지껄이는 동안 귀를 쫑긋 세웠다. 때로는 하느님이 이대로 손을 뗐다 싶을 때, 그때야말로 하느님이 다시 돌아서서 이 행운을 믿을 수 없다 싶을 만큼 큼직한 보너스를 내밀 거야. 버는 말했다.

우디의 집으로 돌아온 조너선은 가볍게 잠들었다가, 현관에서 발소리를 듣는 순간 퍼뜩 잠에서 깨어났다. 사롱의 허리 부근을 끈으로 조이며, 그는 사람이라도 죽일 만반의 태세를 갖춘 채 아래층으로 내려갔다. 랭번과 유모가 유리창을 통해 집 안을 들여다보고 있었다.

"오늘 밤에 잠깐 침대를 빌릴 수 있을까?" 랭번이 느릿느릿 말했다. "저택이 좀 소란스러워. 캐롤라인은 폭발했고, 지금은 제드가 두목하고 한판 하고 있어."

랭번과 그의 정부가 위층에서 최선을 다해 시끄럽게 뒹구는 동안, 조너선은 소파에서 선잠을 잤다.

조너선과 대니얼은 얼굴을 아래로 향한 채 나란히 미스 메이블 산의 높은 개울가에 엎드려 있었다. 조너선은 대니얼에게 맨손으로 송어 잡는 법을 가르쳐주고 있었다.

"로퍼는 제드와 왜 싸운 거죠?" 대니얼은 송어가 놀라지 않게 하려는 듯 소곤거렸다.

"상류를 계속 봐." 조너선은 대답 대신 중얼거렸다.

"모욕당한 여자들의 헛소리에 지나치게 귀를 기울이지 말라고 했어요. 모욕당한 여자가 뭐죠?"

"물고기를 잡을 생각이 있는 거니?"

"샌디가 자기 여동생은 물론 세상 여자들 전부하고 잔다는 건 어차피 다들 아는 사실이에요. 왜들 그러는 거죠?" 대니얼은 로퍼의 음성을 거의 완벽에 가깝도록 구사했다.

다행히 통통한 파란색 송어가 꿈결같이 강변을 따라 헤엄쳐왔다. 조너선과 대니얼은 영웅처럼 전리품을 짊어지고 다시 산 밑으로 내려왔다. 그러나 크리스털 저택에는 의미심장한 침묵이 감돌았다. 비밀이 너무 많았고, 불안감은 묵직했다. 로퍼와 랭번은 유모를 데리고 나소로 가고 없었다.

"토머스, 이건 정말 불공평해요!" 대니얼이 잡은 물고기를 자랑하겠다고 커다랗게 부르는 바람에 나타난 제드는 지나치게 밝은 목소리로 투덜거렸다. 그녀의 얼굴에는 근심이 그대로 드러나 있었다. 이마에는 긴장으로 주름이 잡혀 있었다. 조너선은 그녀도 심각한 고민을 할 수 있다는 생각을 해본 적이 없었다.

"맨손으로요? 어떻게 한 거죠? 대니얼은 머리카락을 자를 때도 가만히 앉아 있지 못하는데 말이에요, 대니얼, 안 그래? 게다가 꼼지락거리면서 기어 다니는 걸 정말로 싫어한다고요. 대니얼, 정말 잘했어. 멋지다. 훌륭해."

그러나 대니얼은 제드의 억지 농담에 만족하지 않았다. 아이는 송어를 서글프게 접시 위에 올려놓았다. "송어는 기어 다니지 않아요. 로퍼는 어디 있죠?"

"농장을 팔러 갔어. 너도 들었잖니."

"농장을 판다는 소린 이제 지긋지긋해요. 왜 농장을 살 때는 없는 거죠? 다 팔고 나면 뭘 할 거죠?" 대니얼은 괴물에 대한 책을 펼쳤다. "토머스와 우리 셋이 있는 게 제일 좋아요. 이게 제일 정상 같아요."

"대니얼, 아버지한테 그게 무슨 소리니." 제드는 조너선의 시선을 억지로 피하면서 캐롤라인을 좀 더 달래려고 서둘러서 자리를 떠났다.

"제드! 파티야! 토머스! 분위기 띄워보자고!"

로퍼는 새벽부터 돌아와 있었다. 두목은 늘 동트자마자 비행기를 탔다. 하루 종일 주방 직원들은 분주히 움직였다. 비행기가 도착했고, 맥댄비와 단골 고객, 필요악이 손님 숙소를 계속 채워가고 있었다. 불을 밝힌 수영장과 자갈길도 깔끔하게 새로 단장을 마쳤다. 경내에 횃불이 켜졌고, 파티오의 음향 장비에서는 로퍼가 좋아하는 추억의 78년 멜로디가 흘러나오고 있었다. 맨살을 드러낸 여자들, 파나마모자를 쓴 코코란, 흰 디너 재킷과 청바지 차림의 랭번 등 여덟 사람들이 빙 둘러서서 상대를 바꿔가며 이야기를 나누고 웃고 있었다. 바비큐에서 고기가 지글거렸고, 샴페인이 흘러넘쳤고, 하인들은 미소 지으며 종종걸음을 쳤고, 크리스털은 활기를 되찾았다. 심지어 캐롤라인조차 동참했다. 오직 제드만이 슬픔과 작별하지 못한 것 같았다.

"이런 식으로 생각해보세요." 로퍼는—그는 술을 접대에 필요한 이상으로는 마시지 않았다—머리카락을 파랗게 염색한 영국 귀부인에게 말했다. 라스베이거스에서 가진 걸 몽땅 도박으로 날렸지만, 다행히 집은 신탁에 들어 있었고 디키의 도움도 받은 사람이었다. "세상이 똥통인데 당신이 천국 한 곳을 건설해서 이런 여자를 데려다 놓았다면……." 그는 한쪽 팔을 쫙 펴서 제드의 어깨를 감싸 안았다. "제 상식으로는 세상에 좋은 일을 한 겁니다."

"하지만 디키, 당신은 우리 모두에게 좋은 일을 해줬잖아요. 우리 인생에 활기를 가져다줬어요. 안 그래, 제드? 당신 남자는 정말 완벽하게 놀라운 사람이야. 당신은 행운아라고. 잊지 마."

"대니얼! 이리 오너라!"

로퍼의 음성은 침묵을 불러일으키는 데가 있었다. 심지어 미국 채권단조차 말을 멈췄다. 대니얼은 순순히 아버지 곁으로 다가갔다. 로퍼는 제드를 놓고 아들의 양어깨에 손을 올리더니 사람들에게 소개하듯 돌려세웠다. 그는 충동적으로 말하고 있었다. 조너선은 즉각 알아차렸다. 그는 제드를 향해 말하고 있었다. 관객의 공감 없이는 해결할 수 없는, 두 사람 사이에 전개되고 있는 모종의 불화를 해결하려 하고 있었다.

"어느 부족이 굶주림에 죽어가고 있어요." 로퍼는 미소 짓는 얼굴들을 향해 말했다. "흉작이었고, 강물은 말라붙었고, 해결책은 없다면? 그런데 유럽과 미국에는 곡물이 쌓여 있다면? 이용도 안 하고 아무도 신경 쓰지 않는 우유의 강이 흐르고 있다면? 그렇다면 사람을 죽이는 건 누구일까요? 총을 만드는 사람은 아니야! 식량고 문을 열지 않은 사람들이라고!" 박수. 로퍼가 박수받는 걸 반기는 것을 보고 더 큰 박수 소리가 일었다. "동정심에 일어선다고? 무정한 세상이라고? 헛소리! 스스로 일어설 용기가 없는 부족이라면 빨리 도태되는 게 나아요."
그는 대니얼을 향해 다정하게 한 번 손을 흔들었다. "이 녀석을 봐요.
종자가 좋지. 왜 그럴까요? — 똑바로 서라, 대니얼 — 생존자들의 대를
이은 후손이기 때문이에요. 수백 년간 가장 강한 아이들이 살아남았
고, 약한 애들은 쓰러졌어. 살아남은 자들이 서로 교배해서 이 녀석을
만든 거야. 유대인들에게 물어봐요, 그렇죠, 키티? 키티도 고개를 끄덕
이는군. 살아남은 자들. 우리가 바로 그거예요. 무리 중 최고라고. 늘
그랬어." 그는 대니얼을 돌려세우고 집을 가리켰다. "침대로 가라, 이
녀석아. 토머스가 곧 뒤따라가서 책을 읽어줄 거다."

잠시 제드는 다른 사람들과 마찬가지로 표정이 밝아졌다. 박수에
동참하지는 않았지만, 얼굴에 떠오른 미소와 로퍼의 팔을 잡는 동작에
서 로퍼의 연설이 죄책감과 의혹, 당혹스러움, 혹은 이 완벽한 세계 속
에서 일상처럼 누리는 즐거움에 그림자를 드리우는 감정을 순간 그녀
에게 던졌다는 걸 알 수 있었다.

그러나 몇 분 뒤 제드는 조용히 위층으로 올라갔다. 그리고 다시 내
려오지 않았다.

코코란과 조녀선은 우디의 집 정원에 앉아서 차가운 맥주를 마시고
있었다. 미스 메이블 섬 뒤로 해가 지면서 하늘을 둥그렇게 물들이고
있었다. 구름이 마지막으로 솟아오르며 하루의 마지막을 장식하고 있
었다.

"새미라는 친구가 있었어." 코코란은 몽롱하게 말했다. "이름이 그거

였지. 새미."

"그 친구가 왜?"

"파샤 이전에 있던 배. 폴라 말이야. 새미가 그 배의 선원 중 한 사람이었다고."

조너선은 코코란이 옛사랑 이야기라도 하려는가 보다고 생각했다.

"켄터키 출신이었어. 수부였지.《보물섬》에서 튀어나온 사람처럼 늘 돛대 위를 오르락내리락했어. 왜 저럴까? 난 생각했어. 자랑하려고? 여자들한테 잘 보이려고? 혹시 남자들한테? 나한테? 럼. 두목은 그 시절에 상품을 거래하는 데 주력했어. 아연, 코코아, 고무 제품, 차, 우라늄, 그 밖의 온갖 물건들. 때로 밤새도록 앉아서 앞에서 팔고 뒤로 사들이고 일찍 사고 빨리 팔고 협박하고 주식을 팔고. 물론 내부자 거래였어. 위험부담을 짊어질 이유는 없으니까. 한데 새미라는 친구가 돛대를 오르내리더라고. 그때 난 이해했지. 아, 네가 무슨 짓을 하는지 이제야 알겠네, 새미. 내가 하는 짓을 하는구먼. 염탐하는 거야. 늘 그렇듯 저녁에 닻을 내릴 때까지 기다렸다가 선원들을 육지로 보냈어. 그런 다음에 사다리를 꺼내서 직접 돛대에 올라가 봤지. 거의 죽을 뻔했는데, 안테나 옆에 비스듬히 끼워놓은 게 바로 보이더라고. 땅에서는 절대 볼 수가 없지. 도청 장치. 새미는 두목의 위성통신을 도청하면서 시장에서 따라 하고 있었던 거야. 그와 육지에 있는 그의 친구들이. 상당히 모았더군. 우리가 덜미를 잡았을 때는 7백 달러가 2만 달러로 불어나 있었어."

"그 친구는 어떻게 했지?"

코코란은 약간 슬프다는 듯 고개를 저었다. "내 문제는 말이지." 조너선이 대신 해결해주어야 할 문제라는 투였다. "자네의 눈을 들여다볼 때마다 내 모든 육감이 이놈도 돛대를 오르내리던 그 젊은 새미 녀석과 똑같다고 부르짖는다는 거야."

다음 날 아침 9시였다. 프리스키는 읍내로 나와서 도요타 안에 앉아 일부러 요란스럽게 경적을 울리고 있었다.

"정신 차리고 양말 신어, 토미! 출동할 시간이야. 두목이 조용히 만나자고 해. 당장, 즉시, 나와!"

파바로티는 애절하게 목청을 높이고 있었다. 로퍼는 큰 벽난로 앞에 서서 납작한 안경으로 법률 서류를 읽고 있었다. 랭번은 소파에 널브러져 앉아 한 손을 무릎 위로 늘어뜨리고 있었다. 청동 문이 닫혔다. 음악이 멈췄다.

"선물이야." 로퍼는 계속 서류를 읽으면서 말했다.

수신인이 데릭 S. 토머스로 되어 있는 갈색 봉투가 거북 등딱지 책상 위에 놓여 있었다. 조너선은 봉투의 무게를 가늠하며 고속도로변 폰티액 안에서 창백한 얼굴로 앉아 있던 이본을 불편한 마음으로 떠올렸다.

"이게 필요할 거야." 로퍼는 은제 종이칼을 조너선 쪽으로 내밀었다. "마구 찢지는 마. 비싼 거니까."

로퍼는 서류 읽던 것을 멈췄다. 그는 안경 너머로 계속 조너선을 바라보고 있었다. 랭번도 그를 쳐다보고 있었다. 두 사람의 시선 앞에서 조너선은 봉투 입구를 찢고 뉴질랜드 여권을 꺼냈다. 안에는 그의 사진이 붙어 있었고, 신상 명세는 데릭 스티븐 토머스, 회사 임원, 남섬 말버러 출생, 만기일은 3년 뒤로 되어 있었다.

여권을 보면서 만지작거리고 있으니 순간 우스꽝스럽게도 감동이 밀려왔다. 눈앞이 흐릿해졌고, 목구멍으로 뭔가 치밀어 올랐다. 로퍼가 나를 보호해줬다. 로퍼는 내 친구다.

"비자도 몇 개 붙여달라고 했어." 로퍼는 자랑스럽게 말했다. "적당히 너덜거리도록." 그는 읽던 서류를 한쪽으로 치웠다. "새 여권은 믿지 말라, 내 생각이야. 낡은 여권이 좋아. 제3 세계 택시 운전사도 마찬가지고. 그들이 살아남은 데엔 이유가 있어."

"고맙습니다." 조너선은 말했다. "정말 감사합니다. 아름답군요."

"자네도 이제 시스템 안으로 들어온 거야." 로퍼는 자신의 관용에 흡족한 듯 말했다. "비자는 진짜야. 여권도 그렇고. 너무 자만하지는 마. 갱신할 때는 영사관을 이용하라고."

랭번의 느릿한 말투는 로퍼의 흡족함을 의도적으로 상쇄시키고 있었다. "서명하는 게 좋을 거야. 새 서명으로 연습부터 좀 하고."

두 사람이 보는 앞에서, 조너선은 그들이 만족할 때까지 종이 위에 데릭 S. 토머스라고 거듭하여 썼다. 그는 여권에 서명했고, 랭번은 여권을 받아서 다시 로퍼에게 넘겨주었다.

"뭐가 잘못됐나?" 랭번이 물었다.

"제 건 줄 알았는데요. 제가 갖고 있어야죠." 조너선이 말했다.

"누가 그런 소리를 해?" 랭번이 대꾸했다.

로퍼의 말투는 보다 자애로웠다. "자네 일거리를 찾았어. 기억나나? 일을 하면 가도 돼."

"무슨 일이요? 그런 말씀은 안 하셨잖습니까."

랭번은 서류 가방을 열고 있었다. "증인이 필요해요." 그는 로퍼에게 말했다. "읽을 줄 모르는 사람으로."

로퍼는 전화기를 들고 숫자 두 개를 눌렀다. "몰로이 양? 두목이야. 내 사무실로 잠시 내려오겠나?"

"제가 무슨 서류에 서명하는 겁니까?" 조너선이 물었다.

"아, 이런 파인." 랭번은 답답하다는 듯 중얼거렸다. "도주 중인 살인범 주제에 뭐가 그렇게 까다로운가."

"자네한테 직접 경영할 회사를 주려고 해." 로퍼가 말했다. "여행도 좀 해야 하고. 흥미진진한 일도 있을 거야. 입을 닫아야 할 일도 아주 많을 거고. 아주 큰 변화지. 모든 빚에 이자를 보태서 갚는 거라고."

청동 문이 열렸다. 몰로이 양은 키가 크고 화장을 진하게 한 40세 여성이었다. 목에 건 놋쇠 체인에는 대리석 무늬의 플라스틱 펜이 달려 있었다.

첫 번째 서류는 퀴라소에 등록된 트레이드패스 유한회사의 수익과 이윤, 매출, 자산을 포기한다는 양도증서 같았다. 조너선은 서명했다.

두 번째는 상무이사라는 지위에 주어지는 부담과 부채, 의무, 책임을 모두 받아들인다는, 같은 회사의 근로계약서였다. 그는 서명했다.

세 번째에는 전임자 랜스 몬터규 코코란 소령의 서명이 적혀 있었다.

조너선이 이니셜을 적어 넣어야 하는 단락이 있었고, 서명하는 자리도 있었다.

"왜 그러지, 제즈?" 로퍼가 물었다.

제드가 방 안으로 들어왔다. 구스에게 직접 이야기하고 들어온 것 같았다.

"델 오로스와 통화했어요. 아바코에서 저녁 먹고 시간을 보내면서 마작이나 하자고. 당신을 바꿔달라고 했는데, 교환수 말로는 당신이 안 받는다고 하더군요."

"당신도 내가 전화 안 받는 거 알잖아."

제드의 차가운 시선이 좌중을 둘러보다가 몰로이에게 머물렀다. "앤시아, 저 사람들이 당신한테 무슨 짓을 하는 거지? 설마 토머스와 결혼시키는 건 아니겠지?"

미스 몰로이의 얼굴이 벌겋게 달아올랐다. 로퍼는 모호하게 이맛살을 찌푸렸다. 조너선은 로퍼가 이렇게 당혹스러워하는 모습을 본 적이 없었다.

"토머스도 같이 갈 거야, 제즈. 말했잖아. 우리가 그에게 투자를 좀 할 거야. 우리가 도와야지. 갚을 빚이 있지 않나. 대니얼을 위해 해준 것도 있고. 전에 이야기했잖아, 기억 안 나나? 도대체 왜 이래, 제즈? 이건 사업이야."

"아, 그거 잘됐네요. 축하해요, 토머스." 그녀는 마침내 그를 바라보았다. 거리감 있는 미소였지만, 더 이상 연극적이지는 않았다. "원하지 않는 일은 절대 하지 않도록 조심해요. 로퍼는 정말 설득력이 뛰어나

거든요. 로퍼, 아바코에 간다고 해요? 마리아는 당신을 너무 좋아해서 안 간다고 하면 정말 속상해할 거예요."

"다른 일은?" 버는 조녀선이 전하는 이런저런 사건들을 들으며 거의 침묵을 지키고 있다가 물었다.

조녀선은 기억을 더듬는 척했다. "랭번 부부는 결혼 생활에 문제가 있지만, 아마 일상적인 일인 것 같습니다."

"그건 이 동네도 마찬가지야." 버는 말했다. 하지만 아직 다른 이야기를 더 기대하는 것 같았다.

"대니얼은 크리스마스에 영국으로 돌아갑니다."

"다른 건?"

"지금은 없습니다."

어색한 침묵. 서로 상대가 말해주기를 기다리고 있었다.

"음, 신중하게, 자연스럽게 행동해." 버는 마지못해 입을 열었다. "그의 신성한 사무실에 들어간다 어쩐다 하는 소리는 하지 마."

"알겠습니다."

잠시 정적이 흐른 뒤 둘 다 전화를 끊었다.

난 내 인생을 살 거야. 그는 언덕을 달려 내려가며 자기 자신에게 다짐했다. 난 인형이 아니니까. 그 누구의 하수인도 아니라고.

18
빈집털이의 첫 번째 규칙

로퍼가 농장을 더 팔기로 결정했고, 랭번이 함께 갈 것이며, 코코란은 아이언브랜드에 용무가 있어 나소에 들른다는 소식을 듣자마자, 조너선은 금지된 사무실을 기습하기로 결정했다.

일행이 섬을 떠난 날 아침, 제드와 캐롤라인은 아이들을 말에 태우고 섬 일주를 위해 해변 길 산책에 나설 계획이었다. 6시에 출발해서 브런치 시간에 맞춰 크리스털로 돌아와 한낮의 태양을 피해 수영하기로 했다는 소식을 마구간 관리인 클로드에게 들었을 때, 조너선의 결심은 더욱 확고해졌다.

그 순간부터 그의 성향은 전략적으로 변했다. 기습 전날, 그는 대니얼을 미스 메이블 산 북면의 험난한 등산로로 데려갔다. 보다 정확히 말하면, 언덕의 가장 가파른 경사면을 파고들어 간 작은 채석장이었다. 하켄 세 개와 밧줄로 산을 등반한 뒤, 두 사람은 동쪽 비행장 끝에 의기양양하게 올라섰다. 정상에서 그는 달콤한 향이 나는 노란색 프리지어 꽃 한 다발을 꺾었다.

"그건 누구한테 주려고요?" 대니얼은 초콜릿을 씹으면서 물었지만 조너선은 대답하지 않았다.

다음 날 그는 평소대로 이른 시각에 일어나 해변을 달리면서 제드 일행이 계획대로 승마를 하고 있는지 확인했다. 그는 바람 부는 모퉁이에서 제드와 캐롤라인, 뒤따라오는 클로드, 아이들과 마주쳤다.

"아, 토머스. 혹시 나중에 크리스틸에 들를 일이 있나요?" 제드는 담배 광고라도 찍는 배우처럼 몸을 앞으로 기울여 아랍 종 말의 목을 두드렸다. "잘했어. 들른다면 캐롤라인은 다이어트 때문에 유지방이 들어간 음식은 절대 안 먹는다는 말을 전해주지 않겠어요?"

에스메랄다는 캐롤라인이 유지방이 들어 있는 음식은 먹지 않는다는 것을 아주 잘 알고 있었다. 제드가 그렇게 말하는 것을 조너선도 들은 적이 있었다. 하지만 요즘 그는 제드에게서 엉뚱한 말을 듣는 데 익숙해져 있었다. 미소는 산만했고, 행동은 그 어느 때보다 산만했으며, 잡담도 많이 하지 않았다.

조너선은 은신처까지 계속 달렸다. 오늘 그의 의지는 그의 것이었기 때문에, 송수화기를 꺼내지는 않았다. 대신 초소형 카메라를 지포 라이터처럼 챙기고 자물쇠 따개도 챙겨서 달릴 때 짤랑거리지 않도록 주먹에 꽉 쥔 뒤, 우디의 집으로 돌아와서 옷을 갈아입고 전투를 앞둔 긴장감을 어깨로 느끼며 굴을 지나 크리스틸로 향했다.

"꽃다발은 뭐 하려고, 토머스 씨?" 대문의 경비가 사람 좋게 물었다. "불쌍한 미스 메이블한테서 훔친 거야? 왜 그랬어. 이봐, 도버, 여기 와서 멍청한 얼굴 내밀고 이 꽃 좀 보라고. 이렇게 아름다운 향을 맡은 적이 있나? 아니지, 여자 엉덩이 냄새 말고는 평생 아무것도 맡은 적이 없겠지."

주 건물에 도착한 조너선은 마치 마이스터에 돌아간 것 같은 현기증을 느꼈다. 문에서 그를 맞은 것은 아이삭이 아니라 헤어 카스파르였다. 알루미늄 사다리 꼭대기에서 전구를 교체하고 있는 것은 파커가 아니라 잡역부 바비였다. 포푸리에 살충제를 나른하게 뿌리고 있는 것은 아이삭의 딸이 아니라 헤어 카스파르의 조카였다. 환상은 곧 지나갔고, 그는 다시 크리스털로 돌아왔다. 부엌에서 에스메랄다가 보트 관리인 탤버트, 세탁부 퀴니와 함께 세상만사의 잡다한 일에 대한 세미나를 진행하고 있었다.

"에스메랄다, 이 꽃들을 꽃을 화병 좀 찾아주겠어요? 대니얼에게 줄 깜짝 선물입니다. 아, 그리고 미스 제드가 랭번 부인은 유지방이 들어간 음식은 절대 안 먹는다고 전해달래요."

워낙 재미있다는 투로 이 말을 해서, 듣는 사람들은 배꼽을 잡고 웃음을 터뜨렸다. 조너선은 웃음소리를 뒤로한 채 꽃병을 손에 들고 대니얼의 방에 가는 척하며 2층으로 올라갔다. 주인의 거실문에 다가가서, 그는 멈춰 섰다. 아래층에서 활발한 이야기 소리가 계속해서 들려왔다. 문은 약간 열려 있었다. 그는 문을 밀고 거울이 박힌 복도로 들어섰다. 복도 끝 문은 닫혀 있었다. 그는 아일랜드와 부비트랩을 생각하며 손잡이를 돌렸다. 안으로 들어섰지만, 아무것도 터지지 않았다. 그는 흥분해 있는 것이 창피해서 문을 닫고 주변을 둘러보았다.

망사 커튼을 뚫고 들어온 햇빛이 흰 카펫 위에 안개처럼 깔려 있었다. 거대한 침대 위 로퍼가 자는 쪽에는 사람이 든 흔적이 없었다. 로퍼의 베개는 아직 푹신푹신했다. 침대 옆 테이블에는 《포천》과 《포브스》, 《이코노미스트》 최신호와 세계 각지의 경매장 카탈로그 과월호가 놓여 있었다. 메모장, 연필, 휴대용 녹음기. 침대 반대쪽으로 시선을 옮기니 제드의 몸 자국과 뒤척거린 듯 눌린 베개의 자국이 눈에 띄었고, 검은색 실크 나이트가운 천과 잡지 《유토피아》, 《가구와 좋은 집》, 《정원》, 《좋은 말》, 또 말에 대한 커피 테이블용 책, 아랍 종 말과 영국 요리법에 대한 책, 8일 만에 이탈리아어를 배우는 방법에 대한 책이 놓여 있었다. 아기에게서 나는 냄새가 풍겼다. 베이비 파우더 향, 욕조 거품 비누. 어제 입었던 화려한 옷가지들이 긴 의자 위에 널브러져 있었고, 열려 있는 욕실 문간 너머로는 어제 입었던 수영복이 샤워 손잡이에 삼각형 모양으로 걸려 있는 것이 눈에 띄었다.

눈을 바쁘게 움직이며, 그는 방 전체를 한눈에 읽기 시작했다. 나이트클럽과 사람들, 식당, 말 관련 기념품이 잔뜩 놓여 있는 드레싱 테이블. 팔짱을 낀 채 웃고 있는 사람들 사진과 남성미가 돋보이는 짧은 바지 차림의 로퍼, 페라리 운전석에 앉아 있는 로퍼, 레이스 보트에 오른 로퍼, 흰 고깔모자와 즈크 천 바지 차림으로 아이언 파샤 함교에 서 있는 로퍼, 맨해튼의 마천루를 배경으로 화려한 장식을 두르고 뉴욕 항에 정박해 있는 파샤 사진. 열린 서랍 안에 가득 차 있는 종이 성냥과 여자친구들의 친필 편지. 표지에 정감 있는 사냥개 사진이 박힌 아이용 주소록. 잊지 않도록 노란색 종잇조각에 적어서 거울 옆에 붙여놓은 메모. '대니얼의 생일 선물로는 방수 시계?' '마리에게 전화해서 사라의 관절에 대해 물어볼 것.' 'S. J. 필립스에게 R의 커프스단추에 대해 물어볼 것!!'

방은 공기가 통하지 않는 것처럼 갑갑했다. 난 도굴꾼이야, 하지만 그녀는 살아 있어. 여기는 불을 켠 헤어 마이스터의 와인 창고야. 감금당하기 전에 나가자. 하지만 그는 탈출하기 위해 온 것이 아니었다. 개입하기 위해 온 것이었다. 아니면, 둘 다거나. 그는 로퍼의 비밀을 원했지만, 그녀의 비밀을 더더욱 원했다. 어쩌다 그녀가 로퍼와 얽혔는지, 그 우스꽝스러운 가식은 무엇인지, 왜 시선으로 그를 그렇게 더듬는지 수수께끼를 풀고 싶었다. 꽃병을 소파 테이블 위에 놓은 뒤, 그는 그녀의 베개 하나를 집어 들고 얼굴에 갖다 댔다. 애니 아주머니의 난로에서 나던 나무 연기 냄새가 났다. 당연하지. 간밤에 당신이 했던 일이니까. 아이들이 자는 동안 캐롤라인과 벽난로 앞에 앉아 이야기를 했어. 많은 이야기를 하고, 많은 이야기를 들었지. 당신은 뭐라고 했지? 뭘 들었지? 당신 얼굴의 그림자는? 요즘엔 당신 역시 면밀한 관찰자야. 시선이 나를 포함해서 모든 사물들에 지나치게 오래 머무른다고. 다시 어린아이가 되어서 모든 것들을 처음 바라보기 시작하는 거야. 더 이상 익숙한 것도, 더 이상 안전하게 의지할 것도 없겠지.

로퍼의 드레스룸으로 향하는 거울 문을 밀고 들어가니, 제드의 어린 시절이 아니라 자기 자신의 어린 시절로 들어온 기분이었다. 내 아버지가 키프로스의 올리브 덩굴 속으로 끌고 다닐 수 있는 놋쇠 손잡이가 달린 이런 군대 금고를 갖고 있었던가? 잉크와 술 자국이 묻은 이 접이식 작전용 테이블도? 서로 교차하는 언월도 한 쌍도 칼집에 매달려 벽에 걸려 있었나? 연대의 문장 같은 장식 술 모노그램이 박힌 이 드레스 슬리퍼도? 심지어 줄줄이 걸려 있는 와인색, 검은색, 흰색의 수제 정장과 디너 재킷, 나무 신발대에 걸린 수제 신발, 흰 사슴 가죽, 저녁용 에나멜 펌프스조차 진군 명령을 기다리는 군복의 향취를 풍기고 있었다.

다시 군인이 된 조녀선은 적의 흔적을 확인했다. 수상한 전선, 전기 회로, 센서, 저승으로 인도하는 솔깃한 덫. 없었다. 그저 30년 전에 찍은 학교 단체 사진, 대니얼의 스냅 샷, 각국의 동전 무더기, 베리 브라더스&러드의 고급 와인 목록, 런던 클럽의 연간 거래 내역뿐이었다.

로퍼 씨는 영국에 자주 가십니까? 마이스터에서 리무진에 짐이 다 실릴 때까지 기다리면서 제드에게 물은 적이 있었다.

아, 아뇨. 제드는 대답했다. 로퍼는 우리가 너무 잘 지내고 있다고 해요. 어쨌든 그는 갈 수가 없어요.

왜죠?

아, 몰라요. 제드는 너무나 무심하게 말했다. 세금 때문이던가. 직접 물어보시지 그래요?

안쪽 사무실 문이 눈앞에 있었다. 가장 안쪽에 있는 방, 그는 생각했다. 마지막 비밀은 너란 존재지. 하지만 너는 누구의 것일까? 그일까,

나일까, 아니면 그녀일까? 문은 단단한 사이프러스 목재로 되어 있었고, 테두리는 철로 장식되어 있었다. 그는 귀를 기울였다. 멀리서 수다 소리가 들려왔다. 진공청소기 소리. 바닥 닦는 소리.

여유를 갖자, 면밀한 관찰자는 스스로에게 상기시켰다. 여유는 주의다. 여유는 결백이다. 아무도 위층으로 올라오지 않는다. 크리스털의 침실 정리는 깨끗한 시트를 햇빛에 널어 말린 뒤, 한낮에나 이루어질 예정이었다. 두목의 지시로 제드가 성실하게 수행하는 일이었다. 우리는 복종하는 사람들이지, 제드와 나는. 수도원과 수녀원 교육은 헛되지 않았어. 그는 손잡이를 흔들어보았다. 잠겨 있었다. 일반적인 자물쇠 하나. 격리된 사무실에 보안장치가 따로 달려 있다. 근처에 오는 사람은 발견 즉시 사살. 열쇠를 찾을 수 있으면 절대 억지로 따지 마. 빈집털이의 첫 번째 규칙이야. 그는 문에서 돌아서서 선반 몇 개를 손으로 더듬어보았다. 러그 귀퉁이도 들어 올려보고, 그다음으로 화분, 가장 가까이에 걸려 있는 양복 주머니와 드레싱 가운 주머니도 더듬어보았다. 가까이에 있는 신발도 들어서 뒤집어보았다. 없었다. 할 수 없지.

그는 자물쇠 따개 꾸러미를 꺼내서 제일 잘 맞을 만한 것을 골랐다. 너무 두꺼웠다. 두 번째로 골라 집어넣다가 광택 나는 놋쇠 장식 쇠를 긁는 순간, 어린애처럼 심장이 덜컥 내려앉았다. 도둑이야! 누가 들어왔어! 그는 두 손을 양옆으로 내리고 작전 중 평정심을 회복하기 위해 천천히 몇 번 심호흡한 뒤 다시 시작했다. 부드럽게 밀어 넣고, 쉬었다가, 약간 뒤로 빼고, 다시 넣고. 군대에서 말하듯, 어루만졌다. 절대 억지로 힘쓰지 않았다. 귀를 기울이고, 압력을 느끼고, 숨을 참았다. 그리고 돌렸다. 부드럽게…… 다시 아주 살짝…… 이제 더 세게 돌렸다…… 약간 더 힘을 줘서……. 이러다가 따개가 부러질지도 모른다! 따개가 부러지면 일부가 자물쇠 구멍 안에 남게 된다! 안 돼!

자물쇠가 열렸다. 아무것도 부러지지 않았다. 아무도 조녀선의 얼굴에 헤클러를 발사하지 않았다. 그는 무사히 따개를 꺼내서 지갑에 넣은 뒤 그 지갑을 바지 주머니에 집어넣었다. 그때 도요타가 마구간 앞에 멈춰 서는 브레이크 소리가 들렸다. 몸이 굳었다. 지금. 면밀한 관찰자는 살며시 창가로 향했다. 온슬로 로퍼가 예기치 않게 나소에서 돌아온 게 틀림없었다. 경계를 넘은 조직원들이 무기를 회수하러 온 것이다. 아니, 도요타는 읍내에서 도착한 오늘의 빵 배달 차였다.

하지만 잘 들었어, 그는 자신에게 말했다. 침착하고, 주의 깊게, 당황하지 않고 잘 들었어. 잘했어. 그 아버지에 그 아들이다.

그는 로퍼의 사무실 안에 있었다.

선을 벗어나는 순간, 자넨 차라리 태어나지 않는 게 좋았을 거라는 생각을 하게 될 거야. 로퍼가 말했다.

안 돼, 버가 말했다. 루크도 안 된다고 했어. 성역은 접근 금지, 이건 명령이야.

단순성. 군인의 단순성. 보통 사람의 품위 있는 절제. 자수가 놓인 왕좌도, 거북 등딱지 책상도, 누운 사람을 곧장 꿈나라로 안내하는 쿠션이 놓인 3미터짜리 대나무 소파도, 은제 술잔도, 소더비즈 카탈로그도 없었다. 그저 돈과 거래를 다루는 단순하고 지루한 작은 사무실이었다. 모조 가죽이 깔린 평범한 사무용 책상에 서류 트레이 몇 개가 삐딱한 스탠드에 걸려 있었다. 잡아당기니 트레이가 한 단계씩 앞으로 튀어나왔다. 철제 의자 하나, 텅 빈 하늘을 죽은 눈처럼 응시하고 있는 둥근 다락의 창문 하나. 호랑나비 두 마리. 어떻게 들어왔지? 하나는 블루보틀이었고, 아주 시끄러웠다. 편지 한 통이 다른 편지들 맨 위에 놓여 있었다. 주소는 뉴베리의 햄든 홀이었다. 서명은 토니. 주제는 작성자의 곤란한 재정 상태였다. 한편으론 애원하면서도 한편으론 협박하는 어투. 읽지 말자, 사진을 찍자. 그는 침착하게 남은 종이를 트레이에서 꺼내 카드 늘어놓듯 책상 위에 펼치고, 지포 라이터를 분리하여 안에서 카메라를 꺼내 들고 작은 렌즈로 들여다보았다. 양손 손가락을 펼쳐서 범위를 조절하고 엄지손가락으로 코를 눌러, 버가 말했다. 그는 엄지손가락으로 코를 눌렀다. 어안렌즈였다. 모든 페이지가 들어왔다. 위로 초점, 아래로 초점. 찰칵. 다음 서류. 책상에 떨어진 땀방울을 닦자. 엄지손가락으로 코를 눌러 범위를 확인하자. 침착하게. 마찬가지로 침착하게 찰칵. 그는 창가에 얼어붙어 있었다. 관찰하되 너무 자세히 보지는 말자. 도요타가 출발했고, 운전석에는 구스가 앉아 있었다. 다시 일하자. 천천히.

그는 첫 번째 트레이에 놓인 서류들 사진 찍는 일을 끝내고 원래대로 돌려놓은 뒤 두 번째 트레이에서도 서류를 꺼냈다. 빽빽하게 글자가 적혀 있는 여섯 장짜리 서류였다. 최우량 자산? 대니얼에 대해 전처에게 보내는 편지? 그는 왼쪽에서 오른쪽으로 순서대로 서류를 늘어놓았다. 아니, 폴라에게 보내는 편지는 아니었다. 그래프용지 위에 볼펜으로 이름과 숫자가 잔뜩 적혀 있었고, 왼쪽에는 이름, 그 옆에는 숫자가 사각형 안에 한 자리씩 또박또박 들어가 있었다. 도박 빚? 집안

살림 내역? 생일 목록? 생각하지 말자. 일단 첩보만 하고, 생각은 나중에. 그는 한 걸음 물러서서 얼굴에 맺힌 땀을 닦고 숨을 내쉬었다. 그때 보았다.

머리카락 하나가 있었다. 길고 부드러운 직모, 로켓이나 연애편지 안에 들어 있을 법한, 혹은 연기 냄새를 풍기는 베개에 묻어 있어야 할 것 같은 아름다운 고동색 머리카락이었다. 순간 분노가 치밀어 올랐다. 지옥 같은 행군을 마친 끝에 목적지에 마침내 도착하니 이미 미워하는 경쟁자의 솥이 걸려 있을 때 탐험가가 느끼는 그런 감정이었다. 내게 거짓말을 했어! 그가 뭐 하는지 알고 있었어! 결국 그의 인생에서 가장 지저분한 거래에 한통속이었던 거야! 하지만 다음 순간 제드 역시 루크나 버, 소피의 죽음이라는 동기 없이 그와 똑같은 경로로 들어왔을 거라고 생각하니 기분이 좋아졌다.

조너선은 새끼손가락 끝으로 사람의 흔적을 알려주는 털 하나를 살며시 말아 올려서 땀에 젖은 셔츠 주머니에 집어넣고, 두 번째 파일을 트레이에 돌려놓은 뒤 세 번째 파일의 서류를 펼쳤다. 그때 마구간 쪽에서 말발굽 소리와 아이들이 항의하며 화내는 목소리가 들려왔다.

그는 체계적으로 서류를 제자리에 돌려놓고는 창가로 걸어갔다. 그 순간에도 집 안에서 빠르게 뛰어다니는 발소리, 대니얼이 주방을 지나 홀로 뛰어들어오며 어머니를 목 놓아 부르는 소리가 들려왔다. 이어서 제드의 목소리가 그를 따라 소리쳤다. 마구간 뜰에서 캐롤라인 랭번과 세 아이들, 제드의 아랍 종 말 사라의 고삐를 쥔 마구간 관리인 클로드, 대니얼의 말 스모키를 붙잡은 마부 더니골이 보였다. 말은 이 상황이

넌더리 난다는 듯 목을 축 늘어뜨린 채 서 있었다.

전투 중의 지능.
전투 중의 침착.
그 아버지에 그 아들. 군복을 입혀서 묻어라.
조너선은 카메라를 청바지 주머니에 넣고는 부주의한 흔적이 남지 않았는지 책상을 확인했다. 손수건으로 데스크톱을 닦고 서류 트레이 옆면도 닦았다. 대니얼이 제드보다 더 크게 소리 지르고 있었지만, 두 사람이 뭐라고 하는지는 들리지 않았다. 마구간 앞뜰에서 랭번의 아이들 중 하나가 불만 타령에 동참하기 시작했다. 에스메랄다가 주방에서 나와 대니얼에게 버릇없이 굴지 마라, 아버지가 뭐라고 했느냐고 말하고 있었다. 조너선은 드레스룸으로 나와서 철 테두리가 장식된 사무실 문을 닫고 다시 따개로 잠갔다. 장식 철을 긁어버렸다는 데서 오는 긴장감 때문에 원래보다 조금 더 시간이 걸렸다. 침실로 나왔을 때는 요란하게 계단을 올라오는 제드의 승마 부츠 소리와, 다시는 대니얼을 데리고 승마하러 가지 않겠다고 맹세하는 목소리가 들려왔다.
그는 도로 욕실로 들어갈까, 아니면 로퍼의 드레스룸으로 들어갈까 생각했지만, 숨어서 해결될 일은 아무것도 없는 것 같았다. 편안한 무력감이 내려앉았고, 사랑을 나눌 때처럼 지체하고 싶은 욕구가 일었다. 승마복 차림의 제드가 조끼와 헬멧을 벗어 들고 열기와 분노에 붉어진 얼굴로 문간에 나타났을 때, 조너선은 소파 테이블 앞에 서서 위층으로 올라오는 동안 형태가 약간 어그러진 꽃을 정돈하고 있었다.

제드는 처음엔 대니얼에게 너무 화가 나서 놀라지도 않았다. 분노가 그녀를 진짜 인간처럼 보이게 했다.

"토머스, 혹시 당신이 대니얼에게 조금이라도 영향을 줄 수 있다면, 제발 다쳤을 때 어린애처럼 굴지 말라고 가르쳐줘요. 조금만 넘어져도, 자존심 말고는 상처 난 데도 없는데, 그냥 완전히……. 아니, 토머스, 이 방에서 뭐 하는 거예요?"

"꽃을 가져왔습니다. 어제 등산하다가 꺾었거든요."

"미스 수에게 전하지 않고요."

"직접 꽂고 싶었습니다."

"직접 꽂아서 아래층 미스 수를 통해 전해줄 수도 있었잖아요."

그녀는 흐트러진 침대를 노려보았다. 긴 의자에 널려 있는 어제 입은 옷가지들. 열린 욕실 문. 대니얼은 아직도 외치고 있었다. "입 다물어, 대니얼!" 그녀의 눈길은 다시 조너선에게로 향했다. "토머스, 꽃이든 뭐든, 당신 정말 뻔뻔하군요."

똑같은 분노. 대니얼에서 나한테로 옮겨온 거야, 조너선은 산만하게 꽃을 만지작거리며 생각했다. 문득 그녀를 보호하고 싶은 감정이 가슴 깊숙한 곳에서 솟아났다. 자물쇠 따개가 허벅지 옆에 묵직하게 자리하고 있었고, 지포 카메라는 셔츠 주머니에서 거의 빠져나와 있었으며, 에스메랄다에게 댈 핑계로 만든 꽃 이야기는 빈약하기 짝이 없었다. 그러나 그가 걱정하는 것은 그 자신이 아니라 제드의 연약함이었다. 대니얼의 고함 소리가 멈췄다.

"그럼 경비를 부르시죠?" 조너선은 그녀에게 말한다기보다는 꽃을 향해 말했다. "거기 옆에 있는 벽에 긴급 버튼이 있지 않습니까. 아니면 경내 전화로 부르셔도 되고요. 9번을 누르세요. 제 뻔뻔함에 대한 대가는 원하시는 대로 치를 테니까요. 대니얼은 다쳐서 저 난리를 피우는 게 아닙니다. 런던으로 돌아가고 싶지 않아서, 당신을 캐롤라인과 그집 아이들과 공유하고 싶지 않아서 저러는 겁니다. 당신을 혼자 독점하고 싶은 거예요."

"나가요." 그녀는 말했다.

하지만 침착함과 그녀에 대한 걱정이 그에게 이 상황을 통제할 수 있는 힘을 주었다. 리허설과 공포탄은 끝났다. 이제 실전이었다.

"문을 닫아요." 그는 나직하게 그녀에게 지시했다. "이야기하기 좋은 때는 아니지만, 당신에게 할 말이 있어. 대니얼에게는 들려주고 싶지 않아. 이미 당신 침실 벽을 통해 충분히 듣고 있으니까."

그녀는 그를 응시했다. 반신반의하는 표정이 떠올랐다. 그녀는 문을 닫았다.

"난 당신 생각에 푹 빠져 있어. 당신을 머릿속에서 몰아낼 수가 없어. 당신과 사랑에 빠졌다는 뜻은 아니야. 난 당신과 같이 잠들고, 당신과 같이 잠에서 깨어나고, 양치질할 때도 당신 것까지 닦고, 대부분의 시간을 당신 생각과 싸우고 있어. 논리도 없고, 쾌감도 없이. 당신이 내뱉는 생각 중에 쓸 만한 건 단 하나도 못 들었고, 당신의 말은 대부분 가식적인 쓰레기야. 하지만 난 뭔가 재미있는 것을 생각할 때마다 당신이 웃어주어야 하고, 우울할 때는 당신이 기운을 돋워주어야 해. 난 당신이 어떤 사람인지도 몰라. 당신이 여기에 맥주를 마시러 와 있는지, 로퍼를 열렬히 사랑해서 와 있는지도 몰라. 당신 역시 모를 거라고 확신해. 당신은 엉망진창이야. 하지만 도저히 물러설 수가 없어. 전혀. 그래서 분하고, 그래서 바보가 된 기분이고, 그래서 당신 목을 졸라버리고 싶어. 하지만 이것도 집착의 일부일 뿐이겠지."

이것은 조녀선 자신의 말이었다. 타인의 대사가 아니라 그 자신으로서 내뱉은 말이었다. 그럼에도 불구하고 그의 내면에 있는 잔인한 고아는 그녀의 어깨에 책임을 조금이나마 떠넘기지 않을 수 없었다. "어쩌면 날 그렇게 친절하게 챙기지 않는 게 좋을 뻔했어. 날 일으켜 앉히고. 내 침대에 앉고. 납치당한 대니얼의 잘못인 걸까. 아니, 얻어맞은 내 잘못이겠지. 그리고 내게 그 강아지 같은 추파를 던지는 당신 잘못이기도 하고."

그녀는 눈을 감았고, 일순 잠든 것 같았다. 그러더니 다시 눈을 뜨고 손을 얼굴 쪽으로 들어 올렸다. 너무 지나치게 때린 게 아닌가, 서로가 경계해왔던 선을 넘어버린 게 아닌가 하는 두려움이 퍼뜩 일었다.

"평생 동안 누가 내게 했던 이야기들 중 가장 무례하군요." 그녀는 잠시 침묵을 지키다 자신 없이 말했다.

그는 대답하지 않았다.

"토머스!" 그녀는 도움을 청하듯 불렀다.

그러나 그는 돕지 않았다.

"맙소사, 토머스……. 아, 빌어먹을. 토머스. 여긴 로퍼의 집이에요!"

"여긴 로퍼의 집이고, 당신은 감당할 수 있을 때까지 로퍼의 여자겠지. 짐작건대 오래 감당하진 못할 거야. 캐롤라인 랭번이 틀림없이 말했겠지만, 로퍼는 사기꾼이야. 처음 만났을 때 당신이 그에게 어떤 환상을 주입했는지는 몰라도, 그는 해적도 아니고, 미시시피 도박사도, 낭만적인 모험가도 아니야. 무기 밀매인이고, 살인에도 최소한 조금은 가담했어." 그는 한 발짝 성큼 내디뎠다. 그는 버와 루크의 법칙 전부를 문장 하나로 깨뜨렸다. "당신과 나 같은 사람이 그를 염탐하는 건 그 때문이야." 그는 말했다. "그의 사무실에 온갖 흔적을 남기면서. '제드가 여기 있었어. 제드 마셜이. 그녀의 흔적이, 그녀의 머리카락이 서류에 묻어 있어.' 그랬다간 그는 당신을 얼마든지 죽일 거야. 그가 하는 일이 그거니까. 사람 죽이는 일." 그는 자신의 간접적인 고백에 대한 반응을 살폈지만, 그녀는 얼어붙어 있었다. "저는 가서 대니얼과 이야기하는 게 좋겠습니다. 대니얼이 무슨 짓을 한 겁니까?"

"누가 알겠어요."

방을 나서는데 그녀가 이상한 행동을 했다. 그녀는 문간에 서 있었고, 그가 다가가자 그녀는 한 걸음 뒤로 물러서서 나갈 길을 터주었다. 평범한 예의였다. 한데 자신도 설명할 수 없는 어떤 충동을 느꼈는지, 무슨 충동에서였는지, 그녀는 그의 앞으로 팔을 뻗고 문손잡이를 돌리더니 문을 밀어 열었다. 마치 그가 손에 뭐라도 들고 있어서 도움이 필요하다는 식이었다.

대니얼은 침대에 누워서 괴물에 대한 책을 읽고 있었다.

"제드가 먼저 과민 반응한 거예요." 그는 설명했다. "난 미끼를 물었을 뿐이에요. 그런데 제드가 날뛰기 시작했다고."

19
크리스털 섬의
여주인

그날 저녁, 조너선은 아직 살아 있었다. 하늘은 여전했고, 굴을 통과해 우디의 집으로 돌아가는 길에 고릴라 같은 보안 요원들이 나무에서 뛰어내려 그를 덮치지도 않았다. 매미는 한결같은 리듬으로 울어댔고, 해는 미스 메이블 산 뒤로 숨었고, 석양이 내려앉았다. 그는 대니얼과 랭번의 아이들과 함께 테니스를 쳤고, 수영을 했고, 항해를 했다. 아이작에게 토트넘 홋스퍼에 대한 이야기를 들었고, 에스메랄다에게는 악령에 대한 이야기를, 캐롤라인 랭번에게는 남자와 결혼 생활, 남편에 대한 이야기를 들었다.

　"내가 고통스러운 건 부정이 아니라 거짓말이에요, 토머스. 왜 내가 당신한테 이런 말을 하는지 모르겠지만, 당신은 정직한 사람이잖아요. 그가 당신에 대해 무슨 말을 하든 상관없어요. 우리는 모두 각자의 문제를 갖고 있지만, 정직한 사람은 딱 보면 알아요. 그가 '난 애너벨과 바람을 피웠어'라고 말해주기만 했더라도—아니, 누구와 바람을 피웠든 간에—'난 앞으로도 계속 바람을 피울 거야'라거나 뭐 그런 말을 했더라면 차라리 '좋아. 그런 식으로 살고 싶다면 그렇게 하자고. 단, 당신이 못 지키는 정절을 내게 기대하지도 마'라고 말하고 끝냈을 거예요. 그건 참을 수 있어요, 토머스. 여자들은 그러니까요. 그저 몇 년 동안 내 돈을 그에게 모조리 내주고 실질적으로 먹여 살렸다는 게 분통 터지긴 해요. 내 아버지가 애들 학비를 내주는 동안 자기는 만나는 화냥년마다 돈을 흥청망청 써대면서 우리한테는 한 푼도 주지 않았다는 게 말이에요. 아니, 한 푼도 주지 않았다기보다는 여유 있었던 게 아니었죠."

그날 하루 종일, 그는 제드를 두 번 보았다. 한번은 여름 저택에서 노란색 카프탄 옷차림으로 편지를 쓰고 있었고, 한번은 치마를 허리까지 끌어올린 채 대니얼의 손을 잡고 해변을 걷고 있었다. 의도적으로 제드의 침실 발코니 밑을 통과해서 집을 나설 때, 조너선은 로퍼와 통화하는 그녀의 목소리를 들었다. "아니, 다치지는 않았어요. 그냥 소란이 좀 있었지만 곧 괜찮아졌어요. 사라가 마구간 지붕 위에서 뛰는 모습도 그려서 내게 줬는데, 당신도 보면 정말 좋아할 거예요……."

이제 그에게 말하겠지, 그는 생각했다. 좋은 소식은 이 정도로 됐고, 한데 내가 위층에 올라가 보니 우리 침실에 누가 있었는지 알아요?

우디의 집에 도착한 뒤부터 시간은 흐르지 않았다. 혹시 경비가 알아챘다면 틀림없이 먼저 이 집에 들어왔을 가능성이 가장 크다고 판단하고, 그는 조심스럽게 안으로 들어갔다. 뒷문으로 들어가서 우선 아래 위층을 둘러본 뒤, 작은 철제 카세트 필름을 카메라에서 꺼내고 주방에서 날카로운 칼을 가져다가《더버빌 가의 테스》페이퍼백 페이지를 도려내고 필름을 넣었다.

그런 뒤에는 사건이 하나씩 차례로 머릿속을 스쳐 갔다.

그는 목욕을 하고 생각했다. 지금쯤 당신은 샤워하고 있겠지. 수건을 건네줄 사람은 아무도 없을 테고.

그는 에스메랄다가 준 남은 음식으로 치킨 수프를 만들며 생각했다. 지금쯤 당신과 캐롤라인은 파티오에서 에스메랄다의 레몬 소스를 얹은 농어 요리를 먹으며 캐롤라인의 인생 이야기를 한 구절 더 듣고 있겠지. 랭번의 아이들은 감자 칩과 콜라, 아이스크림을 먹으며 대니얼의 놀이터에서《청년 프랑켄슈타인》을 읽고 있을 테고, 대니얼은 그 아이들이 싫어서 자기 침실 문을 닫고 누워서 책을 읽고 있을 거야.

그런 다음 그는 침대에 들었다. 그녀에 대해 생각하기 좋은 곳인 것 같았다. 그렇게 12시 30분까지 침대에 누워 있는데, 어느 순간 문간에서 나는 조심스러운 발소리를 듣고 그는 벌거벗은 채 소리 없이 이불에서 빠져나가 침대 밑에 놓아둔 쇠 부지깽이를 집어 들었다. 날 잡으러 온 거야, 그는 생각했다. 그녀가 로퍼에게 일러바쳤고, 날 우디 꼴로 만들려는 거야.

그러나 제드가 침실에서 그를 발견했던 순간부터 계속 그의 내면에서 속삭이던 목소리는 다른 이야기를 건네고 있었다. 그래서 그녀가 현관문을 두드렸을 때, 그는 이미 부지깽이를 다시 치우고 사롱 끈을 허리에 조이고 있었다.

그녀 역시 배역에 맞는 짙은 색 긴 치마와 검은 망토 차림을 하고 있었다. 산타할아버지 복장을 하고 있었다 해도 놀라지 않았겠지만, 망토는 등 뒤에 잘 어울리게 늘어져 있었다. 그녀는 손전등을 들고 있었고, 그가 문을 다시 걸어 잠그는 동안, 전등을 내려놓고 망토로 몸을 더 단단히 감쌌다. 그런 뒤 두 손을 목 앞에서 극적으로 깍지 끼었다.

"여기에 오면 안 됩니다." 그는 얼른 커튼을 쳤다. "혹여 본 사람이 있진 않습니까? 캐롤라인과 마주치진 않았습니까? 대니얼은요? 야간 직원들은?"

"아무도 안 봤어요."

"당연히 봤을 겁니다. 수위실 경비들은?"

"몰래 나왔어요. 아무도 못 들었어요."

그는 믿기지 않는 눈으로 그녀를 바라보았다. 거짓말한다고 생각해서가 아니라, 무모한 행동 때문이었다. "뭘 드릴까요?" 그는 '이왕 왔으니' 하는 말투로 물었다.

"커피요. 커피 주세요. 특별하게 만들 건 없고요."

커피를 마시고 싶어요. 이집트 커피요. 문득 기억이 떠올랐다.

"텔레비전을 보고 있었어요, 수위실 경비들은. 창문으로 보였어요."

"알겠습니다."

그는 주전자를 불 위에 올려놓고 벽난로 앞 통나무에 불을 붙였다. 그녀는 몸을 떨며 미간을 찌푸린 채 타닥거리는 소나무를 바라보았다.

그러다가 방을 둘러보았고, 그가 지금껏 모은 책들도 둘러봤고, 조촐한 실내도 확인했다. 꽃, 벽난로 위 대니얼의 익룡 그림과 나란히 놓여 있는 카네이션 베이 수채화.

"대니얼이 내게 사라 그림을 그려줬어요. 화해하려고요."

"압니다. 당신이 로퍼와 통화할 때 발코니 앞을 지나치고 있었습니다. 그에게 그 외에 무슨 말을 했습니까?"

"아무 말도."

"정말입니까?"

그녀는 화를 냈다. "무슨 말을 하라고요? 토머스가 날 머릿속에 생각이라고는 없는 화냥년이라고 생각하더라고요?"

"전 그런 말을 한 적이 없습니다."

"그보다 더한 말을 했어요. 내가 엉망진창이라고, 그는 살인자라고 했잖아요."

그는 그녀에게 커피 잔을 건넸다. 블랙으로. 설탕 없이. 그녀는 양손으로 머그를 감싸고는 커피를 조금 마셨다. "내가 어쩌다 이런 데 휘말렸을까요?" 그녀는 말했다. "당신 말고, 그 사람이요. 이곳. 크리스털. 이 똥통에."

"코키 말로는, 그가 당신을 경마장에서 샀다고 하던데요."

"난 파리에서 그를 만났어요."

"파리에서 뭘 하고 있었습니까?"

"두 남자와 양다리를 걸치고 있었죠. 내 인생이 그 모양이에요. 안좋은 남자들과 자고, 제대로 된 남자를 놓쳐요." 그녀는 다시 커피를 마셨다. "리볼리 가에 아파트가 있었어요. 그 사람들은 정말로 무서웠죠. 마약, 남자들, 술, 여자들, 전부 다. 어느 날 아침에 일어나 보니 아파트 전체가 사람들로 가득 차 있었어요. 다들 정신을 잃은 상태였죠." 그녀는 '그래, 더 이상은 못 참겠다'라고 자기 자신에게 말하듯 고개를 끄덕였다. "좋아, 제미마. 2백 파운드 따위 챙길 것 없이 그냥 나가자. 짐도 안 쌌어요. 사람들 몸을 넘어서 집을 나온 뒤 신문에서 읽은 메종 라피트의 순수혈통 종마 경매장으로 갔죠. 말들을 보고 싶었어요. 아직 약에서 덜 깬 상태였는데, 생각할 수 있었던 건 그것뿐이었어요. 말. 아버지가 다 팔아버리기 전까지 우리가 하던 일은 그것뿐이었으니까. 승마와 기도. 우린 슈롭셔의 가톨릭 집안이었어요." 그녀는 집안의 저주라도 토로하듯 우울하게 말했다. "아마 미소를 짓고 있었나 봐요. 매력적인 중년 남자가 다가오더니 '어느 놈이 좋습니까?'라고 묻더군요. 난 '진열장 안의 저 큰 놈이요'라고 대답했어요. 기분이…… 가벼웠어요. 자유로웠고요. 마치 영화 속인 것처럼, 그런 묘한 기분이었어요. 그가 그 말을 사줬어요. 그게 사라예요. 경매가 너무 빨리 이루어져서 난 따라가지도 못했어요. 그는 파키스탄 남자들을 데리고 왔는데, 같이 입찰을 했어요. 날 돌아보더니 이렇게 말하더군요. '당신 겁니다. 어디로 보낼까요?' 난 놀라서 몸이 굳어버렸어요. 하지만 모험 삼아 어떤 일이 벌어질지 한번 지켜보자고 생각했죠. 그는 샹젤리제의 가게로 날 데려갔어요. 사람이 우리밖에 없었죠. 도착하기 전에 미리 손님들을 다 내보냈던 거죠. 우리가 유일한 고객이었어요. 그는 내게 옷을 1만 파운드어치 사주고는 오페라 극장에 데려갔어요. 저녁 식사도 함께하고, 크리스틸이라는 섬 이야기도 했죠. 그런 다음 호텔에 가서 같이 잤어요.
난 생각했죠. 한달음에 구덩이를 뛰어넘을 수 있겠다고. 그는 나쁜 사
람이 아니에요, 토머스. 나쁜 짓은 하지만요. 운전사 아치 같은 사람이
에요."

"운전사 아치는 누구입니까?"

그녀는 잠시 그를 잊은 듯 난롯불을 바라보며 커피를 마셨다. 떨리
던 몸이 좀 가라앉았다. 문득 그녀는 눈살을 찌푸리고 어깨를 움츠렸
지만, 추위 때문이 아니라 기억 때문인 것 같았다. "맙소사." 그녀는 속
삭였다. "토머스, 내가 무슨 짓을 하고 있는 거죠?"

"아치가 누굽니까?"

"우리 마을 사람이에요. 병원 구급차를 몰았어요. 모두들 아치를 좋
아했죠. 구석구석 다 돌아보며 다친 사람들을 돌봐줬어요. 아이들 경
마 대회에서 다친 사람들을 다 돌보는, 착한 사람이었어요. 한데 구급
차 파업이 있었는데, 아치가 병원 정문을 지키고 서서 파업에 방해되
니까 다친 사람들을 들일 수 없다고 했어요. 그가 문을 막아서는 바람
에 수도원을 청소하던 룩솜 부인이 죽었죠." 다시 어깨에 떨림이 스쳤
다. "늘 불을 때세요? 우습네요. 열대 지방에서 벽난로라니."

"크리스틸에도 있지 않습니까."

"그는 당신을 정말 좋아해요. 아세요?"

"네."

"아들처럼 생각해요. 난 계속 당신을 내보내라고 말했죠. 당신이 가
까이 다가오는 게 느껴지는데, 내가 막을 수가 없었어요. 당신은 정말

소름 끼치는 사람이에요. 하지만 그의 눈에는 그렇게 보이지 않는 것 같았어요. 어쩌면 보고 싶지 않았겠죠. 대니얼 때문일 거예요. 당신이 대니얼을 구했으니까요. 그래도 그게 영원히 가진 않겠죠. 안 그래요?" 그녀는 커피를 마셨다. "그러다 이런 생각이 들었죠. 됐어, 잊어버리자. 자기 코앞에서 뻔히 벌어지는 일도 눈에 안 보인다면 어쩔 수 없지. 코 키가 그에게 경고했어요. 샌디도. 로퍼는 그들 말도 듣지 않아요."

"당신은 왜 그의 서류를 봤습니까?"

"캐롤라인이 그에 대해 많은 이야기를 해줬어요. 무시무시한 이야 기를. 그건 공정하지 않았어요. 이미 알고 있는 것도 있었고, 모르고 싶 었지만 어쩔 수 없었어요. 사람들이 파티에서 하는 이야기. 대니얼이 주워들은 이야기. 점잔 빼는 은행가들. 나는 사람을 평가할 수 없어요. 나는……. 난 늘 나 자신을 문제 덩어리라고 생각해왔거든요. 다른 사 람들이 아니라. 문제는 우리가 정말 솔직한 사람들이라는 거예요. 아 버지도. 세금을 속이느니 차라리 굶어 죽을 분이죠. 늘 계산서가 도착 하자마자 돈을 냈어요. 파산한 건 그 때문이겠죠. 다른 사람들은 그렇 게 계산이 바르지 않은데도, 아버지는 그걸 몰랐어요." 그녀는 그를 바 라보았다. 표정이 변했다. "맙소사." 그녀는 다시 속삭였다.

"뭘 찾았습니까?"

그녀는 고개를 저었다. "내가 어떻게요? 난 뭘 찾아야 하는지도 몰 라요. 그래서 에라, 하고 직접 물어봤어요."

"뭐라고요?"

"솔직하게 대놓고 물어봤다고요. 어느 날 저녁, 식사 자리가 끝나고

나서. '당신이 갱단이라는데, 맞아요? 말해줘요. 여자도 알 권리가 있어요.'

조너선은 깊이 숨을 들이쉬었다. "음, 정직하긴 하군요." 그는 조심스럽게 미소 지었다. "로퍼가 어떤 반응을 보이던가요? 고백을 하고, 다시는 나쁜 짓을 하지 않겠다고 맹세하고, 모두 잔인했던 어린 시절 탓이라고 하던가요?"

"얼굴이 굳었어요."

"그러고요?"

"내 일이나 신경 쓰라고 하더군요."

소피가 카이로 공동묘지에서 프레디 하미드와 나누었던 대화가 떠올랐다.

"그래서 이건 당신 일이라고 했습니까?" 조너선은 물었다.

"그는 말해줘도 내가 이해하지 못할 거라고 했어요. 입 닥치고 이해할 수 없는 일에 대해서는 말하고 다니지 말라고. 이건 범죄가 아니라 정치라고 했어요. 난 말했죠. 범죄가 아닌 건 뭐냐고. 정치는 뭐냐고. 최악의 예를 들어보라고. 내가 뭘 나눠 가졌는지 알아야 하니까 최소한의 기준을 알려달라고."

"그랬더니 로퍼는 뭐라고 했습니까?"

"최소한의 기준 같은 건 없다고 했어요. 내 아버지 같은 사람은 그런 게 있다고 생각하는데, 그래서 멍청한 거라고. 날 사랑한다고, 그걸로 충분하다고 했어요. 난 화가 나서 말했어요. 에바 브라운에게는 그걸로 충분했을지 몰라도 나한테는 안 그렇다고. 날 때릴 줄 알았는데, 그는 그냥 듣기만 했어요. 그는 어떤 일에도 놀라지 않아요. 알아요? 그건 그에게 그저 사실일 뿐이에요. 사실 하나, 사실 둘. 그러다 마지막에 논리적인 행동을 취하죠."

그가 소피에게 한 짓이 그거였지, 조너선은 생각했다. "당신은요?"

"내가 왜요?" 그녀는 브랜디를 달라고 했다. 브랜디가 없어서 대신 스카치를 건넸다. "이건 거짓이에요."

"뭐가 말입니까?"

"내 생활이요. 누군가 내가 누구라고 말해주면, 난 그걸 믿고 그대로 해요. 내가 하는 일이 그거예요. 난 사람들을 믿어요. 어쩔 수 없어요. 당신은 내게 엉망진창이라고 하지만, 그가 내게 하는 말은 그렇지 않아요. 내가 자신의 양심이라고 하죠. 나와 대니얼이. 어느 날 밤, 그는 코키 앞에서 대놓고 말했어요." 그녀는 스카치를 한 모금 마셨다. "캐롤라인이 그가 마약을 밀매한다고 했어요. 알고 있었어요? 배에 가득 실어서 무기 같은 것들과 교환한다고요. 아슬아슬한 모험 같은 게 아니라고요. 적당히 손을 대는 정도, 혹은 파티에서 조용히 한 모금 빼는 정도가 아니라고. 조직을 갖춘 어마어마한 대형 범죄라고. 내가 갱단의 정부라고 했어요. 그것도 내가 소화하려고 노력하는 역할이죠. 요즘엔 나로 살아간다는 것 자체가 전율이에요."

그녀의 시선이 다시 빤히, 똑바로 그를 향했다. "완전히 똥통에 빠졌어요. 눈을 감고 여기에 들어선 거죠. 이런 꼴을 당해도 싸요. 내가 엉망진창이라는 말만 하지 말아요. 나도 나 자신에게 늘 설교하니까. 어쨌든 당신은 무슨 짓을 꾸미고 있는 거죠? 당신도 모범적인 인간은 아닐 텐데요."

"로퍼가 나에 대해 무슨 말을 했습니까?"

"아주 곤란한 일에 얽혔다고요. 하지만 좋은 사람이라고. 자기가 당신을 고칠 거라고. 코키가 당신 험담을 하는 게 지겹다고. 하지만 그는 당신이 우리 침실을 훔쳐보는 걸 못 봤잖아요?" 그녀는 다시 분통을 터뜨렸다. "그것부터 이야기해봐요."

그는 한참 동안 뜸을 들였다. 처음에는 버를 생각했고, 이어서 자기 자신을, 말하지 말라던 모든 법칙을 생각했다.

"난 스스로 지원했습니다."

그녀는 얼굴을 찡그렸다. "경찰에요?"

"그런 셈이죠."

"당신의 어느 정도가 진짜 당신이죠?"

"나도 알고 싶습니다."

"경찰은 그를 어떻게 할까요?"

"잡겠죠. 재판을 하고, 교도소에 넣겠죠."

"그런 일에 어떻게 지원할 수가 있죠? 세상에."

어떤 훈련도 이런 우발적인 사건을 대비하지는 않았다. 그는 다시 생각할 여유를 두었다. 침묵이, 두 사람 사이의 거리처럼, 그들을 나누기보다는 뭉치게 하는 것 같았다.

"한 여자가 그 시작이었습니다. 로퍼와 또 다른 남자가 그녀를 죽이라고 지시했습니다. 난 책임감을 느꼈고요."

어깨를 웅크리고 망토를 아직 목에 두른 채로, 그녀는 방을 둘러보고 다시 그를 보았다.

"당신은 그 여자를 사랑했어요?"

"네." 그는 미소 지었다. "그녀는 내 양심이었습니다."

그녀는 이 말을 인정해야 할지 말아야 할지 생각에 잠겼다. "마마로에서 대니얼을 구했던 것, 그것도 거짓이었어요?"

"비슷합니다."

그녀의 머릿속에서 흘러가는 감정이 눈에 보였다. 혐오감, 이해하려는 노력, 어린 시절 배웠던 각종 가치관.

"마티 박사는 당신이 죽을 뻔했다고 했어요."

"내가 그들을 죽일 뻔했습니다. 평정심을 잃었죠. 연극이었는데 삐끗했어요."

"그녀의 이름이 뭐였죠?"

"소피 말입니까?"

"그 여자에 대해 듣고 싶어요."

지금, 여기, 이 집에서 말해달라는 뜻이었다.

그는 그녀를 침실로 데려가서 나란히 누운 채 손을 대지 않고 소피에 대한 이야기를 들려주었고, 그가 바라보는 동안 그녀는 잠들었다. 잠에서 깬 뒤 그녀는 소다수를 청했고, 그는 냉장고에서 가져다주었다. 새벽 5시, 날이 밝기 전에 그는 조깅복으로 갈아입고 그녀를 굴 너머 경비실까지 데려다주었다. 손전등을 켜지 않은 채 신참 병사를 처음 전투에 데려가듯 등 뒤로 한 걸음 떨어져 왼쪽에서 걷게 했다. 경비실에서 그는 창문에 얼굴과 어깨를 들이밀고 야간 경비 말로와 잡담을 나누었고, 그 틈을 타서 제드는 얼른 그곳을 지나갔다. 눈에 띄지 않았기만을 바라는 심정이었다.

집에 돌아와 보니 불안하게도 자메이카인 아모스가 문간에 앉아 커피를 청했다.

"지난밤엔 기분 좋게 보내셨나요, 토머스 씨?" 그는 컵에 설탕 네 숟가락을 가득 넣으며 물었다.

"평소와 다를 바 없는 밤이었습니다. 아모스, 당신은요?"

"토머스 씨, 우드맨이 숙녀 친구분들을 초대해서 음악과 사랑을 즐기던 시절 이후로는 새벽 1시에 읍내에서 벽난로 연기가 난 적이 없었어요."

"우드맨 씨는 좋은 책을 읽는 것이 훨씬 나았을 겁니다."

아모스는 쿨쿨거리며 요란하게 웃어댔다. "이 섬에서 책을 읽는 사람은 단 한 사람뿐입니다, 토머스 씨. 바로 마리화나에 푹 찌들어 있는 맹인이죠."

그날 밤에 오싹하게도 그녀가 다시 찾아왔다.

이번에는 망토 차림이 아니라 평계를 만들고 싶었는지 승마 복장을 하고 있었다. 등골이 서늘했지만 놀랍지는 않았다. 그는 그녀에게서 소피와 같은 결심을 보았고, 하미드를 대면하기 위해 소피가 카이로로 돌아가는 것을 막을 수 없었듯 자신이 그녀를 돌려보낼 수 없다는 걸 알고 있었다. 그래서 그는 입을 다물었고, 두 사람은 침묵을 지켰다. 제드는 그의 손을 잡고 위층으로 이끌더니 그의 셔츠와 속옷에 산만한 호기심을 보였다. 어딘가 이상하게 접혀 있다, 더 잘 접어주겠다, 뭔가 부족하다, 어울리는 걸 찾아주겠다. 그녀는 그를 끌어당기더니 아주 정확하게 키스를 했다. 미리 얼마나 줄 수 있는지, 어디까지 줄 수 있는지 계산이라도 한 듯한 키스였다. 키스한 뒤에 그녀는 다시 아래층으로 내려가서 그를 전등불 밑에 세우고 손가락 끝으로 얼굴을 만지고, 확인하고, 눈으로 사진을 찍고, 기억에 담아갈 영상을 저장했다. 이 기묘한 순간에 조녀선은 납치 당일 마마로에서 춤을 추며 믿기지 않는다는 듯 서로 얼굴을 매만지던 늙은 이민자 부부를 떠올렸다.

그녀는 와인 한 잔을 청했고, 그들은 소파에 앉아 와인을 마시면서 침묵을 즐겼다. 그녀는 그를 일으켜 세우더니 몸을 단단히 붙이며 한 번 더 키스하고는 진심이라도 확인하려는 듯 오랫동안 그의 눈을 바라보았다. 그리고 떠났다. 그녀의 표현을 빌리자면, 하느님이 무슨 일을 벌이기 전까지 그녀가 감당할 수 있는 것은 거기까지였으므로.

제드가 떠난 뒤, 조녀선은 위층으로 올라가서 창문을 통해 그녀를 바라보았다. 그런 다음 갈색 봉투에 《더버빌 가의 테스》 페이퍼백 책을 집어넣고 수신인란에 교양 없는 필체로 '성인용품 가게'라고 대문자로 적은 뒤 젊은 시절 루크가 주었던 나소의 사서함 번호를 적었다. 그는 봉투를 다음 날 로퍼의 제트기 편으로 나소에 배달될 해안 우체통에 넣었다.

"고독을 즐기고 있나?" 코코란이 물었다.

그는 조너선의 정원에 다시 와서 차가운 캔 맥주를 마시고 있었다.

"그래, 고마워." 조너선은 정중하게 답했다.

"들었어. 프리스키가 잘 즐기고 있다고 그러더군. 태비도 그러고. 정문 수위도 그러고. 읍내 사람들 전부 다 잘 즐기고 있다고 생각하는 것 같던데."

"나쁠 것 없지."

코코란은 맥주를 마셨다. 그는 이튼 파나마모자와 보기 흉한 나소의 정장 차림으로 바다를 향해 말했다. "랭번의 아이들은 별문제를 일으키지 않았고?"

"탐험을 몇 번 했어. 캐롤라인이 약간 우울해서 아이들과 떨어져 있는 게 좋을 것 같더군."

"얼마나 친절한지. 정말 좋은 친구라니까. 제대로 된 애완견이야. 새미 같아. 난 그 친구하고 놀아본 적도 없는데." 그는 모자챙을 끌어내리며 서글픈 엘라 피츠제럴드의 목소리로 〈즐길 수 있다면 좋은 거야〉를 흥얼거렸다. "두목의 전언이야, 파인. 공격 시간이 정해졌어. 크리스털과 이곳의 모든 사람들에게 작별 인사를 할 준비를 해. 집행 대원들은 새벽에 모일 거야."

"어디로 가지?"

코코란은 더 이상 조너선과 같이 있는 걸 견딜 수 없다는 듯 훌쩍 일어나서 바닷가로 이어지는 정원 계단을 내려갔다. 그는 돌멩이를 집어들더니 덩치에도 불구하고 어두워져 가는 물을 향해 멋지게 물수제비를 튀겼다.

"네가 가는 곳은 내 자리야!" 그는 소리쳤다. "대의에 우호적이지 않은 어느 빌어먹을 자식들의 현란한 수작 덕분에! 난 자네가 만들어낸 놈들이라고 믿어 의심치 않지만!"

"코키, 도대체 제정신으로 하는 소리야?"

코코란은 이 질문을 듣고 생각에 잠겼다. "모르겠어. 나도 알았으면 좋겠어. 지나친 기우일 수도 있고, 정확한 직감일 수도 있겠지." 다시 돌. "황야의 예언자, 그게 나야. 두목은 비록 인정하려 하지 않지만, 돌이킬 수 없는 낭만주의자고. 로퍼는 부두 끝에 불빛이 있다고 믿지. 나 방도 그렇게 생각한다는 게 문제지만." 다시 돌, 이번에는 성난 '끙' 소리도 같이 나왔다. "반면에 이 코키는 골수 회의론자야. 내 개인적인 동시에 직업적인 관점에서 볼 때, 당신은 독사야." 다시 돌. 다시 한 번 돌. "그에게 당신이 독사라고 말했지만, 믿지 않았어. 당신에 대한 인상이 이미 머릿속에 마련되어 있으니까. 당신이 그의 아들을 불구덩이에서 꺼냈으니까. 반면 여기 코키는, 이름 모를 누군가 덕분에—내 생각으로는 당신 친구들이겠지만—중고품 신세가 됐어." 그는 캔 맥주를 비우고 모래사장으로 던진 뒤 다른 돌을 찾았다. 조너선이 하나 집어서 건네주었다. "뭐, 까놓고 말해서, 누구 꼴이 흉해지지 않겠나?"

"내 생각에는 누구 정신이 나간 것 같은데, 코키." 조너선은 말했다.

코코란은 손을 비벼서 모래를 털어냈다. "젠장, 범죄자 노릇도 쉽지 않지." 그는 투덜거렸다. "사람들, 소음. 추문. 가고 싶지 않은 곳에 가야 하고. 당신도 그렇지 않나? 물론 아니겠지. 당신은 한 수 위니까. 내가 두목에게 계속 말하는 게 그거야. 그가 내 말을 듣느냐? 듣기는 개뿔

이……."

"도와줄 수 없어서 유감이야, 코키."

"아, 걱정하지 마. 내가 알아서 할 테니까." 그는 담배에 불을 붙이고 고마운 듯 빨아들였다. "이젠 이런 거야." 그는 등 뒤 우디의 집 쪽으로 손을 흔들었다. "내 직감으로 볼 때 이틀 밤 연속이었어. 두목한테 밀고 하고 싶지, 물론. 그보다 더 기쁜 일이 어디 있겠어. 하지만 난 크리스털의 여주인에게 그런 짓을 할 수는 없어. 다른 사람은 모르겠어. 누군가 떠벌리겠지. 언제나 그래." 미스 메이블 섬은 달을 배경으로 판화처럼 검게 윤곽만 남아 있었다. "밤에는 할 수가 없어. 아침도 절대 안 돼. 좋은 날에는 10분 정도. 한 캔 더 하겠어?"

"아니, 됐어."

쉬운 출발이 될 수는 없었다. 그들은 난민처럼 미스 메이블 비행장에 아침 일찍 모여들었다. 제드는 선글라스를 쓴 채 아무에게도 눈길을 주지 않았다. 그녀는 비행기 안에서도 선글라스를 벗지 않고 양옆에 코코란과 대니얼을 둔 채 웅크리고 있었고, 프리스키와 태비는 조너선을 가운데 두고 앞에 앉았다. 나소에 착륙하자, 맥아서가 장벽 근처에서 어슬렁거리고 있었다. 코코란이 일행의 여권을 건넸고, 그중에는 조너선의 여권도 있었다. 다들 문제없이 통과했다.

"제드는 멀미할 거야." 대니얼이 새 롤스로이스에 오르며 말했다. 코코란이 입 다물라고 말했다.

로퍼의 맨션은 벽에 담쟁이가 잔뜩 자란 튜더 양식의 스투코 건물이었고, 예상외로 방치된 분위기가 감돌았다.

오후에 코코란은 조너선을 데리고 프리타운에서 대대적으로 쇼핑을 했다. 코코란은 변덕스러운 분위기였다. 몇 번이나 목을 축여야겠다며 지저분한 작은 바에 들렀고, 그때마다 조너선은 콜라를 마셨다. 다들 코코란을 아는 것 같았고, 어떤 사람들은 지나치게 잘 아는 것 같았다. 프리스키가 약간 거리를 둔 채 뒤따라왔다. 그들은 아주 비싼 이탈리아 업무용 정장 세 벌을 샀고—클라이브, 내일까지 바지를 손봐주지 않으면 두목이 노발대발할 거야—셔츠 몇 장, 그리고 어울리는 양말과 타이, 신발과 벨트, 가벼운 군청색 비웃, 속옷, 면 손수건, 잠옷, 휴대용 가죽 가방에 든 전기면도기와 T라는 알파벳이 새겨진 멋진 머리빗을 샀다. '내 친구는 완벽하지 않은 물건을 안 쓰거든. 그렇지?' 로퍼의 맨션에 돌아온 뒤, 코코란은 토머스라는 이름으로 발행된 신용카드가 잔뜩 든 돼지가죽 지갑과 검은색 가죽 서류 가방, 피아제 금손목시계, DST라는 이니셜이 박힌 금커프스단추 한 쌍까지 내놓았다.

이리하여 모두가 응접실에 다시 모였을 때, 제드와 로퍼는 푹 쉬어서 편안한 안색이었고 조너선은 어디를 보나 젊고 도시적인 회사 임원으로 변신해 있었다.

"어떻게 생각해요?" 코코란은 창조주의 자부심으로 물었다.

"좋군." 로퍼는 별 관심 없이 대꾸했다.

"멋져요." 제드도 말했다.

이후 그들은 파라다이스 섬에 있는 엔조 식당으로 갔고, 제드는 이곳에서 로브스터 샐러드를 주문했다.

주문한 것은 그게 다였다. 로브스터 샐러드 하나. 제드는 로퍼의 목에 팔을 두르고는 샐러드를 주문했다. 로퍼는 그 자세 그대로 주인에게 주문을 전했다. 같이 지내는 마지막 밤이었기 때문에, 그리고 다들 알다시피 완벽한 연인이었기 때문에, 두 사람은 나란히 붙어 앉아 있었다.

"완벽한 한 쌍이야." 코코란은 와인 잔을 들어 보이며 말했다. "정말 아름다워요. 그 마음 영원하시기를." 그는 단숨에 술잔을 비웠고, 이탈리아계 주인은 당황해서 로브스터 샐러드는 더 이상 없다고 말했다.

"송아지는 어때, 제즈?" 로퍼는 물었다. "펜네도 좋아. 폴로는? 폴로를 먹지그래? 아니, 안 되겠어. 마늘투성이잖아. 절대 안 돼. 생선. 생선을 갖다 줘. 생선 좋아하지, 제즈? 넙치로 할까? 어떤 생선이 있나?"

"어떤 생선이든 기꺼이 대령할 겁니다." 코코란이 말했다.

제드는 로브스터 대신 생선을 골랐다.

조녀선도 생선을 주문했고, 훌륭하다고 칭찬했다. 제드는 끝내준다고 평했다. 로퍼가 선호하는 숫자를 채우기 위해 예고 없이 참여한 맥댄비도 칭찬했다.

"별로 끝내주는 것 같지는 않은데." 코코란이 말했다.

"아, 코크, 로브스터보다는 훨씬 나아. 난 이게 제일 좋아요."

"메뉴판에도 로브스터가 있고 섬 전체가 로브스터투성이인데, 왜 로브스터가 없다는 거지?" 코코란은 고집스럽게 말했다.

"게으름을 피웠겠죠, 코크. 다들 당신 같은 천재가 아니라고요."

로퍼는 다른 생각에 잠겨 있었다. 공격적인 태도는 아니었다. 그저 상념에 잠겨 제드의 무릎에 손을 얹고 있었다. 그러나 곧 영국으로 돌아가야 하는 대니얼은 아버지의 쌀쌀한 분위기에 도전하고 싶은 모양이었다.

"로퍼는 떼부자가 될 거야." 그는 하필 침묵이 흐르는 틈을 타서 말했다. "어마어마한 계약을 따냈다고. 아무도 쫓아오지 못할 정도로 부자가 될 거야."

"대니얼, 입 다물어." 제드가 엄하게 말했다.

"쿡쿡 찌르는 갈색 물건이 뭘까요?" 대니얼은 물었다. 아무도 몰랐다. "막대기지."

"대니얼, 이 녀석아. 조용히 해라." 로퍼가 말했다.

하지만 그날 밤의 주인공은 코코란이었다. 코코란은 쇼트워 윌킨스라는 투자자문자 이야기를 하고 있었다. 이란-이라크전이 발발했을 때 고객들에게 6주 만에 끝날 거라고 조언했던 사람이었다.

"그래서 어떻게 됐어요?" 대니얼이 물었다.

"한량이 됐지, 대니얼. 친구들한테 돈을 빌리고. 몇 년 만에 나 같은 신세가 됐어. 토머스, 자네가 롤스로이스를 타고 지나가는데, 혹시 낯익은 얼굴이 시궁창 청소를 하는 걸 보면 기억해달라고. 동전 한 닢만 던져줘, 옛정을 생각해서. 그렇게 할 거지? 토머스, 건강을 위하여! 장수를 위하여. 다들 오래오래 사시기를! 건배!"

"당신도, 코키." 조너선이 말했다.

맥댄비가 무슨 이야기를 꺼내려는데, 대니얼이 다시금 끼어들었다.

"세상은 어떻게 구할까요?"

"네가 말해주렴." 코코란이 말했다. "나도 궁금해 죽겠어."

"인류를 죽이면 돼요."

"대니얼, 입 다물어." 제드가 말했다. "끔찍하게 구는구나."

"난 '인류를 죽이면 돼요'라는 말밖에 안 했어요! 농담이었다고요! 농담도 이해 못 해요?" 그는 두 팔을 들더니 좌중에 앉은 모든 사람들을 향해 기관총 쏘는 흉내를 냈다. "바바바바바밤, 끝! 이제 세상은 안전해요. 아무도 없으니까."

"토머스, 대니얼을 데리고 잠시 나갔다 와." 로퍼는 테이블 저쪽에서 지시했다. "버릇을 고치고 나면 그때 데리고 들어오도록 해."

한데 로퍼가 이 말을 하는 도중—썩 단호한 말투는 아니었다. 출발하는 날 저녁이라 대니얼은 떼를 쓸 권한이 있었다—에 로브스터 샐러드가 지나갔다. 코코란이 보았다. 그는 샐러드를 나르는 흑인의 손목을 붙잡고는 확 잡아챘다.

"이봐요!" 놀란 웨이터가 소리치더니 무슨 장난인가 싶었는지 당황해서 씩 웃으며 방 안을 둘러보았다.

주인은 서둘러 방을 가로질렀다. 구석 자리에 앉은 프리스키와 태비가 블레이저 단추를 풀며 일어섰다. 다들 얼어붙었다.

코코란이 일어섰다. 그는 예상치 못했던 힘으로 웨이터의 팔을 향해 돌진했고, 웨이터가 급히 피하는 바람에 쟁반이 위태롭게 기울어졌다. 코코란의 얼굴은 벽돌처럼 달아올랐다. 그는 턱을 치켜들더니 주인에게 외쳤다.

"영어를 합니까?" 그는 식당 전체에 다 들릴 정도로 커다랗게 물었다. "난 영어를 합니다. 여기 숙녀분이 로브스터 샐러드를 주문했어요. 당신은 로브스터가 다 떨어졌다고 했고요. 당신은 거짓말쟁이요. 우리 숙녀분과 그 동반자를 모욕했어. 로브스터가 있지 않았소!"

"예약 주문을 하셨습니다!" 주인은 예상치 못했던 기백으로 항의했다. "특별 주문이었어요. 오늘 아침 10시에. 꼭 로브스터를 드시고 싶다면 특별 주문을 하셨어야죠. 이 사람 좀 치워주세요!"

테이블에서는 아무도 일어서지 않았다. 이 풍경은 나름의 권위를 지니고 있었다. 로퍼조차 순간 끼어들지 말아야 할지 판단할 수 없는 것 같았다.

"당신 이름이 뭐요?" 코코란은 주인에게 물었다.

"엔소 파브리치입니다."

"내버려둬, 코크." 로퍼가 지시했다. "따분해. 자넨 따분하다고."

"코크, 그만해요." 제드가 말했다.

"파브리치, 숙녀분이 원하는 음식이 있다면 그게 로브스터든, 간이든, 생선이든, 스테이크처럼 아주 평범한 것이든, 송아지 조각이든, 언제든 숙녀분에게 내놓아야 하는 거요. 안 그러면 내가 이 식당을 사버릴 거야. 난 아주 돈이 많아. 당신은 여기 이 토머스가 롤스로이스를 몰고 지나가는 도로 앞에서 빗질이나 하는 신세가 될 거요."

조너선은 테이블 끝에서 번쩍이는 새 정장 차림으로 일어서서 마이스터 호텔용 미소를 지었다.

"파티를 마무리할 때가 된 것 같습니다만, 두목." 그는 너무나 유쾌하게 로퍼가 앉아 있는 쪽으로 향했다. "다들 여행 때문에 지친 모양입니다. 파브리치 씨, 이보다 더 맛있는 식사를 해본 기억이 없군요. 이제 우리한테 필요한 건 계산서뿐인 것 같습니다만."

제드는 아무 데도 시선을 주지 않고 일어섰다. 로퍼는 그녀의 어깨에 망토를 둘러주었다. 조너선은 의자를 빼주었고, 그녀는 거리감 있는 감사의 미소를 지었다. 맥댄비가 돈을 냈다. 코코란이 파브리치에게 달려드는 순간 나직한 비명 소리가 일었지만, 식당 직원 몇몇이 동료에 대한 복수를 하려고 틈을 노리고 있었고 프리스키와 태비가 다행히 떼어놓았다. 롤스로이스가 앞에 와서 섰을 때는 이미 다들 밖으로 나와 있었다.

난 아무 데도 가지 않아요, 그녀는 조너선의 얼굴을 붙잡고 외로운 눈으로 응시하며 격하게 말했다. 전에도 속인 적이 있었고, 또다시 속일 수 있어요. 필요하다면 언제까지든.

그는 당신을 죽일 겁니다, 조너선은 말했다. 알아낼 겁니다. 확실해요. 다들 그의 등 뒤에서 우리 이야기를 하고 있어요.

그러나 소피가 그랬듯, 제드는 자신이 불사신이라고 생각하는 것 같았다.

20
영역 다툼

렉스 굿휴가 전쟁터로 출발할 때, 화이트홀 거리에는 가을비가 소리 없이 내리고 있었다. 필생의 가을 속에서. 무르익은 대의 속에서. 극적인 사건도, 트럼펫 소리도, 거창한 성명도 없었다. 그저 렉스 굿휴라는 투사가 조용히 길을 나서고 있었다. 필연적으로 '다커의 세력'이라고 이름 붙일 수밖에 없는 진영에 대항하는 개인적인 전쟁, 혹은 이타적인 전쟁.

목숨을 걸고 싸울 거야, 그는 아내에게 불쑥 말했다. 내 목이 잘리느냐, 그들 목이 잘려나가느냐 하는 문제지. 화이트홀의 칼부림이랄까, 부디 힘이 되어줘. 당신이 확신한다면, 여보. 그녀는 말했다. 확신해. 모든 움직임은 신중하게 계산되어 있었다. 서두르지도 않았고, 미숙하지도 않았고, 지나치게 은밀하지도 않았다. 그는 순수 정보계의 숨은 적들에게 분명한 신호를 보내고 있었다. 분명히 들리도록, 분명히 보이도록 하겠어, 그는 말했다. 바들바들 떨게 해주겠어. 굿휴는 카드를 공개한 채 싸움을 벌이고 있었다.

굿휴를 행동하게 한 것은 닐 마저럼의 치욕적인 제안만이 아니었다. 일주일 전에, 그는 자전거를 타고 사무실로 가다가 거의 차에 치여 죽을 뻔했다. 평소 좋아하는 경치 좋은 길—우선 자전거 전용 도로를 따라 햄스테드 히스를 가로질러 서쪽으로 가다가 세인트존스 우드와 레전트 파크를 지나 화이트홀로 가는 길—을 골라 자전거로 달리던 중에 커다란 밴 두 대 사이에 끼였던 것이다. 한 대는 페인트칠이 대부분 벗겨져 있어서 읽을 수조차 없는 글자가 적힌 지저분한 흰색 차였고, 또 한 대는 아무 글씨도 없는 녹색 차량이었다. 그가 브레이크를 밟으면 밴도 따라 밟았다. 그가 페달을 세게 밟으면 밴도 속도를 냈다. 당혹스러움은 분노로 변했다. 왜 운전사가 사이드미러로 차갑게 날 바라보다가 서로 눈을 맞추며 더 가까이 다가와서 날 밀어붙이는 걸까? 그리고 맨 뒤에서 퇴로를 막아놓은 저 세 번째 밴은 뭘까?

"조심해! 물러서!"라고 외쳤지만, 그들은 그의 말을 무시했다. 뒤에 있는 밴은 다른 두 대의 밴 후방 범퍼에 맞닿을 정도로 바짝 따라붙고 있었다. 바람막이 창이 너무 지저분해서 운전자의 얼굴은 보이지 않았다. 양쪽 밴이 너무 가까이 접근해서 핸들을 돌리면 차체에 부딪힐 지경이었다.

자전거 안장에 앉은 채 굿휴는 장갑 낀 주먹으로 왼쪽 밴을 쾅 치고는 균형을 잡기 위해 물러났다. 사이드미러 안의 차가운 눈은 호기심

없는 눈으로 그를 관찰하고 있었다. 그는 오른쪽 밴도 같은 방법으로 공격했다. 밴은 그에 대한 응답처럼 더욱 가까이 다가왔다.

빨간색 신호등 불빛 덕분에 그 사이에서 찌그러지지 않고 살아남을 수 있었다. 밴은 멈춰 섰지만, 굿휴는 난생처음으로 빨간불에 속도를 낸 채 반질거리는 메르세데스 앞부분을 스치며 달려나가 죽음을 모면할 수 있었다.

그날 오후, 렉스 굿휴는 유언장을 다시 작성했다. 다음 날 내부 연줄을 통해 자기 부처—그리고 주인의 개인 사무실—의 근면 성실한 조직들을 일주한 뒤, 다락방이 산만하게 흩어져 있는 건물 맨 위층의 일부를 격리했다. 영국이 볼세비키의 통치를 받았을지도 모르던 시절에 사용하던, 벌써 박물관에 들어갔어야 할 정도로 시대에 뒤떨어진 전자 제품들이 잔뜩 들어차 있었다. 그런 위험은 이미 과거의 일이었지만, 굿휴의 부처에서 근무하는 행정직의 늙은 직원들은 아직 그런 소식을 못 들었는지, 굿휴가 기밀을 이유로 층을 비워 달라고 하자 흔쾌히 내주었다. 하룻밤 사이에 수백만 파운드어치의 고물 장비는 앨더샷의 트럭 주차장 공터로 운반되었다.

다음 날, 버의 작은 팀은 곰팡내 나는 열두 개 다락방과 작동이 잘 안 되는 테니스 코트만 한 화장실 두 개, 황폐한 신호실, 대리석 난간과 구멍 난 리놀륨 판이 깔려 있는 계단, 작은 감시 구멍이 달린 육중한 쇠로 된 금고 문짝을 차지했다. 그다음 날, 굿휴는 이 공간을 깨끗이 청소하고 리버하우스에서 감시할 가능성이 있는 모든 전화선을 제거했다.

부처의 공적 자금을 빼내는 문제는, 화이트홀 깃대를 사반세기나 지켜온 굿휴의 이름값이 헛되지 않았음을 보여주었다. 그는 방종한 공무원을 함정에 빠뜨리기 위해 정부 회계를 조작하는, 관료 조직의 로빈 후드였다.

버는 직원 세 명이 더 필요했다. 어디서 찾을까? 고용해, 레너드. 고용하라고.

정보원이 들려줄 이야기가 있는데 몇천 파운드를 먼저 달라고 한다? 줘, 레너드. 원하는 건 뭐든 줘버리라고.

롭 루크가 퀴라소 섬에 감시자 두 명을 데려가려고 한다. 두 명으로 충분하겠어, 롭? 네 명은 돼야 더 안전하지 않겠나?

까다로운 반대도, 빈정거리는 재담도, 괴벽스러운 농담도 사라졌다. 철문을 지나 버의 새 다락방 둥지에 들어서기만 하면, 조롱기는 망토처럼 벗겨졌다. 굿휴는 매일 저녁 하루의 공식 일과가 끝나고 나면 야간 근무를 위해 나타났고, 버도 그의 에너지에 뒤처지지 않으려면 악을 써야 했다. 굿휴는 가장 지저분한 방을 자기 사무실로 만들어달라고 고집했다. 이 방은 외딴 복도 끝에 있었다. 창문은 비둘기가 차지한 난간으로 이어져 있었다. 웬만한 사람이라면 비둘기의 부리 짓과 울음소리에 정신이 나갈 지경이겠지만, 굿휴의 귀에는 들리지도 않는 것 같았다. 버의 작전 영역을 침범하지 않기 위해서, 그는 보고서를 가져가거나 로즈힙 차를 만들거나 야간 직원들과 기분 좋은 대화를 나눌 때만 밖으로 나왔다. 그러다 다시 책상으로 돌아가서 적의 최신 활동 상황을 이어서 검토하기 시작했다.

"무슨 수를 써서라도 저들의 플래그십 작전을 좌초시킬 생각이야." 그는 머리를 움찔하며 버에게 말했다. 전에는 본 적이 없는 증상이었다. "내가 일을 성공시키면 다커 옆에는 단 한 명의 마리녀도 남아 있지 않을 거야. 자네의 디키 로퍼는 안전하게 교도소에 들어갈 거고. 두고 보라고."

버는 그 말을 기억해두었지만 사실일지는 의문스러웠다. 물론 굿휴의 강렬한 목적의식을 의심하는 것은 아니었다. 다커 측 사람들이 적이라고 낙인찍은 사람들을 협박하고, 겁주고, 심지어 병원에 입원시키기 위해 의도적인 공작을 벌인다는 말도 믿기 어렵지 않았다. 몇 달 동안, 버 자신도 이동할 때마다 늘 주위를 살펴왔다. 아침에는 가능하면 언제나 아이들을 학교에 데려다주었고, 저녁에도 직접 데리고 왔다. 버의 진짜 걱정거리는, 굿휴가 아직도 문어발의 규모를 모르고 있다는 점이었다. 지난주만 해도 무려 세 번이나 버는 분명히 현재 공개 중인 서류에 접근을 거부당했다. 세 번이나 항의했지만 헛수고였다. 마지막에는 외무부 기록 보관소에 직접 찾아가기도 했다.

"유감스럽게도 잘못 아신 것 같습니다, 버 씨." 장의사 같은 검은색 타이와 검은색 재킷, 검은색 보호 장비 차림의 기록 보관소 직원은 말했다. "문제의 파일은 여러 달 전에 이미 폐기 처리되었습니다."

"플래그십 기밀로 분류되어 있다는 뜻이겠군요. 왜 그렇게 말하지 않는 거죠?"

"무슨 말씀이십니까? 무슨 말씀인지 잘 모르겠습니다만. 좀 더 분명하게 설명해주시겠습니까?"

"림페트는 내 프로젝트요, 앳킨스 씨. 지금 요청하는 파일은 내가 직접 작성한 겁니다. 림페트 관련 여섯 개의 파일들 중 하나이고, 내 부서 자료와 교차 참조되어 있소. 두 개의 파일은 주제에 관한 거고, 두 개의 파일은 조직에 관한 거며, 두 개의 파일은 인물에 관한 거지. 전부 18개월에 걸쳐서 만든 거요. 발효된 지 18개월밖에 안 된 파일을 폐기하라고 지시하는 기록 보관소가 어디 있겠소?"

"유감스럽게도 버 씨, 림페트는 분명히 당신 프로젝트일 겁니다. 믿지 않을 이유가 없습니다. 그러나 우리 기록 보관소에서는 늘 이런 표현을 하곤 하는데, 프로젝트를 갖고 있다고 해서 파일까지 가지는 건 아닙니다."

그럼에도 불구하고 정보는 놀라운 속도로 흘러들어왔다. 버와 스트렐스키 둘 다 정보원이 있었다.

계약이 굳어져 가고 있다…… 파나마 연줄이 개입했다…… 나소의 아이언브랜드가 임대한 파나마 국적의 화물선 여섯 척이 남대서양을 지나 퀴라소로 향하고 있고, 도착 예정일은 4일에서 8일 뒤다. 그 사이에 5백 개에 달하는 컨테이너가 파나마 운하를 경유하여 운반된다…… 화물은 트랙터 부품, 농기계류부터 채굴 장비, 각종 사치품에 이르기까지 다양하다…….

프랑스 낙하산 부대 네 명, 이스라엘 특수부대 전직 대령 두 명, 전직 소비에트 스페츠나츠 여섯 명 등 까다롭게 선발된 군 교관들이 지난주에 암스테르담에서 만나 시내 최고의 인도네시아 식당에서 작별 파티를 열었다…….

로퍼의 대리인이 물건을 대규모로 주문했다는 이야기는 몇 달간 무기 시장에 떠돌고 있었지만, 이제 새롭게 주석이 달렸다. 로퍼가 쇼핑 목록을 전환할 것이라는 펠프리의 예측이 독립적인 정보원을 통해 확인된 것이다. 스트렐스키의 형제 마이클, 일명 아포스톨이 모란티라는 동료 카르텔 변호사와 이야기를 나누었다. 모란티는 카라카스에서 활동했고, 카르텔 간 위태로운 동맹의 중추 역할을 하는 것으로 알려져 있다.

"로퍼가 애국자가 됐군." 스트렐스키는 보안 전화를 통해 버에게 말했다. "미국 물건을 사들이고 있어."

버의 심장이 내려앉았다. 하지만 그는 무심한 척 말했다. "그건 애국심이 아니잖나, 조! 영국인이라면 영국 물건을 사야지."

"그는 카르텔에 새 메시지를 보내고 있어." 스트렐스키는 단념하지 않았다. "그들이 생각하는 적이 미국이라면, 미국 장난감을 사용하는 게 가장 좋다고. 그러면 예비품에도 직접 접근할 수 있고, 적의 무기를 확보했을 때도 동화할 수 있고, 적의 기술에도 익숙해지니까. 어깨에 메는 영국 스타스트릭 HVM, 영국제 파쇄성 수류탄, 영국 기술, 이것도 물론 들어간다. 하지만 주요 장난감은 그들의 진짜 적을 반영해야 한다. 영국 약간, 나머지는 미국."

"카르텔은 뭐라고 하지?" 버가 물었다.

"좋아하지. 미국 기술과 사랑에 빠졌어. 영국 기술도. 그들은 로퍼를 사랑해. 그들은 최고를 원해."

"이 심경의 변화가 무엇 때문인지 설명했나?"

레너드 버는 스트렐스키의 목소리 저변에서 자신과 비슷한 염려를 감지했다.

"아니, 레너드. 아무도, 아무것도 설명하지 않아. 법 집행 요원들에게 는. 마이애미에서는 그래. 아마 런던도 마찬가지겠지."

하루 뒤 버가 아는 베오그라드 중개인이 이 이야기를 확인해주었다. 지하 시장에서 로퍼의 서명인으로 잘 알려진 앤서니 조이스턴 브래드쇼가 전날 3백만 달러 규모의 체코제 칼라시니코프 주문을 튀니지행 미국제 아말라이트 주문으로 바꾸었다. 총은 환승 과정에서 사라졌고, 농기계로 둔갑하여 그단스크로 향했으며, 이 도시에서 파나마행 화물선 선적과 운송이 예약되어 있었다. 조이스턴 브래드쇼는 영국제 지대공 미사일에도 관심을 보였으나 지나친 부가 수수료를 요구했다.

그러나 버가 음울하게 이 사실을 확인하는 동안에도, 굿휴는 그 의미를 아직 모르는 것 같았다.

"난 그들이 미국 총을 사든 중국 장난감을 사든 관심 없어, 레너드. 그들이 영국 제조사를 알거지로 만들건 말건 관심 없다고. 어떤 관점에서 봐도 이건 마약 대 무기 거래고, 세상 어디에도 이걸 용납할 만한 법정은 없어."

굿휴가 이 말을 하면서 얼굴을 붉히더니 분을 다스리기 어려워하는 모습이 버의 눈에 들어왔다.

여전히 정보는 쏟아져 들어왔다.

상품 교환 장소는 아직 합의되지 않았다. 두 거래 당사자만 최종 합의 내역을 미리 알고 있었다.

카르텔은 콜롬비아 서부 해안 부에나 벤투라 항구를 선적 출발지로 확보했고, 과거의 경험상 같은 항구가 물건이 들어올 장소로 이용될 확률이 높았다.

무능할지는 몰라도 훌륭한 무기를 갖추고 있는 카르텔의 콜롬비아군이 거래를 보호하기 위해 부에나 벤투라 지역으로 향했다…….

빈 군용 트럭 백 대가 항구 창고 앞에 집결해 있다. 그러나 스트렐스키는 이 정보를 입증할 위성사진을 요청할 때마다 벽에 부딪히고 있다, 그는 버에게 전했다. 랭글리의 정보기관 관료들이 자료 접근 권한을 인정하지 않았다.

"레너드, 한 가지만 말해줘. 도대체 여기서 플래그십이란 게 뭐야?"

버의 머리가 핑 돌았다. 그가 아는 한, 화이트홀 암호 플래그십은 이중 기밀이었다. 플래그십 권한이 있는 사람만 접근할 수 있을 뿐 아니라, 미국에도 넘겨주지 않는 정보로 분류되어 있었다. 한데 미국인인 스트렐스키가 어째서 버지니아 랭글리의 순수 정보 관료들에게 플래그십이라는 암호로 접근하는 걸 거부당하고 있지?

"플래그십은 우릴 따돌리기 위한 울타리에 불과해." 버는 몇 분 뒤 굿휴에게 쏟아부었다. "랭글리가 알아도 되는데, 왜 우리는 안 되는 거야? 플래그십 열람자는 다커와 대서양 건너편에 있는 그의 친구들이니까!"

굿휴는 버의 분노에 무심했다. 그는 해도를 바라보고, 다채로운 색깔의 크레용으로 직접 루트를 그리고, 나침반과 경유 시간과 항구 통관절차를 읽었다. 해양법 관련 자료를 읽었고, 같이 학교에 다녔던 법률 전문가에게 자문을 구했다. "혹시 아는 게 있나, 브라이언?" 버는 복도 저편에서 그의 목소리를 듣곤 했다. "해양 차단 말이야. 아니, 그 어마어마한 상담료를 낼 돈은 없어! 국익을 명분으로 클럽에서 형편없는 점심이나 먹으면서 어마어마하게 뻥튀기된 자네 수임료를 두 시간 치만 훔쳤으면 하는데. 이제 작위까지 받았으니 자넬 아내는 자넬 어떻게 견디지? 내 동정심을 전해주고, 목요일 1시에 만나세."

자넨 너무 세게 나가고 있어, 렉스. 버는 생각했다. 속도를 늦춰. 아직 갈 길이 멀다고.

이름, 루크는 말했다. 이름과 숫자. 조녀선은 어마어마한 이름과 숫자를 제공하고 있었다. 배경지식이 없는 사람이 언뜻 보면 사소한 정보 같았다. 저녁 식탁의 이름 카드에서 모은 별명들, 어깨너머로 들은 이런저런 대화의 조각들, 로퍼의 책상 위에 굴러다니던 편지 내용, 로퍼가 누구와 얼마나, 언제, 어떻게 한다고 적어놓은 메모. 따로 떼어놓고 보면 스페츠나츠 출신의 용병이 보고타 공항에 도착하는 패트 플린의 기밀 사진과 비교해볼 때 별것이 아닌 것처럼 보였다. 혹은 나소 환락가에서 벌인 코코란의 비밀스러운 광란 이야기, 혹은 로퍼와 관련된 퀴라소 섬의 역외 회사로 들어가는, 번듯한 금융기관에서 뒤로 빼돌린 수천만 달러의 은행환 어음과 비교할 때는.

그러나 제대로 모아놓고 보면 조너선의 보고는 그 어떤 극적인 성공과도 비견할 수 있는 정보를 알려주었다. 첫날 밤, 버는 구역질이 난다고 말했다. 이틀 뒤, 굿휴는 자신이 거래하는 번듯한 은행 중역이 고객의 현금이 가득 든 서류 가방을 들고 크리스털에 나타난다 해도 놀라지 않겠다고 말했다.

문어발 자체도 그랬지만, 그보다 더 경악스러운 것은 최고로 신성하다 싶은 성역까지 침투하는 로퍼의 능력이었다. 버조차 지금까지는 신성불가침이라고 여겼던 기관, 나무랄 데 없다고 여겼던 이름들의 개입이었다.

굿휴에게 있어서 이것은 영국의 화려한 외양이 자신의 눈앞에서 죽어가고 있는 현장 같았다. 한밤중에 녹초가 되어 집으로 돌아가면서, 그는 주차된 경찰차를 노려보며 매일같이 신문에 나오는 경찰 폭력과 부패 뉴스도 정녕 기자와 불평분자의 농간이 아니라 사실이었던가 생각하곤 했다. 클럽에 들어설 때마다 유명한 투자회사 간부나 개인적으로 아는 주식 거래인이 눈에 띄었고, 그는—석 달 전이었다면 활기차게 손을 흔들어 인사했을 것이다—눈썹을 내리깔고 식당 건너편에서 그 사람들을 바라보며 속으로 질문을 던지곤 했다. 당신도 그 패거리인가? 당신도? 당신도?

"내가 조치를 취하지." 밤늦은 시각에 세 사람이 모여 있을 때, 그는 선언했다. "결정했어. 공동조정위원회를 소집할 거야. 우선 외무부를 움직여야겠어. 암흑가에 대항하는 싸움에 가장 협조하기 좋은 곳이거든. 메리듀가 협조해줄 거야. 틀림없어."

"그가 왜?" 버가 물었다.

"왜 그러지 말아야 하지?"

"내 기억이 맞다면, 메리듀의 형은 제이슨 워홀의 수장이야. 제이슨은 지난주에 5백 개 무기명 채권을 건당 5십만 달러로 퀴라소 회사에 청구했어."

"정말 미안해, 친구." 팰프리는 늘 그를 둘러싸고 다니는 듯한 그림자 안에서 속삭였다.

"뭐가 말이야, 해리?" 굿휴는 다정하게 물었다.

팰프리의 퀭한 눈길이 그를 지나 문간으로 향했다. 그는 자신이 직접 선택한 런던 북쪽의 퍼브에 앉아 있었다. 굿휴의 켄티시 타운 집에서 멀지 않은 곳이었다. "당황했던 거. 자네 사무실에 전화했던 거. 조난신호. 어떻게 이렇게 빨리 왔지?"

"자전거를 타고 왔지. 무슨 일이야, 해리? 유령이라도 본 사람 같군. 그들이 자네 목숨도 위협했던 건 아니지?"

"자전거를 타고 왔다고." 팰프리는 스카치를 한 모금 마시고 죄의 흔적이라도 지우려는 듯 손수건으로 얼른 입을 훔쳤다. "누구나 탈 수 있는 최선의 물건이지, 자전거라. 보도에 있는 사람들은 쫓아오지 못하고, 도로의 자동차는 길을 따라 계속 가야 하고. 옆집으로 갈까? 점점더 시끄러워지는군."

그들은 대화 소리가 주크박스의 음악 소리에 묻히는 당구장으로 갔다. 근육질의 짧은 머리 남자 둘이 당구를 치고 있었다. 팰프리와 굿휴는 나무 의자에 나란히 앉았다.

펠프리는 성냥을 그었지만, 담배에 불을 붙이는 게 어려웠다. "상황이 뜨거워지고 있어. 버도 열을 받고 있고. 내가 경고했지만 들으려고 하지 않아. 장갑을 벗어야 할 때야."

"자네가 경고했다고, 해리?" 펠프리의 복잡한 배신 구조를 그 어느 때보다도 이해할 수가 없었다. "누구에게? 다커? 설마 다커에게 경고했다는 뜻은 아니지?"

"양쪽 물에서 동시에 놀아야 한다고, 친구." 펠프리는 콧등에 주름을 잡으며 다시 긴장된 시선으로 바를 둘러보았다. "살아남는 유일한 길이야. 신뢰를 유지해야 해. 양쪽 다." 정신이 나간 듯한 미소. "내 전화를 도청하고 있어." 그는 귀를 가리키며 말했다.

"누가?"

"제프리. 제프리 쪽 사람들. 마리너. 플래그십 사람들."

"어떻게 알아?"

"아, 몰라. 알 수는 없어. 아무도 몰라. 요즘에는. 제3 세계 기술이 아닌 이상. 혹은 경찰이 직접 따라다니거나. 절대 몰라." 그는 고개를 저으며 술을 마셨다. "일이 벌어졌어. 약간 커지고 있어." 그는 다시 얼른 술을 홀짝였다. '건배'라고 중얼거렸지만, 이미 자신이 그 말을 했다는 것도 잊은 것 같았다. "내게 흘리더라고. 비서들이. 법률 부서의 오랜 친구들이. 말은 안 해. 그럴 필요가 없어. '실례지만, 해리, 내 보스가 자네를 도청하고 있어.' 이런 게 아니라고. 암시야." 오토바이 가죽 외투 차림의 남자 둘이 동전 밀어내기 놀이를 시작했다. "다른 데 가면 안

될까?"

극장 건너편에 빈 트라토리아가 있었다. 6시 30분이었다. 이탈리아인 웨이터는 그들을 경멸했다.

"내 아파트도 샅샅이 뒤졌어." 팰프리는 외설스러운 농담이라도 던지듯 킬킬거렸다. "훔친 건 없어. 집주인이 말해주더군. 내 친구 둘이. 나한테 열쇠를 받았다면서."

"그랬나?"

"아니."

"열쇠를 다른 사람에게 건네준 적이 있나?"

"알잖아. 여자들. 대부분 돌려줘."

"그래서 그들이 자네를 협박했다, 내가 맞았군." 굿휴는 스파게티 두 접시와 키안티 한 병을 주문했다. 웨이터는 뚱한 표정으로 주방 문을 향해 소리쳤다. 팰프리는 겁에 질려 있었다. 마치 산들바람이 무릎을 잡아당기며 숨을 못 쉬게 하는 것 같았다.

"내가 털어놓기가 힘들어, 사실, 렉스." 팰프리는 사과하듯 설명했다. "평생 습관일 거야. 치약 통을 밟으면 치약을 도로 집어넣을 수가 없잖아. 문제야." 그는 유리잔에 입을 대고 와인이 흘러넘치기 전에 얼른 마셨다. "도움의 손길이 필요했어. 미안해."

팰프리와 있으면 종종 그렇지만, 기계 문제 때문에 간헐적으로 흘러나오는 방송을 듣고 있는 기분이었다. "난 아무것도 약속할 수 없어, 해리. 자네도 알잖아. 인생에 공짜는 없어. 모든 건 싸워서 얻어야 해. 나는 그렇게 믿어. 자네도 그럴 거고."

"그래. 하지만 자넨 용기가 있잖나."

"자네한테는 지식이 있지." 굿휴가 말했다.

팰프리는 놀라서 눈을 커다랗게 떴다. "다커가 바로 그렇게 말했어! 바로 그거야. 너무 많이 안다고. 위험한 지식을. 나의 불행이라고! 자넨 정말 놀랍군, 렉스. 천리안이야."

"그럼 제프리 다커와 이야기를 나눴다는 거로군. 무엇에 대해 얘기했나?"

"음, 사실 그가 내게 말했어. 난 그냥 들었고."

"언제?"

"어제. 아니, 금요일에. 내 집을 찾아와서 만나게 됐어. 확실해. 난 비옷을 입고 있었어. '점심은 언제 먹을 건가?' 날 초대하려는 줄 알았지. '음, 그냥 클럽에서 적당히 만나자고 한 사람이 있는데. 취소할 수 없는 약속은 아니야.' 그가 그러더군. '잘됐군. 취소하게.' 그래서 난 취소했어. 우린 이야기를 했지. 점심시간에. 내 사무실에서. 아무도 없었어. 페리에 한 병, 비스킷 하나 없이. 하지만 정보 기기는 많았지. 제프리는 늘 좋은 정보 기기를 가지고 있어."

그는 다시 씩 웃었다.

"그래서 그가 뭐라고 했지?" 굿휴는 다시 물었다.

"그가 말하기를……." 팰프리는 잠수하기 전처럼 숨을 한껏 들이마셨다. "선한 사람들의 도움이 필요한 때라고 했어. 미 정보국에서 림페트 작전에 대한 분명한 정보를 원한다고. 자기 법 집행기관 사람들은 책임질 수 있지만, 우리 사람들은 우리가 책임지라고 했어. 나도 참여하겠냐고."

"그래서 뭐라고 했어?"

"한다고 했지. 100퍼센트. 사실이야. 안 그래? 설마 내가 그에게 싫다고 대답할 줄 알았던 거야? 맙소사."

"물론 아니지, 해리. 자넨 자기 자신에게 최선의 행동을 해야 해. 이해해. 그래, 자네도 참여한다고 대답했군. 그는 뭐라고 했지?"

팰프리는 공격적인 음침함에 빠져들었다. "수요일 오후 5시까지 버의 기관과 작성한 리버하우스 활동 범위 합의 내용에 대해 법률적 검토를 해달라고 했어. 내가 자네한테 작성해줬던 합의 내용. 그러겠다고 했어."

"그래서?"

"그게 전부야. 수요일 오후 5시가 내 마감 시간이야. 플래그십 팀은 다음 날 아침에 회의를 해. 다커는 내 보고서를 먼저 검토할 시간이 필요하다고 했어. 난 문제없다고 답했지."

목소리가 높아졌다가 눈썹을 치켜세우더니 말이 끊겼다. 굿휴는 잠시 침묵을 지켰다. 아들이 이런 몸짓을 할 때는 늘 뭔가 숨기고 있는 경우였다. 굿휴는 팰프리에게서도 비슷한 인상을 받았다.

"그게 다야?"

"그럼 뭐가 더 있겠어?"

"다커가 자네에게 만족하던가?"

"아주. 사실은."

"왜? 그냥 지시를 따르기로 한 것뿐인데 말이야, 해리. 왜 만족한 거

105

지? 뭔가 다른 걸 해주기로 했나?" 굿휴는 팰프리가 더 강하게 추궁해주기를 바라고 있다는 묘한 느낌을 받았다. "다른 이야기를 했나?" 그는 쉽게 털어놓게 하기 위해 미소를 지었다.

팰프리는 고통스럽게 웃었다.

"하지만 해리, 다커가 모르는 내용을 자네가 무슨 수로 그에게 알리겠나?"

팰프리는 정말 노력하고 있었다. 마치 같은 장애물을 거듭 넘으려고 집요하게 시도하는 것 같았다.

"나에 대해서 이야기했나? 그럴 리가 없지. 그건 자살행위일 텐데. 아니지?"

팰프리는 고개를 저었다. "절대로." 그는 속삭였다. "맹세코, 렉스. 그런 생각은 한 적도 없어."

"그럼 뭐야?"

"그냥 이론이야, 렉스. 추정 말이야, 그것뿐이야. 가정. 확률의 법칙. 기밀이 아니라. 론. 근거 없는 이론. 잡담. 시간을 때우려고. 다커는 내 방에 있고, 점심시간이고. 날 보고 있고. 무슨 이야기든 해야겠고."

"무엇에 기반을 둔 이론?"

"내가 자넬 위해 준비했던 검토서. 로퍼를 영국 법으로 잡아넣을 수 있는 형사적 요건. 자네 사무실에서 작업했었잖아. 기억 안 나."

"물론 기억하지. 자네 이론이 뭔데?"

"미국 쪽 비밀 첨부 문서가 있었잖나. 마이애미 법 집행기관 사람들이 마련한 것 말이야. 지금까지의 증거물 목록. 스트렐스키, 그 친구가 알아낸 거지? 로퍼가 카르텔에 제안했던 원안, 방대한 계약 내용, 모두 극비로. 자네와 버만 보라고 적혀 있던."

"자네도 봤군." 굿휴는 혐오감이 치밀어 올라 그에게서 조금 물러나 앉았다.

"난 이런 게임을 해. 그런 보고서를 읽으면 어쩔 수가 없다고. 우리 모두 그렇지 않나. 어쩔 수 없어. 본능적인 호기심이야. 생각이 그리로 가는 걸 막을 수가 없어……. 밀고자 이름에 눈이 갔다고. 방 안에 세 사람만 있었다는 긴 단락. 때론 두 사람. 그들이 모여 있을 때는 늘 이 믿을 만한 정보통이 설교하고 있다. 현대 기술은 늘 그렇지만, 이건 터무니없었어."

"그래서 자네가 밀고자를 봤다고."

팰프리는 마침내 용기를 내서 책임을 다하는 사람처럼 정말 자랑스러워 보였다.

"그래서 자네가 누굴 봤는지 다커에게 이야기했고." 굿휴가 말했다.

"그리스인. 한쪽으로는 카르텔과 한통속이고, 그쪽이 등을 돌리면 법 집행기관에다 밀고하고 있고. 아포스톨. 나 같은 변호사."

팰프리가 조심성 없는 말을 했던 날 밤, 굿휴의 전갈을 받은 버는 모든 요원들의 관리자가 가장 두려워하는 난관에 봉착했다.

첫 반응은 당연히 가슴에서 나왔다. 그는 마이애미의 스트렐스키에게 보낼 '비우호적인 순수 정보기관이 마이클 형제의 정체에 대해 인지하고 있다'는 긴급 개인 신호를 작성했다. 그리고 다시 미국 첩보 기관의 용어에 따라 '인지하고 있다' 대신 '알고 있다'로 바꾸어 보냈다. 유출자가 영국인이라는 암시는 삼갔다. 스트렐스키가 직접 알아낼 수 있을 것이다. 스트렐스키에 대한 의무는 다했고, 요크셔 방직공의 자손은 다락방에 금욕적으로 앉아 천창을 통해 오렌지색 화이트홀 하늘을 바라보았다. 지금 문제는 요원의 행방을 몰라 가슴을 졸이는 상황이 아니었다. 문제는 요원을 빼내느냐, 아니면 위험을 감수하고 작전을 진행하느냐 결정해야 한다는 사실이었다. 생각에 잠긴 채 그는 긴 복도를 지나 굿휴의 사무실로 가서 주머니에 손을 찔러 넣은 채 라디에이터에 걸터앉았다. 그들은 논의를 거듭했다.

"최악의 경우는 어떻게 되지?" 굿휴가 물었다.

"최악의 경우는 그들이 아포를 심문해서 코코란을 계약 대행인에서 밀어내라는 지시를 우리에게 받았다고 실토하는 거야." 버가 말했다. "그러면 새 계약 대행인인 우리 요원이 목표물이 되겠지."

"이 시나리오에서 '그들'이란 누구지, 레너드?"

버는 어깨를 으쓱했다. "아포의 고객들. 혹은 순수주의자."

"맙소사, 레너드. 순수 정보국은 우리 편이야! 서로 의견 차는 있을지언정, 단순한 영역 다툼 때문에 우리 정보원을 위험에 처하게 하지는……"

"아, 얼마든지 그럴 수 있어, 렉스." 버는 친절하게 말했다. "그게 그들이야. 그게 그들이 하는 일이라고."

버는 다시 한 번 홀로 방 안에 앉아서 어떤 선택을 해야 할지 고민했다. 도박사의 녹색 책상 등. 방직공의 천창.

로퍼, 2주만 더 있으면 그를 잡을 수 있다. 어떤 배인지 알아내고, 이름과 숫자와 장소를 알아낼 테니까. 네놈의 특권과 영리한 내부자 친구들, 교묘한 법률가들을 모두 다 돈으로 살 수는 없다는 걸 보여줄 수 있다.

조너선, 내가 부린 최고의 첩보원, 내가 암호를 모두 해독할 수 없는 유일한 친구. 처음에 자네는 불가해한 얼굴이었지. 지금은 불가해한 목소리고. 네, 좋습니다. 레너드. 음. 코코란은 날 의심하지만, 의심하는 걸 증명하기는 어려울 테고……. 제드요? 음, 제가 판단하는 한 아직도 신뢰를 잃지 않았지만, 그녀와 로퍼는 워낙 행동주의자라 저변에 뭐가 도사리고 있는지 알기 어렵습니다…….

행동주의자라, 버는 음울하게 생각했다. 맙소사, 자네가 행동주의자가 아니라면 대체 누가 그렇단 말인가? 마마로에서 폭발한 성질은 또 어쩌고?

미 정보국은 아무 일도 하지 않을 것이다, 낙관적인 생각이 솟아오를 때 그는 이렇게 판단했다. 신분이 확인된 요원은 어쨌든 우리 편이다. 조너선의 신분을 확인하는 데 성공한다 해도 앉아서 결과만 기다리겠지.

미 정보국은 틀림없이 행동에 나설 것이다, 추가 반대편으로 흔들리면 이런 생각이 들었다. 아포스톨은 그들의 소모품이다. 카르텔의 협력이 필요하다면, 그들은 아포스톨을 선물로 줄 것이다. 우리가 지나치게 접근한다는 생각이 들면 아포스톨을 까발려서 우리 정보원을 없앨 것이다…….

손에 턱을 묻고, 버는 하늘을 올려다보았다. 찢긴 구름 사이로 가을의 새벽이 밝아오고 있었다.

끝내자, 그는 결심했다. 조너선을 안전한 곳으로 옮기고, 얼굴을 고치고, 새 이름을 주고, 덧문을 내리고 집에 돌아가자.

그리고 아이언브랜드가 현재 대여한 여섯 개의 선박들 중 어디에 어마어마한 무기가 실려 있을지 평생에 걸쳐 궁금해하자고?

물건 교환은 어디서 이루어졌는지?

수억 파운드, 어쩌면 수십억 파운드의 무기명 채권이 어떻게 흔적도 없이 익명의 고급 정장 호주머니 속으로 사라졌는지?

어떻게 수십 톤의 최고급 코카인이 편리하게도 콜롬비아 서부 해안과 콜론 자유무역 지대에서 사라졌다가 한 번에 적당히 통제 가능한 양으로 나뉘어 중부 유럽의 음울한 길거리에 다시 나타나는지?

조 스트렐스키와 패트 플린, 아마토와 그의 팀은? 그동안 해왔던 노력은? 아무 결실도 없이 이렇게? 접시에 담아서 순수 정보국에 넘겨주자고? 심지어 순수 정보도 아니고, 그 내부의 사악한 비밀 결사단에?

보안 전화가 울렸다. 버는 수화기를 집어 들었다. 퀴라소 섬에서 루크가 현장 송수화기로 전화를 걸어온 거였다.

"한 시간 전에 그의 제트기가 여기에 착륙했어." 이름을 언급하지 않는 것은 본능처럼 단련된 습관이었다. "우리 친구도 일행 중에 있어."

"어떻게 보이던가?" 버는 얼른 물었다.

"좋아. 흉터는 안 보였어. 좋은 정장을 입고. 멋진 구두를 신고. 양쪽에 감시인을 달고 있는데, 스타일 구길 정도는 아니었어. 건강해 보였어. 전화 걸라고 했잖아, 레너드."

버는 주위의 지도와 해도를 둘러보았다. 정글 지대의 항공사진에 붉은색 원이 그려져 있었다. 낡은 책상 위에 파일 무더기가 쌓여 있었다. 그는 위태로운 상황에 처했던 몇 달간의 노력을 떠올렸다.

"작전 계속해."

그는 다음 날 마이애미로 날아갔다.

21
일생의 기회

돌이켜보면 조너선과 로퍼 사이의 우정은 크리스털 섬에서 지냈던 지난 몇 주 동안 이미 싹텄고, 로퍼의 제트기가 나소 국제공항을 이륙한 순간부터 꽃을 피웠다. 서로에 대한 호감을 인정하기 위해 이 해방의 순간을 기다려왔다고 해도 과언이 아닐 것이다.

"맙소사." 로퍼는 좌석벨트를 풀며 기분 좋게 외쳤다. "여자들! 질문이 있나! 아이들은! 토머스, 자네가 같이 와서 기쁘군. 메그, 커피 한 잔 갖다 주겠나. 샴페인을 마시기엔 너무 이른 시간이니까. 토머스, 커피 마시겠나?"

"좋습니다." 조너선은 농담처럼 덧붙였다. "간밤에 코키가 벌인 소동 때문에 잔뜩 마셔야겠습니다."

"자네가 롤스로이스를 타고 다닌다는 소리는 도대체 다 뭐야?"

"모르겠습니다. 제가 당신 차를 훔칠 거라고 생각했나 봅니다."

"헛소리! 여기 앉게. 복도 건너편에 그러고 있지 말고. 크루아상은 준비되어 있나, 메그? 젤리는?"

메그는 테네시 출신의 스튜어디스였다.

"로퍼 씨, 제가 크루아상을 어떻게 잊겠어요?"

"커피하고 따뜻하게 데운 크루아상, 롤빵, 젤리 좀 갖다 줘. 전부 다. 가끔 그런 기분이 들지 않나, 토머스? 자유로운 기분 말이야? 아이들도 없고, 동물도 없고, 하인도, 투자자도, 손님도, 질문 많은 여자들도 없는? 내 세상이 돌아왔다는 기분? 자유롭게 움직인다는 느낌? 등에 짊어지고 가는 짐이야, 여자는. 오늘은 좀 어때, 메그?"

"아주 좋습니다."

"주스는 있나? 이런, 주스를 잊었군. 전형적이라니까. 해고야, 메그. 나가. 지금 당장. 뛰어내리라고."

메그는 동요하지 않고 아침 식사 쟁반 두 개를 내려놓은 뒤 신선한 오렌지 주스와 커피, 따뜻한 크루아상, 젤리를 담아서 갖다 주었다. 그녀는 40살 정도 되어 보이는 나이에, 약간 입술이 언청이 같았고, 상처 입었지만 당당한 성적 매력을 지니고 있었다.

"그거 아세요, 토머스?" 그녀는 물었다. "항상 저한테 이러신답니다. 백만 달러를 벌기 전에 심적으로 자기 자신을 단련하셔야 하는 것 같아요. 젤리는 제가 직접 만드는 거 아시죠? 집에 앉아서 이분에게 드릴 젤리를 직접 만든답니다. 비행하지 않을 때 제가 하는 일은 그것밖에 없어요. 로퍼 씨는 제가 만든 젤리 말고는 안 드시거든요."

로퍼는 픽 웃음을 터뜨렸다. "백만 달러라고? 뭔 소리를 하는 거야? 백만 달러 갖고는 이 비행기의 비누 값도 충당하지 못한다고. 세상에서 제일 맛있는 젤리라니까. 아직 이 여자가 여기 붙어 있는 이유지." 그는 롤빵을 들고 주먹을 꽉 쥐어서 손가락으로 으깼다. "좋은 생활은 의무적인 거야. 그게 인생의 목표지. 잘 사는 것이야말로 최고의 복수야. 누가 그랬지?"

"누구였는지는 몰라도 전적으로 맞는 말입니다." 조너선이 충성스럽게 말했다.

"높은 기준을 세우고 그걸 위해 투쟁하는 거야. 유일한 길이지. 돈이 오가면 세상이 돌아가. 자넨 좋은 호텔에서 일했지. 자네도 알 거야. 젤리 맛이 별로네, 메그. 그렇지 않아, 토머스?"

"말씀과는 달리 정말로 맛있습니다." 조너선은 단호하게 대답하며 메그에게 윙크했다.

웃음이 일었다. 두목은 기분이 좋았고, 조너선도 마찬가지였다. 갑자기 제드를 포함해서 수많은 공통점을 지닌 사이라는 생각이 들었다. 구름의 윤곽은 금빛으로 물들어 있었고, 햇빛이 비행기 안으로 쏟아져 들어오고 있었다. 천국으로 가는 길 같았다. 태비는 뒷자리에 있었다. 프리스키는 앞쪽 격벽 옆에서 조종사 문을 지키고 있었다. 맥댄비 두 사람은 비행기의 중간쯤에 앉아 노트북을 두드리고 있었다.

"여자들은 너무 질문이 많아, 그렇지 않아, 메그?"

"전 그렇지 않아요, 로퍼 씨. 절대로."

"내가 데려왔던 창녀 기억하나, 메그? 난 16살이었고, 그녀는 30살이었지. 기억하나?"

"그럼요, 로퍼 씨. 그 창녀가 당신한테 인생의 첫 경험을 선사했죠."

"초조했어. 총각이었으니까." 나란히 앉아 식사하고 있었기 때문에 눈을 마주칠 걱정은 없었다. "그녀 얘기가 아니야. 바로 내 얘기야." 다시 웃음소리가 터져 나왔다. "대화 방식을 몰라서 성실한 학생 노릇을 해야 했다니까. 여자한테 과거에 문제가 있었다 싶었지. 그래서 말했어. '안됐네, 어쩌다가 이렇게 된 거야?' 그러면 아버지 물건이 크고 12살 때 어머니가 배관공이랑 도망갔다는 소리가 나올 줄 알았어. 그런데 나를 쳐다보더군. 전혀 우호적인 표정이 아니었어. '당신 이름이 뭐지?' 그녀가 말했어. 스태퍼드셔 테리어 같은 여자였지. 엉덩이가 크고, 키는 150센티미터가 조금 넘었어. '디키야.' 내가 말했어. '잘 들어, 디키. 나랑 자면 5파운드를 내야 해. 하지만 내 마음마저 범할 수는 없어. 그건 내 거니까.' 절대 잊을 수가 없어, 그렇지, 메그? 대단한 여자였다니까! 그 여자와 결혼할 걸 그랬어. 메그 말고. 그 창녀 말이야." 그의 어깨가 다시 조너선의 어깨에 닿았다. "어떻게 하는지 알려줄까?"

"대단한 비밀이 아니라면. 네, 알려주십시오."

"눈속임 작전이야. 바로 자네가 눈속임이지. 독일어로는 허수아비. 웃긴 건 자넨 허수아비도 아니라는 거야. 아예 존재하지 않지. 훨씬 좋잖아. 데릭 토머스, 대규모 무역상. 평범한 사람이지. 발 빠르고, 사람 좋고, 건전한 사람. 실적도 좋고, 비밀도 없고, 평판도 좋고. 그게 디키와 데릭이지. 어쩌면 전에도 사업을 같이 해봤을 거야. 우리 사업 말이야. 나는 어릿광대들한테 가서—브로커들, 벤처 사업가들, 다루기 좋은 은행들—말할 거야. '여기 아주 괜찮은 건수가 있다. 훌륭한 기획이고, 이윤도 신속하게 나오는데 자금이 필요하다. 극비 사항이다. 트랙터, 엔진, 기계 부품, 광물 같은 것도 있고, 부동산 같은 것도 있다. 아주 굉장한 것들이다. 괜찮다면 나중에 소개해주겠다. 젊고, 연줄도 있다. 물론 어느 연줄인지는 묻지 말라. 정세에도 밝고, 중요한 자리에 있는 사람들과도 잘 지내는 친구다. 일생의 기회다. 절대 놓치지 마라. 최대 넉 달 동안 돈을 두 배로 불려주겠다. 서류만 사면 된다. 서류가 싫다면 내가 시간 낭비하는 것일 테고. 나를 포함해서 다른 어떤 회사와도 연결되지 않은 무기명 채권으로. 이번에도 나만 믿어라. 나도 참여하고 있지만, 형식적으로는 관계가 없는 거다. 회사는 회계 서류를 준비하거나 제출할 필요가 없는 지역에 설립했다. 영국과는 연줄이 없고, 우리 식민지나 다른 귀찮은 지역과도 관계가 없다. 거래가 끝나면 회사는 무역을 중단하고 일을 접을 거다. 아주 긴밀한 집단이다. 가능한 한 최소한의 인원만 가능하니, 쓸데없는 질문은 집어치우고, 가부만 결정해라. 참여하고 싶은지 아닌지.' 지금까지는 이해하겠나?"

"그렇게 말하면 당신 말을 믿습니까?"

로퍼는 웃었다. "질문이 잘못됐어. 그 이야기가 먹히느냐? 그쪽에서 자기 고객에게 팔 수 있느냐? 그쪽에서 당신 외모를 좋아하느냐? 제안서에 붙은 잘생긴 얼굴을 좋아하느냐? 이런 걸 물어야지. 카드를 잘 활용하면, 대답은 늘 '그렇다'야."

"제안서가 있단 말입니까?"

로퍼는 다시 껄껄 웃어댔다. "여자보다 더하구먼, 이 친구!" 그는 커피를 더 따르는 메그에게 기분 좋게 말했다. "왜, 왜, 어째서? 어떻게, 언제, 어디서?"

"전 그런 거 안 물어봐요, 로퍼 씨." 메그는 진지하게 말했다.

"당신은 절대 안 그러지, 메그. 좋은 직원이야."

"로퍼 씨, 또 엉덩이를 때리네요."

"미안해, 메그. 집에 온 줄 알았나 봐." 그는 다시 조너선을 쳐다보았다. "아니, 제안서는 없어. 말만 그렇다는 거야. 제안서를 출력할 때쯤에는 회사는 없을 거야."

로퍼는 설명을 계속했고, 조너선은 안전한 상념에 잠긴 채 그의 말을 들으면서 대꾸했다. 그는 제드를 생각하고 있었다. 그녀의 모습이 너무나 생생해서 겨우 몇 센티미터 떨어져 앉은 로퍼가 모종의 텔레파시로 이를 눈치채지 못한다는 게 신기할 따름이었다. 그녀 손의 감촉이 얼굴에서 느껴졌고, 그녀가 뭘 보았는지 궁금했다. 런던 훈련소에서의 버와 루크가 떠올랐다. 정력 넘치는 젊은 임원 토머스를 묘사하는 로퍼의 말을 듣고 있자니, 새삼 자신이 자기 자신의 인간형 조작을 방조하고 있다는 것을 깨달을 수 있었다. 랭번이 일에 착수하러 먼저 가 있다는 말을 들으니, 캐롤라인이 뒤에서 그의 정체를 까발리고 있다고 경고해서 로퍼의 신임을 더 얻어야 할 순간이 아닐까 하는 생각이 들었다. 그러다 로퍼가 이미 알고 있을 거라는 판단이 섰다. 그렇지 않다면 제드가 무슨 수로 로퍼에게 그의 죄를 추궁했겠는가? 늘 그랬듯 그는 옳고 그름에 대한 로퍼의 수수께끼 같은 판단 기준에 대해 생각했고, 그러다 소피의 표현으로 세상 최악의 남자는 자신의 인식을 무시하는 데서 스스로의 위상을 찾는 윤리주의자라는 사실을 떠올렸다. 그는 파괴하고, 돈을 많이 벌고, 그렇기 때문에 자신이 신이라고 생각해요. 그녀는 이해할 수 없다는 듯 화난 음성으로 토로했다.

"아포가 자넬 알아볼 거야." 로퍼는 말하고 있었다. "크리스털에서 만났던 친구―마이스터에서 일했던 사람―디키의 친구다. 거기엔 문제가 없어. 한데 아포는 저쪽 편이야."

조너선은 뭔가 떠올랐다는 듯 얼른 로퍼를 돌아보았다.

"묻고 싶은 게 있습니다. 저쪽 편이란 도대체 뭘 말합니까? 제 말은, 파는 건 좋은데, 사는 사람이 누구냐는 겁니다."

로퍼는 답답하다는 듯 짐짓 고함을 질렀다. "하나 더 있어. 메그! 뭐 하나 그냥 들어 넘기질 못해!"

"그건 그분 탓이 아니죠, 로퍼 씨. 당신은 기분이 나쁠 때 아주 심술궂게 굴어요. 전에도 봤어요. 심술궂고, 교활하고, 아주 매력적이죠."

로퍼는 졸기 시작했다. 그래서 조너선도 엔진음 너머로 맥댄비가 노트북 두드리는 소리를 들으며 따라서 졸았다. 깨어나니 메그가 샴페인과 훈제 연어 카나페를 가져다주었고, 다시 이야기와 웃음소리, 졸음이 이어졌다. 다시 일어나 보니 비행기는 흰 안갯속에서 네덜란드풍의 작은 마을 상공을 선회하고 있었다. 안개 너머로 빌렘스타트의 정유소 배출 가스 연소 탑에서 천천히 불길이 솟아오르는 광경이 보였다.

"자네 여권은 내가 대신 가지고 있겠어. 괜찮다면 말이야, 토미." 프리스키는 이글거리는 활주로를 가로지르며 조용히 말했다. "임시적으로. 알겠지? 현금은 있나?"

"전혀 없어."

"아, 괜찮아. 어차피 필요 없으니까. 코키가 준 신용카드 있지, 그건 과시용에 가까워, 토미. 그걸로 무슨 재미를 많이 보진 않겠지?"

로퍼는 이미 세관을 통과해서 자신을 존경하는 사람들과 악수를 나누고 있었다.

루크는 오렌지색 의자에 앉아 먼 곳을 바라볼 때만 사용하는 뿔테 안경 너머로 《파이낸셜 타임스》를 읽고 있었다. 소녀 순회 전도단이 외다리 남자의 지휘하에 〈만인의 기쁨 되시며〉를 아기 목소리로 노래 부르고 있었다. 루크의 모습은 조녀선을 다시 절반쯤 현실로 데려다 놓았다.

호텔은 시내 외곽에 있는 붉은 지붕을 얹은 말굽 모양의 건물이었는데, 해변 두 군데와 바람에 파도가 이는 바다가 내려다보이는 옥외 식당이 딸려 있었다. 로퍼 일행은 한복판에 있는 건물—가장 웅장한 곳—의 맨 위층에 있는 넓은 방 여러 개를 빌렸다. 로퍼는 한쪽 구석의 스위트룸을, 임원 조녀선은 반대편을 썼다. 조녀선의 거실에는 테이블과 의자가 놓인 발코니가 있었고, 침실 침대는 네 사람이 누워서 자도 충분할 정도로 컸지만 베개에서는 나무 연기 냄새가 나지 않았다. 헤어 마이스터가 서비스로 내놓곤 하던 샴페인 한 병과 청포도 한 바구니가 있었다. 그가 짐을 정리하는 동안, 프리스키는 포도를 한 움큼 먹었다. 지하 60센티미터 밑에 파묻어놓지 않은 일반 전화도 있었는데, 한창 짐을 푸는 와중에 전화벨이 울렸다.

토머스를 찾는 루크의 목소리였다.

"토머스입니다." 조녀선은 최선을 다해 회사 임원 목소리를 내며 대답했다.

"맨디가 전해 달랬습니다. 지금 올라가는 중이라고요."

"저는 맨디라는 사람을 모릅니다. 누구십니까?"

반대편 루크는 잠시 헷갈린다는 듯 사이를 두었다. "피터 토머스 씨 아닌가요?"

"아닙니다. 전 데릭입니다. 엉뚱한 토머스를 찾으셨군요."

"미안합니다. 22호실인가 보군요."

조녀선은 전화를 끊고 "바보"라고 나직하게 내뱉었다. 샤워를 마치고 옷을 입고는 거실로 돌아와 보니, 프리스키가 팔걸이의자에 앉아 에로틱한 자극을 주는 호텔 전용 잡지의 페이지를 넘기고 있었다. 그는 22호실에 전화를 걸었고, 루크의 목소리가 "여보세요"라고 전화를 받았다.

"319호실 토머스입니다. 세탁물이 있습니다. 문밖에 두겠습니다."

"지금 가겠습니다." 루크가 말했다.

그는 욕실로 가서 물탱크 뒤에 끼워놓은 육필 메모 한 뭉치를 꺼낸 뒤 지저분한 셔츠로 감싸고, 그 셔츠를 세탁물 비닐봉지에 넣고, 양말과 손수건, 팬티를 잔뜩 쑤셔 넣은 다음 세탁물 목록을 작성하고, 그 목록을 가방 안에 넣고, 가방을 스위트룸 바깥 손잡이에 걸었다. 문을 닫는데, 루크의 런던 훈련팀 소속 밀리가 빳빳한 면 드레스에 '밀드레드'라는 이름이 적힌 명찰을 달고 복도를 걸어오는 모습이 보였다.

두목은 다음 지시가 있을 때까지 알아서 시간을 보내라고 했어, 프리스키가 말했다.

그래서 조너선은 기꺼운 마음으로 알아서 시간을 때웠다. 프리스키는 휴대전화를 들고, 태비는 한층 위험한 무기를 지닌 채 뒤에서 뚱한 얼굴로 따라오고 있었다. 그러나 온갖 두려움에도 불구하고, 조너선의 마음은 래니언을 떠난 이래로 험난한 여정을 계속해왔던 터라 그 어느 때보다도 가벼웠다. 믿기지 않을 정도로 아름다운 오래된 건물은 흥겨운 향수를 안겨주었다. 수상 시장과 수상 가교는 설계자의 의도에 정확히 부합하는 감흥을 불러일으켰다. 감옥에서 막 풀려난 사람처럼 그는 볕에 그을린 시끄러운 관광객들을 정답게 바라보며, 네덜란드 억양과 뒤섞인 원주민들의 파피아멘토어에 신기하게 귀를 기울였다. 그는 다시 진짜 인간들 사이에 뒤섞여 있었다. 웃고, 보고, 쇼핑하고, 밀치고, 거리에서 설탕 빵을 먹는 사람들. 그의 일에 대해서는 아무것도, 어떠한 것도 전혀 모르는 사람들.

루크와 밀리가 도로변 식당에서 커피를 마시는 모습이 보였지만, 아무도 그들에게 눈길을 주지 않았다. 리스본 그로브의 훈련소에서 첨착탄으로 기밀 편지를 쓰는 법을 알려준 잭이라는 남자도 눈에 띄었다. 잭, 어떻게 지내? 옆을 돌아보니, 상상 속에서 그의 옆을 따르는 것은 프리스키나 태비의 머리가 아니라 산들바람에 휘날리는 제드의 고동색 머리카락이었다.

나는 잘 모르겠어요, 토머스. 직업 때문에 누군가를 사랑할 수 있나요? 난 그렇지 않아요.

그가 은행을 턴다면 어떻겠습니까?

누구나 은행을 털어요. 은행도 모든 사람들을 털고요.

그가 당신 여동생을 죽였다면?

맙소사, 토머스.

날 조너선이라고 불러봐요. 그는 말했다.

왜요?

그게 내 이름이니까. 조너선 파인.

조너선. 그녀는 말했다. 조너선. 아, 젠장. 다시 승마 대회 출발점으로 돌아와서 처음부터 모든 걸 새로 시작하는 기분이에요. 조너선…… 마음에 들지도 않는데…… 조너선…… 조너선.

익숙해질 겁니다. 그는 말했다.

호텔로 돌아온 그들은 로비에서 검은색 정장 차림의 금융가들에게 둘러싸여 있는 랭번을 만났다. 그는 자동차가 늦게 온다든가 누군가 같이 자자는 걸 거절했을 때처럼 화가 난 표정이었다. 조너선의 기분 좋은 얼굴이 그의 짜증을 더했다.

"혹시 아포스톨을 봤나?" 그는 인사도 하지 않고 대뜸 물었다. "빌어 먹을 난쟁이가 사라졌어."

"못 봤습니다." 프리스키가 말했다.

조너선의 거실에는 가구가 말끔히 치워져 있었다. 가대식 테이블 위 얼음 통에는 돔 페리뇽 병들이 놓여 있었고, 웨이터 두 명이 아주 느릿느릿하게 트롤리에서 카나페 접시를 늘어놓고 있었다.

"악수를 하게." 로퍼는 조금 전에 말했다. "여자들에게는 키스를 하고. 건전하게 보이면 돼."

"저한테 사업 이야기를 하자고 하면 어떡합니까?"

"그 어릿광대들은 돈을 세느라 바쁠 거야."

"재떨이 좀 갖다 주겠나?" 조너선은 웨이터에게 부탁했다. "창문도 열어주게. 누가 책임자지?"

"접니다." 아서라는 이름표를 단 웨이터가 말했다.

"프리스키, 아서에게 20달러만 줘."

프리스키는 마지못해 돈을 건넸다.

아마추어가 없는 크리스털 저택이었다. 방 건너편에서 제드의 눈길과 마주칠 일이 없는 크리스털이었다. 공공에게 개방된, 권력을 지닌 '필요악'들이 우글거리는 크리스털이었다. 단지 오늘 밤에는 데릭 토머스가 스타였다. 로퍼의 상냥한 눈빛 아래서 이미 접대에 능숙한 전직 야간 지배인은 사람들과 악수를 나누고, 미소를 교환하고, 이름을 기억하고, 재치 있는 잡담을 나누며 방 안을 돌아다녔다.

"안녕하십니까, 굽타 씨. 테니스는 잘하고 계신가요? 이게 누구십니까, 헥터 씨, 다시 만나서 정말로 반가워요. 델 오로 부인, 안녕하십니까. 영리한 아드님은 예일대에서 공부 잘하고 있나요?"

릭먼스워스에서 온 닳디닳은 영국 은행가가 조너선을 옆으로 끌고 가더니 신흥 시장과의 교역 가치에 대해 설교를 늘어놓았다. 모공이 선명한 얼굴의 뉴욕 채권 담당자 두 사람이 무표정한 얼굴로 얘기에 귀를 기울였다.

"내 직설적으로 말하지. 부끄러울 것 없어. 이 사람들에게도 말했지만, 한 번 더 말하겠어. 오늘날 제3 세계에서 중요한 것은 물건을 어떻게 만드느냐가 아니라 어떻게 소비하느냐 하는 거라고. 갈아엎어야 해. 그게 게임의 유일한 규칙이야. 사회 기반 시설을 개선하고, 사회의 수준을 향상시키는 거야. 그 외에는 뭐든 괜찮아. 진짜라니까. 이 의견에 여기 브래드도 동의한다고. 솔도 그렇고."

브래드는 입술을 거의 벌리지 않고 말해서, 조너선은 처음에 그가 말하는 줄도 몰랐다. "당신도, 음, 전문 분야가 있나요, 데릭? 그러니까 기술자인가요? 아니면 측량가? 뭐든 그런 전문 분야가 있나요?"

"제가 제일 잘하는 건 항해입니다." 조너선은 유쾌하게 말했다. "디키의 배 말고요, 요트를 몹니다. 20미터짜리로."

"항해라고요? 이런, 저도 항해를 좋아해요. 여기, 이 친구도 좋아하고."

"나도 좋아해요." 솔이 말했다.

파티는 다시 한 번 대대적인 악수의 향연으로 끝났다. 데릭, 즐거운 시간이었어요. 정말로. 다시 봅시다, 데릭. 필라델피아에 일거리가 있으니 언제든 오시오, 데릭. 데릭, 혹시 디트로이트에 오게 되면…… 그러죠……. 자신의 연기에 도취된 조너선은 검은 바닷바람에서 풍기는 석유 냄새를 맡으며 미소를 지은 채 발코니에서 별을 바라보았다. 자네 지금 뭐 하는 건가? 코코란, 나소 사람들—실리엄 테리어를 기르는 신시아와 점쟁이 스테파니—과 함께 저녁 식사라도 하나? 아이언 파샤가 감당하기조차 벅찬 소중한 요리사 델리아와 함께 겨울 항해 메뉴라도 논의하고 있나? 아니면 푹신한 흰 팔로 머리를 받치고 누워서 속삭이고 있나? 조녀선, 맙소사, 여자는 어떻게 해야 하나요?

"식사 시간이야, 토미. 신사들을 기다리게 할 수는 없지."

"난 배가 안 고파, 프리스키."

"정말로 배가 고픈 사람은 아무도 없을걸, 토미. 여긴 교회 같은 곳이야. 가자고."

저녁은 항구가 내려다보이는 언덕 위의 오래된 요새에서 먹었다. 밤 시간에 이곳에서 내려다보니 작은 빌렘스타트는 샌프란시스코만큼이나 컸고, 청회색 정유소 굴뚝조차 장대한 마법과 같았다. 맥댄비는 20인용 테이블을 예약했지만, 참석한 사람은 열네 명이었다. 조녀선은 칵테일 파티에서 대담하게 재담을 선사했고, 메그와 영국 은행가, 그의 아내는 배가 찢어지도록 웃었다. 그러나 로퍼의 관심은 다른 곳에 가 있었다. 그는 꼬마전구를 잔뜩 단 대형 유람선이 닻을 내린 화물선 사이를 통과해서 저 멀리 함교로 향하고 있는 항구를 내려다보고 있었다. 저 유람선이 탐나는 걸까? 파샤를 팔고 적당한 크기의 배를 새로 사려고?

"대리 변호사가 오는 중이랍니다, 젠장." 랭번은 전화를 끊고 나서 다시 자리로 돌아왔다. "회의 시간에는 꼭 맞춰서 오겠다고 했어요."

"누구를 보내는데?" 로퍼가 물었다.

"카라카스의 모란티요."

"그 깡패 놈 말이야? 아포는 어떻게 됐는데?"

"예수한테 물어보라는데요. 농담처럼."

"그 외에 못 오는 사람은?" 로퍼는 여전히 유람선에 시선을 못 박은 채 물었다.

"다들 와 있어요." 랭번은 짤막하게 대답했다.

조너선은 그들의 대화를 들었다. 보디가드 옆 테이블에 밀리와 아마토와 함께 앉아 있는 루크도 들었다. 세 사람은 내일 어디로 갈지 상의하는 척하며 섬 안내도를 들여다보고 있었다.

제드는 삶이 잘 안 풀릴 때면 늘 그렇듯, 부유하고 있었다. 다음 남자가, 다음 미치광이 파티가, 다음 가족의 불운이 방향 전환을 가져올 때마다, 그녀는 운명 혹은 도피, 혹은 성장, 혹은 재미, 혹은—요즘엔 마음이 그리 편하지 않았지만—자신만의 일을 한다는 핑계로 부유했다. 부유하는 과정에서 그녀는 모든 일을 한꺼번에 벌였다. 마치 모퉁이를 빠르게 돌고 나면 뭔가 뒤쫓을 것이 나타날 거라고 생각하던, 어렸을 때 기르던 경주용 개 같았다. 하지만 그 경주용 개는 틀에 박히지 않은 사건의 연속으로 인생이 흘러가는 데 만족했던 반면, 제드는 자기 인생의 사건들이 어디로 흘러가는지 너무나 오랫동안 고민해왔다.

그래서 나소에 간 뒤, 로퍼와 조너선이 떠난 순간부터, 제드는 곧장 온갖 일들을 하기 시작했다. 미용실과 옷 가게에 갔고, 온갖 사람들을 집에 초대했으며, 원더미어 케이 여자 테니스 대회에 참석해서 모든 초대를 받아들였고, 살림 관련 서류를 정리할 파일을 샀고, 비록 로퍼가 그녀의 지시를 죄다 취소하고 결국 자기가 좋아하는 대로 바꿀 거라는 것도 알고 있었지만 파샤의 주방장과 가정부에게 전화해서 메뉴와 실내장식에 관해 논했다.

그러나 시간은 좀처럼 흐르지 않았다.

그녀는 대니얼의 영국 귀환을 준비했고, 대니얼과 함께 쇼핑을 하러 갔고, 비록 대니얼이 싫어했고 싫다고 말하기까지 했지만 동년배 친구들도 초대했다. 아이들을 위해 바닷가에서 바비큐 파티를 열었고, 늘 코코란이 조녀선만큼이나 재미있는 척하면서―대니얼, 솔직히 정말 재미있는 사람 아니니―사람들이 크리스틸을 떠난 뒤로 그가 정확하게 친오빠 윌리엄처럼 뚱하게 담배를 피워대며 오만하게 자신을 노려보고 있다는 사실을 무시하기 위해 최선을 다했다.

하지만 코코란은 심지어 윌리엄보다도 더했다. 그는 그녀의 보호자이자 감시견, 간수 역할을 자처했다. 그녀가 편지를 열어보기도 전에 먼저 힐끗 살펴보았고, 전화 통화를 엿들었고, 온종일 하는 일마다 슬그머니 참견을 했다.

"코크, 당신 정말 지긋지긋해요. 스코틀랜드의 메리 여왕이라도 된 기분이라고요. 로퍼가 날 돌봐달라고 부탁했다는 건 알지만, 제발 하루 중 몇 시간 정도는 다른 데 가서 혼자 놀지 않겠어요?"

그러나 코코란은 완강하게 그녀 옆에 붙어 있었다. 그녀가 전화를 걸 때면 파나마모자를 쓰고 응접실에서 신문을 읽었고, 대니얼과 퍼지를 만들 때는 주방을 서성거렸고, 집으로 부칠 대니얼의 짐 가방에 이름표를 붙여주었다.

조너선처럼 제드는 자신의 내면 깊숙한 곳으로 침잠했다. 잡담을 그만두었고, 마치 최고의 인생을 누리는 것처럼 보이려는—대니얼과 있을 때조차도—피곤한 노력도 그만두었고, 대신 내면의 풍경 속을 방황하고 다녔다. 아버지에 대해, 늘 쓸모없고 낡았다고 생각했던 아버지의 유머 감각에 대해 생각했고, 빚투성이 집과 말을 팔고 지금 사는 오래된 마을의 작고 보잘것없는 오두막으로 이사했던 일, 헨리 삼촌과 다른 신탁관리인들의 끊임없는 화풀이 등 아버지 때문에 발생했던 모든 나쁜 일들보다 아버지가 훨씬 자신에게 의미가 있었다는 사실을 깨달았다.

그녀는 조너선을 생각했고, 그가 로퍼의 파멸을 도모하고 있다는 사실이 자신에게 무엇을 의미하는지 짐작해보려고 애썼다. 그녀가 내릴 수 있었던 결론은 오직 로퍼가 자신의 인생에서 재앙과도 같은 전환점이었다는 사실, 조너선은 평생에 걸쳐 만나왔던 그 누구보다 더 가깝게 느껴진다는 사실, 심지어 그가 자신에 대해 간파하고 있다는 것이 편안하게 느껴진다는 사실뿐이었다. 단지 자신의 장점을 믿어주기만 한다면, 그 부분들이야말로 그녀가 끌어내서 먼지를 털고 다시 사용하고 싶은 부분들이었기 때문이다. 예를 들어, 그녀는 아버지를 되찾고 싶었다. 생각할 때마다 불량기가 꿈틀거리긴 했지만, 그래도 가톨릭 신앙을 되찾고 싶었다. 발밑으로 단단한 땅을 디디고 싶었다. 이번에는 그러기 위해 일할 준비도 되어 있었다. 어머니의 말에도 다정하게 귀를 기울일 수 있었다.

마침내 대니얼이 떠나는 날이 왔다. 평생 동안 이날만을 기다려온 기분이었다. 제드와 코코란은 대니얼과 짐을 롤스로이스에 싣고 함께 공항까지 갔고, 도착하자마자 대니얼은 사탕과 읽을거리, 그 외 어린 남자아이가 어머니에게 돌아갈 때 필요한 물건들을 사기 위해 가판대에서 혼자 시간을 보내겠다고 했다. 그래서 제드와 코코란은 공항 홀 한가운데에서 기다렸다. 아이가 떠나는 것이 갑자기 섭섭하게 느껴졌고, 금방이라도 울음을 터뜨릴 것 같은 대니얼의 표정을 보자 더욱 안쓰러운 마음이었다. 그때 놀랍게도 코코란이 공모자처럼 옆에서 소곤거리는 소리가 들려왔다.

"여권 가져왔어요?"

"코크, 떠나는 건 내가 아니라 대니얼이에요. 잊었어요?"

"가져왔어요, 안 가져왔어요? 빨리 대답해요!"

"늘 가지고 다니죠."

"그럼 대니얼과 함께 가요." 그는 말하는 모습을 보이지 않으려는지 손수건을 꺼내 코를 닦으며 애원했다. "지금 당장 비행기에 타요. 난 한 마디도 안 한 겁니다. 다 당신이 벌인 일로 해요. 비행기 좌석은 많이 남아 있어요. 내가 물어봤어요."

그러나 제드는 비행기를 타지 않았다. 그런 생각은 해본 적도 없었지만, 순간 몹시 들뜨는 기분이 들었다. 예전에는 우선 잡아타기부터 하고 질문은 나중에 하곤 했다. 그러나 그날 아침, 그녀는 이미 자신의 머릿속을 오갔던 질문에 답했다는 사실을 깨달았다. 조녀선에게서 멀어진다는 것을 뜻하는 이상, 절대 어디로도 도망치지 않을 거라고.

달콤한 꿈을 꾸고 있는데 전화벨이 울렸다. 그는 비몽사몽 간에 수화기를 들었다. 그래도 면밀한 관찰자의 반응은 신속했다. 첫 전화벨 소리를 듣고 나서 곧바로 수화기를 낚아채며 불을 켰고, 루크의 지시를 기대하며 수첩과 연필을 집어 들었다.

"조너선." 그녀는 자랑스럽게 말했다.

그는 눈을 감았다. 그녀의 목소리가 흘러나오지 않도록 수화기를 귀에다가 질끈 갖다 댔다. 모든 현실적인 본능은 그에게 이렇게 말하라고 지시하고 있었다. 조너선 뭐라고요? 전화 잘못 거셨습니다, 라고 말하고 끊자. 이 멍청한 여자야! 그녀에게 소리를 지르고 싶었다. 말했잖아. 전화 걸지 말라고. 연락하지 말라고. 기다리고 있으라고. 한데 전화를 걸고, 내게 연락을 하고, 내 실명을 듣는 사람 귀에 대놓고 알려주는군.

"빌어먹을." 그는 속삭였다. "전화 끊어요. 자러 가요."

그러나 목소리에 묻어나는 확신이 흐릿해졌고, 이제 전화를 잘못 걸었다고 말하기에도 때가 너무 늦은 상태였다. 그래서 그는 수화기를 귀에 댄 채로 누워서 자신의 이름을 반복해서 부르는 그녀의 목소리를 들었다. 다시 출발 선상으로 돌아가서 처음부터 시작하게 되지 않도록, 조너선. 조너선. 익숙해질 때까지 다양한 느낌으로 연습하고 반복하는 목소리였다.

그들이 나를 찾으러 왔다.

한 시간 뒤, 조너선은 문 밖에서 소리를 죽인 발소리를 들었다. 그는 일어나서 앉았다. 한 발, 세라믹 타일에 달라붙는 소리로 짐작하건대 맨발이었다. 두 발, 복도 중앙을 따라 깔려 있는 카펫 위를 밟는 소리였다. 문구멍을 통해 누군가 스쳐가는 순간, 복도의 불이 켜졌다가 다시 꺼지는 것이 보였다. 왼쪽에서 오른쪽이었다. 프리스키가 기습하려는 걸까? 같이 처리하자고 태비를 데리러 가는 걸까? 밀리가 세탁물을 돌려놓은 걸까? 구두닦이가 맨발로 닦을 구두를 수거하러 다니는 건 아닐까? 호텔은 구두 닦는 서비스를 제공하지 않았다. 복도 건너편에 있는 호텔 방의 자물쇠를 여는 소리가 들렸고, 조너선은 맨발의 메그가 로퍼의 스위트룸에서 돌아오는 소리라는 것을 깨달았다.

아무것도 느껴지지 않았다. 질책도, 양심과 영혼의 위안도. 난 그냥 여자들하고 자. 로퍼가 말했었다. 그래서 여자와 잤던 거였다. 제드는 여자들 중 선두를 차지하고 있을 뿐이고.

창밖의 하늘이 차츰 밝아왔다. 귓전에서 그녀의 머리가 부드럽게 그를 향해 돌아눕는 상상이 떠올랐다. 그는 22호실에 전화해서 신호음이 네 번 울릴 때까지 기다렸다가 끊고 다시 걸었다. 하지만 말을 하지는 않았다.

"예정대로 진행되고 있어." 루크는 조용히 말했다. "자, 들어봐."

조너선, 그는 루크의 지시를 들으며 생각했다. 조너선, 조너선, 조너선……. 이 모든 상황이 언제쯤 사고를 치게 될까?

22
트레이드패스
유한회사

멀더 공증소는 로즈우드 가구와 플라스틱 조화, 회색 베니션블라인 드로 장식되어 있었다. 벽에 걸린 네덜란드 왕족의 행복한 얼굴들이 아래를 굽어보며 웃고 있었고, 멀더 공증인도 그들과 마찬가지로 활짝 웃고 있었다. 랭번과 대체 변호사 모란티는 테이블을 사이에 두고 앉 았다. 랭번은 늘 그렇듯 뚱한 얼굴로 서류 폴더를 넘기고 있었지만, 모 란티는 포인터 종의 늙은 개처럼 눈썹이 덥수룩한 갈색 눈으로 조너선 의 모든 동작을 지켜보고 있었다. 그는 어깨가 넓은 60대 라틴계 사람 이었고, 흰 머리칼과 갈색 피부, 얽은 얼굴을 하고 있었다. 굳이 움직이 지 않는데도 방 안에 이상한 분위기를 감돌게 하는 사람이었다. 대중 적인 정의, 농사꾼의 생존 투쟁과 같은. 한번은 세차게 꿍 하고 소리를 내며 커다란 손으로 테이블을 내려쳤다. 그러나 그것은 테이블 저편에 놓인 서류를 끌어당겨 훑어본 뒤 다시 제자리로 밀어놓는 동작이었다. 또 한 번은 마치 식민주의 정서라도 감지하려는 듯, 고개를 젖히고 조너선의 눈을 바라보았다.

"영국인이시오, 토머스 씨?"

"뉴질랜드인입니다."

"퀴라소에 잘 오셨소."

반면 멀더는 우스꽝스러운 세상에서 튀어나온 통통한 피크위크(찰스 디킨스의 《피크위크의 기록》에 나오는 인물로, 중년 신사 피크위크의 영국 유랑기를 익살스럽고 해학적으로 그린 작품 – 옮긴이)를 닮은 사람이었다. 활짝 웃으면 뺨이 새빨간 사과처럼 빛났다. 그가 웃음을 멈추면, 얼른 앞으로 다가가서 무슨 일이냐고 다정하게 묻고 싶어졌다.

그러나 그의 손은 떨리고 있었다.

왜 떠는 건지, 누가 떨게 하는 건지, 방탕 때문인지, 장애 때문인지, 음주 때문인지, 공포 때문인지, 조너선은 추측할 수밖에 없었다. 그러나 그의 두 손은 마치 다른 사람의 손인 것처럼 떨리고 있었다. 조너선의 여권을 랭번에게서 받아들 때도, 가짜 인적 사항을 양식에 힘겹게 옮겨 적을 때도 떨렸다. 서류를 테이블 위에 올려놓을 때도 다시금 떨렸다. 심지어 조너선의 인생을 거는 서명을 하고 나서 이니셜을 적을 위치를 가리키는 통통한 검지조차도 떨렸다.

조너선이 들어봤거나 들어보지 못한 온갖 서류들에 서명하게 한 뒤, 그의 떨리는 손은 무기명 채권을 꺼내 들었다. 조너선의 트레이드 패스 유한회사에서 발행한, 묵직해 보이는 파란색 서류였다. 파일마다 숫자가 적혀 있었고, 공작의 인장이 양각되어 있었으며, 은행 어음—소지자의 신원을 밝히지 않고 부를 증식시킬 용도로 만들어졌으니 사실상 그런 셈이었다—처럼 동판으로 인쇄된 것들이었다. 조너선은 즉각—다른 사람에게 확인할 필요가 없었다—로퍼가 직접 디자인했다는 것을 알 수 있었다. 판돈을 올리기 위해, 그는 늘 말하곤 했다. 어릿광대들에게 강렬한 인상을 남기기 위해.

멀더가 천사처럼 고개를 끄덕이는 것을 보고, 조너선도 회사 은행 계좌의 단독 서명인으로서 서명을 했다. 이어서 공증인 멀더가 현지 법률에 따라 트레이드패스 유한회사의 퀴라소 업무 대리인이라는 사실을 확인해주는 간단하게 타이핑된 서류에도 서명을 했다.

그러자 갑작스레 모든 일이 다 끝났다. 남은 것은 힘든 일을 해낸 손으로 악수를 나누는 것뿐이었다. 랭번조차 악수를 했고, 뺨이 불그스름한 50세의 학생 멀더는 통통한 손을 아래위로 흔들며 매주 서면으로 보고하겠다는 약속을 했다.

"괜찮다면 그 여권 나한테 돌려줘, 토미." 태비가 윙크하며 말했다.

"하지만 데릭과 난 이미 인사했어, 디키!" 네덜란드 은행가가 로퍼에게 유쾌하게 말했다. 로퍼는 퀴라소 은행에 벽난로가 있다면, 바로 그 대리석 벽난로가 있었을 자리 앞에 서 있었다. "간밤에 만났던 게 아니야! 우린 크리스털에서 만났던 사이야! 네티, 토머스 씨에게 차를 갖다 줘!"

잠시 면밀한 관찰자의 의식은 이 순간을 관망하기만 했다. 그러다 크리스털에서 어느 날 밤 제드가 가슴이 파인 파란색 새틴 드레스와 진주 목걸이 차림으로 테이블 끝에 앉아 있고, 지금 앞에 서 있는 이 우둔한 은행가가 높은 정치가와의 인맥 이야기로 사람들을 따분하게 하던 모습이 떠올랐다.

"물론입니다! 다시 만나서 반갑습니다, 피에트 씨." 유연한 호텔 직원은 조금 늦은 감이 있지만 큰 소리로 외치며 손을 내밀었다. 그다음에 조녀선은 전에 한 번도 본 적이 없는 사이인 것처럼 멀더와 모란티와 20분 만에 두 번째로 악수를 나누고 있었다. 그러나 그는 이 사실을 깨닫지 못했고 상대 역시 마찬가지였다. 조녀선은 자신이 들어선 극장에서는 배우 한 사람이 하루 동안 아주 많은 배역을 맡아야 한다는 사실을 깨닫기 시작하고 있었다.

그들은 테이블 네 면을 하나씩 차지하고 자리에 앉았다. 모란티는 심판처럼 그들을 바라보며 귀를 기울였고, 상석의 은행가는 조녀선에게 쓸데없는 정보를 잔뜩 알려주는 것이 자신의 첫 번째 의무라고 생각했는지 주로 말만 늘어놓았다.

퀴라소 역외 회사의 주식자본은 어떠한 통화로도 금액을 책정할 수 있다, 네덜란드 은행가는 말했다. 외국인 주식 소유에도 제한이 없다.

"좋군요." 조녀선은 말했다.

랭번의 게으른 눈길이 그를 향했다. 모란티의 눈은 움직이지 않았다. 로퍼는 고개를 뒤로 젖혀 천장의 오래된 네덜란드 방식의 몰딩을 감상하며 남몰래 씩 웃었다.

회사는 모든 자본 소득세, 원천과세, 증여세, 토지세를 면제받는다고 변호사가 설명했다. 주식양도는 무제한이었다. 양도세, 인지세도 없었다.

"음, 그거 다행이군요." 조너선은 아까와 마찬가지로 열성적으로 답했다.

데릭 토머스는 외부 회계감사를 받을 법정 의무가 없다, 은행가는 마치 이 점이 그의 서열을 한층 높여준다는 듯 엄숙하게 말했다. 토머스 씨는 원하는 요건을 수용하는 법률을 갖춘 사법권이 있다면 언제든지 회사의 소재지를 다른 사법권으로 이전할 수 있다.

"그 점은 염두에 두도록 하죠." 조너선은 말했다. 놀랍게도 무표정하게 앉아 있던 모란티가 환한 미소를 짓더니 '뉴질랜드'라고 말했다. 자기 역시 거기도 좋을 것 같다고 생각하고 있었다는 듯한 말투였다.

납입자본으로 최소한 6천 US달러가 필요하지만 이번 경우에는 요구 사항이 충족되었다, 은행가는 계속했다. 남은 일은 여기 '우리의 좋은 친구 데릭'이 미리 작성된 문서에 서명하는 것뿐이었다. 미소가 고무줄처럼 늘어나면서, 은행가는 티크 스탠드 위에 세워져 있는 검은 데스크 펜을 가리켰다.

"유감이지만, 피에트 씨." 조너선은 말했다—어리둥절하지만 아직은 미소를 짓는 얼굴이었다. "좀 전에 하신 말씀이 잘 이해가 안 됩니다. 요구 사항이 충족되었다는 게 무슨 뜻이죠?"

"운 좋게도 귀사의 유동자산이 훌륭하다는 뜻입니다, 데릭." 네덜란드 은행가는 최대한 알기 쉬운 태도로 답했다.

"아, 좋군요. 미처 몰랐습니다. 그렇다면 제가 계좌를 한번 봐도 되겠습니까?"

네덜란드 은행가의 시선이 조너선에게 머물렀다. 그러고는 마치 묻기라도 하듯 머리가 로퍼 쪽으로 아주 조금 기울었고, 로퍼는 마침내 천장에서 시선을 거뒀다.

"물론 볼 수 있지, 피에트. 데릭의 회사 아닌가. 데릭의 이름이 서류에 죄다 적혀 있어. 데릭의 계약이라고. 본인이 원한다면 계좌를 보여줘야지. 왜 안 되겠어?"

은행가는 봉인하지 않은 날렵한 오렌지색 봉투를 책상 서랍에서 꺼내 테이블 위로 내밀었다. 조너선은 봉투 입구를 열어 퀴라소 소재 트레이드패스 유한회사의 현재 계좌에 1억 US달러가 들어 있다는 월별 통지서를 꺼냈다.

"보고 싶은 사람이 또 있나?" 로퍼가 물었다.

모란티가 손을 뻗어왔다. 조너선은 그에게 통지서를 건네주었다. 모란티는 내용을 읽고 랭번에게 건넸고, 랭번은 따분하다는 표정으로 읽지도 않고 은행가에게 넘겼다.

"수표를 끊어주고 마무리하자고." 랭번은 조너선 쪽으로 고개를 까닥했지만 등은 여전히 이쪽을 보이고 있었다.

뒤편에서 서류 폴더를 겨드랑이에 끼고 서성거리던 여자가 보란 듯이 테이블을 돌아 조너선 옆에 와서 섰다. 폴더는 가죽으로 되어 있고 인근 공예가의 솜씨로 얼룩 같은 양각이 찍혀 있었다. 안에는 트레이드패스 계좌에서 인출해 은행에 보내는 수표 한 장이 들어 있었고, 액수는 2천5백만 US달러였다.

"자, 데릭. 서명해." 로퍼는 조너선의 망설이는 모습을 보고 재미있다는 듯 말했다. "지체하지 말라고. 접시 밑에 팁으로 남기는 푼돈 아닌가. 그렇지, 피에트?"

랭번을 제외하고 다들 웃었다.

조너선은 수표에 서명했다. 여자는 수표를 폴더에 다시 집어넣고는 눈에 띄지 않게 패널을 닫았다. 그녀는 혼혈이었고, 아주 아름다웠으며, 커다랗고 어리둥절한 눈에 요조숙녀 같은 거동을 했다.

로퍼와 조너선은 창문 앞 소파에 떨어져 앉았고, 네덜란드 은행가와 변호사 세 명은 자기 할 일을 하고 있었다.

"호텔은 괜찮나?" 로퍼가 물었다.

"좋습니다. 운영도 잘 되더군요. 업무를 잘 아는 사람이 호텔에 묵는 건 고역입니다."

"메그는 좋은 사람이야."

"아주 좋죠."

"진흙탕만큼이나 투명하지, 이 법률에 관한 온갖 헛소리 말이야."

"그렇군요."

"제즈가 안부를 전해달랬어. 대니얼은 어제 아이들 보트 경주에서 상을 탄 모양이야. 한껏 격려해줬어. 제 엄마에게 상패를 전해줬다는군. 자네한테도 알려달랬어."

"잘됐습니다."

"자네가 좋아할 줄 알았는데."

"좋습니다. 승리니까요."

"힘을 아껴. 오늘 밤은 중요하니까."

"또 파티를 합니까?"

"그렇게 부를 수도 있겠고."

마지막 절차가 남아 있었고, 테이프 녹음기와 대본이 필요했다. 여자가 녹음기를 작동시켰고, 네덜란드 은행가는 조너선에게 방법을 알려주었다.

"평소 음성대로 하세요, 데릭. 오늘 여기서 말했던 것처럼. 기록으로 남겨야 합니다. 그렇게 해줄 수 있죠?"

조너선은 타이핑된 두 줄의 문장을 속으로 한 번 읽은 뒤 소리 내어 말했다. "당신 친구 조지야. 오늘 밤늦게까지 기다려줘서 고마워."

"다시 한 번 해주세요, 데릭. 조금 긴장한 것 같은데요. 편안하게 하세요."

그는 다시 읽었다.

"한 번 더요, 데릭. 아직도 좀 딱딱해요. 어쩌면 돈 액수 때문에 그런 것 같군요."

조너선은 가장 호감 가는 미소를 지었다. 그는 그들의 스타였고, 스타들은 약간 성깔이 있는 법이다. "피에트, 사실 난 최선을 다한 것 같습니다."

로퍼도 동의했다. "피에트, 늙은 할망구처럼 구는군. 그까짓 것 이제 껴. 시뇨르 모란티, 갑시다. 식사 시간이니까."

다시 악수. 송년 행사에서 만난 절친한 친구들처럼, 모두가 참석한 사람들과 한 명도 빼놓지 않고 악수를 나누었다.

"그래, 좀 파악은 했나?" 로퍼는 조너선의 스위트룸 발코니에 놓인 플라스틱 의자에 널브러진 채 앉아 돌고래 같은 미소를 지었다. "이제 좀 알겠나? 아직도 정신이 없어?"

초조한 시간이었다. 얼굴에 검은 칠을 하고 트럭 안에서 대기하며 아드레날린을 억누르기 위해 일상적인 잡담을 나누는 시간이었다. 로퍼는 난간 위에 발을 올려놓고 있었다. 조너선은 잔 위로 몸을 숙이고 어두워져 가는 바다를 응시하고 있었다. 달은 없었다. 바람이 끊임없이 불면서 파도를 일으키고 있었다. 첫 별이 두껍게 쌓인 검푸른 구름을 뚫고 나타났다. 등 뒤 불 켜진 응접실에서 프리스키와 거스, 태비는 나직하게 대화를 나누고 있었다. 랭번만이 긴장감을 의식하지 않는 듯 소파에 널브러져서 《분노의 총성(Private Eye)》을 읽고 있었다.

"트레이드패스라는 퀴라소 회사가 1억 US달러를 갖고 있었고, 거기서 2천5백만이 빠져나갔다는 건 알겠습니다."

"그런데?" 로퍼는 더 크게 미소 지으며 물었다.

"그런데 트레이드패스는 아이언브랜드가 단독 소유한 자회사이기 때문에 가진 것이 전혀 없다는 겁니다."

"아니, 그렇지 않아."

"공식적으로 트레이드패스는 다른 회사와 아무런 관련도 없는 독립 회사입니다. 현실적으로는 당신이 만들어낸 회사로 당신 없이는 손가락 하나 돌아가지 않죠. 아이언브랜드가 트레이드패스에 투자하는 것으로 보일 수는 없습니다. 그래서 아이언브랜드는 투자자의 돈을 말 잘 듣는 은행에 빌려주고, 은행은 우연히 트레이드패스에 그 돈을 투자합니다. 은행은 안전장치인 셈이죠. 거래가 끝나면 트레이드패스는 투자자들에게 넉넉한 이익을 안겨주고, 다들 집으로 돌아가면 나머지는 당신이 갖는 거죠."

"다치는 사람이 있나?"

"제가 다칩니다. 일이 잘못되면."

"그럴 일 없어. 다른 사람은?"

로퍼가 면죄부를 원한다는 생각이 들었다.

"분명히 누군가 있겠죠."

"다르게 표현해보자고. 다치지 않을 사람이 이 일로 다칠 일이 있느냐는 말이야."

"우린 총을 팔지 않습니까."

"그런데?"

"음, 아마도 누군가 사용할 사람에게 팔리는 거겠죠. 밀거래이니 무기를 갖지 말아야 할 사람에게 팔릴 거라고 추정할 수 있고요."

로퍼는 어깨를 으쓱했다. "누가 그러던가? 누가 세상의 누굴 쏘아야 하는지 누가 정하느냔 말이야. 누가 법을 만들지? 거대 권력? 맙소사." 그답지 않게 흥분한 그는 어두워져 가는 바다를 향해 한 손을 치켜들었다. "하늘의 색을 바꿀 수는 없어. 제드에게도 말했지. 듣지 않으려고 하더군. 그녀 탓을 할 수는 없어. 자네처럼 젊으니까. 10년만 지나면 마음이 바뀔 거야."

조너선은 대담하게 공격에 나섰다. "그럼 사는 사람은 누구입니까?" 그는 로퍼에게 비행기에서 했던 질문을 되풀이했다.

"모란티."

"아뇨. 아닙니다. 그는 한 푼도 내지 않았어요. 당신이 1억 달러를 넣었잖습니까. 투자자의 돈이라고 해도 좋고. 모란티가 뭘 주었죠? 당신은 그에게 총을 팝니다. 그는 총을 사고요. 그런데 그가 낸 돈은 어디에 있죠? 혹시 돈보다 더 좋은 걸 지불하나요? 1억 달러보다 훨씬 큰 돈에 팔 수 있는 물건으로?"

로퍼의 표정이 어둠 속에서 대리석처럼 굳었지만, 얼굴에는 길게 밋밋한 미소가 걸려 있었다.

"자네도 해봤지, 그렇지? 자네하고 자네가 죽인 오스트레일리아인 말이야. 좋아, 부정해도 돼. 자네가 저지른 문제는 별로 큰 게 아니라고 생각했어. 큰 문제가 아니라면, 그냥 안 보는 게 낫다, 그게 내 입장이고. 어쨌거나 자네는 영리한 친구니까. 진작 만나지 못한 게 아쉽지. 몇 군데 더 같이 일할 수 있었을 텐데."

등 뒤에서 방 안의 전화가 울렸다. 로퍼는 퍼뜩 돌아보았고, 조너선은 그의 시선을 따랐다. 랭번이 귀에 수화기를 대고 뭐라 말하며 손목시계를 들여다보았다. 그는 수화기를 내려놓고 로퍼를 향해 고개를 젓고는 소파로 돌아가서 다시 책을 집어 들었다. 로퍼는 다시 플라스틱 의자에 앉았다.

"옛날 중국과의 무역을 기억하나?" 그는 향수 어린 목소리로 말을 이었다.

"1830년대였던 것 같은데요."

"읽어봤지? 내가 보니, 자넨 그 밖에도 뭐든 다 읽는 것 같더군."

"네."

"홍콩의 영국인들이 중국 광저우까지 강을 따라 뭘 실어 날랐는지 아나? 중국 세관을 피하고, 대영제국에 자금을 대고, 어마어마한 부를 축적하면서 말이야."

"아편." 조너선은 말했다.

"차로 바꿨지. 아편과 차를 바꾼 거야. 물물교환이지. 사업주들은 영국으로 돌아왔어. 기사 작위, 훈장 따위를 전부 다 챙기고서. 뭐가 다르지? 하라고! 중요한 건 그거야. 미국인들도 알아. 우리라고 왜 못 하겠나? 매주 일요일 따분한 성직자들은 설교단 위에서 설쳐대고, 부인네들은 티타임을 가지며 케이크를 앞에 두고 불쌍한 누구누구가 어쩌다 죽었다더라 떠들어대지. 다들 집어치우라고 해. 감옥보다 못하다니까. 제드가 내게 뭐라고 물었는지 아나?"

"뭐라고 물었습니까?"

"'당신이 얼마나 나쁜지 말해주세요. 최악의 것을 말해달라고요!' 맙소사!"

"그래서 뭐라고 했습니까?"

"아직 충분히 나쁘지 않아! 그렇게 말했어. 내가 있고 정글이 있을 뿐이라고. 거리에 경찰 따위는 없다고. 법에 능통한 가발 쓴 인간들이 판결하는 정의도 없다고. 아무것도. 당신도 그걸 좋아할 줄 알았다고 말했지. 제드가 약간 놀라더군. 인과응보지."

랭번이 유리를 두드렸다.

"그럼 회의엔 왜 가십니까?" 조녀선이 물었다. 그들은 일어서고 있었다. "왜 개를 데려다 놓고 직접 짖으시는 거죠?"

로퍼는 커다랗게 웃음을 터뜨리며 조녀선의 등에 손을 얹었다. "개를 못 믿어서야, 그게 이유야, 이 친구야. 내 개들 중 누구도 못 믿어. 자네도, 코키도, 샌디도. 빈 닭장에 넣어두면 누구도 믿을 수 없어. 개인적인 감정이 있어서가 아니야. 내가 원래 그렇게 생겨먹었어."

자동차 두 대가 호텔 앞마당의 불 켜진 히비스커스 나무 사이에서 기다리고 있었다. 첫 번째 차는 거스가 운전하는 볼보였다. 랭번은 앞자리에 탔고, 로퍼와 조녀선은 뒤에 탔다. 태비와 프리스키는 도요타로 뒤에 따라왔다. 랭번은 서류 가방을 들고 있었다.

그들은 도시의 불빛을 발아래 두고 높은 다리를 지났다. 검은색 네덜란드 운하가 불빛을 가로지르고 있었다. 그들은 가파른 경사로를 내려갔다. 낡은 집들은 판잣집으로 이어졌다. 갑자기 어둠이 위험스럽게 느껴졌다. 그들은 평평한 도로를 달리고 있었고, 오른쪽에는 물, 왼쪽에는 실랜드, 네드로이드, 팁후크 같은 이름이 박힌 컨테이너들이 불빛 아래 네 개씩 쌓여 있었다. 왼쪽으로 꺾자, 나지막한 흰색 지붕과 파란색 기둥이 나타났다. 세관인 것 같았다. 도로가 변했고 바퀴에서 날카로운 소리가 났다.

"정문에서 멈추고 불을 꺼." 랭번이 지시했다. "전부 다."

거스는 정문에 차를 세우고 불을 껐다. 가까이에서 뒤따라오던 프리스키 역시 마찬가지였다. 철창으로 되어 있는 흰색 대문이 앞을 가로막고 있었고, 네덜란드어와 영어로 경고문이 적혀 있었다. 그때 정문 주변의 불도 꺼지면서, 암흑과 함께 정적이 찾아왔다. 저 멀리 크레인과 지게차가 아크등 불빛을 받고 있었고, 거대한 배의 윤곽이 희미하게 보였다.

"손을 보여줘. 아무도 움직이지 마." 랭번은 지시했다.

그의 목소리에 다시 권위가 돌아왔다. 무슨 쇼인지 알 수는 없지만, 이건 그의 쇼였다. 그는 문을 약간 열고 실내등을 두 번 깜빡였다. 그리고 문을 다시 닫았다. 그들은 어둠 속에서 기다렸다. 그는 차창을 내렸다. 조녀선은 밖에서 들어오는 손을 보았다. 백인, 남자, 강한 손이었다. 팔은 맨살이었고, 소매가 짧은 흰 셔츠를 입고 있었다.

"한 시간이야." 랭번은 어둠 속을 올려다보며 말했다.

"너무 길어." 억양 있는 퉁명스러운 목소리가 반대했다.

"한 시간으로 합의했잖아. 한 시간 아니면 안 돼."

"알았어. 알았어."

그제야 랭번은 열린 차창으로 봉투를 건넸다. 손전등 불빛이 따라갔고, 내용물을 빠르게 세었다. 흰색 대문이 뒤로 열렸다. 헤드라이트를 켜지 않은 채 그들은 안으로 들어갔고, 도요타가 뒤를 바짝 따랐다. 그들은 콘크리트에 박힌 오래된 닻 옆을 지나 색색가지 컨테이너가 벽처럼 서 있는 골목으로 들어섰다. 컨테이너마다 알파벳과 숫자 7자리 조합이 적혀 있었다.

"여기서 왼쪽." 랭번이 말했다. 차는 왼쪽으로 꺾었고, 도요타도 따라왔다. 조너선은 오렌지색 크레인이 갑자기 위에서 나타나는 것을 보고 얼른 고개를 숙였다.

"이제 오른쪽. 여기서." 랭번이 말했다.

그들은 오른쪽으로 꺾었고, 바다에 떠 있는 대형 수송선의 검은 동체가 그들을 향해 다가왔다. 다시 오른쪽으로 돌아서, 정박한 배 여섯 척이 한 줄로 늘어서 있는 곳 앞을 지났다. 두 대는 컸고 새로 페인트칠이 되어 있었다. 나머지는 꾀죄죄한 피더선이었다. 배마다 불을 켠 현문 사다리로 육지와 연결되어 있었다.

"멈춰." 랭번이 지시했다.

그들은 여전히 불을 끈 채로 멈췄고, 도요타도 뒤따랐다. 이번에는 몇 초 기다리지 않아 또 다른 손전등이 바람막이 창에 나타났다. 처음에는 빨간색, 그리고 흰색, 다시 빨간색으로 변했다.

"창문을 전부 열어." 랭번은 거스에게 말했다. 그는 다시 손 걱정을 하고 있었다. "저쪽에서 볼 수 있도록 손을 대시보드에 얹어. 두목, 앞자리 시트 밀어요. 자네도, 토머스."

로퍼는 어색하게 고분고분한 태도로 지시를 따랐다. 공기는 차가웠다. 기름 냄새와 바다 냄새, 금속 냄새가 뒤섞여 있었다. 조너선은 아일랜드에 돌아가 있었다. 그는 퍼그워시 항구의 지저분한 화물선 안에 숨어서 어둠을 틈타 육지로 나갈 기회를 노리고 있었다. 흰 손전등 두 개가 차 옆에 나타났다. 불빛이 손과 얼굴, 자동차 바닥을 훑었다.

"토머스 씨 일행이야." 랭번이 말했다. "트랙터를 확인하러 왔어. 잔금도 치를 겸."

"토머스가 누구요?" 남자 목소리가 물었다.

"접니다."

잠시 침묵.

"좋아요."

"다들 천천히 내려." 랭번이 지시했다. "토머스, 내 뒤를 따라와. 한 줄로."

안내인은 키가 크고 말랐으며 오른손에 헤클러를 들고 다니기에는 너무 어린 나이였다. 현문 사다리는 짧았다. 갑판에 오르니, 검은색 바다 저편으로 도시의 불빛과 정유소 배출 가스 연소 탑이 다시 보였다.

배는 낡고 작았다. 최대 4천 톤짜리로, 용도를 개조한 것 같았다. 열어놓은 해치 안에 나무 문이 놓여 있었다. 안으로 들어가니 격벽 등이 위로 올라가는 나선형 쇠 계단을 비추고 있었다. 안내인은 이번에도 먼저 올라갔다. 발소리가 사슬에 묶인 죄수들처럼 터벅터벅 울려 퍼졌다. 조너선은 희미한 불빛 아래서 앞장선 사람을 좀 더 자세히 관찰했다. 청바지와 스니커즈 차림. 앞머리는 금발이었고, 눈 앞을 가릴 때마다 왼손으로 쓸어 넘기고 있었다. 오른손은 여전히 헤클러를 쥐고 있었고, 검지로 방아쇠를 넉넉히 감싸고 있었다. 배의 모습이 드러나기 시작했다. 다양한 화물이 실려 있었다. 컨테이너 60개 정도의 용량이었다. 배는 차를 그대로 실을 수 있는 일꾼이었고, 수명이 거의 다 된 상태였다. 일이 잘못되면 버릴 수 있는 배였다.

일행은 멈춰 섰다. 세 남자가 그들을 마주했다. 모두 백인에, 금발로, 젊었다. 그들 뒤에는 닫힌 철문이 있었다. 조너선은 별다른 증거도 없이 스웨덴인이라 추측했다. 안내인과 마찬가지로, 그들도 헤클러를 갖고 있었다. 안내인은 그들의 우두머리로 보였다. 편안한 태도, 자세에서 짐작할 수 있었다. 당혹스러운, 위험스러운 미소.

"요즘 귀족계급은 잘 지내나, 샌디?" 그는 말했다. 조녀선은 아직도 그의 악센트를 짐작할 수 없었다.

"안녕, 페피." 랭번이 말했다. "잘 지내. 고마워. 자네는 어때?"

"다들 농업을 지망하는 학생들인가? 트랙터를 좋아하시나? 기계 부품도? 농사라도 지어서 가난한 사람들 먹여 살리시려고?"

"그냥 할 일이나 하라고." 랭번은 말했다. "모란티는?"

페피는 철문을 잡고 잡아당겨 열었다. 동시에 모란티가 어둠 속에서 나타났다.

랭번 경은 무기광이야. 버가 말했다. 대여섯 번 지저분한 전쟁을 치르면서 신사적인 군인 노릇을 했지……. 사람 죽이는 기술을 자랑스럽게 여겨……. 여가 시간에는 로퍼처럼 수집을 하지……. 자신들이 역사의 한 부분이라고 생각하는 게 기분 좋은 모양이야.

창고는 배의 동체 대부분을 차지하고 있었다. 페피는 주인 노릇을 했고, 랭번과 모란티가 그 옆에서 걸었으며, 조녀선과 로퍼가 그 뒤를 따랐다. 나머지 사람들, 프리스키와 태비, 헤클러를 지닌 세 명의 선원들이 마지막으로 뒤따랐다. 20개의 컨테이너들이 갑판에 쇠사슬로 묶여 있었다. 조녀선은 수화물 표지에 적혀 있는 환승지들을 눈으로 훑었다. 리스본, 아조레스, 안트베르펜, 그단스크.

"이건 우리가 사우디 상자라고 부르는 거야." 페피는 자랑스럽게 말했다. "옆면을 열면 사우디 세관이 들어가서 술 냄새를 맡을 수 있지."

세관 봉인은 서로 맞물린 철 핀으로 되어 있었다. 페피의 부하들이 커터로 봉인을 잘라냈다.

"걱정 마. 여분이 있으니까." 페피는 조녀선에게 말했다. "내일 아침이면 모든 게 멀쩡할 거야. 세관에서는 신경도 안 써."

컨테이너 옆면이 천천히 내려왔다. 총들은 자신만의 침묵을 지니고 있었다. 앞으로 생길 죽은 자들의 침묵.

"벌컨포야." 랭번이 모란티를 교육시키고 있었다. "개틀링 기관총이 기술적으로 진보한 거지. 20밀리 총열 여섯 문에서 분당 3천 발이 나가. 최신 무기지. 탄약도 마찬가지고. 실탄 하나가 손가락만 해. 한번 발사하면 살인 벌떼 소리가 나지. 헬리콥터나 경비행기는 꼼짝도 못해. 신제품이야. 10개. 됐지?"

모란티는 아무 말도 하지 않았다. 그저 보일락 말락 고개만 끄덕여서 만족감을 표현했다. 그들은 다음 컨테이너로 향했다. 앞에서만 내용물을 볼 수 있는 구조였다. 그러나 보이는 것만으로 충분했다.

"쿼드 50. 50구경 기관총 네 대가 같은 축으로 장착되어 동시에 하나의 목표물을 향해 발사되도록 설계된 거야. 한 발로 어떤 비행기라도 산산조각 낼 수 있어. 트럭, 부대수송차, 경장갑차 등 쿼드 하나면 충분해. 2.5톤 차량에 장착하면, 이동도 가능하고 파괴력도 대단해. 이 것도 최신형이야."

그들은 페피를 따라 우현으로 향했다. 두 남자가 유리섬유 실린더에서 담배 모양 미사일을 조심스럽게 꺼내고 있었다. 이번에는 조너선도 랭번의 설명이 필요 없었다. 시연 필름을 본 적이 있었다. 이야기도 들었다. 아일랜드 놈들이 이걸 손에 넣으면 넌 죽어. 폭탄 노이로제가 있는 부대 선임하사가 단언했다. 그리고 분명히 얻게 될 거야. 그는 유쾌하게 덧붙였다. 그놈들은 독일에서 양키 실탄 폐기물을 훔치기도 하고, 양키한테 군수품을 넘겨받는 아프가니스탄과 팔레스타인, 이스라엘한테 어마어마한 돈으로 사들이기도 해. 초음속이고, 휴대가 가능하며, 한 번에 세 발이 발사되지. 이름은 스팅어, 특성도 스팅어…….

순회는 계속되었다. 가벼운 대전차 총, 현장 무전기, 의료 장비. 군복. 탄약. 전투식량, 영국제 스타스트릭. 버밍엄에서 제조한 상자. 맨체스터에서 제조한 철통. 모든 것을 검사할 수는 없었다. 물건은 너무 많았고, 시간은 많지 않았다.

"마음에 드나?" 로퍼는 조용히 조너선에게 물었다.

두 사람의 얼굴이 아주 가까워졌다. 로퍼의 표정은 강렬했고 자신이 이겼다는 묘한 승리감에 차 있었다.

"좋은 물건들입니다." 조너선은 달리 무슨 말을 해야 할지 몰랐다.

"선적마다 모든 물건들이 다 조금씩 나뉘어 있어. 그게 중요하지. 혹시 배를 잃어도 특정 물건을 죄다 잃는 게 아니라 종류별로 조금씩 잃게 되니까. 상식이야."

"그렇겠군요."

로퍼는 그의 말을 듣고 있지 않았다. 자기 자신의 성취에 푹 빠져서 무아지경인 상태였다.

"토머스?" 랭번이 화물창 고물 쪽에서 전화를 걸었다. "이리 와. 서명할 시간이야."

로퍼가 그와 함께 갔다. 랭번은 군대용 클립보드에 끼워놓은, 트레이드패스 유한회사의 상무이사 데릭 S. 토머스가 확인한 상품에 대한 검사 및 출하 날짜가 적힌 터빈엔진과 트랙터 부품, 중장비 영수증을 내밀었다. 조너선은 영수증에 서명하고 서명한 날짜를 적었다. 그는 클립보드를 로퍼에게 주었고, 로퍼는 그것을 모란티에게 보여준 뒤 랭번에게 돌려주었다. 랭번은 그것을 다시 페피에게 건넸다. 무선전화가 문 옆 선반에 놓여 있었다. 페피는 전화를 집어 들어 로퍼가 보여주는 종이에 적힌 번호를 눌렀다. 모란티는 양옆에 손을 내리고 약간 떨어져 선 채 기념비 앞에 선 러시아인처럼 배를 내밀고 있었다. 페피는 전화를 로퍼에게 건넸다. 은행가의 목소리가 인사했다.

"피에트?" 로퍼가 말했다. "내 친구가 자네한테 중요한 전갈이 있다는데."

로퍼는 전화와 함께 주머니에서 꺼낸 두 번째 종이를 조너선에게 건넸다.

조너선은 종이를 보고 소리 내어 읽었다. "당신 친구 조지야. 오늘 밤늦게까지 기다려줘서 고마워."

"페피를 바꿔줘, 데릭." 은행가의 음성. "좋은 소식을 알려주고 싶어."

조너선은 수화기를 페피에게 건넸다. 그는 귀를 기울이다가 웃고는 전화를 끊은 뒤 조너선의 어깨를 한 손으로 두드렸다.

"후한 사람이군!"

랭번이 타이핑한 종이를 서류 가방에서 꺼내자, 그의 웃음이 멈췄다. "영수증이로군." 그는 짤막하게 말했다.

페피는 조너선의 펜을 들고 모두가 지켜보는 가운데 트레이드패스 유한회사의 2천5백만 US달러짜리 영수증에 사인했다. SS 롬바르디아 편으로 퀴라소로 이송될 터빈엔진과 트랙터 부품, 중장비 계약 건에 대한 세 번째이자 마지막 중도금에 대한 영수증이었다.

그녀가 전화를 건 시각은 새벽 4시였다.

"내일 파샤로 출발할 거예요." 그녀가 말했다. "나와 코키가."

조너선은 아무 말도 하지 않았다.

"그는 내게 달아나라고 해요. 유람이고 뭐고 기회만 생기면 도망치라고."

"그의 말이 옳습니다." 조너선은 중얼거렸다.

"도망치는 건 의미가 없어요, 조너선. 그걸로는 안 돼요. 우리 둘 다 알잖아요. 다음 장소에서도 똑같은 일이 반복될 거예요."

"그냥 빠져나와요. 아무 데나 가십시오. 제발."

그들은 다시 조용히 누워 있었다. 각자의 침대에서, 나란히, 서로의 숨소리에 귀를 기울이며.

"조너선." 그녀는 속삭였다. "조너선."

23
불편한 진실

지금까지 림페트 작전은 모든 것이 순조롭게 진행되었다. 마이애미의 추레한 회색 책상 뒤에서 버는 그렇게 말했다. 옆방 스트렐스키도 마찬가지였다. 하루에 두 번씩 런던에서 보안 전화로 통화하는 굿휴도 추호도 의심하지 않았다. "실세들이 돌아오고 있어, 레너드. 지금 우리에게 필요한 건 결론이야."

　"실세라니?" 버는 반신반의하며 물었다.

　"예를 들어 내 주인 같은 세력."

　"자네 주인이라고?"

　"그가 돌아서고 있어, 레너드. 자기 입으로 그렇게 말했으니 일단 믿어봐야지. 총력을 다해 지원하겠다는데 내가 어떻게 그를 건너뛰겠나? 어제 진심으로 말해줬어."

"그 사람한테 진심이란 게 있다니 반가운 일이군."

그러나 요즘 굿휴는 이런 농담을 할 기분이 아니었다. "우리가 훨씬 긴밀하게 소통해야 한다고 했어. 나도 그 말에 동의하고. 기득권을 지닌 사람들이 주변에 너무 많아. 뭔가 부패한 냄새가 난다고 하더군. 나도 그 이상 적절한 표현을 찾을 수가 없고. 배후를 알아보는 걸 두려워하지 않는 사람으로 남고 싶다고 했어. 정말 그렇게 하는지 두고 봐야지. 플래그십을 대놓고 언급하지는 않았고, 나도 그랬어. 때로 과묵한 게 나을 때가 있으니까. 하지만 그는 자네 목록을 보고 아주 감동했어, 레너드. 그 목록이 해낸 거야. 대담하고 비타협적이었지. 회피할 길이 없었어."

"내 목록이라고?"

"목록 말이야, 레너드. 자네 친구가 사진 찍은 것. 후원자, 투자자. 밀수업자와 선수들, 자네가 그렇게 불렀잖아." 굿휴의 음성에는 버로서는 차라리 들리지 않으면 싶은 애원하는 말투가 섞여 있었다. "명백한 증거잖아. 우리 친구 말고는 아무도 찾을 수 없는 것, 자네가 그렇게 말했어. 레너드, 자네 정말 고집스럽고 둔하군."

그러나 굿휴는 버가 어리둥절해하는 이유를 잘못 읽었다. 버는 어떤 목록을 말하는지 즉각 알아들었다. 그가 이해할 수 없는 것은 굿휴가 그걸 왜 이런 식으로 이해했는가 하는 점이었다.

"혹시 '후원자 목록'을 장관에게 보여줬다는 건 아니겠지?"

"맙소사. 원자료 말고. 그걸 어떻게 보여주겠나? 그냥 이름과 숫자만. 당연히 가공해서. 전화 도청이나 마이크 같은 걸 이용해서 얻을 수도 있는 형태로. 우편물을 슬쩍 훔쳐서 얻을 수도 있는 형태로."

"로퍼는 그 목록을 구술하지도 않았고, 전화로 읽지도 않았어, 렉스. 편지함에 넣지도 않았고. 노란색 법률 용지에 썼는데, 세상에 단 하나밖에 없는 자료고 그 사진을 찍은 사람은 한 사람밖에 없어."

"너무 야단스럽게 따지지 마, 레너드! 내 주인은 대경실색했다니까, 그게 내 요점이야. 결론이 곧 날 것 같다, 여러 사람들이 괴로워지겠다고 했어. 주인은 우리 모두 그렇듯 자기에게도 자존심이 있다고 했어—그가 그렇게 말했으니 틀렸다는 게 밝혀질 때까지는 그를 믿어야 해—불쾌한 진실이 코앞에 닥칠 때까지 모르는 척하고 싶은 것이 인간이라고. 이제 때가 왔다고, 결단을 내리고 행동해야 한다고 했어." 그는 단호하게 농담을 시도했다. "그가 은유를 좋아하는 것 알잖아. 그런 그가 농담 한 마디 던지지 않아 놀랐다니까."

굿휴는 유쾌한 웃음을 기대했을지 몰라도, 버는 웃지 않았다.

굿휴는 동요하기 시작했다. "레너드, 난 대안이 없어. 난 정부의 공무원이야. 각료를 모시고 있다고. 자네 프로젝트의 진척 상황을 주인에게 보고하는 건 내 임무야. 주인이 불빛을 봤다고 하는데, 내가 그에게 거짓말쟁이라고 말할 수는 없는 거라고. 내게도 충성심이 있어, 레너드. 내 원칙에 대한, 그에 대한, 그리고 자네에 대한. 목요일에 회의를 끝낸 뒤 내각 사무처 장관과 함께 점심을 먹기로 했어. 중요한 소식이 있을 거야. 자네가 뚱할 게 아니라 기뻐할 줄 알았는데."

"그 외에 후원자 목록을 본 사람은 누가 있지, 렉스?"

"주인 말고는 아무도 없어, 아무도. 당연히 기밀이라고 주지시켰지.

언제까지나 입을 다물 수도 없고, 너무 자주 '늑대다'라고 소리칠 수도 없는 노릇이잖아. 물론 목요일에 그 핵심 내용이 내각 사무처 장관 귀에도 들어가겠지만, 그 선에서 분명히 끝날 거야."

버의 침묵은 점점 더 견딜 수 없어졌다.

"레너드, 자네는 첫 번째 원칙을 잊고 있는 것 같아. 지난 몇 달간 내 노력은 모두 새 시대를 위해 보다 폭넓은 개방성을 확보하기 위한 거였어. 기밀 유지는 우리 영국 정부의 저주였다고. 내 주인이나 다른 장관에게 그 뒤에 숨으라고 권하고 싶지 않아. 지금까지 질리도록 그렇게 해왔으니까. 자네 말도 듣고 싶지 않아, 레너드. 리버하우스 방식으로 돌아가지는 않겠어."

버는 심호흡을 했다. "알겠어, 렉스. 이해하겠어. 지금부터는 첫 번째 원칙을 따르도록 하지."

"그 말을 들으니 기쁘군, 레너드."

버는 전화를 끊고 곧장 루크에게 전화했다. "렉스 굿휴에게 가공하지 않은 림페트 보고서는 더 이상 넘기지 마, 롭. 지금 이 순간부터. 내일 서면으로 확인하겠어."

그럼에도 불구하고 다른 것들은 모두 잘 되어가고 있었다. 굿휴의 실수가 계속 마음에 걸리기는 했지만, 그도 스트렐스키도 파멸이 다가왔다는 생각에 억눌려 있지는 않았다. 굿휴의 표현으로 '결론'은 버와 스트렐스키에게 명중이었고, 명중이야말로 그들이 꿈꾸던 것이었다. 마약과 무기, 선수들이 모두 같은 장소에 모이고 자금 행적이 드러나는 순간,─합동 수사팀에게 필요한 권한과 허가가 주어져서─전사들이 나무에서 뛰어내리고 '손들어!'라고 외치는 순간, 악당들이 분하게 미소 짓고 '어쩔 수 없군'이라고 말하거나, 혹은 미국인이라면 '언젠가 복수하겠어, 스트렐스키, 이 나쁜 놈아'라고 말하는 그 순간.

그들은 서로 익살스럽게 그 장면을 그려보았다.

"최대한 멀리 밀고 나가는 거야." 스트렐스키는 계속 주장했다. 회의에서도, 통화에서도, 커피를 마시면서도, 해변을 걸으면서도. "멀리 가면 갈수록 숨을 곳이 적어지고 우리가 성공할 확률이 높아진다고."

버도 동의했다. 악당을 잡는 일은 첩자를 잡는 일과 다를 바 없었다. 필요한 것은 오직 불이 켜진 거리 모퉁이와, 제 위치에 배치한 카메라, 트렌치코트를 입은 기획자, 지폐를 가득 담은 서류 가방을 든 볼러 모자였다. 운이 좋다면, 범인을 잡을 것이다. 그러나 림페트 작전의 문제는 이것이었다. 어느 나라의 거리냐? 어느 나라의 도시냐? 어느 나라의 바다냐? 어느 나라의 사법 구역이냐? 이미 한 가지는 분명했다. 리처드 온슬로 로퍼도, 그의 콜롬비아 무역 파트너도 미국 땅에서 사업을 마무리할 생각이 추호도 없다는 사실이었다.

또 다른 지원과 만족을 안겨준 것은 사건에 할당된 새로운 연방 검사였다. 이름이 프레스콧이었는데, 여느 검사보다 더 열성적이었다. 법무차관보였고, 스트렐스키가 확인한 모든 사람들이 에드 프레스콧을 두고 최고의 법무차관보라고 했다. 조, 내 말 믿어. 프레스콧 집안은 오래된 예일 가문이고, 가족 중 두 사람이 정보국에 연줄을 갖고 있어—어찌 안 그럴 수 있겠는가? 심지어 에드는 조지 부시의 아버지인 늙은 프레스콧 부시와 인척 관계라는 소문을 딱히 부정한 적이 없다는 소문도 있었다. 그러나 에드는—뭐, 에드는 그런 데 크게 신경 쓰지 않는데, 그냥 자네한테 알리라고 하더군—개인적으로 추구하는 바가 있는 중요한 워싱턴의 인물이었고, 일할 때는 혈통을 이용하지 않았다.

"지난주까지 담당하던 사람은 어떻게 됐지?" 버가 물었다.

"기다리느라 지쳤겠지." 스트렐스키가 대꾸했다. "그런 사람들은 오래 머물지 않아."

미국식 임명과 해임 속도에 어리벙벙한 버는 더 이상 말하지 않았다. 단지 버는 자신과 스트렐스키가 똑같은 걱정을 하고 있지만 서로에 대한 존중심 때문에 입 밖에 내지 않았다는 사실을 너무 늦은 뒤에야 깨달았다. 그동안 다른 모든 사람들처럼 버와 스트렐스키는 5천만 달러치의 정교한 무기를 싣고 퀴라소를 출발해서 콜론 자유무역 지대로 향하는 파나마 등록 선박 SS 롬바르디아 호를 공해에서 차단하는 허가를 내달라고 워싱턴을 설득하는 불가능한 임무에 덤벼들었다. 여기서부터 버는 시내에 있는 에드 프레스콧의 널찍한 사무실에서 동창생 같은 매력과 소탈한 태도에 홀려 너무 오랜 시간을 보내느라, 사건 지휘관으로서 합동작전팀 본부 업무를 등한히 했다고 자책했다—거의 모든 것이 자기 책임이라고 생각하긴 했지만.

하지만 무슨 일을 할 수 있었을까? 마이애미와 워싱턴 사이의 비밀 전파는 밤낮으로 바빴다. 법률 전문가들이 줄줄이 소환되었고, 오래지 않아 낯익은 영국의 얼굴들도 나타나기 시작했다. 워싱턴 대사관의 달링 케이티, 해군 연락관 맨더슨, 통신정보팀 하드에이커, 소문에 따르면 펠프리를 대신해 조달 연구 그룹의 법률 자문으로 위촉되었다는 리버하우스의 젊은 변호사.

어떤 날은 워싱턴이 통째로 마이애미에 옮겨온 것 같았다. 어떤 날에는 검사실에 속기사 두 명과 교환수 한 명만 남고 법무차관보 프레스콧과 팀원들이 통째로 국회의사당으로 출동하기도 했다. 버는 미국 정계의 내부 전투에 고집스럽게 눈을 감고 숨 가쁜 활동에서 마음의 위안을 찾았다. 상황과 움직임이 바삐 돌아가고 있으면 분명히 진전되고 있는 중이다, 마치 제드의 경주용 개와 비슷한 마음가짐이었다.

대단한 전조는 없었지만, 기밀 작전의 일부이자 필수 요소인 사소한 경고음은 있었다. 예를 들어 도청 기록이라든가 랭글리에서 보내온 정찰 사진, 지역 정보 같은 핵심 데이터가 스트렐스키의 책상에 도착하는 과정에서 차질이 생긴다든지, 버와 스트렐스키가 각자 느꼈으나 공유하지 않은, 림페트 작전이 또 다른 작전과 동시에 나란히 진행되고 있다는 오싹한 기분이라든지.

그 외에 유일한 골칫거리는 늘 그렇듯 아포스톨이 플린의 변덕스러운 밀고자 역할을 맡은 이래로 비록 처음은 아니지만 다시 사라진 사건이었다. 플린이 아포스톨과 협력하기 위해 퀴라소로 날아가서 파티에서 바람맞은 여자처럼 값비싼 호텔에 대기해야 했기 때문에 더욱 피곤했다.

그러나 이 점에 관해서 버는 경계해야 할 이유를 느끼지 못했다. 아포에게는 그럴 만한 이유가 있었던 것이다. 접선자들은 그에게 강한 압력을 가해왔다. 어쩌면 지나칠 정도로. 몇 주 동안 아포는 불만을 토로하며 사면을 보장해주지 않으면 때려치우겠다고 협박해왔다. 압력이 차츰 강해지는 마당에, 근래 들어 최대 규모의 마약 무기 물물거래로 모습을 드러내는 범죄의 공범으로 종신형 선고를 받을 위험을 무릅쓰기보다는 적당히 거리를 유지하고 싶은 것이 놀라울 일은 아니었다.

"패트가 방금 루칸 신부에게 전화했어." 스트렐스키가 버에게 알렸다. "루칸은 그를 못 봤다는군. 패트도."

"그에게 뭔가 교훈을 주고 싶었겠지." 버가 말했다.

같은 날 저녁, 퀴라소 발신 통화를 무작위로 도청하는 과정에서 감시 장치에 추가로 정보가 들어왔다.

랭번 경이 아포스톨의 동료이자 콜롬비아 칼리 카르텔의 간판으로 알려진 칼리 주 변호사 메네스&가르시아의 사무실에 건 전화였다. 후안 메네스 박사가 전화를 받았다.

"후아니토? 샌디야. 우리의 친구 박사는 어떻게 된 거야? 여기에 안 나타났어."

18초 정적. "예수님한테 물어봐."

"그게 무슨 소리야?"

"우리의 친구는 종교적인 사람이야, 샌디. 아마 수도원에라도 들어갔겠지."

카라카스와 퀴라소가 가깝다는 점을 고려할 때 모란티 박사가 대행 역할을 맡을 거라는 의견이 중론이었다.

이번에도 역시, 버와 스트렐스키가 이후에 인정했듯, 두 사람은 서로에게 진짜 속마음을 털어놓지 않았다.

앤서니 조이스턴 브래드쇼가 버크셔 교외 인근에 흩어져 있는 공중전화를 통해 로퍼에게 다급하게 전화를 시도하고 있다는 정보도 포착되었다. 처음에는 AT&T 카드를 썼지만 카드 사용이 불가하다는 자동응답만 흘러나왔다. 그는 취한 목소리로 직위를 대고 담당자를 바꿔달라고 요청했지만 전화는 정중하게, 하지만 단호하게 끊겼다. 나소의 아이언브랜드 사무실도 거의 도움이 되지 않았다. 첫 시도에서 교환원은 그의 수신자 부담 전화를 거절했다. 두 번째 시도에서는 맥댄비가 넘겨받았지만 냉담하게 끊기만 했다. 마지막으로 그는 지금 안티과에 정박해 있는 아이언 파샤의 선장을 억지로 불러냈다.

"아니, 도대체 그는 어디 있는 건가? 크리스털에 전화했지만, 거기엔 없었어. 아이언브랜드에도 전화했는데, 어느 건방진 놈이 농장을 팔러 갔다고 하더군. 한데 이제 '곧 오실' 거라니. 오실 건지 말 건지는 상관없어! 지금 당장 통화해야 한다고! 난 앤서니 조이스턴 브래드쇼 경이야. 긴급 상황이라고. 긴급 상황이란 말뜻은 알고 있나?"

선장은 나소에 있는 코코란의 개인 전화번호를 알려줬다. 그쪽은 이미 시도했지만 허사였다.

그럼에도 불구하고 어디서 무슨 수를 썼는지, 브래드쇼는 로퍼를 찾아 감시 장치에 걸리지 않고 통화를 했다―이후 일어난 사건들이 이 점을 분명히 증명하고 있었다.

당직 장교의 전화는 새벽에 걸려왔다. 폭탄이 산산조각으로 폭발하기 직전의 관제 센터처럼 침착한 목소리였다.

"버 씨? 지금 즉시 여기로 와주시겠습니까? 스트렐스키 씨는 이미 연락받고 오는 중입니다. 문제가 생겼습니다."

스트렐스키는 혼자 이동했다. 플린을 데려가는 것이 더 좋았겠지만, 플린은 퀴라소에서 발을 동동 구르고 있었고 아마토가 돕고 있었기 때문에 스트렐스키가 대표로 출발했다. 버도 가겠다고 했지만, 영국인을 이 일에 개입시키는 데엔 어려움이 있었다. 버가 문제는 아니었다―레너드는 친구였다. 그러나 친구라 해도 모든 문제를 같이 의논할 수는 없었다. 특히 지금은.

그래서 스트렐스키는 본부의 깜빡이는 스크린 앞에 버와 대경실색한 야간 당직을 남겨두었고, 자신이 이 일을 알아보고 그렇다, 아니다, 확인해줄 때까지는 절대 아무도, 어떤 방향으로도, 패트 플린이나 검사, 혹은 누구라도 움직이지 말 것을 엄격하게 지시했다.

"알겠지, 레너드? 내 말 알아들었지?"

"알았어."

"좋아."

운전사는 주차장에서 기다리고 있었다. 월버는 좋은 친구였지만, 더 이상 승진하는 데 한계가 있었다. 그들은 경광등을 켜고 사이렌을 울리며 도시의 텅 빈 한복판을 달렸다. 이 모든 게 스트렐스키에게는 부질없는 짓처럼 느껴졌다. 뭐하러 서두르며, 뭐하러 사람들을 깨우겠는가? 그러나 그는 월버에게 아무 말도 하지 않았다. 자신이 운전했어도 마찬가지였을 거라는 사실을 마음 깊은 곳에서는 알고 있었기 때문이다. 인간은 때로 존경심 때문에 이런 짓을 하게 된다. 때로 그것이 할 수 있는 유일한 일일 때도 있다.

게다가 실제로 긴급한 상황이었다. 핵심 증인에게 무슨 일이 일어난다면, 충분히 긴급 상황이라고 말할 수 있다. 모든 일이 다소 오랫동안, 얼마간 잘못 돌아가기 시작했다면. 모두들 내가 핵심 인물이라 설득하려고 지나치게 노력하는 가운데 차차 가장자리로 떠밀려왔다면―조, 당신이 없었으면 우린 어떻게 됐을까. 복도에서 묘한 정치적 가설을 조금 지나치게 많이 얻어들었다면―암호명 플래그십이 아니라 플래그십 작전에 대한 이야기들―게임의 규칙을 바꾸어 자기 뒷마당에 보다 질서를 부여한다는 이야기―웃는 얼굴들이 지나치게 많이 보이고 유용한 정보 보고서가 지나치게 많은 데도 쓸모 있는 건 하나도 없을 때, 변하는 건 아무것도 없는데 자신이 진입하고 있다고 생각했던 세상이 소리 없이 멀어지면서 악어가 득시글거리는 강물 한복판에서 홀로 엉뚱한 방향으로 흐르는 뗏목을 타고 있다는 생각이 들 때―조, 자네야말로 법 집행기관이 지닌 최고의 요원이야―그런 때야말로 서둘러 누가 도대체 무슨 짓을 누구에게 하고 있는지 알아내야 할 때다.

때로는 내가 패배하는 모습이 눈에 보일 때가 있지, 스트렐스키는 생각했다. 그는 테니스를 좋아했다. 게임 중간에 콜라를 마시는 사람들이 텔레비전에 근접 화면으로 나올 때, 승자의 얼굴에서 승리를 예감할 수 있을 때, 패자의 얼굴에서 패배를 예감할 수 있을 때가 가장 좋았다. 그때 패배자의 모습이 지금 자신이 느끼는 기분 같았다. 그들은 최선을 다해 공을 넘기지만, 결국 점수는 점수이고 오늘 새벽 이 시점의 점수는 그리 좋지 않았다. 대서양을 사이에 둔 양쪽 진영의 순수 정보기관 왕자들이 완성을 거둔 게임 같았다.

그들은 그랜드 베이 호텔 앞을 지났다. 세상이 우아하고 평온한 곳이라고 믿고 싶을 때 스트렐스키가 자주 가는 술집이었다. 그들은 해변과 항구, 공원에서 멀어져 언덕길을 올랐고, 원격조종하는 연철 대문을 지나 스트렐스키가 한 번도 가본 적이 없는 장소로 들어섰다. 어마어마하게 부유한 사람들이 난잡하게 놀아나며 자신의 존재를 확인하는 선글레이즈라는 우아한 동네였다. 흑인 경비와 흑인 짐꾼, 흰색 책상과 흰색 엘리베이터. 일단 문을 통과하고 나면, 그 문을 통해 주인을 보호하려 하는 바깥세상보다 더 위험한 곳에 도착했다는 기분이 드는 곳이었다. 이런 도시에서 이렇게 부유하다는 것 자체가 너무 위험해서, 여기에 사는 모든 사람들이 이미 오래전에 황제의 침상 위에서 저세상에 가지 않은 것이 신기할 지경이었다.

하지만 새벽 시간임에도 불구하고 저택 앞마당에는 경찰차와 텔레비전 밴, 구급차가 가득 들어차 있었고, 상황을 수습하려고 모였지만 실제로는 상황을 축하하는 데 가까운 과잉 흥분이 통제 상태 속에서 펼쳐지고 있었다. 허스키한 음성의 경찰이 "이 사람에게 관심 있는 걸로 알고 있습니다만"이라는 말로 운을 떼며 소식을 전했던 순간부터 줄곧 그는 혼란에 사로잡혀 있었지만, 소음과 불빛 때문에 방향 상실감은 한층 더했다. 난 여기 있는 게 아니야, 그는 생각했다. 여긴 전에 꿈을 꿨던 곳이야.

그는 강력반 형사 두 사람을 알아보았다. 퉁명스러운 인사. 안녕, 글레브. 안녕, 록햄. 만나서 반가워. 아, 조, 왜 이제야 온 거야? 좋은 질문이야, 제프. 어쩌면 누군가 일을 그렇게 만들어놓은 거겠지. 스트렐스키의 기관에서 나온 사람들도 보였다. 사무실 파티가 끝난 뒤 한번 뒹굴다가 서로에게 놀랐던 메리조가 있었고, 심각한 얼굴을 한 메츠거는 빨리 신선한 공기를 마셔야 할 것 같았지만 마이애미의 공기는 신선하지 않았다.

"위에는 누가 있나, 메츠거?"

"경찰이 아는 사람은 다 불렀습니다. 상황이 안 좋습니다. 햇볕이 곧장 내리쬐는 곳에 에어컨도 없이 닷새간 방치됐습니다. 정말 역겹습니다. 왜 에어컨을 껐을까요? 정말 잔혹합니다."

"누가 자네를 여기에 불렀지, 메츠거?"

"강력반에서요."

"그게 언제였나?"

"한 시간 전입니다."

"왜 내게 전화하지 않았지, 메츠거?"

"작전실에서 다른 일로 바빠 보였으니까요. 그 사람들이 곧 오실 거라고 했습니다."

그 사람들이라, 스트렐스키는 생각했다. 그들이 또 하나의 신호를 보냈다. 조 스트렐스키는 좋은 경찰이지만 사건 수사를 맡기에는 나이가 좀 있지. 조 스트렐스키는 플래그십에 참여시키기엔 너무 굼뜨지.

그는 중앙 엘리베이터를 타고 직통으로 꼭대기 층까지 올라갔다.

펜트하우스 전용 엘리베이터였다. 엘리베이터 밖의 반짝이는 유리 복도는 그 자체로 비밀의 방이기도 했다. 안에 서 있으면 이제 불도그에게 던져질 것인가, 초호화 요리와 아찔한 창녀, 자쿠지, 옥상정원, 온실, 침실, 기타 검소한 마약쟁이 변호사의 생활 습관에 필수적인 호사를 누리게 될 것인가, 궁금해지는 곳이었다.

흰 마스크를 쓴 젊은 경찰이 스트렐스키의 신분증을 요구했다. 그는 말을 섞지 않고 신분증을 내밀었다. 경찰은 스트렐스키도 이제 클럽의 일원이 됐다는 듯 마스크를 건넸다. 카메라 플래시가 여기저기에서 터졌고, 작업복 차림의 사람들이 분주하게 움직였다. 마스크 때문에 오히려 더 독하게 느껴지는 악취가 풍겨왔다. 스트렐스키는 순수 정보국의 스크랜턴과 검사실에서 나온 루코프스키에게 인사를 건넸다. 도대체 왜 '순수 정보국'이 나보다 먼저 현장에 도착한 걸까? 그는 길을 막을 것 같은 모든 사람들에게 인사를 하며 집 안에서 가장 밝게 불을 밝힌 지점까지 걸어갔다. 악취만 빼고는 그냥 사람 많은 경매장 같았다. 사람들은 다들 '작품'을 바라보며 메모를 하고 가격을 계산하고 있었고, 다른 사람들에게는 아무 관심도 보이지 않았다.

목적지에 도착해보니, 모조품도 왁스 인형도 아닌, 폴 아포스톨 박사와 그의 현재, 아니, 죽은 정부의 벌거벗은 진품 원본이 놓여 있었다. 둘 다 심하게 변색되어 있었고, 서로 마주 보고 무릎을 꿇은 자세로 손발이 묶인 채 목이 따져 있었으며, 목이 잘린 틈으로 혀가 콜롬비아 넥타이처럼 튀어나와 아래로 늘어져 있었다.

버는 스트렐스키가 메시지를 받기 전부터, 메시지의 내용을 알기 오래전부터 알고 있었다. 전갈이 당도한 순간 온몸의 힘이 쭉 빠지는 끔찍한 기분만으로, 스트렐스키의 눈이 본능적으로 버와 마주쳤다가 얼른 시선을 피해 나머지 소식을 듣는 동안 달리 눈길 줄 곳을 찾는 모습만으로 충분했다. 그 시선과 눈길을 피하는 모습이 모든 것을 말해주었다. 그 몸짓에는 비난과 작별의 의미가 동시에 담겨 있었다. 네가 나한테 이런 짓을 했어. 네 나라 사람들이. 지금부터는 같은 방에 앉아 있는 것도 싫다고.

스트렐스키는 귀를 기울이면서 몇 가지 메모를 한 뒤 신원 확인을 누가 했는지 묻고 다시 멍하니 뭔가를 적었다. 그런 다음 종잇조각을 찢어 주머니에 넣었다. 버는 주소일 거라고 생각했고, 일어서는 스트렐스키의 굳은 얼굴을 보니 지금 그곳으로 갈 거라는 것, 끔찍한 죽음이라는 것을 알 수 있었다. 스트렐스키는 어깨에 권총집을 둘렀다. 예전이었다면, 다른 상황이었다면, 버는 스트렐스키에게 시체를 확인하러 가는데 왜 총을 가지고 가느냐고 물었을 것이다. 그러면 스트렐스키는 영국을 조롱하는 농담을 던졌을 것이며, 두 사람은 함께 길을 나섰을 것이다.

이후 그 순간을 돌이켜보면, 사실상 동시에 두 가지 죽음을 맞이한 상황이었다. 아포스톨의 죽음, 그리고 그들의 업무적인 동료 의식의 죽음.

"경찰 말로는 코코넛 그로브의 마이클 형제 집에서 시체가 발견되었다는군. 수상한 정황이야. 가서 확인해봐야겠어."

이어서 스트렐스키는 버를 제외한 모든 사람들에게 경고했지만, 사실상 누구보다도 버에게 하는 말이었다.

"누구인지는 아직 몰라. 요리사일 수도 있고, 운전사일 수도 있고, 형제일 수도 있어. 누가 알겠나. 그러니 내가 뭐라고 말하기 전까지는 아무도 움직이지 마. 알겠나?"

그들은 그의 말을 들었지만, 요리사도, 운전사도, 형제도 아니라는 것을 버와 마찬가지로 잘 알고 있었다. 그리고 이제 스트렐스키가 범죄 현장에서 전화를 걸어 아포스톨이 맞다는 것을 확인해주었다. 버는 이 사실을 확인한 순간 미리 계획했던 일을 순차적으로 처리하기 시작했다. 우선, 루크에게 전화해서 림페트 작전에 위험 요소가 있다는 점을 즉각 고려해야 한다고 알렸다. 따라서 조녀선에게 로퍼 일행에게서 빠져나와 가장 가까운 영국 영사관으로 갈 것을, 이게 불가능할 때엔 즉각 본국으로 송환될 수 있도록 가까운 경찰서를 찾아가 수배 중인 범죄자 파인으로 자수하라는 대피 계획 1단계 긴급 신호를 보내야 했다.

그러나 전화가 너무 늦었다. 버가 아마토의 감시용 밴 조수석에 있는 루크와 연락이 닿았을 때, 두 남자는 로퍼의 제트기가 떠오르는 태양을 배경으로 파나마를 향해 이륙하는 광경을 감상하고 있었다. 평상시의 행동 패턴대로, 로퍼는 해가 뜨자마자 출발했던 것이다.

"파나마의 어느 공항이지, 롭?" 버는 손에 연필을 쥐고 물었다.

"관제탑에 신고한 목적지가 파나마야, 자세한 내용은 없었어. 항공 감시팀에 물어보는 게 나을 것 같군."

버는 이미 다른 선으로 그쪽에 연락하고 있었다.

그 뒤에 파나마의 영국 대사관에 전화해서 상공 참사관과 통화했다. 우연히도 그는 버의 기관 대리인이었고 파나마 경찰에 연줄이 있었다.

마지막으로 그는 굿휴에게 전화해서 아포스톨이 살해당하기 전에 고문당한 흔적이 있었다, 조너선의 정체가 탄로 난 것이 확실하다는 사실을 작전상 고려해야 한다고 알렸다.

"아, 알겠어." 굿휴는 다른 생각에 빠져서 말했다. 아무런 느낌도 없나? 충격이라도 받았나?

"그렇다고 로퍼를 노릴 수 없게 됐다는 뜻은 아니야." 굿휴에게 희망을 불어넣음으로써 스스로의 용기도 북돋으려는 노력이었다.

"같은 생각이야. 이대로 놓아줄 수는 없지. 끈질기게 물고 늘어져야 해. 자넨 늘 그랬지."

언제나 '우리'라고 말했는데, 버는 생각했다.

"아포는 언젠가 이렇게 될 운명이었어, 렉스. 밀고자였잖아. 어차피 남은 시간이 한정되어 있었다고. 이건 불가항력이야. 연방한테 먹히지 않으면 그쪽에 먹힌다, 그도 줄곧 알고 있었다고. 우리가 할 일은 우리 측 선수를 꺼내는 거야. 그건 할 수 있어. 문제도 아니라고. 동시에 많은 일이 벌어지고 있는 것뿐이지. 렉스?"

"그래, 듣고 있어."

극도의 혼란과 씨름하면서, 버는 한편으로 굿휴에 대한 연민이 끓어오르는 것을 느꼈다. 렉스는 이런 일에 손대면 안 돼! 아무런 방어막도 없는 사람이야. 너무 많은 걸 가슴으로 받아들인다고. 버는 지금 런던이 오후라는 것을 기억했다. 굿휴는 주인과 함께 점심을 먹었을 것이다.

"그건 어떻게 됐나? 중요한 이야기가 있었나?" 버는 아직도 낙관적인 말을 끌어내려고 애쓰면서 물었다. "내각 사무처 장관이 우리 편에 선다고 했나?"

"아, 그래, 고마워. 그럼. 아주 좋았어." 굿휴는 답답할 정도로 정중하게 말했다. "클럽 음식이라, 하지만 클럽에 가입하는 게 그것 때문이기도 하지." 마취 상태야, 버는 생각했다. 정신이 다른 데 가 있어. "새 부서가 설립되는데, 자네도 들으면 반가울 거야. 화이트홀 감시 위원회라고, 이런 유형의 조직은 처음이라고 들었어. 우리가 싸워 얻으려는 모든 목표를 집결해놓은 조직이고, 내가 거기 수장이 될 거야. 내각 사무처 장관에게 직접 보고하게 된다고, 대단한 거지. 모두 이 조직에 축복을 보내고 있어. 리버하우스조차도 적극 조력한다고 약속했고. 난 정보기관의 모든 영역을 면밀하게 감시하게 될 거야. 채용, 조직 구성, 비용 절감, 업무 분담, 책임 소재…… 내가 이미 다 했다고 생각했던 것들이지만, 그래도 다시 더 잘해볼 거야. 당장 시작하게 돼. 낭비할 시간이 없어. 자연스럽게 지금 내 업무엔 손을 떼야겠지. 하지만 장관이 성과를 거두게 되면 작위가 수여될 거라고 넌지시 약속했어, 헤스터도 좋아할 거야."

다른 선으로 항공 감시팀의 보고가 다시 들어왔다. 로퍼의 제트기가 파나마에 접근하면서 레이더 감시망을 벗어났다는 것이었다. 지금으로서는 북서쪽으로 방향을 돌려 모스키토 해안 쪽으로 날아가고 있다고 추정하는 것이 가장 합리적이라고 했다.

"그럼 도대체 어디에 있다는 소리야?" 버는 절망해서 외쳤다.

"버 씨." 행크라는 팀원이 대답했다. "사라졌다는 뜻입니다."

버는 마이애미의 감시실에 홀로 서 있었다. 너무 오랫동안 서 있어서 감시팀원들도 더 이상 그의 존재를 의식하지 않았다. 그들은 그에게 등을 돌리고 있었고, 제어반을 통해 조작하고 통제해야 할 것들이 너무 많았다. 그리고 버는 이어폰을 끼고 있었다. 이어폰의 좋은 점은 타협도, 공유도, 대화도 없다는 점이었다. 그저 소리, 혹은 정적뿐이었다.

"이것 좀 보십시오, 버 씨." 여자 감시팀원이 그에게 사무적으로 말하며 기계 스위치를 가리켰다. "여기 문제가 생긴 것 같은데요."

그녀가 공감하는 범위는 그뿐이었다. 공감 능력이 적은 사람은 아니었다, 결코. 단지 그녀는 전문가였고, 신경 쓸 일이 너무 많았다.

그는 테이프를 재생했지만, 압박감과 혼란이 심해서 무슨 내용인지 이해하고 싶지도 않았다. 제목조차 혼란스러웠다. 나소의 마셜이 퀴라소의 토머스에게. 마셜이 누구지? 도대체 왜 하필 작전이 한창 펼쳐지려는 와중에 퀴라소의 내 부하에게 한밤중에 전화를 거는 거지?

한창 머리가 복잡하던 참인데 어느 누가 처음 본 순간부터 마셜이 여자일 거라고 짐작이나 했겠는가? 그것도 그냥 여자도 아니고 제미마, 혹은 제드, 혹은 제즈가 로퍼의 나소 저택에서 전화를 걸 거라고.

열네 번이나.

자정부터 새벽 4시 사이에.

통화 간격은 10분에서 18분 사이.

처음 열세 번은 호텔 교환수에게 정중하게 토머스 씨를 바꿔달라고 부탁했고, 그때마다 연결을 시도했지만 토머스 씨가 전화를 받지 않는다는 대답이 돌아왔다.

그러나 열네 번째에 성과가 있었다. 정확히 새벽 4시 3분 전, 나소의 마셜은 퀴라소의 토머스와 연결되었다. 로퍼의 전화 시간으로 27분간. 처음에 조너선은 불같이 화를 냈다. 당연했다. 그러나 조금 진정되었다. 마침내, 버가 제대로 분위기를 파악한 게 맞다면, 완전히 화가 풀렸다. 그리고 27분간 통화가 이어지다가 끝날 때쯤에는 조너선…… 조너선…… 조너선…… 하는 목소리가 들리더니 서로의 숨소리에 귀만 기울이고 있었다.

27분간 연인 사이의 진공. 로퍼의 여자 제드와 버의 부하 조너선 사이의.

24
적군과 아군

"파베르제." 조녀선이 어디로 가는 거냐고 묻자 로퍼가 말했다.

"파베르제." 랭번도 입 가장자리로 대답했다.

"파베르제야, 토머스." 안전벨트를 매며, 프리스키는 그리 유쾌하지 않은 미소를 지었다. "유명한 보석상 파베르제에 대해서는 들어봤겠지? 거기로 가는 거야. 일종의 취미 활동이랄까."

그래서 조녀선은 상념에 잠겼다. 자신이 순차적으로 생각하기보다는 동시다발적으로 생각하는 사람이라는 사실은 이미 오래전부터 알고 있었다. 예를 들어, 그는 정글의 수풀과 아일랜드의 수풀을 비교하면 정글이 아일랜드를 단연 앞선다고 생각했다. 지상의 적이 불알을 쏘아 맞힐 수도 있으니 군대 헬리콥터 안에서는 헬멧 위에 앉으라던 수칙을 떠올렸다. 이번에는 헬멧이 없었고, 단지 청바지와 스니커즈 차림이었으며, 불알에도 보호 장비가 없었다. 그 시절 헬리콥터에 들어가자마자 전투의 긴장감을 온몸으로 따끔따끔 느꼈던 기억, 이사벨에게 마지막 작별 인사를 건네며 소총을 뺨에 대고 꼭 껴안던 기억도 떠올랐다. 지금 그는 똑같은 긴장감을 느끼고 있었다. 헬리콥터는 무서웠기 때문에 가장 진부한 철학적 상념을 불러일으키던 곳이었다. 나는 내 인생의 여행을 떠나는 중이다, 나는 자궁 안에서 무덤으로 향하고 있다. 하느님, 살아남게 해주신다면 평생 당신의 종이 되겠습니다. 평화는 속박, 전쟁은 자유. 이런 생각이 들 때마다 수치심이 일면서 누군가 원망할 사람을 찾게 되곤 했다. 지금의 경우는 그를 유혹한 디키로퍼였다. 무엇을 위해 시작했건 지금이야말로 그 목적에 가까워지고 있다, 그것을 얻지 못하면 제드를 얻을 수도, 얻을 가치도 없을 것이고, 소피 역시 기뻐하지 않을 거라는 생각이 들었다. 그의 탐색은 그 둘을 위한, 그 둘을 대신한 것이기 때문이었다.

그는 로퍼 뒤에 앉아 긴 계약서를 읽고 있는 랭번을 힐끗 보고, 화약 냄새만 스쳐도 생기를 되찾는 모습에 퀴라소에서 그랬듯 감탄했다. 그 때문에 랭번이 더 좋아진 것은 아니었지만, 여자 외에도 그를 무기력한 상태에서 깨어나게 할 수 있는 존재가 또 있다는 사실을 알게 된 것이 기뻤다고나 할까. 물론 그것이 인간 잔혹성의 고등 기술이긴 했지만.

"토머스, 로퍼 씨 옆에 안 좋은 사람들이 못 오게 하세요." 메그는 사람들이 짐을 헬리콥터로 옮기는 도중 비행기 계단에서 경고했다. "사람들이 파나마에 대해 어떻게 이야기하는지 아시죠? 영웅이 없는 카사블랑카예요, 안 그래요, 로퍼 씨? 그러니 영웅 노릇 한다고 설치지는 마세요. 아무도 안 알아주니까요. 좋은 하루 되세요, 랭번 씨. 토머스, 기내에서 모시게 되어 영광이었습니다. 로퍼 씨, 그건 적절한 포옹이 아닙니다만."

그들은 이륙하고 있었다. 덜컹거리는 구름을 만날 때까지, 산맥도 같이 올라갔다. 헬리콥터는 구름을 좋아하지 않았고 고도도 좋아하지 않았으며, 엔진은 성질 고약한 늙은 말처럼 시끄럽게 콧김을 내뿜어대고 있었다. 플라스틱 귀마개를 끼어보았지만, 치과 의사의 드릴 소리가 울려왔다. 얼음처럼 차갑던 기내 공기는 견딜 수 없을 정도가 되었다. 헬리콥터는 멋쟁이처럼 눈을 뒤집어쓴 산봉우리를 넘어 단풍나무 씨앗처럼 아래로 떠내려가다 섬 하나마다 대여섯 개의 움막과 붉은 도로가 있는 작은 제도 위를 지났다. 그리고 다시 바다. 이어서 섬 하나가 너무나 빠르고 낮게 다가왔다. 옹기종기 모여 있는 낚싯배 돛대가 헬리콥터에 부딪혀 산산조각으로 부서지든지 공중제비를 넘다가 해변에서 그대로 박살 날 것 같았다.

이제 헬리콥터는 땅을 반으로 갈라 한쪽으로는 바다, 다른 쪽으로는 정글을 둔 채 날고 있었다. 정글 위에는 푸른 산이 있었다. 산 위에는 하얀 포연. 포연 아래에서 흰 파도가 질서정연하게 줄지어서 눈부신 녹색 땅을 때리고 있었다. 헬리콥터는 적의 포화를 피하려는 듯 급격히 기울어서 선회했다. 논처럼 생긴 사각형 바나나 과수원들이 아마주의 습한 황무지를 연상시켰다. 헬리콥터가 따라가고 있는 노란색 모랫길 끝에는 면밀한 관찰자가 두 사람의 얼굴을 박살 내고 부대의 찬

사를 독차지했던 무너진 농장을 연상시키는 집이 있었다. 그들은 정글 계곡으로 들어갔다. 녹색 벽이 주변을 둘러싸자 심각한 수면 욕구가 밀려왔다. 그들은 농장과 말, 마을, 살아 있는 사람들 위로 언덕을 한 단씩 올라갔다. 돌아가자, 이 정도도 충분히 높다. 그러나 헬리콥터는 돌아서지 않았다. 그들은 위로 아무것도 남지 않을 때까지, 아래로 인간 세상이 보이지 않을 때까지 계속해서 올라갔다. 아무리 큰 비행기라 해도 여기서 사고를 당하면 땅에 떨어지기도 전에 정글에 둘러싸이게 된다.

"태평양 쪽을 좋아하는 것 같아." 루크가 8시간 전 퀴라소에서 22호실 전화를 통해 설명했었다. "카리브 해 쪽은 레이더로 추적하기가 너무 쉬워. 하지만 정글에 들어가게 되면 거리낄 게 없지. 아예 존재하지 않는 게 돼버리니까. 수석 훈련사는 엠마누엘이라는 사람이야."

"지도에도 표시되어 있지 않아." 루크는 이어서 말했다. "세로 파브레가라는 곳인데, 로퍼는 파베르제라고 부르지."

로퍼는 수면 마스크를 벗고 헬리콥터가 시간에 맞춰 가고 있는지 확인하려는 듯 시계를 보고 있었다. 그들은 자유낙하를 하고 있었다. 헬리콥터 이착륙장의 붉은 기둥과 흰 기둥이 그들을 어두운 숲에 있는 우물 속으로 빨아들이는 것 같았다. 전투 복장을 하고 무장한 남자들이 이쪽을 올려다보고 있었다.

그들이 자네를 함께 데리고 간다면, 자넬 눈에 띄지 않는 곳에 내버려둘 수 있을 정도로 신뢰하지 않는다는 뜻이야. 루크는 예언자처럼 말했다.

로퍼도 롬바르디아 호를 타기 전에 설명했다. 일이 끝날 때까지 빈

닭장에 넣어두면 누구도 믿을 수 없다고 했지.

조종사는 엔진을 껐다. 정글 군복 차림의 땅딸막한 히스패닉계 남자가 다가와서 그들을 맞았다. 그 뒤에는 잘 위장된 벙커 여섯 채가 있었고, 나무 그늘 밑에서 나오지 말라는 지시를 받은 듯한 경비가 2인 1조로 지키고 있었다.

"안녕, 매니." 로퍼는 기분 좋게 아스팔트 너머로 소리쳤다. "배고파. 샌디 기억하나? 점심은 뭐지?"

그들은 조심스럽게 정글 길을 지났다. 로퍼가 앞장섰고, 땅딸막한 대령이 연신 몸을 돌리고 중요한 말을 할 때마다 두 손으로 로퍼를 붙잡아가며 계속 말을 걸었다. 그 뒤로 무릎을 낮추고 행진 태세를 취한 랭번이 바짝 따랐고, 이어서 훈련 참모들이 뒤따랐다. 조너선은 마이스터에서 포브스와 러벅이라고 자기소개를 한, 로퍼가 '브뤼셀 친구들'이라고 부르던 팔다리가 길쭉한 영국인 두 명을 알아보았다. 이어서 비슷하게 생긴 적갈색 머리칼의 미국인 두 명이 아마 색 머리칼의 올라프라는 남자와의 대화에 깊이 빠져든 채 길을 걸었다. 그 뒤로는 프리스키와, 그와 오래전부터 알고 지낸 듯한 프랑스인 두 명이 따라왔다. 프리스키 뒤에는 조너선과 태비, 얼굴에 흉터가 있고 한 손에 손가락이 두 개밖에 없는 페르난데스라는 청년이 있었다. 아일랜드였다면 폭탄 처리반이라고 생각했겠지, 조너선은 생각했다. 새소리가 귀를 찔렀다. 햇볕으로 들어설 때마다 몸이 델 것 같은 열기가 쏟아졌다.

"파나마에서 가장 가파른 지역입니다." 페르난데스는 나직하고 열성적인 목소리로 설명했다. "여기로 다니는 사람은 아무도 없습니다. 고도 3,000미터에다 경사가 아주 가파르고, 주변은 온통 정글에다, 도로도 없고 길도 없으니까요. 테레베뇨 농부들이 와서 불을 지르고 바나나를 키우다 가버린 적이 있습니다. 걱정할 것 없어요."

"좋군요." 조너선은 정중하게 답했다.

잠시 어리둥절해했지만, 이번에는 웬일로 태비가 조너선보다 빨리 말뜻을 알아차렸다. "흙이야, 페르디. 땅이 아니라 흙 때문이야. 토양층이 너무 빈약해."

"테레베뇨 농부들은 아주 슬픈 사람들이죠, 토머스 씨. 한때는 모든 사람들과 싸워야 했습니다. 이제는 좋아하지 않는 부족과 결혼해야 하지요."

조너선은 공감한다는 듯한 소리를 냈다.

"우리는 탐사자라고 하지요, 토머스 씨. 석유를 찾는다고. 금을 찾는다고. 금개구리, 금독수리, 금호랑이를 찾는다고. 우리는 평화주의자입니다, 토머스 씨." 시끌벅적한 웃음이 일었고, 조너선도 웃음 대열에 순순히 참여했다.

정글 벽 너머에서 기관총 쏘는 소리가 들리더니 수류탄 터지는 소리가 이어졌다. 잠시 침묵이 흐르다가 정글의 소음이 되돌아왔다. 아일랜드에서도 이랬지, 그는 기억했다. 펑 소리가 나면 원래 있던 소음은 안전해질 때까지 숨을 죽이고 있다가 다시 입을 연다. 식물들이 머리 위를 뒤덮고 있어서 크리스털의 굴에 되돌아온 것 같았다. 트럼펫 모양의 흰 꽃들, 잠자리, 노란색 나비가 그의 몸을 스쳐 갔다. 노란색

블라우스를 입은 제드가 눈빛으로 그를 더듬었던 어느 날 아침의 기억이 떠올랐다.

어깨에 멘 로켓 발사대와 로켓, 칼의 무게로 땀을 흘리며 무심하게 경보 속도로 언덕을 내려가는 부대 때문에 그는 현재로 되돌아왔다. 대장은 무표정한 파란 눈에 게릴라 모자를 쓴 청년이었다. 그러나 스페니시 인디언계 부대의 두 눈은 앞에 놓인 길만 고통스럽게 노려보고 있었고, 그들이 옆을 지나는 동안 조너선이 알 수 있었던 것은 위장도색 밑에서 녹초가 되어 기도하는 얼굴, 목에 두른 십자가, 땀 냄새, 진흙에 절은 군복뿐이었다.

그들은 고산지대의 선선한 공기 속으로 들어섰고, 조너선은 순간 일일 등정을 위해 로프호른 기슭을 향해 출발했던 뮈렌 위쪽의 숲으로 되돌아갔다. 그는 강렬한 행복감을 느꼈다. 정글은 또 다른 고향이었다. 길옆에는 물보라가 피어오르는 급류가 흐르고 있었고, 하늘은 구름으로 뒤덮여 있었다. 말라붙은 강바닥을 건너며, 다양한 작전 훈련에 익숙한 조너선은 밧줄, 트립와이어, 탄피, 그물, 검게 그을린 풀, 폭발 흔적이 선명한 나무등치를 알아보았다. 숲과 바위 사이의 경사면을 힘겹게 지나 정상에 오른 그들은 아래를 내려다보았다. 그 밑에 진을 친 부대는 언뜻 보아 사람 하나 없이 버려진 것 같았다. 구슬픈 스페인 노랫소리에 맞춰 취사장 굴뚝에서 연기가 피어올랐다. 건장한 남성들은 모두 정글 안에 있었다. 요리사, 간부, 환자만 뒤에 남아 있었다.

"노리에가 시대에 무장 단체가 여기서 훈련받았습니다." 페르난데스는 조너선이 돌아보자 특유의 화법으로 설명했다. "파나마, 니카라과, 과테말라, 미국, 콜롬비아 군대. 스페인인들, 인디언들, 모두 여기서 철저히 훈련받았습니다. 오르테가와 싸우기 위해. 카스트로와 싸우기 위해. 모든 나쁜 사람들과 싸우기 위해."

언덕을 내려가서 부대에 들어선 뒤에야 조녀선은 파베르제가 정신 병원이라는 사실을 깨달았다.

사열대가 부대를 굽어보고 있었고, 그 뒤에는 온갖 구호를 붙여놓은 흰 삼각형 모양의 벽이 있었다. 그 아래로는 콘크리트 건물들이 원형으로 배치되어 있었는데, 건물마다 문간에 음란한 그림으로 용도가 표시되어 있었다. 식당에는 상반신이 노출된 여자 요리사 그림이, 목욕탕에는 사람들이 벌거벗고 목욕하는 그림이, 진료소에는 피투성이인 사람들 그림이, 그리고 기술 교육과 정치 계몽을 위한 교육장, 호랑이 사육장, 뱀 사육장, 원숭이 사육장, 새장, 그리고 작은 언덕에는 예배당이 있었다. 예배당 벽에는 칼라시니코프 소총으로 무장한 정글 전사들이 포동포동한 처녀와 아이를 수호하는 그림이 그려져 있었다. 건물들 사이에는 허리 높이의 채색된 조각상이 잔인한 눈길로 콘크리트 길을 바라보고 있었다. 삼각 모자를 쓰고 주름 옷깃이 달린 파란색 연미복을 입은 배불뚝이 상인, 베일을 두르고 화장을 한 마드리드의 귀부인, 젖가슴을 드러내고 눈과 입을 커다랗게 벌린 채 겁에 질려 신비로운 우물의 두레박을 다급히 길어 올리는 농촌의 인디언 소녀. 건물들 창문과 모조 굴뚝에서는 살색 석고에 피가 튀어 있는 팔과 발이, 그리고 광기 어린 얼굴들이 탈출하려다 잘린 희생자의 팔다리처럼 비죽 튀어나와 있었다.

그러나 파베르제의 가장 광기 어린 부분은 벽에 붙은 구호나 부두 조각상도, 스페인어 구호 사이로 갈겨 쓴 마술적인 인디언 방언도, 초가집 안에 스탠드 의자와 주크박스가 있고 벌거벗은 여자들이 벽에 그려진 '크레이지 호스 술집'도 아니었다. 바로 살아 있는 동물 사육장이었다. 기껏해야 자기 몸 크기만 한 우리 안에는 정신 나간 호랑이가 갇혀 있었고, 그 옆에는 썩어가는 고깃덩어리가 놓여 있었다. 사슴은 말뚝에 묶여 있었고, 살쾡이는 상자 안에 갇혀 있었다. 앵무새, 독수리, 황새, 솔개, 독수리가 지저분한 새장 안에서 부러진 날개를 파닥이며 죽어가고 있었다. 절망에 빠진 원숭이들은 철창 안에서 침묵을 지키고 있었고, 철망으로 둘러친 녹색 탄약상자 안에는 정글의 전사들이 친구와 적을 구별할 수 있도록 각기 다른 뱀들이 들어 있었다.

"엠마누엘 대령은 동물을 아주 많이 좋아합니다." 페르난데스는 손님들에게 숙소를 안내하며 말했다. "싸우기 위해서는 정글의 자식이 되어야 합니다, 토머스 씨."

오두막 창문에도 철창이 달려 있었다.

파베르제 군대 식당에서의 저녁 식사. 연대의 특별 손님은 후견인이자 명예 연대장, 무기와 사랑을 가져다주는 동지인 리처드 온슬로 로퍼였다. 모든 사람들이 그를, 그리고 그 옆에 앉은 전혀 무기력하지 않은 소군주를 바라보고 있었다.

서른 명 정도 되는 사람들이 익힌 쌀을 곁들인 닭 요리와 코카콜라를 먹고 있었다. 폴 드 라메리 향초는 아니었지만, 항아리에 켜놓은 촛불이 식탁에 앉은 그들의 얼굴을 비추고 있었다. 20세기에 잔재했던 유물 같은 전사들과 사라진 이상이 이 파베르제라는 캠프에 폐기 처분된 듯한 광경이었다. 처음에는 전쟁에, 그다음에는 평화에 질린 미국 참전 용사, 등을 돌리고 있던 사이 사라져 버린 조국을 지키도록 훈련받았던 러시아 스페츠나츠, 아직 북아프리카를 포기했다는 이유로 드골을 미워하는 프랑스인, 전쟁 외에는 아무것도 모르는 이스라엘 청년, 평화 외에는 아무것도 모르는 스위스인, 자기 세대가 놓친 즐거움이라고 생각하며(베트남이 영국령이었다면 얼마나 좋았을까요!) 군벌 귀족을 꿈꾸는 영국인, 전쟁의 죄의식과 매력 사이에서 갈등하는 내성적인 독일인 패거리. 그리고 태비의 설명에 따르면, 쿠바부터 사우바도르, 과테말라, 니카라과 등 증오스러운 양키들을 기쁘게 하려고 온갖 지저분한 전쟁이란 전쟁은 모조리 참전했다는 엠마누엘 대령—이제 엠마누엘이 조금이라도 앙갚음을 해주겠지!

그리고 이 유령 군단을 소집한 장본인으로서 만찬을 굽어보며 주관하고 있는 천재 사령관이자 기획자, 회의론자, 후원자인 로퍼.

"무즈?" 랭번이 아프가니스탄에서 미국 스팅어 미사일이 거둔 성공에 대해 뭐라 말했고, 로퍼가 왁자지껄한 웃음 사이에서 말을 받으며 끼어들었다. "무자헤딘 말이야? 사자처럼 용감하고 광기 어린 사람들이지!" 전쟁에 대해 말할 때 로퍼의 목소리는 가장 침착했다. 그는 다시 대명사를 사용하기 시작했다. "그들은 소비에트 탱크를 앞에 두고 땅 밑에서 튀어나와 10년 된 아말라이트 소총을 갈겨대고 총알이 우박처럼 튕겨 나오는 꼴을 봐야 했어. 레이저 앞에 새총을 들이대는 셈인데도, 그들은 상관하지 않았어. 미국인들이 이걸 보고 말했지. 무자헤딘에겐 스팅어가 필요해. 워싱턴이 스팅어를 슬그머니 건네줬지. 그러니까 무지들은 미쳐서 날뛰었어. 소비에트 탱크를 박살 내고, 전투용 헬리콥터를 쏴 맞추고. 그래서 어떻게 됐을까? 소비에트는 물러났고, 더 이상 아무것도 없었지. 무지는 스팅어를 손에 넣었고, 이걸 쓰고 싶어서 안달이 났고. 활과 화살밖에 없을 때엔 그저 활과 화살을 가진 원숭이였는데, 이젠 각종 탄두를 다 지닌 원숭이가 된 거야. 부시가 왜 사담을 상대로 전쟁을 벌였는지 아나?"

이 질문은 그의 친구 매니에게 던진 것이었지만, 대답은 미국 퇴역 군인이 했다.

"석유 때문이죠, 뭐."

로퍼는 만족하지 않았다. 프랑스인이 두 번째로 답했다.

"돈 때문이에요! 쿠웨이트 금의 통치권."

"경험 때문이야." 로퍼는 말했다. "부시는 경험을 원했어." 그는 러시아인들을 손가락으로 가리켰다. "아프가니스탄에서 당신들은 유동적인 현대 전투를 치러본 8만 명의 정예 군인을 얻게 되었지. 진짜 목표물을 폭격해본 조종사들. 실전을 겪어본 부대. 하지만 부시가 가진 건 뭐였나? 베트남전 장교들과, 그레나다에서 승리한 젊은 영웅들이었어. 그래서 부시는 전쟁을 일으켰어. 고생 좀 했지. 이란이 나쁜 놈이던 시절에 사담에게 몰래 팔아치웠던 장난감들도 상대해보고. 유권자에게는 환호를 받았지. 그렇지, 샌디?"

"맞습니다, 두목."

"정부? 우리보다 더 나빠. 거래는 그들이 하고, 우리는 욕만 얻어먹지. 한두 번 겪은 게 아니야." 그는 입을 다물었다. 충분히 말했다고 생각하는 것 같았다. 그러나 다른 사람들은 그렇게 생각하지 않았다.

"우간다 이야기도 하세요, 두목! 우간다에서는 두목이 최고였으니까. 아무도 건드리지 못했잖습니까. 이디 아민은 두목이 시키는 대로만 했어요." 프리스키가 테이블 반대쪽 끝에서 옛 친구들과 같이 앉아 있다가 소리쳤다.

앙코르 공연을 해야 할지 말아야 할지 갈등하는 음악가처럼, 로퍼는 망설이다가 입을 열었다.

"음, 이디는 거친 친구였지. 그건 분명해. 하지만 누군가 길들이는 손을 좋아했어. 내가 아니었다면 분명 이디는 엇나갔을 거야. 그 친구가 꿈꾸는 모든 걸, 그 이상까지 다 팔아먹었겠지. 난 그러지 않았어. 발에 맞는 신발을 신겨줬지. 이디는 할 수만 있었다면 농부들을 상대로 핵폭탄이라도 터뜨렸을걸. 자네도 거기 있었지, 맥퍼슨."

"이디는 대단했어요, 두목." 프리스키 반대쪽에 앉아 거의 말이 없던 스콧이 입을 열었다. "두목이 없었다면 우린 가망 없었을 겁니다."

"우간다는 까다로웠어, 그렇지, 샌디?"

"목 매달린 사람 밑에서 샌드위치 먹는 사람을 본 건 그곳이 유일했죠." 랭번 경이 대꾸했다.

로퍼는 진한 아프리카 억양을 흉내 냈다. "'이봐, 디키. 당신들 그 총솜씨 좀 한번 보자고.' 아니, 나는 거절했어. '싫습니다, 대통령 각하. 나

한테 무슨 짓이든 맘대로 해봐요. 나처럼 좋은 사람은 흔치 않습니다.'
내가 자기 부하였다면 아마 그 자리에서 날 죽였을 거야. 눈을 왕방울
처럼 뜨고 고래고래 소리를 질렀어. '날 따르는 건 당신 의무야!' 그는
말했어. '아니, 그렇지 않습니다.' 난 말했어. '내가 장난감 대신 담배를
판다면, 폐암으로 죽어가는 사람들 침대 옆에 날 데려가겠습니까?' 이
디는 껄껄 웃었지. 물론 내가 그의 웃음을 신뢰한 적은 없지만 말이야.
웃음은 거짓이야, 대부분의 경우. 진실을 굴절시키지. 난 농담을 많이
하는 사람을 절대로 신뢰하지 않아. 같이 웃긴 하지만, 상대를 믿지는
않지. 미키는 농담을 많이 했어. 미키 기억하나, 샌디?"

"아, 그럼요. 너무 잘 기억합니다." 샌디는 느릿하게 중얼거리며 다
시 한 번 좌중의 흥을 돋웠다―이 영국인들은 대단한 사람들이야. 뭔
가 다르다고!

로퍼는 웃음소리가 잦아들 때까지 기다렸다. "미키가 지껄이던 전
쟁에 관한 농담은 정말 최고였어. 용병들은 적의 귀를 잘라서 끈에 엮
어 목에 두르고 다닌다 어쩐다 하던 소리. 기억나나?"

"하지만 그에게 좋을 건 없었죠. 안 그렇습니까?" 랭번은 관객들의
호기심을 더욱 자극했다.

로퍼는 엠마누엘 대령을 향해 돌아앉았다. "난 말했어. '미키, 당신
은 자기 운을 너무 믿고 있어.' 마지막으로 그를 봤던 건 다마스쿠스에
서였어. 시리아 사람들은 그를 무척이나 좋아했지. 필요한 건 다 대령
해주는 마법사라고 생각했어. 달을 따고 싶다고 해도 미키가 장비를
갖다 줄 거라고 생각할 정도로. 시내에 멋진 아파트를 줬어. 벨벳 커튼

을 온통 둘러쳐서 햇빛도 안 들어오게 하고. 기억하나, 샌디?"

"모로코의 게이 장례식장 같았다니까요." 랭번의 말에 좌중은 배꼽을 쥐고 웃었다. 로퍼는 다시 조용해질 때까지 기다렸다.

"환한 거리에 있다가 거기에 들어가면 앞이 안 보였어. 대기실에는 아주 덩치 큰 놈들이 지키고 있었지. 여섯 명이던가 여덟 명이던가." 그는 손을 흔들어 테이블 전체를 훑었다. "여기 이 친구들보다 더 험악했다고."

엠마누엘은 껄껄 웃었다. 랭번은 덩치 큰 놈 흉내를 내듯 한쪽 눈썹을 추켜세웠다. 로퍼가 말을 이었다.

"미키는 전화기 세 대가 놓여 있는 책상에 앉아서 멍청한 비서한테 구술했어. '미키, 바보짓 하지 마.' 내가 경고했지. '오늘 자넨 대접받는 손님이지만, 저자들을 실망시키면 죽은 손님 신세가 될 거야.' 그 시절 금과옥조로 삼는 규칙이었지. 사무실을 차리지 말라. 사무실을 차리는 순간 목표물이 되니까. 도청하고, 서류를 읽고, 뒷조사를 하고, 사랑이 식으면 어디에 있든 찾아내지. 우리는 일하는 내내 사무실을 차리지 않았어. 시시한 호텔만 전전했지. 기억하나, 샌디? 프라하, 베이루트, 트리폴리, 아바나, 사이공, 타이베이, 모가디슈, 기억하나, 샌디?"

"그럼요, 두목." 목소리가 답했다.

"내가 무려 독서를 했던 시절은 그런 곳에 죽치고 있을 때였어. 수동적인 활동을 견디지 못하는 성격이라. 책을 10분만 읽어도 일어나서 다른 일을 해야 해. 하지만 그곳에서, 그 썩은 도시에서 계약을 기다리며 시간을 보내려면 문화생활 외에는 달리 할 일이 없더군. 예전에 누군가 내게 처음으로 백만 달러를 번 게 언제냐고 물었지. 자네도 거기에 있었잖아, 샌디. 누구 말하는지 알 거야. 그래서 '어느 도시의 뒷골목에 죽치고 앉아 있으면서 벌었다'고 했지. '계약 덕분에 돈을 번 게 아니라, 시간을 죽인 대가로 돈을 벌었다'고."

"그럼 미키는 어떻게 됐습니까?" 조너선은 테이블 저편에서 물었다.

로퍼는 '저 위'라고 대답하는 듯 천장을 올려다보았다.

좌중에게 답을 준 것은 랭번이었다. "음, 그런 시체를 본 건 처음이었어." 그는 순수하게 신기했다는 표정을 지었다. "며칠을 갖고 놀았던 것 같더군. 아마 사방에서 이득을 보려고 했던 모양이야. 텔아비브의 젊은 여자를 지나치게 좋아했던 것 같아. 당해도 싸다고 생각할 사람도 있었겠지. 그래도 내 생각엔 너무 심한 꼴을 당했어."

로퍼는 일어서며 몸을 죽 뻗었다. "사슴 사냥하고 비슷하다고." 그는 만족스럽게 선언했다. "녹초가 되도록 험한 길을 걷는 거야. 발이 걸리고, 넘어지고, 그래도 계속 가는 거지. 그러다 보면 어느 날 찾던 것이 눈에 띄고 운이 좋으면 한 방 쏠 수도 있지. 제대로 된 장소, 제대로 된 여자, 제대로 된 사람들이 중요해. 다른 사람들은 거짓말을 하고, 망설이고, 사기를 치고, 비용을 조작하고, 비겁하게 기어 다니지. 우리는 그냥 실행에 옮겨. 뭐가 어떻게 되건 간에. 잘들 주무시게, 다들. 고마워, 요리를 해줘서. 요리사는 어디 있지? 벌써 자러 간 모양이군. 현명한 친구야."

"내가 정말 웃긴 이야기를 하나 해줄까, 토미?" 태비가 밤에 침대에

194

누우며 물었다. "자네가 정말 재미있어할 이야기인데."

"말해봐." 조녀선은 선선히 답했다.

"양키가 파나마 시티 외곽에 있는 하워드 공군기지에 마약상을 잡으려고 설치해놓은 공중 조기 경보 체제 있잖아. 음, 그 장치가 하는 일은 아주 높이 올라가서 콜롬비아의 코카 재배지 주변을 윙윙거리고 돌아다니는 작은 비행기들을 감시하는 거야. 그래서 교활한 콜롬비아인들은 사람을 시켜서 이착륙장 반대편 식당에서 항상 커피를 마시게 했어. 그러고 있다가 양키 경보 체제가 상공에 뜨면 콜롬비아에 전화를 걸어 정보를 알려주는 거야. 마음에 들더군."

정글의 또 다른 지역이었다. 그들은 착륙했고, 지상의 인력들이 낡은 운송기 두 대가 그물로 덮여 있는 숲 속으로 헬리콥터를 끌어올렸다. 비행장은 강을 따라 아주 가늘게 나 있어서 착륙 직전까지는 자칫 급류에 휩쓸리는 게 아닐까 싶었지만, 쇠가 깔려 있는 활주로는 제트기가 이착륙할 만큼은 길었다. 군용 병력 수송차 한 대가 그들을 태웠다. 검문소를 지나자 영어로 '발파'라고 적힌 경고문이 있었지만, 이걸 읽고 이해할 사람이 있을지는 미지수였다. 나뭇잎은 이른 아침 햇살에 보석처럼 반짝거렸다. 차는 공병 조립교를 건너 20미터 높이의 거대한 암반 사이를 지난 뒤 정글의 메아리와 물소리로 가득 찬 천연 원형 경기장에 도착했다. 곡선을 그리는 언덕 경사가 관람석 역할을 하고 있었다. 그 위에서 내려다보니 오목한 초원과 드문드문 숲, 굽이치는 강이 보였고, 중앙에는 영화 세트용으로 지은 건물과 새것 같은 차가

도로변에 세워져 있었다. 노란색 알파, 녹색 메르세데스, 흰색 캐딜락. 납작한 지붕에는 깃발이 매달려 있었고, 산들바람에 깃발이 휘날리자 공식적으로 코카인 산업을 억압하는 나라들의 국기라는 것을 알아볼 수 있었다. 미국의 성조기, 영국의 유니언잭, 독일의 흑색, 적색, 금색이 배치된 연방기, 그리고 묘하게도 스위스의 흰색 십자가가 그려진 국기도 있었다. 다른 국기들은 아마 임시변통으로 급조한 것 같았다. 하나에는 '델타'라고 적혀 있었고, DEA(마약 단속국) 깃발도 있었으며, 홀로 떨어진 작은 흰색 타워에는 미 육군 본부 깃발이 있었다.

이 모형 마을의 중심에서 800미터 떨어진 강 근처 초원 위에는 조잡한 활주로, 노란색 풍향계, 합판으로 지은 얼룩덜룩한 녹색 관제탑으로 이루어진 모형 군 비행장이 있었다. 예비 비행기의 사체가 활주로 여기저기에 흩어져 있었다. 조녀선은 DC-3, F-85, F-94 기종을 알아보았다. 그리고 강둑을 따라 영공 보호대가 설치되어 있었다. 오래된 탱크, 올리브색으로 칠하고 미국의 흰색 별이 박혀 있는 방탄 군인 수송 차량도.

조녀선은 시선을 돌려 편자 모양으로 북쪽을 내려다보는 산맥을 바라보았다. 관제팀이 이미 모이고 있었다. 흰색 완장을 두르고 철모를 쓴 사람들이 망원경으로 주위를 둘러보고 지도를 검토하며 송수화기를 통해 말하고 있었다. 그들 가운데에서 조녀선은 방탄조끼와 청바지 차림의 말총머리 랭번을 알아보았다.

경비행기 한 대가 산맥을 낮게 넘어 착륙할 준비를 하고 있었다. 표식은 없었다. 고급 물건이 이제 막 도착하려 하고 있었다.

인계하는 날이구나, 조너선은 생각했다.

로퍼가 수금하기 전에 부대가 벌이는 잔치였다.

일방적인 싸움이야, 토미, 프리스키는 얼마 전부터 보이기 시작한 지나치게 친숙한 태도로 말했다.

콜롬비아 친구들에게 그쪽이 넘겨준 그 무엇에 대한 보답으로 뭘 받게 되는지 보여주는 화력 시범이지, 태비는 설명했다.

악수조차 명확하다는 느낌이 들었다. 관람석 한쪽 끝에 서 있으니 예식이 확연하게 보였다. 야외 얼음 통과 청량음료 테이블이 설치되었고, 귀빈이 당도하자 로퍼가 직접 테이블로 안내했다. 그런 뒤 엠마누엘과 로퍼가 귀빈들에게 수석 훈련관들을 소개했고, 다시 악수가 오간 뒤 그늘에 한 줄로 늘어서 있는 카키색 접이식 의자로 인도했다. 주인과 손님들은 거기에 반원형으로 앉아 사진 찍는 행사에서 덕담을 주고받는 정치가들처럼 짐짓 점잔을 빼며 이야기를 나누었다.

그러나 면밀한 관찰자의 주의를 끈 것은 다른 남자들, 그늘 아래에 약간 비켜 앉아 있는 사람들이었다. 그들의 지휘관은 무릎을 벌리고 앉은 채 농부 같은 주먹을 굵은 허벅지 위에 얹고 있는 뚱뚱한 남자였다. 그 옆에는 극적으로 대비되는 비쩍 마른 늙은 투우사가 앉아 있었는데, 얼굴 반쪽에 무엇인가 들이받았던 것처럼 하얀 흉터가 남아 있었다. 두 번째 줄에는 기름을 지나치게 바른 머리칼에 물이 밴 가죽 부츠, 구찌 항공 재킷, 실크 셔츠, 주렁주렁 두른 금장신구 차림으로 침착한 척하고 있는 배고픈 소년들이 앉아 있었다. 재킷 안의 덩치는 지나치게 컸고, 근심 가득한 인디언 혼혈 얼굴에는 지나치게 많은 살해의 경험이 배어 있었다.

그러나 조너선은 더 이상 관찰할 시간이 없었다. 쌍발 엔진 수송기가 북쪽 산맥 위로 나타났다. 검은색 십자가가 그려져 있었다. 조너선은 오늘의 아군은 검은색 십자가, 적군은 흰색 십자가라는 것을 곧장 알아차렸다. 기체 옆문이 열리고, 낙하산 부대가 희뿌연 하늘을 배경으로 꽃송이처럼 피어났다. 어린 시절부터 지금 이 순간에 이르기까지의 군대 경험이 머릿속에 파노라마처럼 흘러가면서, 조너선 역시 그들과 함께 구르고 돌고 있었다. 애빙던의 낙하산 부대에서 첫 점프 훈련을 하며, 그는 죽는 일과 이사벨과 이혼하는 일이 굳이 같은 일일 필요는 없다고 생각했다. 아마의 평지에서 첫 정찰을 나갈 때, 그는 전투 재킷 안에서 총을 굳게 끌어안으며 마침내 아버지의 아들이 되었다고 생각했다.

낙하산 부대는 무사히 착륙했다. 두 번째, 세 번째 부대가 합류했다. 한 팀이 낙하산에서 낙하산으로 오가며 장비와 물품을 회수하는 동안 다른 팀은 엄호를 했다. 비행장 가장자리에 있던 탱크 한 대가 이미 초원에서 엄호물을 찾아 서둘러 대피하는 사람들을 향해 발포를 하고 있었다―물론 포신에서 불꽃이 나오고 있었고, 낙하산 부대 주변에 묻은 폭약이 터지고 있었다.

그때 갑자기 포격이 중단되었다. 낙하산 부대가 제거한 것이다. 포대는 삐딱하게 기울어져 있었고, 검은 연기가 안에서 흘러나오고 있었으며, 트랙 한 줄은 시계 줄처럼 끊어져 있었다. 남은 탱크도 신속하게 똑같은 처지가 되었다. 탱크 다음에는 서 있던 비행기가 활주로를 미끄러져 구르기 시작하더니 한순간 찌그러져서 더 이상 움직이지 않았다.

경량 대전차 미사일이군, 조녀선은 생각했다. 유효거리 200~300 미터. 고속함에서 선호하는 무기지.

방어용 기관총이 뒤늦게 건물에서 불을 뿜으며 반격하자 계곡은 다시 흔들렸다. 동시에 노란색 알파도 원격조종으로 살아나서 도로를 달려 도망치기 시작했다. 겁쟁이! 비겁자! 나쁜 놈! 왜 제자리에서 싸우지 않는 거야? 그러나 검은색 십자가가 답했다. 초원에서 벌컨 폭격기가 적진을 향해 10발, 20발 집중사격을 퍼부어 콘크리트 블록을 부수고 여기저기 구멍을 내서 거대한 치즈 조각처럼 만들었다. 동시에 쿼드는 50발씩 발사하여 알파를 도로에서 깨끗이 들어내서 잡목 숲에 내던져버렸고, 알파가 폭발하면서 숲에도 동시에 불이 붙었다.

그러나 이 광경이 잠잠해지기도 전에 새로운 위기가 영웅들을 덮쳤다. 땅이 폭발하고, 하늘이 뒤집혔던 것이다. 그러나 이번에도 아군은 준비되어 있었다! 공중 표적은 적군의 드론이었다. 벌컨포의 여섯 개 총신이 80도 각도로 올라갔다. 레이더 거리 측정기도 함께 탑재되어 있었고, 2천 개의 실탄을 한 번에 백 발씩 발사하기 시작했다. 소리가 너무나 요란해서 조녀선은 고통스럽게 얼굴을 찡그리며 손으로 귀를 막았다.

드론은 연기를 내뿜으며 불타는 종잇조각처럼 흩어져 조용히 정글 깊숙한 곳으로 사라졌다. 관람석에서는 얼음 통에 든 벨루가 캐비어와 차가운 코코넛 주스, 파나마 레세르바 럼, 싱글 몰트위스키가 손님들에게 나왔다. 그러나 아직 샴페인을 뜯을 때가 아니었다. 두목의 쇼는 길었다.

휴전은 끝났다. 점심 식사도 끝났다. 마을은 마침내 접수될 것 같았다. 초원에서 용감한 소대가 식민주의자들의 건물을 향해 총을 쏴대며 전방에서 접근했다. 그러나 다른 곳에서도 크고 작은 전투가 벌어지고 있었다. 얼굴을 검게 칠한 해병대가 고무보트를 타고 갈대숲 사이에 몸을 숨긴 채 강물을 따라 접근하고 있었다. 특수 장비를 착용한 다른 부대도 미군 본부의 외벽을 따라 은밀히 기어오르고 있었다. 비밀 신호가 전달되었는지, 한순간 양쪽의 공격이 시작되었다. 창문을 통해 수류탄을 날린 뒤 폭발하는 화염 속으로 자동화기의 집중포화가 이어졌다. 몇 초 뒤 남은 자동차도 모두 무력화하거나 탈취했다. 지붕에서는 압제자의 깃발이 내려가고, 우리 편의 검은색 십자가가 내걸렸다. 모든 게 승리, 대성공이었고, 아군은 슈퍼맨이었다!

잠깐! 이게 뭐지? 전투는 아직 끝나지 않았다.

비행기가 윙윙거리는 소리에, 조너선은 지휘팀이 지도와 무전기를 들고 긴장해서 앉아 있는 산맥 쪽을 다시 바라보았다. 흰색 제트기가—반짝거리는 새 민간기였고, 표식이 없는 쌍발 엔진이었으며, 조종석에 두 사람이 앉아 있는 모습이 분명히 보였다—언덕을 넘어와서 가파르게 하강하더니 마을 위를 낮게 스쳤다. 여기서 뭐 하는 거지? 이것도 쇼의 일부인가? 혹시 진짜 마약 단속국에서 구경이라도 하러 나왔나? 조너선은 물어볼 사람을 찾아 주위를 둘러보았지만, 모든 시선은 그와 마찬가지로 어리둥절한 채 비행기를 바라보고 있었다.

제트기는 멀어졌고 마을은 다시 고요해졌지만, 산맥 위의 통제인들은 계속 기다리고 있었다. 초원 위에 다섯 명의 군인들이 한데 모여 있었고, 그중 비슷하게 생긴 미국인 훈련 교관이 눈에 띄었다.

흰색 제트기가 돌아오고 있었다. 비행기는 산맥 위를 지났지만, 이번에는 마을을 무시하고 애매한 각도로 상승했다. 그때 초원에서 무시무시한 쉿 소리가 들리더니, 제트기는 사라졌다.

부서지지도, 날개를 잃지도, 정글 안으로 빙글빙글 추락하지도 않았다. 그저 쉿 소리와 폭발음, 화염이 언제 그랬느냐는 듯 순식간에 이어졌다. 이어서 미세한 동체 조각들이 금빛방울처럼 하늘에서 떨어지며 사라져 갔다. 스팅어 미사일이 해낸 것이었다.

순간 조너선은 정말 타고 있던 사람들까지 죽인 거라고 생각했다. 관람석의 로퍼와 귀빈들은 서로 포옹하며 축하 인사를 나누었다. 로퍼는 돔 페리뇽 한 병을 들고 코르크 마개를 열었다. 엠마누엘 대령이 그를 도왔다. 산맥 쪽을 돌아보니, 지휘팀 역시 서로 팔을 감고 머리를 쓰다듬고 등을 두드리며 축하하는 모습이 보였고, 랭번도 그 사이에 끼어 있었다. 좀 더 높은 상공을 올려다보는 순간, 조너선은 그제야 제트기의 비행경로에서 800미터 후방에 흰 낙하산 두 개가 부풀어 있는 것을 보았다.

"마음에 드나?" 로퍼가 귓가에서 물었다.

로퍼는 초조한 기획자처럼 관객들 사이를 돌아다니며 의견을 묻고 축하인사를 받고 있었다.

"한데 저 사람들은 누구입니까?" 조너선은 아직 진정되지 않아서 물었다. "저 미친 비행사들은 누구입니까? 저 비행기들은요? 저건 수백만 달러짜리입니다!"

"영리한 러시아인들이지. 약간 미친놈들이야. 카르타헤나 공항에서 제트기를 훔쳐서 자동 운항 모드로 해놓은 다음 탈출한 거야. 불쌍한 원래 주인이 돌려달라고 하지 말아야 할 텐데."

"진짜 말도 안 돼요!" 조너선은 분개했다가 웃음을 터뜨렸다. "내 평생 들어본 것 중에 가장 한심한 소리입니다."

웃고 있던 그는 방금 막 지프를 타고 언덕에서 내려온 두 미국인 교관의 시선과 마주쳤다. 오싹할 정도로 비슷하게 생긴 사람들이었다. 주근깨와 미소, 똑같은 적갈색 머리칼, 엉덩이에 두 손을 올려놓고 그를 관찰하는 자세.

"영국인입니까?" 한 사람이 물었다.

"아닙니다." 조너선은 기분 좋게 대답했다.

"당신이 토머스지요. 맞습니까?" 두 번째 인물이 물었다. "성이 토머스던가, 이름이 토머스던가?"

"맞습니다." 조너선은 한층 유쾌하게 대답했지만, 바로 옆에 가까이 서 있던 태비가 목소리에 깔린 감정을 읽고 신중하게 그의 팔에 손을 얹었다. 현명하지 못한 짓이었다. 이 기회를 틈타 조너선은 태비의 수렵용 재킷 옆주머니에 들어 있던 US달러 한 뭉치를 슬쩍 챙겼다.

그러나 이 만족스러운 순간에도, 조너선은 로퍼 일행에 합류한 미국인 두 사람에게 불편한 시선을 던졌다. 환멸을 느끼는 참전 용사인가? 미국에 원한을 갚으려는 건가? 그렇다면 솔직하게 환멸을 느끼는 얼굴을 하고 있지, 왜 일등석을 타고 와서 접대받는 회사 귀빈처럼 거드름을 피우는 거야.

로퍼의 제트기로 전달된 팩스 도청 기록에는 '긴급'이라고 적혀 있었으며, 발신인은 영국 런던 앤서니 조이스턴 브래드쇼 경이었고, 수신인은 안티과 SS 아이언 파샤 호의 디키 로퍼였다. 접수 시각은 9시 20분, 아이언 파샤의 선장이 송신한 시각은 9시 28분이었다. 앤서니 경의 필체는 둥글둥글해서 읽기 어려웠으며, 철자의 오류와 밑줄이 너무 많았고, 18세기식 고풍스러운 장식도 때로 있었다. 전신문 문체였다.

디키,
이틀 전 대화에 관해 한 시간 전 템스 당국과 논의했으며, 마음에 걸리는 정보는 사실로 확인되었음.
또한 죽은 법학 박사는 전 서명인을 몰아내고 현 서명인으로 교체하기 위해 비우호적인 세력에게 이용되었다고 믿고 있음. 템스는 회피 작전을 쓰고 있음. 귀하에게도 같은 작전을 권유함.
본 중대한 지원 사격에 있어 시급한 추가 비용을 즉각 늘 거래하던 은행으로 송금하기 바람.

토니.

법 집행기관에 넘어가지 않은 이 도청 교신문은 플린이 우호적인 순수 정보기관 내 정보통을 통해 비밀리에 얻어낸 것이었다. 아포스톨의 죽음으로 비탄에 빠진 상태라, 플린은 영국인에 대한 본능적인 불신을 극복하는 것이 어려웠다. 그러나 부시밀즈 10년산 싱글 몰트위스키 반병을 마시고 나자, 서류를 주머니에 넣고 거의 본능에 의존하다시피 차를 몰고 작전실로 가서 공식적으로 버에게 전달할 용기를 낼 수 있었다.

제드가 일반 여객기를 탄 것은 몇 달 만이었다. 처음에는 음울한 택시만 타고 다니다가 런던 버스 위층에 오른 것 같은 해방감이 느껴졌다. 세상으로 돌아왔어, 그녀는 생각했다. 유리 마차에서 탈출한 거야. 그러나 옆자리에 앉아 함께 마이애미로 향하는 코코란에게 이 농담을 하자, 그는 우월감이라며 냉소했다. 전에는 그녀에게 무례한 적이 없던 코코란이었기 때문에, 제드는 놀라기도 하고 상처도 받았다.

마이애미 공항에서도 그는 마찬가지로 불쾌하게 굴었고, 수화물 카트를 찾으러 가면서도 그녀의 여권을 자기가 가지고 있겠다며 막무가내로 고집을 피우더니 대뜸 등을 돌리고 안티과 행 항공기 탑승구 데스크 옆에서 서성거리는 금발머리 남자 둘에게 말을 걸었다.

"코키, 저 사람들은 누구죠?" 제드는 그가 돌아오자 물었다.

"친구의 친구. 파샤에서 합류할 겁니다."

"어느 친구의 친구요?"

"당연히 두목 친구죠."

"코키, 그럴 리가! 딱 봐도 깡패들인데!"

"정녕 궁금하시다면…… 새로 합류할 경비입니다. 두목이 보안 인력을 다섯 명으로 늘리기로 했어요."

"왜요, 코키? 늘 세 명으로 만족했으면서."

그때 제드는 그의 눈을 보고 겁먹었다. 코코란의 눈에는 복수심이 어른거렸고 승리감으로 차 있었다. 이것은 그녀가 모르는 코코란의 모습이었다. 신임을 되찾고자 노력하는, 오래 묵은 불만을 청산하고 싶어하는 무시당한 가신의 모습이었다.

비행기 안에서 그는 술을 마시지 않았다. 새 경비는 뒷자리에 앉았지만 제드와 코코란은 일등석에 있었기 때문에, 인사불성으로 술을 마신다 해도 뭐라 할 사람이 없었고 제드는 당연히 그럴 거라고 생각했다. 하지만 코코란은 얼음과 라임 조각을 넣은 생수를 주문하고는, 거울에 비친 자기 모습을 감상하며 꿀꺽꿀꺽 마셨다.

25
다이아몬드 문양이
박힌 봉투

조너선 역시 재소자였다.

어쩌면 소피가 말했듯, 그는 늘 이런 신세였을지도 모른다. 크리스털에 실려 간 뒤로 줄곧 그랬을 것이다. 그러나 그는 늘 자유라는 환상에 속박되어 있었다. 지금까지는.

첫 경고는 파베르제에서 로퍼 일행이 출발 준비를 하던 순간에 찾아왔다. 손님들은 먼저 떠났다. 랭번과 모란티도 같이 떠났다. 엠마누엘 대령과 로퍼가 마지막 포옹을 나누는데, 젊은 군인이 길을 달려오더니 머리 위로 종이 한 장을 흔들며 소리쳤다. 엠마누엘은 서류를 받아 들고 훑어본 뒤에 로퍼에게 내밀었고, 로퍼는 안경을 쓰고 남들이 보지 못하도록 한 걸음 물러나서 그것을 읽었다. 조너선은 서류를 읽는 동안 로퍼에게서 평소의 태평스러움이 사라지고 몸이 굳는 것을 보왔다. 그는 종이를 깔끔하게 다시 접더니 주머니에 넣었다.

"프리스키!"

"네."

"할 말이 있어."

프리스키는 연병장 스타일로 짐짓 진지하게 울퉁불퉁한 땅을 행군해서 주인 앞에 섰다. 그러나 로퍼가 그의 팔을 잡고 귀에다 뭐라고 중얼대자, 그렇게 장난스럽게 굴지 않았더라면 하는 표정이 프리스키의 얼굴을 스쳐 갔다. 그들은 비행기에 올라탔다. 프리스키가 앞장섰고 조너선에게 옆자리에 앉으라며 퉁명스럽게 손짓했다.

"사실 설사기가 있어, 프리스키. 정글에서 뭘 잘못 먹었나 봐." 조너선은 말했다.

"닥치고 앉으라는 데 앉아." 태비가 뒤에서 중얼거렸다.

그래서 조너선은 비행기에서 그들 사이에 앉았고, 화장실에 갈 때마다 태비가 밖을 지켜 섰다. 로퍼는 혼자 격벽 쪽에 앉아 아무도 거들떠보지 않았다. 메그는 그에게 신선한 오렌지 주스를 갖다 주었고, 비행 중간쯤에 팩스가 들어왔다며 그것을 가져왔다. 조너선이 흘끗 보니 손으로 쓴 글씨였다. 로퍼는 팩스를 읽고 안주머니에 넣었다. 그러다 안대를 착용하고 잠든 것처럼 앉아 있었다.

랭번이 운전사가 딸린 볼보 두 대와 함께 기다리고 있는 콜론 공항에서 내린 뒤, 조너선은 다시 한 번 자신의 달라진 지위를 분명하게 실감했다.

"두목, 지금 당장 할 말이 있습니다. 둘이서만." 랭번은 메그가 문을 열기도 전에 활주로에서 두목을 불렀다.

그로 인해 로퍼와 랭번이 사다리 발치에서 이야기를 나누는 동안, 다들 기내에서 기다려야 했다.

"두 번째 차에 타." 로퍼는 메그가 나머지 승객을 비행기에서 내리게 하자 지시했다. "나머지 전부 다."

"이 친구 설사기가 있답니다." 프리스키는 랭번에게 따로 경고했다.

"설사 좋아하네." 랭번은 대꾸했다. "참으라고 해."

"참아." 프리스키가 말했다.

오후였다. 검문소는 비어 있었고, 관제탑도 마찬가지였다. 콜롬비아 국적의 흰색 개인용 제트기들이 넓은 활주로 옆에 줄지어 늘어서 있는 것을 제외하면 공항도 비어 있었다. 랭번과 로퍼는 앞차에 탔고, 그때 조너선은 모자를 쓴 네 번째 인물이 운전사 옆에 앉아 있는 것을 보았다. 조너선은 뒤차에 올랐다. 프리스키도 뒤따라 탔다. 태비는 조수석을 비워놓고 반대쪽에서 올라탔다. 아무도 말하지 않았다.

거대한 간판에서는, 올이 풀린 짧은 바지 차림의 여자가 최신 담배 브랜드를 허벅지로 감싸고 있었다. 또 다른 간판에서는 위로 세운 트랜지스터 라디오 안테나를 혀로 장난스럽게 핥고 있었다. 그들은 읍내로 들어섰고, 빈곤의 악취가 차 안을 가득 채웠다. 조너선은 카이로를, 소피와 나란히 앉아 불쌍한 인간들이 쓰레기 사이를 헤매다니던 광경을 바라보던 기억을 떠올렸다. 널빤지와 물결 모양의 철판으로 지은 판잣집 사이에 오래된 목제 집들이 한때의 위용을 자랑하며 허물어져 가고 있었다. 썩은 발코니에 밝은색 빨래가 걸려 있었다. 아이들이 검게 그을린 회랑에서 뚜껑 없는 하수도에 플라스틱 컵을 띄우며 놀고 있었다. 식민지풍 포치에는 할 일 없는 남자들이 스무 명씩 모여 무표정한 얼굴로 지나가는 차들을 응시하고 있었다. 버려진 공장 유리창 안에서 움직이지 않는 얼굴 수백 개가 마찬가지로 밖을 내다보고 있었다.

차는 신호등 앞에서 멈춰 섰다. 운전석 뒤로 낮게 늘어뜨린 프리스키의 왼손이, 보도에서 도로로 내려와 이쪽으로 다가오는 무장 경찰 네 명을 향해 방아쇠를 당기는 시늉을 했다. 태비는 이 손짓을 즉각 읽어냈다. 조수석 등받이에 그의 몸무게가 실리더니 수렵용 재킷 중간 단추를 끄르는 것이 느껴졌다.

경찰들은 덩치가 컸다. 다림질한 연카키색 제복에는 줄과 견장이 달려 있었고, 윤기 나는 가죽 총집에는 발터 자동권총을 차고 있었다. 로퍼의 차는 100미터 앞쪽에 서 있었다. 신호등이 녹색으로 변했지만, 경찰 둘은 자동차를 막아서고 또 다른 한 명은 운전사에게 말을 걸었으며 네 번째 경찰은 인상을 쓰고 차 안을 들여다보았다. 앞을 막아선 경찰 하나는 볼보의 타이어를 검사하고 있었다. 다른 한 사람이 차를 흔들며 서스펜션을 시험했다.

"좋은 선물을 원하는 것 같은데, 안 그래, 페드로?" 프리스키가 운전사에게 말했다.

태비는 수렵용 재킷 주머니를 두드렸다. 경찰은 20달러를 요구했다. 프리스키는 운전사에게 10달러를 건네주었다. 운전사는 돈을 경찰에게 건넸다.

"부대에서 어떤 놈이 내 돈을 훔쳐갔어." 차가 다시 출발하자 태비가 말했다.

"돌아가서 잡을까?" 프리스키가 물었다.

"화장실에 가야겠어." 조너선이 말했다.

"코르크 마개로 막아, 지금 자네에게 필요한 건 그거야." 태비가 대꾸했다.

로퍼의 차와 바짝 붙은 채, 그들은 정원과 흰색 교회, 볼링 센터, 유모차를 미는 군인 부인들이 있는 북미 소수민족 거주지에 들어섰다. 거대한 텔레비전 안테나와 철조망 울타리, 높은 대문이 있는 1920년대식 분홍색 빌라가 바닷가를 따라 줄지어 있었다. 앞차의 낯선 사람은 집 숫자를 찾고 있었다. 그들은 모퉁이를 돌면서 계속해서 찾아다녔다. 잔디가 깔린 공원이었다. 바다에는 무역선과 관광선, 유조선이 운하로 들어갈 차례를 기다리고 있었다. 앞차는 숲 속에 자리 잡은 오래된 집 앞에 멈춰 섰다. 운전사가 경적을 울렸다. 집 문이 열리더니 흰 재킷 차림의 어깨가 날렵한 남자가 도로로 나왔다. 랭번은 차창을 내리더니 그에게 뒤차를 타라고 소리쳤다. 프리스키가 앞으로 몸을 내밀어 조수석 문을 열어주었다. 조너선은 안경을 쓰고 학구적으로 생긴 아랍계 젊은 남자의 얼굴을 보았다. 그는 말없이 차에 탔다.

"급한 용무는 좀 어때?" 프리스키가 물었다.

"좀 나아." 조너선이 대답했다.

"계속 그렇게 유지하고 있어." 태비가 말했다

그들은 곧은길로 들어섰다. 조너선은 이렇게 생긴 군인 학교에 다닌 적이 있었다. 줄이 잔뜩 늘어진 높은 돌벽이 오른쪽으로 이어졌다. 벽 꼭대기에는 철조망이 세 겹으로 쳐져 있었다. 조너선은 퀴라소와 항구로 향하는 길을 떠올렸다. 간판이 왼쪽으로 나타났다. 도시바, 시티즌, 토이랜드. 그럼 이곳이 바로 로퍼가 장난감을 사들이는 곳인가 보군, 엉뚱한 생각이 떠올랐다. 하지만 그렇지 않았다. 이곳은 로퍼가 그 모든 힘겨운 노력과 투자한 현금에 대한 대가를 수거하는 곳이었다. 아랍계 젊은 남자가 담배에 불을 붙였다. 프리스키가 들으란 듯 헛기침을 했다. 앞차는 아치를 지나 멈춰 섰다. 그들도 바로 뒤에 섰다. 경찰이 운전석 밖에 나타났다.

"여권 줘요." 운전사가 말했다.

프리스키는 조너선과 본인 여권을 갖고 있었다. 앞자리의 아랍계 젊은 남자는 경찰이 자기 얼굴을 알아볼 수 있도록 고개를 한껏 쳐들었다. 경찰은 손짓해서 보내주었다. 그들은 콜론 자유무역 지대에 들어섰다.

세련된 보석 가게와 모피 가게가 헤어 마이스터의 로비를 연상시켰다. 스카이라인에는 전 세계의 온갖 상표명들이 불을 밝히고 있었고, 은행의 투명한 파란색 유리가 반들거렸다. 도로에는 반짝이는 자동차가 줄지어 있었다. 붉은색 컨테이너 트럭들이 후진하고 차선을 바꾸고 붐비는 보도에 배기가스를 내뿜었다. 가게는 소매로 파는 것이 금지되어 있었지만, 모두가 소매상이었다. 파나마인들은 여기서 물건을 사는 것이 금지되어 있었지만, 거리는 다양한 인종의 파나마인들로 붐볐다. 대부분 택시를 타고 이곳에 왔는데, 정문을 가장 쉽게 통과할 수 있는 것이 택시 운전사들이었기 때문이다.

자유무역 지대에는 날마다 낮 시간에 공무원들이 맨 목과 맨 손목, 맨 손가락으로 들어오지만, 저녁이 되면 결혼식에라도 가는 것처럼 팔찌와 목걸이, 반지를 주렁주렁 달고 있어, 코코란은 조녀선에게 말한 적이 있었다. 중앙아메리카 전역에서 온 쇼핑객들이 귀찮은 출입국 심사나 세관을 통과하지 않고 출입하며, 하루에 백만 달러를 쓰고 다음 번 쇼핑을 위해 백만 달러를 예치하는 경우도 있어.

앞차는 어두운 창고 골목으로 들어섰고, 뒤차도 천천히 따라갔다. 바람막이 창에 빗물이 커다란 눈물방울처럼 떨어졌다. 모자를 쓴 앞차의 낯선 사람은 이름과 숫자를 살피고 있었다.

칸 식료품점, 맥도날드 자동차 상점, 호이 틴 식음료 회사, 텔아비브 굿윌 컨테이너 회사, 엘 악바르 판타지아 일간지, 헬라스 농기계, 르 바롱 파리, 테이스트 오브 콜롬비아 유한회사, 커피 & 식료품점.

그렇게 검은 벽을 따라 100미터쯤 갔을까, '독수리'라고 적힌 간판이 나타났고, 그들은 그곳에서 내렸다.

"안으로 들어가나? 저 안에 있을지도 모르는데." 조녀선이 말했다. "다시 급해졌어." 그는 태비에게 덧붙였다.

불 꺼진 골목에 서 있는 동안, 긴장감이 흘렀다. 열대의 황혼이 빠르게 짙어지고 있었다. 하늘은 다채로운 빛깔로 불타고 있었지만, 계곡처럼 벽으로 둘러싸인 지저분한 골목 안은 이미 캄캄했다. 사람들의 시선은 모두 모자 쓴 사람에게 향해 있었다. 프리스키와 태비는 조녀선 양쪽에 서 있었고, 프리스키의 손이 조너선의 위팔을 잡고 있었다. 꽉 잡는 건 아니야, 그저 아무도 길을 잃지 말라는 뜻이야, 토미. 아랍계 젊은 남자는 따로 떨어져서 앞쪽 그룹에 합류했다. 조너선은 모자 쓴 사람이 어두운 문 안으로 들어가는 것을 보았다. 랭번, 로퍼, 아랍계 남자가 그 뒤를 따랐다. 프리스키 일행도 발을 옮겼다.

"화장실 좀 찾아줘." 조너선은 말했다. 프리스키의 손이 그의 팔을 더 단단히 잡았다.

문 안에 들어서자, 너무 어두워서 읽을 수 없는 포스터가 잔뜩 붙은 벽돌로 된 복도 끝에 불빛이 반사되었다. 그들은 T자 모양의 갈림길에서 왼쪽으로 꺾었다. 불빛이 밝아졌고, 그들은 광택제를 바른 문에 도착했다. 위쪽 유리창 창살 위에 합판을 덧대서 밑에 적힌 글자를 가리고 있었다. 답답한 공기 속에 잡화상 냄새가 떠돌았다. 밧줄과 밀가루, 타르, 커피, 아마씨유. 문은 열려 있었다. 그들은 호화로운 대기실에 들어섰다. 가죽 의자와 실크로 된 조화, 유리 도막같이 생긴 재떨이. 중앙 테이블 위에 콜롬비아, 베네수엘라, 브라질에 대한 광택 나는 유통 잡지가 놓여 있었다. 그리고 구석에는 목가적인 부인과 신사가 산책하는 풍경이 세라믹 타일 위에 그려진 비밀스러운 녹색 문이 있었다.

"빨리 갔다 와." 프리스키는 조너선을 앞으로 떠밀었다. 조너선은 2분 30초 동안 감시자들을 짜증스럽도록 기다리게 해놓고 변기 위에 앉아 무릎 위에 종잇조각을 펼쳐놓고 뭐라고 휘갈겨 썼다.

그들은 주 사무실에 들어섰다. 방은 넓었고, 벽은 흰색이었으며, 창문이 없었다. 구멍 뚫린 타일로 덮인 천장에는 가리개가 덮인 조명이 달려 있었고, 회의 테이블 위에는 주변에 놓인 빈 의자들과 함께 펜과 메모지, 유리잔이 저녁 식사 자리처럼 놓여 있었다. 그제야 안내인의 얼굴을 확인해보니 모란티였다. 한데 몸에 무슨 일이 생겼는지 어딘가 몹시 다급하거나 뭔가 증오스러운 것 같았고, 얼굴에는 핼러윈 등불처럼 으슥한 그늘이 드리워져 있었다. 방 반대쪽 끝의 두 번째 문 옆에는 오늘 아침 군사작전 시범에서 봤던 농부가 서 있었고, 그 옆에는 가죽 항공 재킷 차림의 청년 하나가 있었다. 청년은 인상을 쓰고 있었다. 벽 주위로 청바지와 스니커즈 차림의 청년 여섯 명이 더 둘러서 있었다. 다들 파베르제에서 오랜 기간 머물렀던 덕분에 몸이 탄탄하고 날렵했으며, 다들 우지 소형 자동소총을 옆구리에 소중하게 끼고 있었다.

　등 뒤의 문이 닫히더니 반대쪽 문이 열렸다. 진짜 창고로 향하는 문이었다. 롬바르디아 호의 선창처럼 쇠로 된 심연이 아니라, 돌바닥, 천장 쪽에서 야자나무와 이어진 쇠기둥, 대들보에 매달린 먼지 낀 아르데코 전등갓 등 나름의 취향으로 꾸민 흔적이 있는 공간이었다. 거리와 면한 창고 옆면은 닫힌 차고 문으로 되어 있었다. 세어보니 10개였고, 문짝마다 자물쇠와 숫자가 따로 달려 있었으며, 각자 컨테이너와 기중기를 들이는 장소도 따로 마련되어 있었다. 중앙에는 마분지 상자 수천 개가 갈색 입체파 산처럼 쌓여 있었고, 상자를 60미터 떨어진 거리에 있는 컨테이너로 옮기기 위해 지게차가 대기하고 있었다. 군데군데 물건들이 눈에 띄었다. 커다란 도자기 종류가 특별 포장을 기다리고 있었다. 피라미드처럼 쌓인 비디오테이프 녹화기, 이전에는 훨씬 값싼 라벨이 붙어 있었을 스카치위스키 병들도.

그러나 지게차는 이곳의 모든 물건들과 마찬가지로 놀고 있었다. 감시인도 없었고, 개도 없었고, 포장하는 야간 일꾼도, 바닥을 닦는 청소부도 없었다. 그저 잡화점의 친숙한 냄새와 돌바닥 위를 터벅터벅 걷는 발소리뿐이었다.

롬바르디아 호에서와 마찬가지로 그들은 줄지어 앞사람을 따라갔다. 농부가 모란티와 함께 앞장섰다. 투우사와 그 아들이 뒤를 따랐다. 그다음이 로퍼와 랭번, 아랍인, 마지막으로 프리스키와 태비가 조녀선을 양옆에서 붙든 채 뒤따랐다.

물건은 거기에 있었다.

그들의 상품, 그들의 무지갯빛 결실. 창고에서 가장 거대한 입체파 피라미드가 따로 쳐진 울타리 안에서 천장까지 쌓여 있었고, 기관총을 든 전사들이 둥글게 둘러싸고 지키고 있었다. 상자마다 번호가 달려 있었고, 콜롬비아 소년이 큰 밀짚모자 위로 커피콩을 던지며 웃는 예쁜 색깔의 똑같은 라벨이 붙어 있었다. 완벽한 치열과 밝고 활기찬 얼굴, 마약에 찌들지 않고 삶을 사랑하는, 미래를 위해 노력하는, 제3 세계의 행복한 소년 이미지였다. 조녀선은 얼른 좌우와 위아래를 살폈다. 상자 2천 개, 3천 개. 개수를 가늠할 수 없었다. 랭번과 로퍼가 함께 앞으로 나섰다. 머리 위에 달린 전등 불빛이 로퍼의 얼굴을 비췄고, 조녀선은 마이스터 호텔의 샹들리에 불빛 아래서 처음 그를 봤던 순간을 떠올렸다. 키가 크고 언뜻 봐도 귀족 출신에, 어깨에서 눈을 털며, 프로 일라인 에버하르트에게 손을 흔들고, 90년대인데도 노회한 80년대 협상가 분위기를 풍기던 모습. 난 디키 로퍼요. 내 친구들이 여기 방을 몇 개 예약했지. 아니, 좀 많이 빌렸나…….

어디가 변했지? 그 오랜 시간 이렇게 먼 곳까지 오면서 어디가 변했을까? 머리카락? 약간 더 희끗희끗해졌나? 돌고래 같은 미소가 입꼬리에서 약간 뻣뻣해졌나? 조너선은 아무런 변화도 찾을 수 없었다. 로퍼 특유의 몸짓이라고 파악했던 모든 특성에서—가끔 손을 젖히는 동작, 귀 위로 뾰족하게 다듬은 머리카락을 쓰다듬는 몸짓, 위대한 인물이 생각하는 척할 때마다 고개를 젖히는 동작—조너선은 변화의 흔적을 조금도 찾을 수 없었다.

"파이살, 여기 테이블 좀 갖다 줘. 샌디, 상자 좀 가져와 봐. 20개 정도, 각기 다른 곳에서. 그쪽은 다 괜찮나, 프리스키?"

"네."

"모란티는 어디에 간 거야? 저기에 있군. 세뇨르 모란티, 이것 좀 옮깁시다."

주인들은 무리를 지었다. 아랍계 남자는 관객에게 등을 돌린 채 앉아 있었고, 기다리는 동안 재킷 주머니에서 물건을 꺼내 테이블 위에 올려놓았다. 전사 중 네 사람은 문을 맡았다. 하나는 귀에 휴대전화를 갖다 댔다. 나머지는 재빨리 피라미드로 다가가서 경비 사이를 지났고, 경비들은 기관총을 가슴 앞에 끌어안은 채 여전히 바깥만 바라보며 도열해 있었다.

랭번은 무더기 한가운데에서 상자 하나를 가리켰다. 두 청년이 상자를 끌어내서 아랍계 남자 옆 바닥에 내려놓고, 봉하지 않은 뚜껑을 열었다. 아랍계 남자는 상자를 뒤져 천 조각과 비닐로 묶고, 역시 행복한 콜롬비아 소년 그림으로 장식된 사각형 꾸러미를 꺼냈다. 그는 테이블 위에 꾸러미를 올려놓고 자기 몸으로 가리며 상체를 숙였다. 시간이 멈췄다. 조녀선은 영성체를 받는 사람에게 건네기 전에 먼저 등을 돌리고 빵과 와인을 맛보는 성찬식의 사제를 떠올렸다. 아랍계 남자는 한층 더 몸을 깊이 숙이고 더욱 집중했다. 그는 물러앉아 로퍼에게 만족한다는 듯 고개를 끄덕여 보였다. 랭번은 다른 상자 무더기에서 또 다른 상자를 골랐다. 청년들이 상자를 날라 왔다. 무더기가 무너지더니 다시 원래대로 회복되었다. 의식은 반복되었다. 계속 반복되었다. 상자 30개 정도를 이런 식으로 검사한 것 같았다. 아무도 총을 만지작거리거나 말하지 않았다. 문간의 청년들은 움직이지 않았다. 유일하게 상자 움직이는 소리만이 들릴 뿐이었다. 아랍계 남자는 로퍼를 보며 고개를 끄덕였다.

"세뇨르 모란티." 로퍼가 말했다.

모란티는 앞으로 작게 한 발 내디뎠지만 말하지 않았다. 눈빛에는 저주와 같은 적의가 떠올라 있었다. 무엇이 저렇게 증오스러울까? 자신의 대륙을 오랜 시간에 걸쳐 강간해온 백인 식민주의자들이? 혹은 이 거래에 무릎을 꿇은 자기 자신이?

"다 돼가는 것 같군. 질은 문제가 없고. 이제 양을 확인해봅시다."

랭번의 지휘 하에, 전사들은 20개의 상자를 지게차에 실어 계량계로 가져갔다. 랭번은 조명이 켜진 숫자판에서 중량을 읽은 뒤 휴대용 계산기로 셈해서 로퍼에게 보여주었다. 로퍼는 동의했는지 다시 한 번 모란티에게 긍정적인 신호를 보냈고, 모란티는 돌아서더니 옆에 있던 농부와 함께 다시 앞장서서 일행을 회의실로 이끌었다. 지게차가 8번과 9번이라고 적힌 뚜껑 열린 두 컨테이너 중 하나에 상자를 옮겨 싣는 모습이 마지막으로 보였다.

"또다시 신호가 와." 그는 태비에게 말했다.

"넌 내가 곧 죽이겠어." 태비가 말했다.

"아니. 내가 죽여." 프리스키가 말했다.

이제 남은 것은 서류 작업이었고, 이것은 모두가 알듯이 퀴라소 트레이드패스 유한회사의 전권 의장이 법률 자문의 도움을 받아 시행해야 하는 유일한 임무였다. 모란티의 도움을 받는 계약 상대방의 맞은편에서 조녀선은 랭번을 대동한 채 세 가지 서류에 서명했다. 지금까지 그가 알아볼 수 있었던 것은 이 정도였다. 일급 콜롬비아 커피 생두 50톤 인수 확인. 트레이드패스 유한회사가 임대해서 콜론 자유무역지대에서 폴란드의 그단스크로 향하는 SS 호라시오 엔리케 호의 컨테이너 숫자 179, 180에 대한 화물 운송장 증명, 선하 증명, 동일 화물에 대한 세관신고서. 마지막으로 현재 파나마 시에 정박한 SS 롬바르디아 호 주인에게 새 콜롬비아 승무원을 받아들여 지체 없이 콜롬비아 서부 해안에 있는 부에나 벤투라 항으로 출항하라는 명령서였다.

필요한 장소에 필요한 횟수만큼 모두 서명한 뒤, 조녀선은 작게 탁 소리를 내며 펜을 내려놓고는 '이제 됐다'는 듯 로퍼를 돌아보았다.

그러나 지금까지 그렇게 선뜻 말을 걸던 로퍼는 그를 보지 않는 것 같았다. 자동차로 돌아갈 때 그는 진짜 일거리가 남아 있다는 듯 앞장서서 성큼성큼 걸어갔다. 조너선에게도 마찬가지였다. 면밀한 관찰자는 지금까지 겪었던 그 어떤 경험도 초월하는 민감한 준비 태세를 갖추었다. 간수 사이에 끼어 앉아 차창 밖으로 지나는 불빛을 바라보며, 그는 갓 발견한 재능 같은 비밀스러운 목적의식에 사로잡혀 있었다. 그는 태비의 현금을 가지고 있었고, 세어보니 모두 114달러였다. 화장실에 앉아 있을 때 준비한 봉투 두 개도 있었다. 그는 컨테이너 숫자와 송장 번호를 외고 있었고, 심지어 입체파 피라미드의 숫자도 알고 있었다. 우그러진 검은색 판이 사관학교 시절 크리켓 점수판처럼 매달려 있었던 것이다. '독수리'라고 적힌 간판 아래 창고, 탁송 번호 54번.

그들은 부둣가에 도착했다. 차는 멈춰 서서 아랍계 남자를 내려주었다. 그는 말없이 어둠 속으로 사라졌다.

"유감스럽게도 결정적인 순간이야." 조너선은 침착하게 말했다. "30초 뒤에는 결과를 책임질 수 없어."

"빌어먹을." 프리스키가 입 안으로 내뱉었다.

앞차는 이미 속력을 내고 있었다.

"지금이야, 프리스키. 알아서 해."

"지저분한 놈." 태비가 말했다.

손으로 뭐라 신호를 보내며 '페드로'라고 외치더니, 프리스키는 운전사에게 앞차를 향해 헤드라이트로 신호를 보내라고 지시했다. 앞차는 멈춰 섰다. 랭번이 차창 밖으로 고개를 내밀고는 무슨 일이냐고 소리쳤다. 불 켜진 주유소가 길 건너편에 있었다.

"여기 토미가 또 배가 아프답니다." 프리스키가 말했다.

랭번은 로퍼와 상의하려는지 차 안으로 들어갔다가 다시 고개를 내밀었다. "같이 가, 프리스키. 절대 시야에서 놓치지 말고. 움직여."

새로 지어진 주유소였지만, 배관은 주변 시설에 미치지 못했다. 성별 구분도 없고 앉을 자리도 없는 아주 작고 냄새나는 칸막이 하나가 다였다. 프리스키가 문밖에서 기다리는 동안, 조너선은 배가 아프다는 듯 열심히 신음소리를 내며 다시 무릎을 받침 삼아 마지막 메시지를 작성했다.

파나마 시티에 있는 리안데 콘티넨털 호텔의 월리처 바는 아주 작고 캄캄했고, 일요일 밤에는 여교사 같은 둥근 얼굴의 여자가 바를 담당하고 있었다. 어둠 속에서 겨우 그 모습을 보았지만 버의 아내와 묘하게 닮은 데가 있는 것 같았다. 말 상대가 필요 없는 손님이라는 것을 파악하고, 그녀는 두 번째로 땅콩 접시를 채워주며 혼자 평화롭게 페리에를 마시도록 내버려둔 채 다시 별점을 치기 시작했다.

로비에서는 다채롭고 소란스러운 파나마의 야경 한가운데에서 피로에 지친 미국 군인 한 무리가 침울하게 시간을 보내고 있었다. 짧은 계단을 지나면 호텔 카지노 문이 있었고, 무기 소지 금지라는 안내문이 정중하게 붙어 있었다. 바카라를 하고 슬롯머신을 당기는 사람들의 음산한 모습을 알아볼 수 있었다. 바 안에는 그가 앉은 곳에서 2미터도 떨어지지 않은 곳에 위풍당당한 월리처 오르간이 놓여 있었다. 화려한 재킷 차림의 오르간 연주자가 하얀 보트를 타고 터널에서 나오며 관객이 따라 부를 수 있는 곡을 연주하던, 어린 시절의 극장이 떠올랐다.

루크는 이런 것들에 별반 관심이 없었지만, 희망 없이 기다려야 하는 사람이라면 뭔가 관심을 둘 대상이 있어야 건강에 해롭지 않은 법이다.

처음에 그는 에어컨이 덜덜거리는 소리 때문에 전화벨 소리를 듣지 못할까 봐, 객실 자기 방 전화기 옆에 붙어 앉아 있었다. 그러다 에어컨을 끄고 발코니로 나가는 프랑스식 창문을 열었으나 에스파냐 거리에서 들려오는 와자지껄한 소리에 놀라 얼른 창문을 닫고, 에어컨 바람도, 바깥 공기도 들어오지 않는 찜통 안에서 한 시간 동안 침대에 누워 있었다. 그러다 거의 졸음에 빠질 뻔했다. 그는 교환수에게 전화를 걸어 지금 풀장으로 나갈 건데, 혹시라도 그 사이에 자신을 찾는 전화가 걸려오면 절대로 끊지 말고 대기시키라고 전했다. 풀장에 도착하자마자 그는 지배인에게 10달러를 주고 수위와 전화 교환수, 도어맨에게 409호실의 로빈슨 씨를 찾는 사람이 있으면 풀장 옆 6번 테이블에서 식사하고 있다고 알려달라고 부탁했다.

그는 테이블에 앉아 사람 없는 풀장의 불 밝힌 파란색 물과 빈 테이블들, 주위를 둘러싼 고층 건물 창문들, 풀 옆 바의 전화기, 그가 먹을 스테이크를 굽는 바비큐 그릴의 청년들, 그만을 위해 룸바를 연주하는 밴드를 응시했다.

스테이크가 도착하자 그는 술 대신 페리에와 함께 고기를 먹었다. 조너선이 혹시 전화로 연락할지도 모른다는 1,000분의 1의 가능성을 믿고 기다리는 것만 해도 졸려서 쓰러질 지경이었다.

10시경이 되자 테이블은 채워지기 시작했고, 루크는 10달러의 효력이 다해가는 게 아닌가 하는 생각이 들었다. 그래서 교환수와 통화하여 메시지를 건네고는 지금 앉아 있는 바에 와 있었다. 그리고 바로 이곳에서 아내를 닮은 바 여주인이 전화기를 내려놓고는 그를 향해 서글프게 미소를 지었다.

"409호실의 로빈슨 씨인가요?"

맞았다.

"손님이 왔어요. 아주 개인적이고 긴급한 일이라고 하는데요. 그런데 남자분이에요."

그는 남자였고, 파나마 국적이었으며, 체구가 작고 피부가 매끄러운 아시아계였다. 눈꺼풀은 두꺼웠고 검은색 정장 차림에 어딘가 성스러운 분위기를 풍기고 있었다. 정장은 사환이나 장의사가 입는 것처럼 반짝반짝 윤이 났다. 머리칼은 고불거렸고, 물결무늬의 흰 셔츠에는 티끌 하나 없었으며, 전화 옆에 붙일 수 있도록 테이프가 달려 있는 명함에는 스페인어와 영어로 '산체스 헤수스 마리아 로마레스 2세, 리무진 주야 운행'이라고 적혀 있었다. 영어를 하지만 유감스럽게도 아주 잘하지는 못합니다, 세뇨르. 그냥 일상 회화 정도지 학자들 영어는 몰라요—하늘을 바라보는 우울한 미소—어렸을 때 학교에서 기초를 다지기는 했지만 대부분 영국과 미국 고객을 통해 배웠습니다. 아버지가 그리 부자가 아니어서 학교도 오래 다니지 못했습니다, 세뇨르. 산체스도 부자가 아니고요.

이렇게 서글프게 털어놓은 뒤, 산체스는 루크를 다정하게 바라보더니 본론으로 들어갔다.

"세뇨르 로빈슨, 부디 용서하세요." 산체스는 검은색 정장 안주머니에 통통한 손을 집어넣었다. "500달러를 받으러 왔습니다. 감사히 받겠습니다."

문득 콜롬비아 이전 시대의 공예품을 산다거나 불쌍한 남자의 여동생과 하룻밤 보낸다거나 하는, 관광객 대상 사기극에 걸려들었나 싶은 생각이 들었다. 그러나 산체스는 겉면에 '크리스털'이라는 글자와 다이아몬드 문양이 박힌 두꺼운 봉투를 루크에게 내밀었다. 봉투 안에는 조녀선이 스페인어로 직접 쓴 편지가 들어 있었다. 봉투를 발견한 사람이 동봉한 100달러를 갖고, 같이 들어 있는 봉투를 파나마 시티의 리안데 콘티넨털 호텔에 머무는 세뇨르 로빈슨에게 직접 전달하면 500달러를 더 받을 수 있을 거라는 내용이었다.

루크는 숨을 멈췄다.

비밀스러운 흥분과 함께 새로운 두려움이 그를 사로잡았다. 산체스가 혹시 보상금을 올려 받기 위해 편지를 야간 금고 안에 넣어두었다든지, 미국인이 억지로 뺏으려 할지 모르니 매트리스 밑에 숨겨놓으라고 애인한테 맡겨놓았다든지 하는 멍청한 계획을 짜지는 않았을까 하는 생각에서였다.

"그럼 두 번째 봉투는 어디 있죠?"

운전사는 자기 가슴을 두드렸다. "세뇨르, 제 주머니 안에 있습니다.

저는 정직한 운전사입니다. 볼보 바닥에서 이 편지를 봤을 때, 처음 들었던 생각은 규정 속도와 상관없이 전속력으로 비행장에 달려가 편지를 놓고 가신 귀한 손님에게 전해드리자는 거였습니다. 꼭 보상을 기대했던 건 아닙니다. 제 차에 탔던 손님은 앞차를 몰았던 내 동료 도밍게스의 손님과 같은 급이 아니었으니까요. 제 차에 탔던 손님들은, 이렇게 말해도 될지 모르겠습니다만, 비교가 안 될 정도로 변변찮은 사람들이었습니다. 한 사람은 날 페드로라고 부를 정도로 무례했죠. 그러나 봉투에 적힌 글을 본 순간, 저는 다른 분에게 넘겨야겠다는 사실을 깨닫고……."

산체스 호세 마리아는 말을 멈췄고, 루크는 안내 데스크로 가서 여행자수표 500달러를 현금으로 바꿨다.

26
불가능의
완벽한 기술

축축한 영국의 겨울 날씨 속의 히스로 공항은 아침 8시였고, 버는 마이애미에서 입었던 옷을 그대로 입고 있었다. 굿휴는 비옷과 자전거를 탈 때 쓰는 납작한 모자 차림으로 도착 출구 앞을 서성거리고 있었다. 단호한 표정이었지만, 눈빛은 지나치게 밝았다. 오른쪽 눈의 경미한 경련이 버의 눈에 띄었다.

"새로운 소식은 있나?" 버는 악수도 나누기 전에 물었다.

"무슨 소식? 누구에 관해서? 아무 말도 못 들었어."

"제트기는 어떻게 됐어? 추적이 됐나?"

"나한테는 아무 말도 안 해줘." 굿휴는 되풀이했다. "자네 부하가 워싱턴의 영국 대사관에 반짝이는 갑옷 차림으로 나타났다 해도, 난 아무 얘기도 못 들었을 거야. 모든 정보는 공식 경로를 통해 전달되고 있어. 외무부. 국방부. 리버하우스. 심지어 내각. 모두가 다음 단계로 넘어가는 중간 단계에 불과해."

"이틀 동안 그 비행기를 두 번이나 놓쳤어." 버는 말했다. 그는 카트를 끌고 묵직한 여행 가방을 손에 든 채 택시 승차장으로 향했다. "한 번이라면 부주의한 거지만, 두 번이라면 의도적인 거야. 비행기는 밤 9시 20분에 콜론을 떠났어. 내 부하가 거기에 탔고, 로퍼와 랭번도 거기에 있었어. 공중 조기 경보 관제 장비가 거기에 있고, 산호초마다 레이더가 달려 있어. 13인승 제트기를 무슨 수로 놓치겠나?"

"난 손 뗐어, 레너드. 상황 파악은 하려고 노력하지만, 더 이상 자세한 정보를 들을 입장이 아니야. 하루 종일 바쁘다고. 그들이 날 뭐라고 부르는지 아나? '정보 회계 감사원장'이라고 불러. 내가 구식 직함을 좋아할 거라고 생각했는지. 다커한테 유머 감각이 있다는 게 놀라울 뿐이라니까."

"그들은 스트렐스키한테 온갖 책임을 덮어씌우고 있어. 정보원 처리에 무책임했다, 업무 범위를 넘어섰다, 영국인에게 너무 친절했다. 사실상 아포스톨의 죽음에 대한 책임까지 묻고 있다고."

"플래그십 짓이야." 굿휴는 나직하게 중얼거렸다.

그의 얼굴색이 변했다는 걸 버는 눈치챘다. 뺨에 붉은 반점이 두드러졌다. 눈 둘레가 기묘하게 창백했다.

"루크는? 롭은? 그도 지금쯤 돌아왔을 텐데."

"오는 중이라고 들었어. 다들 오는 중이라고. 아, 여기."

그들은 대기 줄에 합류했다. 검은색 택시가 멈춰 섰고, 경찰이 굿휴에게 움직이라고 지시했다. 레바논 사람 두 명이 새치기를 하려고 했다. 버는 그들을 막아서고 택시 문을 열었다. 굿휴는 자리에 앉자마자 중얼거리기 시작했다. 말투에는 감정이 없었다. 거의 차에 치일 뻔했던 교통사고의 기억이 계속해서 떠오르는 건지도 몰랐다.

"권력의 분립은 구식 해법이라고, 내 주인은 훈제 뱀장어 요리를 앞에 두고 말했어. 사병은 어디로 튈지 모른다고, 로스트 비프를 앞에 두고 말했지. 작은 기관들은 자율성을 유지하는 게 맞지만, 지금부터는 리버하우스의 지도를 받아들여야 한다고. 화이트홀에 새로운 개념이 탄생했다고. 합동작전은 끝났다고. 이제 리버하우스가 지도할 거라고. 우리는 와인을 마시면서 구조조정 이야기를 했고, 그는 내게 축하 인사를 건네며 지금부터 내가 구조조정을 책임질 거라고 말했어. 구조조정은 내가 하되, 리버하우스의 지도하에 해야 한다는 거야. 즉, 다커의 변덕에 맞추라는 거지." 그는 갑자기 몸을 앞으로 내밀고 고개를 돌려 버를 정면으로 쳐다보았다. "단, 레너드, 난 아직 공동조정위원회의 총무이고, 내 주인이 다른 판단을 내리기 전까지는 계속 그 직을 유지하게 돼. 아니면 사임할 거야. 거기엔 합리적인 사람들이 있어. 내가 머릿수를 세어봤어. 사과 몇 개가 썩었다고 한 상자를 다 버릴 수는 없는 노릇이 잖아. 내 주인은 설득할 수 있어. 여긴 아직 영국이야. 우린 좋은 사람들이고. 때로 일이 뒤틀어질 때도 있지만, 언젠가 명예가 승리하고 정의가 이길 거야. 난 확신해."

"롬바르디아 호의 무기들은 예상대로 미국제였어." 버가 말했다. "그들은 서구권 최고의 무기를 사들이고 있고, 괜찮은 게 있으면 영국제

도 약간 다뤄. 그리고 그걸로 훈련을 해. 파베르제에서 고객들을 모셔

놓고 작전 시범도 벌인다고."

굿휴는 다시 뻣뻣하게 창문을 돌아보았다. 갑자기 몸의 움직임이

부자유스러워진 것 같았다. "원천 국적은 단서가 되지 않아." 그는 근

거가 희박한 이론을 변명하려는 사람처럼 과장된 확신을 갖고 말했다.

"나쁜 짓을 하는 건 행상인들이야. 자네도 잘 알지 않나."

"조녀선의 기록에 따르면 부대에는 미국인 훈련관 두 명이 있었어.

장교만 언급한 거야. 미국 하사관도 확보했을 거라고 했어. 중책을 맡

은 일란성 쌍둥이가 조녀선에게 신상을 물어봤는데, 스트렐스키 말로

는 랭글리 출신의 요크 형제가 분명하다고 했어. 한때 마이애미에서

산디니스타 민족해방전선의 신병 모집을 했지. 석 달 전에 로퍼가 농

장을 팔러 갔을 때 아루바에서 그들이 로퍼와 함께 돔 페리뇽을 마시

는 걸 아마토가 봤대. 정확히 일주일 뒤에, 앤서니 조이스턴 브래드쇼

가 로퍼의 돈으로 동유럽과 러시아의 무기 대신 미국 무기를 사들이기

시작했고. 로퍼는 한 번도 미국 교관을 고용한 적이 없었어. 신뢰하지

않았으니까. 한데 왜 거기에 데려갔을까? 요크 형제는 누굴 위해 일하

는 거지? 누구의 지령을 받고? 왜 미국 정보기관의 일 처리가 갑자기

엉성해졌을까? 사방에서 나타나는 레이더망도 그렇고? 왜 위성이 코

스타리카 국경 근방에서의 군사 활동을 모두 보고하지 않는 거지? 전

투용 헬리콥터, 워 왜건, 경량 탱크. 누가 카르텔과 이야기하고 있을

까? 누가 그들에게 아포스톨에 대해 알려줬을까? 누가 카르텔에게 법

집행기관의 밀고자를 실컷 갖고 놀다가 없애버려도 된다고 알려주었

을까?"

굿휴는 계속 창밖만 내다보며 귀를 기울이지 않았다. "한 번에 한 가지 위기만 다루자고, 레너드." 그는 이를 악물고 대답했다. "배 한 척에 가득 무기가 있어. 어디서 왔는지는 몰라도, 콜롬비아로 향하고 있어. 또 다른 배 한 척에 가득 마약이 있고, 이 배는 유럽 대륙으로 가고 있어. 잡아야 할 악당이 있고, 구해야 할 요원이 있어. 목표물을 설정해. 집중력을 흐트러뜨리지 말고. 내가 실수한 것도 바로 그 지점이었어. 다커, 후원자 명단, 시티 연줄, 거대 은행, 거대 금융기관, 다시 다커, 순수 정보기관, 이 모든 것들 때문에 옆으로 새지 말라고—거기엔 절대 다가갈 수 없어. 자신들을 절대 못 건드리게 할 거야. 미쳐버린다고. 가능한 일에만 집중해. 사건들. 사실들. 한 번에 한 가지 위기만. 저 차 아까도 보지 않았나?"

"붐비는 시간이야, 렉스." 버는 부드럽게 말했다. "자넨 그걸 다 봤군." 그는 상처받은 사람을 달래듯, 역시 부드럽게 덧붙였다. "내 요원이 해냈어, 렉스. 왕관의 보석을 찾아냈다고. 이름들, 배와 컨테이너 숫자, 콜론의 창고 위치, 화물 운송장 번호, 심지어 마약을 숨긴 상자까지 봤어." 그는 가슴 부위의 주머니를 두드렸다. "이 정보는 아무 데도 안 보냈어. 아무한테도 말하지 않았어. 심지어 스트렐스키에게도. 루크와 나, 자네와 내 부하, 넷만 알아. 우리만 알고 있다고. 이건 플래그십이 아니야, 렉스. 아직 림페트 작전이야."

"그들이 내 파일을 가져갔어." 굿휴는 다시 귀를 닫은 것 같았다. "내 방 금고에 넣어뒀는데 말이야. 없어졌어."

버는 시계를 보았다. 면도는 사무실에서 해야 할 것 같았다. 집에 들를 시간이 없었다.

버는 약속했던 이곳저곳을 방문했다. 걸어서. 런던의 정보 귀족들이 모인 황금의 삼각지대—화이트홀, 웨스트민스터, 빅토리아 스트리트를. 수위에게서 빌린 파란색 비옷과, 입은 채로 잠들어서 구겨진 종이 같은 얇은 황갈색 정장 차림으로.

데비 멀린은 리버하우스 시절부터 알고 지내던 오랜 친구였다. 같은 그래머스쿨을 다녔고, 같은 시험에 합격했다. 그녀의 사무실은 '출입 금지'라고 적힌 파란색 쇠문으로 들어가서 한 계단 내려간 곳에 있었다. 유리 벽 너머로 남녀 사무원들이 모니터 화면을 바라보며 통화하는 모습이 보였다.

"이야, 휴가 갔다 오셨네." 데비는 그의 정장을 바라보며 말했다. "잘 지내고 있어, 레너드? 당신 명찰을 뺏고 강 건너로 돌려보낸다는 소문이 돌던데."

"호라시오 엔리케라는 컨테이너 선박이 있어, 데비. 파나마 국적이야." 버는 두 사람 사이의 친목을 강조하기 위해 한층 강한 요크셔 억양으로 말했다. "48시간 전에 콜론 자유무역 지대를 출발해서 폴란드 그단스크로 향했어. 내 짐작으로는 아마 이미 공해로 들어서서 대서양으로 가고 있을 거야. 거기에 수상한 화물이 실려 있다는 정보가 있어. 그 배를 추적해서 도청하고 싶은데, 수색영장은 발부하지 말았으면 해." 그는 그녀에게 '친구끼리'라는 미소를 보였다. "내 정보통이 알려준 거야, 데비. 아주 민감한 문제지. 일급 기밀. 절대로 기록을 남기면 안 돼. 친구끼리 도와주지 않겠어?"

데비 멀린은 미인이었고 오른손 검지 관절로 이를 누르며 생각하는 습관이 있었다. 어쩌면 감정을 숨기기 위한 습관인지는 몰라도, 눈빛은 숨기지 못하는 사람이었다. 처음에 그녀는 눈을 지나치게 크게 뜨더니 이내 버의 구겨진 정장 재킷 위 단추를 응시했다.

"엔리코 뭐라고, 레너드?"

"호라시오 엔리케야, 데비. 누구 이름을 땄는지는 모르겠어. 파나마 등록 선박이야."

"무슨 말인지 알겠어." 그녀는 재킷에서 시선을 거두고 빨간색 줄무늬 폴더가 쌓여 있는 트레이를 뒤지더니 폴더 하나를 찾아내서 그에게 건넸다. 안에는 파란색 종이 한 장이 들어 있었고, 정식 각료 인장과 문장이 찍혀 있었다. 제목은 '호라시오 엔리케'라고 되어 있었고, 특대 활자로 단 한 단락이 적혀 있었다.

위 선박은 대단히 민감한 작전 대상이며 명확한 이유 없이 항로를 바꾸거나 기타 해상이나 항구에서 돌발 활동을 벌일 가능성이 크다. 해당 선박의 활동에 대해 공개적으로, 혹은 기밀 경로로 수집한 모든 정보는 즉각 리버하우스 조달 연구 그룹으로 전달할 것.

서류에는 '극비, 플래그십, 가드'라고 찍혀 있었다.

버는 폴더를 데비 멀린에게 돌려주고 유감스러운 미소를 지었다.

"우리가 선을 좀 넘은 것 같군. 그래도 결국 같은 주머니로 들어가게 되어 있으니까. 말이 나왔으니 말인데, 데비, 혹시 롬바르디아 호에 대한 정보도 뭐가 있나? 인근 해역에, 아마도 운하 반대편에 있을 가능성이 커."

그녀의 시선은 다시 버의 얼굴을 향했다. "당신 마리너야, 레너드?"

"그렇다고 말하면 어쩔 거지?"

"제프리 다커에게 전화해서 당신이 거짓말하는지 아닌지 확인해야 해. 그렇지 않겠어?"

버는 최선의 노력을 다했다. "날 알잖아, 데비. 내 중간 이름이 '진실'을 뜻한다고. 영국 신사의 소유로 되어 있는 아이언 파샤라는 초호화 요트에 대한 정보는 없나? 나흘 전에 안티과를 출항해서 서쪽으로 향하고 있다는데? 소식을 들은 사람이 없어? 필요해서 그래, 데비. 정말 절실하게 필요하다고."

"당신은 전에도 그런 말을 한 적이 있어, 레너드. 나도 절실해서 당신한테 정보를 줬지. 그때는 우리 둘 다 해가 되는 일이 없었지만, 지금은 달라. 가지 않으면 제프리한테 전화를 걸 거야. 당신이 선택해."

데비는 아직 미소 짓고 있었다. 버도 마찬가지였다. 직원들이 앉아 있는 사무실을 다시 지나서 도로로 나올 때까지 미소는 그대로였다. 런던의 축축한 공기가 주먹처럼 그를 때렸고, 자제력은 분노로 돌변했다.

배 세 척이야! 모두 다른 방향으로 가고 있다고! 내 정보원, 내 총, 내 마약, 내 사건, 이게 다 내 일이 아니라니!

그러나 덴햄의 장중한 사무실에 도착했을 때, 그는 다시 평소대로 뚱한 인간으로 되돌아갔다. 덴햄은 그런 그를 가장 좋아했다.

덴햄은 변호사였고, 조달 연구 그룹이 다커의 손에 들어가기 전엔 해리 팰프리의 어울리지 않는 전임자였다. 버가 불법과의 전쟁을 시작했을 때, 그를 격려하고 다쳤을 때 일으켜 세우고 다시 시도하라고 등을 밀어준 것이 그였다. 다커가 쿠데타에 성공하고 팰프리가 그를 뒤따랐을 때, 덴햄은 조용히 모자를 쓰고 강을 건너 떠났다. 그러나 그는 여전히 버의 옹호자로 남아 있었다. 화이트홀 법률 관료들 사이에서 믿을 수 있는 동지를 찾으려면, 덴햄이 바로 그런 사람이었다.

"아, 안녕, 레너드. 전화해줘서 반가워. 춥지 않나? 유감스럽게도 담요는 없어. 준비해둬야 하는 게 아닌가 싶다니까."

덴햄은 멋쟁이였다. 늘씬하고 눈에 잘 띄지 않는 사람이었으며, 폭이 넓은 줄무늬 정장에, 두 가지 색으로 구성된 셔츠, 독특한 조끼 차림이었다. 그러나 내면 깊숙한 곳에서는 굿휴와 마찬가지로 일종의 금욕주의자였다. 직급으로 보자면 사무실 장식도 화려해야 했다. 천장은 높았고 몰딩도 아름다웠으며 가구도 좋았다. 그러나 분위기는 교실 같았고, 조각한 벽난로에 가득 찬 붉은 셀로판지에는 먼지가 잔뜩 내려앉아 있었다. 눈 덮인 노위치 성당을 그린 11개월 전의 크리스마스 카드도 놓여 있었다.

"전에 만난 적이 있죠. 가이 에클스입니다." 턱이 각진 덩치 큰 남자가 중앙 테이블에서 전보를 읽다가 말했다.

만난 적이 있지, 버도 고개를 끄덕이며 동의했다. 신호팀 에클스, 난 당신이 마음에 들지 않았어. 당신은 골프를 치고 재규어를 몰았지. 내가 미리 약속해둔 시간에 끼어들어서 뭐 하고 있는 거지? 그는 자리에 앉았다. 아무도 자리를 권하지 않았다. 덴햄은 크림 전쟁 시절의 라디에이터를 켜려고 했지만, 손잡이가 고장 났는지 혹은 엉뚱한 방향으로 돌렸는지 작동되지 않았다.

"괜찮다면, 긴밀히 할 말이 있어, 니키." 버는 에클스를 의도적으로 무시하며 말했다. "시간이 별로 없어."

"림페트 문제라면……." 덴햄은 마지막으로 손잡이를 돌렸다. "가이가 같이 있는 게 좋을 거야." 그는 팔걸이의자에 앉았다. 자기 책상에는 앉기 싫은 것 같았다. "가이는 몇 달 동안 파나마를 오갔어. 그렇지?"

"뭣 때문에?" 버가 물었다.

"그냥 방문차입니다." 에클스가 말했다.

"난 무력 차단을 원했어. 자네가 백방으로 뛰어주기를 바랐다고. 우리가 이 일을 하는 이유가 그거 아니었나? 밤마다 늦게까지 깨어서 이 순간에 대해 이야기했잖나."

"그래, 그래. 그랬지." 덴햄은 버가 옳은 말을 했다는 듯 동의했다.

에클스는 전보에서 무슨 내용을 읽는지 미소 짓고 있었다. 그의 앞에는 트레이 세 개가 놓여 있었다. 그는 한 트레이에서 전보를 꺼내 읽은 뒤 다른 트레이에 넣었다. 오늘 그의 용건은 그것 같았다.

"하지만 결국 실행 가능성이 문제 아니야." 덴햄이 말했다. 그는 의자 팔걸이에 걸터앉은 채 긴 다리를 앞으로 곧게 뻗고 주머니에 긴 손을 쑤셔 넣고 있었다.

"내 보고서도 그랬어. 굿휴가 내각에 제출한 것도 그랬고. 그게 내각
에 들어갔는지는 모르겠지만. 뜻이 있는 곳이라면—기억나나, 니키?
논쟁 뒤에 숨지 말자고—기억나나? 모든 관련국들을 회의 석상에 앉
히자고. 대면시키자고. '아니다'라는 대답을 하게끔 만들자고. 국제적
인 하드볼이라고, 자넨 그렇게 불렀지. 우리 둘 다."

덴햄은 책상 뒤 벽으로 걸어가서 묵직한 모슬린 커튼의 주름 사이
에서 끈을 뽑아냈다. 투명막을 씌운 커다란 중앙아메리카 지도가 나타
났다.

"우린 자네 생각을 했어, 레너드."그는 장난스럽게 말했다.

"내가 원하는 건 행동이야, 니키. 생각은 나도 많이 했다고."

콜론 항구에 대여섯 척의 회색 배와 함께 빨간색 배 한 척이 핀으로
꽂혀 있었다. 운하 남쪽 끝에 파나마 만을 동서로 오가는 해로가 다른
색으로 칠해져 있었다.

"자네가 열심히 활동하는 동안 우리도 놀지 않았어. 이 배를 봐. 롬
바르디아 호야, 무기를 잔뜩 실은 배지. 부디 그러길 희망할 뿐이야. 거
기에 무기가 실려 있지 않다면 최악의 상황이겠지만, 그건 또 다른 이
야기고."

"그게 가장 최근에 추적한 위치인가?"

"아, 그럴 거야."덴햄이 대답했다.

"우리가 추적한 최신 위치예요, 확실해요."에클스가 녹색 전보를 가
운데에 놓인 트레이에 넣으며 말했다. 그는 저지 스코틀랜드 억양을

썼다. 버는 잊고 있었지만, 이제 기억났다. 손톱으로 칠판을 긁는 소리만큼 그의 귀에 거슬리는 지방 억양이 있다면 바로 저지 스코틀랜드 억양이었다.

"미국 사촌들은 요즘 활동이 지나치게 느려요." 에클스는 앞니를 약간 빨더니 말했다. "밴든 때문이야. 바버라. 모든 게 세 배로 걸리죠." 그는 마음에 안 든다는 듯 이를 두 번째로 빨았다.

그러나 버는 평정심을 잃고 싶지 않아서 에클스를 상대하지 않고 덴헴에게 말했다. "두 가지 속도가 있어, 니키. 림페트 속도와 다른 쪽 속도. 미국 법 집행기관은 미국 정보기관에게 배신당하고 있다고."

에클스는 여전히 고개를 들지 않은 채 전보를 읽으면서 말했다. "중앙아메리카는 미국 정보기관 관할이오. 도청하고 감시하고, 우리가 그 정보를 전해 듣는 거지. 토끼 한 마리를 쫓는 데 개를 두 마리 풀 필요는 없잖소. 비용 차원에서도. 굳이 그럴 필요가 없소. 요즘 세상에는." 그는 전보를 트레이에 던져 넣었다. "돈 낭비지."

에클스가 말을 마치자마자 덴헴이 끼어들었다. 그는 얼른 대화를 마무리하고 싶은 것 같았다.

"그래서 마지막으로 위치 추적을 했을 때 배가 여기쯤 있었다고 가정해보자고." 그는 나뭇가지 같은 손가락으로 롬바르디아의 고물을 가리키며 열심히 설명하기 시작했다. "콜롬비아 선원들이 타고 있어―확인된 건 아니지만, 그렇게 가정하자고―부에나 벤투라로 가기 위해 운하로 향하고 있겠지. 자네의 훌륭한 정보원이 알려왔던 그대로야. 탁월해. 여자인지 남자인지 물건인지는 몰라도 말이야. 평상시대로라면, 최대한 평범한 배처럼 위장하고 오늘 언젠가 운하를 통과할 거야. 맞지?"

아무도 '맞다'고 대답하지 않았다.

"운하는 일방통행이야. 오전에는 아래로, 오후에는 위로. 혹은 그 반대던가?"

긴 갈색 머리칼을 지닌 키 큰 여자가 들어오더니 아무에게도 말하지 않고 치마를 모은 채 하프시코드(악기의 한 종류—옮긴이)라도 치려는 듯 얌전하게 컴퓨터 화면 앞에 앉았다.

"자주 바뀌어요." 에클스가 말했다.

"방향을 바꿔서 카라카스로 간다 해도 앞을 가로막을 건 없겠지." 덴햄은 손가락을 사용해 롬바르디아를 운하 안으로 밀어 넣었다. "미안해, 프리실라. 아니면 위쪽 코스타리카나 다른 곳으로 갈 수도 있겠고. 카르텔이 안전한 항구를 보증해주기만 한다면, 이 아래쪽으로 해서 서부 콜롬비아로 갈 수도 있겠지. 카르텔은 대부분 보장해줄 수 있을 테니까. 하지만 우리는 아직 부에나 벤투라를 목적지로 생각하고 있어. 자네가 그렇게 말했으니까. 그러니 지도에 이렇게 선을 그은 거야."

"부에나 벤투라에는 화물을 실어 나를 군 화물차가 잔뜩 대기 중이야." 버가 말했다.

"확인되지 않았소." 에클스가 말했다.

"확인됐어." 버는 목소리를 조금도 높이지 않았다. "모란티를 통해 건네받은 스트렐스키의 마지막 정보였어. 위성사진을 통해서도 도로를 따라 움직이는 트럭이 독립적으로 확인되었고."

"그 도로에는 상시로 트럭이 움직이잖소." 에클스는 말했다. 그리고 버의 존재 때문에 힘이 빠진다는 듯 두 팔을 머리 위로 뻗었다. "어쨌든 스트렐스키의 마지막 정보는 신뢰도가 떨어져요. 처음부터 그가 엉터리투성이라고 생각하는 의견들이 있었소. 밀고자들은 전부 말을 조작해. 그저 면죄부를 노리는 거요."

"니키." 버는 덴햄의 등을 향해 말했다.

덴햄은 롬바르디아 호를 파나마 만으로 밀어 넣고 있었다.

"레너드."

"거기에 우리가 진입하나? 들어가는 거야?"

"미국인들이?"

"누구든. 그렇다, 아니다 말해줘."

버의 고집에 질렸다는 듯 고개를 저으며, 에클스는 다른 것들 전부를 보란 듯이 트레이에 던졌다. 컴퓨터 앞의 여자는 머리칼을 귀 뒤로 넘긴 채 키보드를 두드리고 있었다. 버는 화면을 볼 수 없었다. 여자의 혀끝이 잇새로 튀어나와 있었다.

"그게 골칫거리야, 레너드." 덴햄은 다시 열성적으로 말했다. "미안해, 프리실라. 미국인들한테 말이야, 우리한테 말고. 롬바르디아 호가 해안에 바짝 붙어서 가면……." 줄무늬의 팔이 볼링공을 던지듯 원을 그리며 파나마 만과 부에나 벤투라 사이의 복잡한 해안선을 따라가는 경로를 지목했다. "지금까지 우리가 아는 한, 미국인들은 손쓸 도리가 없어. 이어서 파나마 영해를 직진해서 콜롬비아 영해로 진입할 거고, 그러면 불쌍한 미국인들이 진입할 길이 전혀 없지."

"왜 파나마 영해에서 나포하지 못하지? 미국인들이 파나마에 온통 깔려 있잖나. 자기 집 안방이나 마찬가지인데."

"유감스럽게도 그렇지 않아. 총을 쏘며 롬바르디아 호를 덮치려면, 파나마 해군 뒤에 바짝 따라붙어 가야 해. 웃지 말라고."

"에클스가 웃었어. 난 안 웃었어."

"파나마 해군을 앞세우려면, 롬바르디아 호가 파나마 법을 어기는 범죄행위를 저질렀다는 걸 증명해야 해. 한데 그럴 수가 없어. 퀴라소에서 출발해서 콜롬비아로 가는 길에 경유하는 거니까."

"불법 총기류를 잔뜩 싣고 있다고!"

"자네 말로는 그렇지. 자네 정보원 말로는. 그리고 자네 말이 맞기를 바랄 뿐이야. 그러나 롬바르디아는 파나마에 잘못한 게 없고, 하필 파나마 등록 선박이야. 게다가 파나마로서는 자국 국기를 빌려준 배를 미국한테 체포하라고 내주는 꼴을 보이기가 대단히 싫지 않겠어? 지금으로서는 파나마에게 뭘 해달라고 설득할 길이 없어. 노리에가 이후 그 지역 분위기야. 뚱한 적개심이 있다고 봐야지. 국가적 자존심에 상처를 입었다고 할까."

버는 일어서고 있었다. 에클스는 골칫거리를 발견한 경찰처럼 위험한 눈으로 그를 바라보았다. 덴햄은 그가 일어서는 소리를 들었을 텐데도 계속 지도만 바라보고 있었다. 프리실라라는 여자는 타이핑을 멈췄다.

"좋아. 콜롬비아 영해에서 쳐!" 버는 부에나 벤투라 북쪽 해안을 손가락으로 치며 거의 외치듯이 말했다. "콜롬비아 정부한테 부탁하라고. 그쪽 범죄 조직 소탕을 우리가 도왔지 않나? 코카인 카르텔을 뿌리 뽑았잖아. 마약 공장을 소탕하고." 발음이 약간 흐트러졌다. 아니, 많이 흐트러졌지만 그 자신이 별로 의식을 못 한 탓일 수도 있었다. "콜롬비아 정부는 부에나 벤투라로 카르텔의 새 군대를 위한 무기가 쏟아져 들어오는 게 그리 달갑지 않을 거야. 내 말은, 우리가 했던 이야기 다 잊었나, 니키? 어제 일이 다 극비로 분류된 거야? 무슨 논리가 있을 거 아닌가."

"콜롬비아 정부를 카르텔과 분리할 수 있다고 생각한다면, 자넨 헛꿈을 꾸는 거야." 덴햄은 어울리지 않게 강한 어조로 반박했다. "코카인 경제를 라틴아메리카 경제와 분리시킬 수 있다고 생각한다면 허공에 짖어대는 개소리라고."

"헛소리죠." 에클스가 옆에서 추임새를 넣었다.

"거기에 있는 많은 사람들은 코카를 신이 내린 이중적인 축복이라고 생각해." 덴햄은 자기변호의 찬가를 외치기 시작했다. "미국부터 그 약을 기꺼이 사서 취해 살 뿐만 아니라, 그 거래에서 억압당한 라틴인들에게 돈을 준다고! 이보다 더 기쁜 일이 어디 있겠나? 물론 콜롬비아인들도 이런 작전이라면 기꺼이 미국 측에 협력할 거야. 단지 선박을 멈춰 세워야 할 때 행동이 굼뜰 수는 있겠지. 몇 주간의 외교적인 노력이 필요하고, 유감스럽게도 많은 사람들이 휴가를 떠나 있거든. 배를 항구에 억류할 때 드는 비용도 틀림없이 보증해달라고 할 거고. 하역에다, 야근, 외근까지." 정신없이 늘어놓는 장광설 때문에 오히려 마음이 침착해졌다. 화를 내며 씩씩거리는 동시에 귀를 기울인다는 것은 쉽지 않은 일이다. "혹시라도 롬바르디아가 깨끗할 경우에는 법적 보상도 요구하겠지, 당연히. 그리고 배에 물건이 실려 있다면, 나도 그렇게 생각하지만, 압류한 무기의 소유권 다툼이 꼴사납게 벌어지겠지. 누가 갖느냐, 소유권이 확정되면 누가 카르텔에 도로 파느냐. 그리고 누구를 어느 감옥에 보낼 거냐, 얼마나 보낼 거냐, 그동안 창녀는 얼마나 대줘야 하느냐. 돌봐줄 부하는 몇 명이나 대줄 거냐, 사업을 계속하고, 암살을 지시하고, 은행 계좌 관리인 50명과 통화할 전화선은 몇 개나 마련해줄 거냐. 한 6주 정도 지난 뒤 충분히 감옥살이를 했다 싶으면 누구한테 돈을 질러주느냐. 누가 불명예를 당하느냐, 누가 승진하느냐, 탈옥시키면 누가 용맹 훈장을 받느냐. 그러는 동안 무기는 원래 그걸 사용하려고 훈련받은 인간들의 손에 안전하게 들어가 있을 거야. 이게 콜롬비아라고!"

버는 마지막 남은 자제력까지 총동원했다. 그는 런던에 있었다. 가상을 만들어내는 권력의 땅에 있었다. 그는 그 신성한 본부 안에 서 있었다. 그는 가장 뻔한 해법을 마지막까지 남겨두었다. 덴햄이 사는 세상에서는 가장 뻔한 해법이 가장 벌어지기 힘든 상황이라는 것을 알고 있었기 때문이다.

"좋아, 그럼." 그는 파나마 중앙을 손등으로 두드렸다. "롬바르디아가 운하를 통과할 때 압류하자고. 미국이 운하를 통제하니까. 그들이 지었어. 달리 죽치고 앉아 보고만 있어야 할 이유라도 있나?"

덴햄은 호들갑을 떨며 놀랐다.

"아니, 이 친구야! 그럼 운하 조약의 가장 신성한 조항을 위배하게 돼! 아무도―미국인도, 파나마인도―수색할 권한이 없어. 추적하는 선박이 운하 자체에 물리적인 위협을 가한다는 사실을 증명하지 못한다면. 폭발할 수 있는 폭탄을 잔뜩 싣고 있다면, 말이 되겠지. 새것 말고, 오래된 폭탄 같은 경우 저절로 폭발할 수 있다는 걸 '증명'할 수 있다면. 아주 확실해야 해―포장을 제대로 했다면 허사야―증명할 수 있겠나? 어쨌든 이건 전부 미국 일이야. 다행히 우린 보고만 있으면 돼. 도움이 된다면 약간의 힘을 실어줄 수도 있겠지. 안 그러면 비켜나 있는 게 좋아. 부탁을 받으면 파나마에 외교적으로 압력을 가할 수도 있겠지. 물론 미국과의 합의하에. 팔꿈치에 슬쩍 힘을 실어주는 정도로. 물론 미국이 우리 팔을 꺾으면 콜롬비아에도 힘을 실어줄 수 있겠고. 우리가 잃을 건 없어, 지금으로서는."

"언제?"

"언제 뭐?"

"언제 파나마를 움직여볼 거냐고."

"어쩌면 내일. 그다음 날일 수도 있고." 그는 시계를 보았다. "오늘이 무슨 날이더라?" 모르는 것이 그에게는 중요해 보였다. "대사들이 얼마나 바쁘냐에 달렸어. 카니발이 언제지, 프리실라? 깜박했어. 이쪽은 프리실라야. 소개를 안 해서 미안해."

프리실라는 키보드를 조용히 두드리며 '빨리도 하시네요'라고 말했다. 에클스는 계속 전보를 읽었다.

"하지만 이 이야기는 다 했잖아, 니키!" 버는 자신이 알고 있던 예전의 덴햄을 향해 마지막으로 호소했다. "뭐가 변했느냐고! 공동조정위원회에서 정책회의는 수없이 열었어! 만일의 상황을 모조리 예상해서 대책을 만든 게 자네라고! 로퍼가 이렇게 나오면, 우리는 이렇게 한다. 혹은 이렇게 한다. 혹은 이렇게. 플랜 A. 플랜 B. 그 대책은 다 어떻게 된 거냐고?"

덴햄은 흔들리지 않았다. "가설을 가지고 협상한다는 건 매우 어려운 일이야, 레너드. 특히 라틴인들은. 몇 주만 내 자리에 있어보라고. 그 사람들한테는 사실을 보여줘야 해. 실제로 보기 전에는 절대 물러나지 않아."

"실제로 보여줘도 마찬가지요." 에클스가 중얼거렸다.

"그러니까." 덴햄은 격려하듯 말했다. "내가 들은 바를 종합해보면, 미국 정보계는 무진장 애쓰고 있어. 우리가 여기서 뭘 어쭙잖게 한다고 해봐야 뭐가 변하지 않아. 물론 케이트도 워싱턴에서 백방으로 뛰어다니고 있어."

"케이트는 대단해요." 에클스가 동의했다.

버가 마지막으로 내뱉은 말이야말로 큰 실수였다. 그가 가끔 저지르는 충동적인 행동이었고, 평소대로 말하자마자 스스로 아차 하고 후회했다.

"호라시오 엔리케는? 사소한 일이긴 하지만, 니키, 그 배는 동유럽 전체가 6개월 동안 취해 있을 만큼의 코카인을 싣고 폴란드로 향하고 있어."

"유감스럽게도 그 건은 우리 관할이 아니야" 덴햄이 말했다. "한 층 아래에 있는 북유럽 관련 부서를 찾아가라고. 세관에 가든가."

"그 배가 우리가 찾는 배라는 건 어떻게 확신하죠?" 에클스는 다시 미소를 지으며 물었다.

"내 정보원이 그랬어."

"배에는 1천2백 개의 컨테이너가 실려 있소. 전부 다 확인할 거요?"

"컨테이너 번호를 알고 있어." 버는 말했다. 하지만 확신이 없었다.

"당신 정보원이 안다는 뜻이겠지."

"내가 알아."

"컨테이너 번호를?"

"그래."

"그게 뭐라고."

세상만사에 분통을 터뜨리며 현관을 나서는데, 수위가 그에게 쪽지를 건네주었다. 다른 오랜 친구, 이번에는 국방부 장관의 쪽지였다. 갑작스러운 위기 상황이 터져서 정오에 약속했던 회의에 참석할 수 없다는 내용이었다.

루크의 사무실 문 앞을 지나치는데 애프터셰이브 냄새가 풍겨왔다. 루크는 옷을 갈아입고 여행의 묵은 때를 모조리 빼낸 뒤 책상 앞에 꼿꼿하게 앉아 있었다. 팔꿈치에는 깨끗한 손수건을 대고 있었고, 서류함에는 오늘 자《데일리 텔레그래프》지가 놓여 있었다. 톤브리지를 떠난 적도 없었다는 분위기였다.

"스트렐스키와 5분 전에 통화했어. 로퍼의 제트기는 아직 실종 상태야." 루크는 버가 묻기도 전에 말했다. "공중감시팀에서는 레이더망 사각지대에 관한 어쭙잖은 변명을 늘어놓았고. 다 헛소리야."

"모든 일이 그들 계획대로 일어났어." 버가 말했다. "마약, 무기, 돈, 모두 순조롭게 목적지를 향하고 있다고. 불가능의 완벽한 기술이야, 롭. 모든 정당한 거래가 전부 다 불법이라고. 모든 범죄행위가 논리적으로 유일한 경로를 따르고 있어. 화이트홀 만세라고."

루크는 서류에 서명했다. "굿휴가 림페트 작전 요약문을 오늘 퇴근 전까지 끝내라고 했어. 3천 단어로. 수식어 없이."

"그를 어디로 데려갔을까, 롭? 이 시간에 뭐하려고? 우리가 여기서 수식어를 걱정하는 동안 말이야."

루크는 펜을 손에 쥔 채 앞에 놓인 서류들을 계속 훑어보았다. "브래드쇼가 장부를 조작했군." 그는 클럽 회원이 다른 회원을 책망하는 말투로 중얼거렸다. "대행해서 쇼핑을 하면서 로퍼에게서 뜯어낸 거야."

버는 루크의 어깨너머를 들여다보았다. 책상 위에 앤서니 조이스턴 브래드쇼가 로퍼의 대리인 자격으로 영국과 미국 무기를 불법 구매한 목록이 놓여 있었다. 그 옆에는 조너선이 로퍼의 비밀 사무실 서류함에서 꺼내 찍은 숫자의 원판 사진이 놓여 있었다. 액수 차이는 브래드쇼 앞으로 들어간 수십만 달러의 수수료였다.

"이건 누가 봤지?" 버가 물었다.

"자네와 나."

"다른 사람한테는 알리지 마."

버는 비서를 불러 분노에 찬 열변으로 수식어 하나 없이 림페트 사건에 대한 요약문을 구술했다. 상황 진척이 있으면 곧장 알려달라고 지시한 뒤, 그는 아내에게 돌아가서 아이들이 아래층에서 싸우는 동안 사랑을 나누었다. 그런 다음 아내가 회진하는 동안 아이들과 놀았다.

사무실로 돌아가 보니 루크가 자기 사무실 안에 혼자 있었고, 버는 버크셔 뉴베리의 앤서니 조이스턴 브래드쇼와 로퍼 사이에 오간 팩스와 통화 도청 기록을 꺼냈다. 그런 다음 브래드쇼의 방대한 개인 파일을 꺼내 1960년대 신참 불법무기 거래상, 파트타임 딜러, 부유한 연상 여인들의 배우자, 영국 정보계의 열성적인 정보원으로 활약하던 시절부터 읽기 시작했다.

그날 밤 여가 시간에 버는 책상 앞에 남아 침묵하는 전화를 기다렸다. 굿휴가 세 번인가 전화해서 소식을 물어왔다. 버는 두 번 대답했다. "없어." 그러나 세 번째 통화에서 그는 반문했다.

"자네 친구 펠프리한테서도 연락이 끊긴 모양이군. 그렇지, 렉스?"

"그건 우리가 입에 담을 일이 아니야."

그러나 이제 버는 자잘한 정보원 보호 원칙에 관심이 없었다.

"한 가지 말해. 해리 펠프리가 아직도 리버하우스에서 영장에 서명하나?"

"영장? 무슨 영장? 전화를 도청하고, 우편물을 열어보고, 마이크를 설치하는 영장? 영장은 장관이 서명하는 거야, 레너드. 자네도 잘 알지 않나?"

버는 조바심을 삼켰다. "내 말은 아직도 거기 법률 자문이냐고. 제안서를 만들고, 지침에 맞는지 검토하는 일 말이야."

"그의 임무 중 하나지."

"가끔 영장에 서명도 하지 않느냐고. 내무 장관이 붐비는 도로 위에 갇혀 있다거나, 세상이 끝났다거나 할 때. 급박한 순간에 해리는 재량을 발휘하고 나중에 장관에게 보고할 권한이 있어. 맞지? 혹시 변한 건 아니지?"

"레너드, 혹시 다른 생각을 하나?"

"아마도."

"아무것도 변하지 않았어." 굿휴는 절망감을 억누른 목소리로 대답했다.

"좋아." 버가 말했다. "기뻐, 렉스. 말해줘서 고마워." 그는 길고 긴 조이스턴 브래드쇼의 죄상을 다시 들여다보기 시작했다.

27
위기대책 총회

공동조정위원회 위기대책 총회는 다음 날 10시 30분에 열렸지만, 굿휴는 미리 지하 회의실을 꾸며놓고 안건과 이전 회의록을 준비해놓기 위해 일찌감치 도착했다. 이런 일을 남의 손에 맡겼다가는 큰코다친다는 걸 경험을 통해 알고 있었다.

일생일대의 결정적인 전투를 앞둔 장군처럼, 굿휴는 푹 자고 새벽에 또렷한 정신으로 깨어났다. 내 군사는 많다, 그는 확신했다. 숫자도 세었고, 로비도 했고, 연대를 강화하기 위해 자신이 공동조정위원회에 제시했던 '새로운 시대'라는 보고서도 일일이 챙겨 보냈다. 어떻게 영국의 통치가 다른 민주국가들에 비해 비밀리에 이루어지고 있는지, 정보 차단을 강화하는 법규와 국정을 시민에게서 은폐하는 조항이 더 많이 생겨났는지를 다루어 극찬을 받았던 연구물이었다. 버의 보고서를 소개하는 글에서는 위원회가 그 권력의 전형적인 도전을 받았다고 경고했다.

굿휴 다음으로 회의실에 먼저 도착한 사람은 감상적인 학교 친구 패드스토였다. 파티에서 가장 평범한 여자들에게 자신감을 심어주기 위해 춤을 신청하는 것을 원칙으로 삼는 사람이었다.

"자네가 내게 보낸 개인적인 극비 어쩌고 했던 편지 말인데, 당신 친구 버가 서부 지방에서 장난을 치는 동안 나더러 몸조심하라고 했던 내용 기억하나? 내가 가진 파일 문제로." 늘 그렇듯 패드스토의 대사는 P. G. 우드하우스가 상태 좋지 않은 날 썼을 법한 문장이었다.

"그럼, 기억하지, 스탠리."

"혹시 그 편지 복사본 갖고 있나? 도대체 찾을 수가 없어서 말이야. 분명히 내 금고 안에 넣어놨는데."

"내 기억에 그 편지는 손으로 쓴 거였어." 굿휴는 대답했다.

"혹시 보내기 전에 복사해놨나 해서."

내각에서 사무처 장관 둘이 도착하는 바람에 그들 대화는 끊겼다. 한 사람은 굿휴에게 안심하라는 듯한 미소를 보냈고, 다른 하나, 로밍은 손수건으로 의자를 닦느라 바빴다. 로밍은 그들 중 하나야, 펠프리가 말한 적이 있었다. 세상에는 최하층 계급이 필요하다는 생각을 갖고 있지. 사람들은 그가 농담을 하는 거라고 생각해. 이어서 군 정보기관 수장들이 도착했고, 신호 및 국방 담당 거물 두 사람도 합류했다. 다음에는 외무성 북유럽 담당 메리듀가 왔다. 그는 던이라는 엄숙한 여자를 대동하고 있었다. 굿휴의 새 직책에 관한 소식이 널리 알려진 모양이었다. 어떤 이는 그에게 악수를 청했다. 어떤 이는 어색하게 격려의 말을 건넸다. 굿휴가 옥스퍼드에서 플라이 하프였을 때 케임브리지에서 윙 포워드를 맡았던 메리듀는 그의 팔을 두드리기까지 했다. 굿휴는 과장해서 아프다는 듯 호들갑을 떨었다. "아, 아, 부러지는 줄 알았어, 토니!"

그러나 제프리 다커와 그의 대리인인 닐 마저럼이 등장하자 억지웃음은 그쳤다.

그들은 도둑질을 해, 렉스. 팰프리가 말했다. 거짓말을 해. 공모를 한다고. 영국은 그들에게 너무 좁아. 유럽은 발칸 반도의 바벨이라고. 워싱턴이 그들의 유일한 로마지…….

회의가 시작되었다.

"장관님, 림페트 작전은……." 굿휴는 최대한 밋밋하게 선언했다. 그는 늘 그렇듯 그의 비서였다. 그의 주인이 직권상 의장이었다. "유감스럽게도 해결해야 할 몇 가지 긴급한 문제가 있습니다. 당장 조치를 취해야 합니다. 버의 요약문에 상황이 적혀 있고, 우리가 아는 한 한 시간 전까지는 변동 사항이 없습니다. 관련 부처의 권한 문제도 정리해야 합니다."

그의 주인은 무뚝뚝하고 불쾌한 기분에 사로잡혀 있는 것 같았다. "법 집행기관은 어디에 있지?" 그는 퉁명스럽게 말했다. "이상하지 않나. 이건 법 집행 문제인데, 거기서는 아무도 안 왔어?"

"유감스럽게도, 법 집행기관은 아직 위촉 기관 자격입니다, 장관님. 몇몇 사람들이 자격을 상향 조절하려고 노력했습니다만. 총회에는 허가받은 기관과 부처의 장들만 참가할 수 있습니다."

"자네 친구 버도 나왔으면 좋았을 텐데. 실제 작전을 진행하고 상황을 파악하는 사람이 여기 직접 나와서 발언하지 않다니. 이상하지 않나. 안 그래? 안 그렇소?" 그는 주위를 둘러보았다.

굿휴는 이렇게 좋은 기회가 생길 거라고는 예상하지 못했다. 그가 알기로, 버는 겨우 500미터 떨어진 곳에 있었다. "그렇게 생각하신다면, 장관님, 레너드 버를 이 회의에 소환하고, 이것으로 위원회 안건과 관련하여 핵심적인 문제에 참여했던 위촉 기관이 공적 지위를 허가받기 전까지 일단 '허가받은 것으로 간주하는' 선례가 생긴 것으로 기록해도 되겠습니까?"

"난 반대요." 다커가 끼어들었다. "법 집행기관은 시작에 불과해. 버를 참여시키면 화이트홀의 모든 군소 기관을 다 끌어들이고 말 거요. 그런 기관들이 얼마나 필사적으로 기회를 노리고 있는지 잘 알지 않나. 문제를 일으키기만 하지, 끝맺을 영향력은 없어. 버의 배경 보고서는 다 봤소. 다들 다른 각도에서 이 작전을 파악하고 있더군. 우린 형식상 명령 및 통제 기구요. 우리의 토의 '대상'이 이 자리에 앉아서 이야기를 듣는 건 절대 피해야 해."

"하지만 제프리……." 굿휴는 가볍게 말했다. "당신이야말로 우리의 '지속적인' 논의 대상이야."

장관은 중얼거렸다. "아, 알았어. 지금대로 하자고."

첫 합은 양자가 살짝 피를 흘린 무승부로 끝났다.

공군과 해군 정보팀 수장이 각각 호라시오 엔리케 호를 추적해내는 데 성공한 과정을 질서정연하게 소개했다. 보고를 마친 뒤, 그들은 자랑스럽게 원판 사진을 돌렸다.

"완벽하게 평범한 유조선처럼 보이는데." 장관은 말했다.

정보기관을 혐오하는 메리듀가 동의했다. "그럴 수도 있겠지."

누군가 헛기침을 했다. 의자가 삐걱거렸다. 어딘가에서 생각보다 높은 코웃음이 튀어나왔다. 영국의 고위 정치가가 뭐라 반박을 준비할 때 내는, 굿휴에게 익숙한 소리였다.

"도대체 이게 왜 우리 소관이지, 렉스?" 장관은 물었다. "폴란드로 향하는 데다, 파나마 선박이고, 회사는 퀴라소에 있어. 내가 아는 한, 이건 결코 우리 소관이 아니지 않나? 난 이걸 다우닝 가에 들이밀어야 해. 우리가 왜 여기에 앉아서 그 배 이야기를 해야 하는지 묻는 거야."

"아이언브랜드는 영국 회사입니다, 장관님."

"그렇지 않아. 그건 바하마 회사야. 바하마 회사 아니던가?" 장관은 제 나이보다 훨씬 지긋한 어른 같은 태도로 버의 3천 단어짜리 요약문을 넘겨보았다. "그래. 바하마 회사지. 여기 적혀 있네."

"경영자가 영국인입니다. 범죄를 저지르는 사람이 영국인이고, 그들의 범죄 증거를 수집한 기관도 장관님께서 후원하시는 영국 기관입니다."

"그럼 우리가 가진 증거를 폴란드에 넘기면 다 끝나는 일 아닌가." 장관은 아주 흡족한 듯 말했다. "탁월한 계획인데."

다커는 장관의 재치에 탄복한다는 듯 얼음 같은 미소를 지었지만,

전례 없이 굿휴의 영어를 지적하고 나섰다. "'단서'라는 표현이 옳지 않겠나, 렉스? '범죄 증거'보다는 말이야. 성급하게 한쪽으로 휩쓸려가지 말고."

"난 휩쓸려간 게 아니고, 그럴 생각도 없어. 발을 내디딘 거라고." 굿휴의 목소리가 지지자들이 불편해할 정도로 조금 커졌다. "우리가 가진 증거를 폴란드에 넘기는 문제는 법 집행기관의 재량으로 판단해서 시행할 일이고, 그전에 로퍼와 그 공범을 어떻게 처리할 것인지에 대한 합의가 선행되어야 해. 무기를 압류할 책임은 이미 미국에게 넘어갔어. 우리의 나머지 책임을 폴란드에 떠넘기자는 것은 장관님이 지시하시지 않는 이상 내가 주장하는 바는 아니네. 우리는 매우 가난한 국가에서 활동하는 돈 많은 조직범죄 집단을 상대하고 있어. 그들이 그 단스크를 선택한 것은 자신들 손으로 조종할 수 있다고 생각해서야. 그 판단이 옳다면 우리가 폴란드 정부에 어떤 정보를 넘겨주든 화물은 상륙할 것이고, 버의 정보원 신상도 노출되어 우리가 리처드 온슬로 로퍼를 추적하고 있다는 경고만 그에게 주게 되네."

"버의 정보원은 이미 노출되었을 수도 있지 않나." 다커가 말했다.

"그럴 가능성은 언제든지 있지, 제프리. 법 집행기관에는 적이 많으니까. 강 건너편에도 있고."

조너선이라는 어둠 속의 존재가 처음으로 회의 석상에서 어른거렸다. 굿휴는 조너선에 대한 개인적인 정보는 전혀 없었지만, 버의 노고에 대해서는 여기서 설명할 수 있을 정도로 충분히 알고 있었다. 어쩌면 그것을 알고 있다는 사실이 그의 분노에 불을 지피고 있는지도 몰랐다. 다시 입을 연 그의 말투는 놀랄 정도로 변해 있었고, 목소리도 평소보다 약간 올라갔다.

공동조정위원회에서 합의한 규칙에 따라 모든 기관은 아무리 작다 해도 자기 영역에서 주도권을 지닌다고, 그는 말했다.

모든 기관은 아무리 크다 해도 다른 기관의 권리와 자유를 존중하며 지원할 의무가 있다.

림페트 작전에서, 리버하우스는 이 원칙에 끊임없이 도전하며 미국 정보기관의 요청이라는 이유로 작전 통제권을 요구해왔고…….

다커가 끼어들었다. 중립이 없다는 것이 다커의 강점이었다. 그는 숨 막히는 침묵을 지킬 줄 알았다. 위기 시 회복할 수 없을 정도로 패색이 짙다고 판단될 때엔 자신의 입장을 뒤집는 능력도 갖추고 있었다. 공격력도 지니고 있었다. 그는 이제 그 칼을 빼어 들었다.

"미국 정보기관의 요청이라는 게 무슨 뜻이지?" 그는 신랄하게 말했다. "림페트 작전의 통제권은 애당초 미국 정보기관에서 허용한 거야. 작전의 소유권은 엄연히 미국에 있다고. 리버하우스가 아니라. 왜 안 된다는 거지? 양국의 같은 계열이 손을 맞잡는다고, 렉스. 자네의 현학적인 원칙이었잖아. 자네가 만들었어. 그 규칙을 인정하라고. 저쪽에서 미국 정보기관이 림페트 작전을 통제하겠다면, 이쪽 리버하우스도 마찬가지야."

그는 날카롭게 찌른 뒤 물러앉아서 다시 공격할 기회를 기다렸다. 마저럼도 그와 함께 기다렸다. 굿휴는 애써 못 들은 척했지만, 다커의 맹공격은 그를 깊이 찔렀다. 그는 입술을 축였다. 오랜 공범 메리듀가 뭐라 말해주지 않을까 싶어 쳐다보았다. 메리듀는 침묵을 지켰다. 굿휴는 다시 공격 태세로 전환했지만, 치명적인 실수를 저질렀다. 미리 계산해두었던 작전 경로대로 진전시키지 않고 임기응변으로 돌입한 것이다.

"하지만 우리가 순수 정보기관을 초대해서 법 집행기관이 왜 림페트 작전에서 손을 떼어야 하는지 물었을 때는……." 굿휴는 냉소를 지나치게 많이 섞어 강조했다. "그저 수수께끼 같은 말만 들었어." 그는 주위를 둘러보았다. 그의 주인은 따분하다는 듯 흰색 벽돌 벽만 응시하고 있었다. "플래그십이라는, 극비인 데다 너무나 광범위해서 공적인 일임에도 그 어떤 만행도 용납하는 작전을 말하는 거였지. 지정학 말이야. 혹은……." 그는 자기 연설의 리듬에서 스스로 벗어나고 싶은 것처럼 보였지만, 이미 시작한 말이라 접을 수가 없었다. 왜 다커가 저런 눈으로 쳐다보고 있지? 저 히죽거리는 마저럼은 뭐야! 저 사기꾼들. "정상화. 너무 복잡해서 설명할 수 없는 연쇄반응 말이야. 누설할 수 없는 이해관계 말이야." 자신의 목소리가 떨리고 있는 것이 느껴졌지만, 어쩔 수가 없었다. 바로 이런 길로는 가지 말 것을, 자신이 버에게 경고했던 기억이 났다. 그러나 어쩔 수가 없었다. "우리는 직급이 낮다는 이유로 볼 수 없는 보다 큰 그림이 있다는 말만 듣고 있어! 달리 말해 순수 정보가 림페트를 잡아먹을 테니 너희들은 꺼지라는 뜻이지!" 굿휴의 귀에 땀이 흘러들었고, 눈에 눈물이 고였다. 그는 호흡을 진정시키기 위해 잠시 입을 다물어야 했다.

"좋아, 렉스." 그의 주인이 말했다. "자네 말은 잘 들었어. 이제 진지하게 말해보지. 제프리, 당신이 나한테 메모를 보냈지. 법 집행기관이 파악하고 있는 이 림페트라는 작전은 전부 엉터리라고. 왜 그런가?"

굿휴는 어리석게 끼어들었다. "왜 나는 그 메모라는 것을 못 본 겁니까?"

"플래그십 말이야." 마저럼이 정적 속에서 대답했다. "자넨 플래그십 자격이 없어, 렉스."

다커는 보다 자세히 설명했다. 굿휴의 고통은 누그러지기는커녕 더욱 커졌다. "플래그십은 미국 쪽에서 이 작전을 부르는 암호명이야, 렉스. 그쪽은 우리가 참여하는 대가로 매우 엄격한 숙지 내역을 제시했어. 유감일세."

다커가 발언권을 얻었다. 마저럼이 그에게 파일을 건넸다. 다커는 파일을 펼치고 단정한 손가락으로 페이지를 넘겼다. 다커는 적절한 타이밍도 아는 사람이었다. 자신에게 시선이 집중되는 시점을 알았다. 마음만 먹었다면 사악한 전도사도 될 수 있었을 것이다. 말주변이 있었고, 태도도 갖추었고, 묘하게 튀어나온 엉덩이도 있었다. "몇 가지 물어봐도 되겠나, 렉스?"

"답변처럼 위험한 건 없다는 게 그쪽 기관의 금언인 것으로 알고 있는데, 제프리."

하지만 경박한 농담은 그의 동반자가 아니었다. 성질 고약하고 실없는 대답처럼 들렸다.

"버에게 마약에 대해 알려준 정보원이 부에나 벤투라로 향하는 무기에 대해서도 알려줬나?"

"맞아."

"애당초 이 작전을 시작하게 된 것이 그 정보원 때문이었나? 아이언 브랜드에서 마약과 무기를 맞바꾸는 거래를 꾸미고 있다는 정보를 건네줬던 그 정보원?"

"그 정보원은 죽었어."

"그래?" 다커는 걱정하기보다는 흥미로워하는 듯했다. "그럼 이게 다 아포스톨에게서 나온 이야기였군, 안 그래? 교도소에 들어가지 않으려고 중간에서 무슨 짓이든 다 하던 마약 변호사 말이야."

"이런 식으로 정보원의 이름을 언급할 수는 없어!"

"아, 이미 죽었으니 괜찮은 줄 알았는데. 혹은 유령이 되었거나. 혹은 둘 다거나."

다커가 마저럼의 파일을 검토하는 동안 다시 계산된 침묵이 흘렀다. 두 사람은 서로 독특한 친화력을 갖고 있었다.

"이 거래에 영국의 특정 금융기관들이 참여하고 있다는 무시무시한 혐의도 모두 그 정보원을 통해서 나온 건가?" 다커가 물었다.

"어느 정보원이 그 정보를 쳤고, 그 외에도 수많은 정보를 쳤어. 버의 정보원에 대해 더 이상 논하는 것은 적절하지 않다고 생각해." 굿휴가 말했다.

"정보원은 단수인가, 아니면 복수인가?"

"더 이상 대답하지 않겠어."

"그 정보원은 아직 연락이 되나?"

"할 말 없어. 그래. 아직 연락 중이야."

"남자인가, 여자인가?"

"말하지 않겠어. 장관님, 이의가 있습니다."

"그럼 그 단독 정보원이 버에게 거래에 대해 알려주고, 마약에 대해 알려주고, 무기에 대해 알려주고, 선박과 돈세탁과 영국 금융기관의 참여에 대해 알려주었다는 거로군. 그렇지?"

"당신은 지금 논점을 벗어나고 있어—의도적으로 말이야—다수의 기술적 정보는 거의 대부분의 시점에 부수적으로 사용되었고, 그 전부가 버의 정보원이 제공한 정보를 입증했어. 불행히도 최근 그 기술 정보가 우리 손에 들어오지 않고 있지. 곧 이 문제도 공식적으로 제기할 생각이야."

"'우리'란 법 집행기관을 말하는 건가?"

"이 경우에는, 맞아."

"자네가 그렇게 아끼는 소규모 기관이 안전한지 확인하기 위해 민감한 정보를 넘겨주면 늘 문제가 생기지."

"소규모이기 때문에, 문제가 많은 연줄이 주렁주렁 매달린 대규모 기관보다는 훨씬 안전하다고 생각해!"

마저럼이 말을 받았으나, 다커가 계속 말하는 것과 다를 바가 없었다. 다커의 눈은 굿휴와 마저럼의 목소리에 계속 고정되어 있었다. 목소리는 보다 매끄러웠지만, 마찬가지로 추궁하는 투였다.

"그럼에도 불구하고 부수적인 정보가 전혀 없었던 시기도 있었어요." 마저럼은 너무나 공감한다는 미소를 지으며 좌중을 돌아보았다.

"정보원이 혼자 떠들었던 시기도 있었습니다. 사실상 확인할 수 없는 정보를 던져주던 시기도 있었죠. '여기 있소,' 이런 식이었지요. '가져가든지 말든지 알아서 하시오.' 버가 그 정보를 집어 들었지요. 당신도 그렇고. 맞지?"

"최근 들어 부수적인 정보 대부분을 우리에게서 차단했기 때문에, 혼자 하는 법을 익혀야 했어. 장관님, 원천 정보를 제공한 정보원을 모든 측면에서 입증할 수 없다는 것은 당연한 일 아닙니까?"

"이야기들이 다들 조금 이론적이야." 장관은 불평했다. "실무로 들어갑시다, 제프리. 이걸 다우닝 가에 갖다 주려면, 질문을 받기 전에 일단 내각 사무처 장관을 묶어놓아야 할 거요."

마저럼은 동의한다는 뜻으로 미소를 지었지만, 전술을 전혀 바꾸지 않았다. "대단한 정보원이야, 렉스. 그가 당신을 입맛대로 휘어잡고 있다면 대단한 모사꾼이고. 만약 내가 총리에게 조언할 입장이라면, 그를 무조건적으로 신뢰하는 게 좋을지는 잘 모르겠어. 그 사람에 대해 전혀 모르는 상태에서 말이야. 요원에 대한 무한대의 신뢰는 현장에서는 중요해. 리버하우스에서 일하던 시절부터 버는 때로 그 신뢰를 지나치게 많이 가졌지. 늘 단단히 통제해야 했어."

"정보원에 대해서는 내가 아는 것만으로도 완벽하게 납득할 수 있어." 굿휴는 더욱 수렁으로 빠져들어 갔다. "충성심이 높고, 국가를 위해 개인적인 희생을 대단히 많이 치렀던 사람이야. 나는 이 정보원의 말에 귀를 기울이고, 믿고, 그의 정보대로 행동할 것을 주장하고 싶어."

다커가 다시 통제권을 잡았다. 그는 우선 굿휴의 얼굴을 보더니 테이블 위에 내려놓은 그의 손을 보았다. 점차 수세에 몰려가는 듯한 두려움에 빠진 굿휴는 다커가 그의 손톱을 잡아 뽑기라도 하면 재미있겠다는 생각을 하고 있는 게 아닌가 하는 역겨운 생각이 들었다.

"그 정도면 충분히 공정하지 않나." 다커는 증인이 제 입으로 자백하는 걸 들으셨느냐 확인하는 눈길을 장관에게 보냈다. "이렇게까지 맹목적인 사랑 고백은 들어본 적이 없어. 언제더라." 그는 마저럼을 돌아보았다. "그 사람 이름이 뭐였지? 도망친 범죄자 말이야? 워낙 이름이 많아서 이제 본명을 기억할 수가 없군."

"파인." 마저럼이 말했다. "조너선 파인. 중간 이름은 없었던 것 같은데. 몇 달째 국제적으로 체포 영장이 발부되어 있어."

다커는 다시 말했다. "혹시 버가 이 친구 말을 듣고 있다는 건 아니겠지, 렉스? 그럴 리가 있나. 이런 자의 말에 누가 속아 넘어가겠어? 동네 뒷골목에서 술주정뱅이가 집에 갈 차비가 없어서 이러고 있다고 해도 믿을 사람이구면."

처음으로 마저럼과 다커는 함께 미소 지었다. 렉스 굿휴처럼 총명한 사람이 이렇게 엄청난 실수를 저질렀다는 사실이 약간 믿기지 않는다는 표정이었다.

넓은 빈방에 혼자 남겨져서 공개 처형을 기다리는 기분이 들었다. 멀리서 다커가 도움을 준답시고, 최고위급에서 활동을 결정해야 할 경우 정보기관이 정보원에 대해 깨끗하게 밝히는 게 일반적인 절차라고 말하는 목소리가 들렸다.

"이렇게 생각해봐, 렉스. 자네라면 버가 어디서 왕관의 보석을 샀는지, 거짓말쟁이의 오래된 뼛조각을 주워 왔는지 알고 싶지 않겠나? 그가 자원이 많은 사람도 아니고 말이야. 아마 이거 한 방에 일 년치 예산을 다 썼을 거야." 그는 장관을 돌아보았다. "파인에겐 다른 여러 기술이 있지만, 여권도 위조합니다. 18개월 전에 그는 우리에게 와서 하이테크 무기가 이라크로 향하고 있다는 이야기를 했습니다. 우리가 확인했지만 마음에 들지 않아서 반려했지요. 솔직히 우리는 약간 미친 사람일지도 모른다고 생각했습니다. 몇 달 전에 그가 나소에 있는 디키 로퍼의 집에 집사 비슷한 지위로 등장했습니다. 까다로운 로퍼의 아들에게 개인 교사 노릇도 하고요. 여가 시간에는 로퍼를 모함하는 이야기를 지어내서 정보 시장에 팔려고 했어요."

그는 자신이 최대한 공정하게 말하고 있는지 확인하려는 듯 펼친 파일을 들여다보았다.

"전과도 많습니다. 살인에, 상습 절도, 마약 밀매, 위조 여권 소지……. 그가 증인석에 서서 전부 다 영국 정보기관을 위해 한 일이라고 말하는 일만은 안 생겼으면 좋겠습니다."

마저럼의 검지가 페이지 아래쪽을 짚어주었다. 다커는 해당 지점을 보고 알려줘서 고맙다는 뜻으로 고개를 끄덕였다.

"그래, 괴상한 이야기가 또 있군. 카이로에 있을 때 파인은 프레디 하미드라는 사람과 인연이 있었던 모양입니다. 악명 높은 하미드 형제 중 하나죠. 파인은 그의 호텔에서 일했습니다. 마약 거래에도 가담했겠죠. 우리 측 요원 오길비가 확인해준 바에 따르면, 파인이 하미드의 정부를 죽였다는 심증이 상당히 강하다고 했습니다. 여자는 맞아 죽었습니다. 주말에 룩소르에 데려갔다가 질투심에 죽인 겁니다." 다커는 어깨를 으쓱하고 파일을 닫았다. "심각하게 불안정한 사람입니다, 장관님. 파인의 날조에 근거해서 총리에게 과격한 작전을 승인하라고 조언해서는 안 된다고 생각합니다."

모두가 굿휴를 바라보았지만, 다시 그를 민망하게 하지 않으려고 시선을 돌렸다. 마저럼이 특히 마음이 좋지 않은 것 같았다. 장관이 뭐라 말하고 있었지만, 굿휴는 피곤했다. 악이 이런 것이겠지, 굿휴는 생각했다. 사람을 지치게 해.

"렉스, 자네 입장을 변론해줬으면 좋겠어." 장관은 불평했다. "버가 이 사람과 계약한 건가? 그의 범죄와 아무 연관이 없기만을 바랄 뿐이야. 자넨 그에게 무엇을 약속했지? 렉스, 거기 있어봐. 최근 들어 영국 정보계에는 범죄자를 모종의 조건으로 고용하는 일이 너무 많았어. 그를 이 나라에 데려오지는 말게, 그뿐이야. 버가 혹시 그에게 자네가 어디서 일한다고 말했나? 내 전화번호도 줬겠지. 렉스, 돌아오라니까." 문이 너무나 멀게 느껴졌다. "제프리는 그가 아일랜드에서 무슨 특수부대 군인이었다고 하던데. 이것만 해도 골치가 아파. 아일랜드가 얼마나 고마워하겠나. 맙소사, 렉스, 아직 의제는 시작도 안 했다고. 중요한 결정이 남았어. 렉스, 이거 정말 보기 흉하군. 자네가 이런 꼴을 보일 일은 아니야. 난 누구 편도 아니라고, 렉스. 잘 가게."

바깥 계단의 공기는 축복처럼 시원했다. 굿휴는 벽에 기댔다. 아마 웃고 있었을 것이다.

"주말을 기다리시지요?" 수위가 공손하게 물었다.

남자의 선량한 얼굴에 감동한 굿휴는 친절한 대답을 애써 찾았다.

버는 일하고 있었다. 생체 시계는 대서양 한가운데에 맞춰져 있었고, 영혼은 어떤 지옥을 견디고 있을지 모를 조너선과 같이 있었다. 그러나 그의 지력과 의지력, 창의력만은 눈앞에 놓인 일에 집중되어 있었다.

"당신 친구가 망쳐버렸어." 버가 공동조정위원회 회의가 어떻게 되었는지 전화로 묻자, 메리듀가 말했다. "제프리가 군홧발로 짓밟았던 모양이야."

"제프리 다커가 새빨간 거짓말을 해서 그럴 거야." 버는 혹시 메리듀가 잘 모를 경우에 대비해 조심스럽게 설명했다. 그리고 다시 일을 시작했다.

그는 리버하우스 방식으로 돌아갔다.

다시 규율도, 뉘우침도 없는 스파이가 되어 있었다. 진실은 언제든지 빼낼 수 있었다.

그는 화이트홀 자료실에 비서를 보냈고, 그녀는 2시에 침착하게 약간 가쁜 숨을 내쉬며 그가 찾아오라고 지시했던 문구류 샘플을 들고 돌아왔다.

"시작하자고." 그는 말했다. 비서는 속기록을 들고 왔다.

대체로 그가 구술한 편지는 그 자신에게 쓰는 내용이었다. 몇 통은 굿휴에게, 두 통은 굿휴의 주인에게. 문체는 다양했다. 친애하는 버, 아끼는 벗 레너드, 법 집행기관 국장님 귀하, 장관님께. 가장 높은 상대에게는 '친애하는 ○○님'이라고 직접 손으로 맨 위에 적은 뒤, 맨 마지막에는 생각나는 대로 인사말을 줄줄이 붙였다. 영원한, 충복, 마음을 담아서 등등.

필체도 기울기와 특성이 제각기 달랐다. 수신자마다 잉크와 필기도구도 달랐다.

공식 문구류의 질도 마찬가지였다. 화이트홀의 높은 직위로 올라갈수록 종이는 뻣뻣해졌다. 장관급 편지에는 꼭대기에 공식 문장이 잉크로 찍힌 연파란색을 선호했다.

"속기사는 몇 명이나 있지?" 그는 비서에게 물었다.

"다섯 명이요."

"수신자당 한 사람을 지정해. 하나는 우리로 하고." 그는 지시했다. "일관성 있게."

그녀는 이미 그렇게 기록해놓았다.

다시 혼자 남은 버는 리버하우스의 해리 팰프리에게 전화했다. 수수께끼 같은 어조였다.

"하지만 이유가 있어야지." 팰프리는 항의했다.

"얼굴을 보면 알게 될 거야."

그런 다음 그는 뉴베리의 앤서니 조이스턴 브래드쇼에게 전화했다.

"내가 왜 자네에게 명령을 받나?" 브래드쇼는 로퍼의 말투와 어딘가 비슷한 오만한 태도로 물었다. "행정 권력도 없는, 밑바닥에서 출발하는 부랑자 주제에."

"그 자리에 붙어 있고 싶을 테니까." 버가 충고했다.

헤스터 굿휴가 퀜티시 타운에서 전화를 걸어 남편이 며칠간 집에 있을 거라고 알려왔다. 겨울에는 늘 그래요, 그녀는 설명했다. 헤스터에게 전화를 넘겨받은 굿휴는 대사를 연습한 인질 같은 말투였다. "아직 연말까지는 예산이 남아 있어, 레너드. 그건 아무도 빼앗을 수 없어." 그러다 그의 목소리는 끔찍하게 갈라졌다. "불쌍한 친구. 그 친구는 어떻게 되지? 난 늘 그 친구 생각을 해."

버 역시 마찬가지였다. 하지만 그는 할 일이 있었다.

국방성 접견실은 하얗고 가구가 없었으며, 조명은 교도소 같았고, 교도소처럼 깨끗했다. 벽돌로 된 사각형 공간이었고, 창문에는 검은 막이 쳐져 있었으며, 켜면 그을린 먼지 냄새를 풍기는 전기 라디에이터가 있었다. 그라피티가 없다는 것이 놀라웠다. 거기서 기다리고 있으면, 마지막으로 이 공간을 사용했던 사람이 처형당한 뒤 그가 남긴 메시지를 누군가 페인트로 지웠나 싶은 생각이 들었다. 버는 일부러 늦게 도착했다. 그가 들어서자 팰프리는 떨리는 손으로 신문을 펼쳐든 채 그 너머로 짐짓 경멸 어린 눈길을 보내며 히죽 웃었다.

"음, 이렇게 왔네." 그는 신랄하게 말했다. 그리고 일어서며 신문을 접었다.

버는 등 뒤로 문을 닫고 신중하게 잠근 뒤, 서류 가방을 내려놓고, 외투를 고리에 걸고, 팰프리의 뺨을 세게 때렸다. 그러나 감정이 실리지 않은, 거의 내키지 않는 듯한 손길이었다. 마치 간질 환자의 경련을 막거나, 위급한 상황에서 제 아이를 달래는 듯한 태도였다.

팰프리는 앉아 있던 의자에 다시 풀썩 주저앉았다. 그는 얻어맞은 뺨에 손을 갖다 댔다.

"이 짐승 같은 작자야." 그는 중얼거렸다.

어떤 면에서 팰프리의 말은 옳았지만, 버의 거친 태도는 강철 같은 자제력으로 통제되고 있었다. 버는 최고로 어두운 기분이었고, 가장 가까운 친구도, 아내도, 그의 진짜 어두운 면을 본 적이 없었다. 버 자신도 거의 보는 일이 없었다. 그는 의자에 앉지 않고 팰프리 옆에 교회당처럼 쭈그리고 앉아 사이좋게 고개를 나란히 했다. 팰프리가 잘 들을 수 있도록, 그는 술 자국이 묻은 타이 매듭을 무시무시한 올가미처럼 두 손으로 잡은 채 입을 열었다.

"난 네놈한테 아주, 아주, 아주 친절했어, 해리 팰프리. 적어도 지금까지는." 미리 준비하지 않았던 덕분에 연설을 폭포수처럼 쏟아냈다. "난 네놈의 계획을 망치지 않았어. 널 밀고하지 않았다고. 네가 강을 이쪽저쪽 오가며 굿휴랑 놀았다가, 그를 다커에게 팔았다가, 늘 네놈이 하던 대로 중간에서 온갖 장난을 다 치도록 내버려뒀어. 아직 만나는 여자마다 곧 이혼할 거라고 약속하고 다니나? 당연하겠지! 그리고 집으로 달려가서 아내에게 다시 결혼 서약을 할 테고? 당연하겠지! 해리 팰프리의 토요일 밤 같은 양심이라면!" 버는 팰프리의 목에 걸린 올가미로 울대를 더욱 단단히 죄었다. "아, 영국에서 할 일이 있어, 밀드레드!" 그는 팰프리 흉내를 냈다. "진정성의 대가야, 밀드레드! 당신이 그 10분의 1만 알아도, 평생 잠도 못 잘걸. 물론 나하고 같이 잘 때만 빼고. 난 당신이 필요해, 밀드레드. 당신의 따뜻함이, 당신의 위안이 필요해, 밀드레드. 난 당신을 사랑해! ……아내한테 말하지만 말아줘. 아내는 이해를 못 하니까.'" 그는 고통스럽게 타이를 당겼다. "아직도 그따위 짓을 하고 다니나, 해리? 하루에 여섯 번씩 경계를 왔다 갔다 하지? 밀고하고, 다시 밀고하고, 또다시, 다시, 다시 밀고하고, 이 털북숭이 머리통이 똥구멍으로 빠져나올 때까지? 당연하겠지!"

그러나 버가 실크 타이를 두 손으로 워낙 꽉 쥐고 있었기 때문에 팰프리가 이런 질문에 이성적인 응답을 하기란 쉽지 않았다. 은빛이 도는 회색 타이여서 얼룩이 더욱 두드러져 보였다. 어쩌면 여러 번의 결혼식에서 매었던 타이였는지도 모른다. 뜯어낼 수가 없어 보였다.

버의 목소리에 약간 후회가 감돌았다. "쥐새끼처럼 일러바치는 시절은 지났어, 해리. 배는 기울었어. 한 번만 더 일러바치면 그때는 끝이야." 그는 팰프리의 넥타이를 조금도 늦추지 않고 귀에 입을 갖다 댔다. "이게 뭔지 아나, 해리?" 그는 타이의 굵은 쪽 끝을 들어 올렸다. "폴 아포스톨 박사의 혓바닥이야. 해리 팰프리의 고자질 때문에 콜롬비아 스타일로 목이 베어 그 사이로 삐져나왔지. 네가 아포스톨을 다커에게 팔았어. 기억나? 내 요원 조너선 파인도 다커에게 팔았어." 팔았다는 말을 할 때마다 타이에 더욱 힘이 들어갔다. "넌 제프리 다커를 굿휴에게 팔았지만, 사실은 팔지 않았어, 안 그래? 파는 척만 하고 이중 첩자 행세를 하며 대신 굿휴를 다커에게 판 거야. 그 대가로 뭘 얻었지, 해리? 생존? 그렇지 않을걸. 내 장부에 따르면 넌 은화 120닢을 받게 돼

있고, 그 뒤에는 유다의 나무에 매달릴 거야. 내가 알고 네가 모르는 걸, 하지만 네가 곧 알게 될 걸 내가 알고 있으니, 넌 결국 최종적으로 탈탈 털리게 될 거야." 그는 손을 놓고 갑자기 일어섰다. "아직 읽을 수 있나? 눈이 멍해 보이는데. 두려움 때문이야, 참회 때문이야?" 그는 문으로 돌아서서 검은색 서류 가방을 집어 들었다. 굿휴의 가방이었다. 자전거 짐칸에 25년 동안 싣고 다니면서 긁힌 자국이 있었고, 닳아 벗겨진 공식 문장의 잔해도 있었다. "요즘 알코올성 근시 때문에 눈이 침침해지기라도 했나? 거기 앉아! 아니, 여기. 조명이 더 좋군."

거기, 여기라는 말을 내뱉으며, 버는 팰프리의 겨드랑이에 손을 넣어 들더니 헝겊 인형처럼 던져서 무겁게 앉혔다. "오늘 내 기분이 아주 거칠어, 해리." 그는 미안하다는 듯 설명했다. "그냥 참는 게 좋을 거야. 젊은 파인이 디키 로퍼의 고문 기술자들한테 산 채로 타 죽는 생각을 하니 말이야. 이 일을 하기엔 나도 너무 늙었나 보지." 그는 테이블 위에 파일을 놓았다. 붉은색 글자로 플래그십이라고 찍혀 있었다. "이 서류 내용을 정독해주었으면 해, 해리. 넌 완전히 죽었어. 렉스 굿휴는 네가 생각했던 것처럼 얼간이가 아니야. 그 납작한 모자 밑에는 우리보다 훨씬 더 많은 게 들어 있어. 읽어."

팰프리는 읽었지만, 쉽게 읽히지 않는 모양이었다. 버가 미리 힘들여서 정신을 빼놓은 것도 그런 의도에서였다. 다 읽기도 전에 팰프리는 흐느끼기 시작했다. 눈물자국이 서명과 '장관님께', '충복' 등 엉터리 수신자를 지목한 단어 위에 뚝뚝 떨어졌다.

팰프리가 울고 있는 동안, 버는 아무 서명도 되어 있지 않은 내무부

영장을 꺼냈다. 체포 영장이 아니었다. 런던 전화번호 두 개, 서퍽 전화번호 한 개, 총 세 개의 번호에 기술적 조작을 가해달라는 영장이었다. 세 곳으로 걸려오는 모든 전화를 지정 난 안의 좌표에 표시되어 있는 제4의 전화로 연결 조작을 요청하는 건이었다. 팰프리는 영장을 바라보았다. 그는 고개를 젓고는 엉긴 입으로 힘겹게 거절의 말을 내뱉었다.

"이건 다커의 번호야." 그는 말했다. "시골집, 시내에 있는 집, 사무실. 여기엔 서명할 수가 없어. 그가 날 죽일 거야."

"서명하지 않으면, 해리, 내가 널 죽일 거야. 정식 채널을 통해 이 영장을 장관에게 접수하면, 해당 장관이 제프리 어르신에게 당장 달려갈 테니까. 그러니까 그 짓은 하지 말자고, 해리. 영장을 자네 재량으로 개인적으로 서명해. 특수 상황에는 그럴 권한이 있잖아. 그럼 내가 아주 안전한 전령한테 개인적으로 맡겨서 전달할 테니까. 그동안 자네는 개인적으로 내 친구 롭 루크를 그의 사무실에서 조용히 만나봐. 혹시 그 틈을 타서 또다시 습관적으로 어디에다 고자질하고 싶은 유혹에 빠지지 않게 해줄 테니까. 혹시 소란을 일으킨다면 내 친구 롭이 자넬 라디에이터에 묶어서 전에 저질렀던 수많은 죄를 고해하게 해줄 거야. 아주 무서운 친구거든. 여기, 내 펜을 쓰라고. 그렇게 해. 삼중으로. 공무원들이 어떤지는 잘 알잖아. 요즘 기술실은 누가 담당하지?"

"아무도 아니야. 메이지 와츠."

"메이지가 누구지, 해리? 난 요즘 사정을 통 몰라서."

"여왕벌. 메이지가 일을 되게 만들어."

"그리고 메이지가 제프리 삼촌하고 점심을 먹으러 나가면?"

"게이츠. 우리는 펄리라고 부르지." 나약한 미소. "펄리는 소년 쪽에 가까워."

버는 팰프리를 다시 일으켜서 녹색 전화기 앞에 무겁게 앉혔다.

"메이지에게 전화를 걸어. 그게 긴급 상황에서 자네가 하는 일 아니던가?"

팰프리는 그렇다는 뜻으로 숨을 내쉬었다.

"긴급으로 특별 전령이 내려왔다고 해. 직접 다루어야 한다고. 아니면 게이츠가. 비서를 통하지 말고, 아랫사람을 통하지 말고, 뒤로 미루지 말고, 눈썹을 추켜세우지도 말고. 입 닥치고 절대 따르라고 해. 자네가 서명했다고, 최고위직 장관이 곧 승인할 거라고 해. 왜 날 보고 고개를 젓는 거야?" 그는 팰프리의 뺨을 때렸다. "고개 젓는 거 마음에 안들어. 하지 마."

팰프리는 눈물이 글썽한 채 미소 짓고는 입술에 손을 갖다 댔다. "농담처럼 기분 좋게 말해야 해, 레너드. 그뿐이야. 이것처럼 큰 건이라면. 메이지는 웃는 걸 좋아해. 펄리도 그렇고. '이봐, 메이지! 이 얘기 한번 들어봐. 깜짝 놀랄 거야!' 이런 식으로. 영리한 사람이야. 지루해한다고. 우릴 싫어해. 다음에 누구를 단두대에 올릴 건지에만 관심 있어."

"그런 식으로 노는군. 안 그래?" 버는 팰프리의 어깨에 다정하게 손을 얹었다. "나만 갖고 놀지 마, 해리. 안 그러면 다음 차례는 네가 될 테니까."

팰프리는 기꺼이 따르겠다는 태도로 화이트홀의 녹색 내선 전화 수화기를 집어 들고는, 버가 바라보는 앞에서 리버하우스 출신이라면 누구나 다 신참 시절부터 외우는 다섯 자리 번호를 눌렀다.

28
속는 자와
속이는 자

법무차관보 에드 프레스콧은 그 세대 예일대 출신이 대체로 그렇듯 남자 중의 남자였다. 대기실에서 30분을 기다린 조 스트렐스키가 마이애미 도심의 희고 넓은 사무실에 들어섰을 때, 에드는 상대가 나이 든 뉴잉글랜드 가문 출신이든 켄터키 시골 평민 출신이든 남자 대 남자답게 헛소리를 쳐내고 직설적으로 소식을 전했다. "솔직히 조, 이 친구들이 나도 엿 먹였어. 워싱턴에서 이 일로 날 여기까지 끌어내 놓고, 아주 매력적인 일을 거절하게 했다고. 모두 다, 심지어 고위직 사람들까지 원하는 업무를 해야 하는 때에 말이야. 조, 이 사람들은 우리의 의견을 묻지도 않았어. 그러니 우리도 똑같은 입장이라는 걸 알아주기 바라네. 자네에겐 평생의 일 년이었지만, 상황 정리를 할 수 있다면 나에게도 마찬가지일 거야. 내 나이에는, 조, 내가 살아봐야 얼마나 더 살겠나?"

"유감입니다, 에드." 스트렐스키는 말했다.

에드 프레스콧이 스트렐스키의 어조에 깔린 감정을 감지했는지는 몰라도, 그는 남자끼리 함께 얽힌 딜레마를 함께 해결하자는 차원에서 못 들은 척했다.

"조, 영국인들이 자기편이 가지고 있던 그 언더커버 요원, 파인이라는 사람에 대해 자네에게 정확히 얼마나 말해주던가?"

스트렐스키는 '가지고 있던'이라는 과거형을 놓치지 않았다.

"그다지 많지는……."

"얼마나?" 프레스콧은 남자 대 남자로 다시 물었다.

"전문가는 아니었습니다. 자원봉사 같은 자격이었습니다."

"자원봉사라고? 나는 자원봉사 같은 걸 신뢰한 적이 없어, 조. 정보 기관에서 내게 가끔 자문을 하던 냉전 시절에, 벌써 한 세기는 지난 것 같네만, 난 늘 언제 우리를 선물로 싸 들고 소비에트로 전향할지 모르는 사람들을 경계하라고 일렀어. 그에 대해 또 무슨 말을 들었지, 조? 혹시 자네한테도 칭찬만 하면서 수수께끼로 남겨두던가?"

스트렐스키의 태도는 의도적으로 무표정했다. 프레스콧 같은 남자 앞에서는 할 수 있는 것이 그것뿐이었다. 상대가 말하고 싶은 것을 알아낼 때까지 피하고 있다가 말을 하든가, 수정조항 5조를 들이밀던가, 꺼지라고 해야 한다.

"어떤 방식으로 인물을 구성했다고 들었습니다. 목표물에게 더욱 매력적으로 보이도록 인물에 배경을 깔았습니다."

"누가 그랬지, 조?"

"버 요원이요."

"버가 그 배경의 내용도 알려주던가, 조?"

"아닙니다."

"기존에 어떤 배경이 있었는지, 얼마나 더 허구로 만들었는지 들은 적이 있나?"

"아니요."

"기억이란 믿을 수가 없어, 조. 다시 생각해봐. 혹시 당사자에게 살인 혐의가 있다는 말을 하던가? 단 한 번이라도 말이야."

"아니요."

"마약 밀매는? 영국은 물론 카이로에서도? 어쩌면 스위스에서도? 우리도 확인하는 중이야."

"구체적으로 말하지 않았습니다. 허구로 배경을 만들어주었다, 이제 이런 배경을 가진 사람이 있으니 아포스톨에게 로퍼의 부하 중 한 사람에 대해 안 좋은 말을 하게 해서 새 사람을 서명인으로 쓰게 만들면 된다고 했습니다. 로퍼는 대리 서명인을 이용합니다. 그래서 서명인을 내부에 집어넣었습니다. 그는 과거가 복잡한 사람을 제 사람으로 삼습니다. 그래서 그렇게 만들었습니다."

"그런 뒤에 영국이 아포스톨을 움직인 거로군. 그건 몰랐어."

"맞아요. 우리가 그와 만났습니다. 버와 플린 요원, 그리고 저."

"현명한 일이었나, 조?"

"협동 작전이었습니다." 스트렐스키의 목소리가 딱딱해졌다. "우리는 합동작전 중이었습니다. 지금은 약간 솔기가 벌어졌지만, 당시엔 분명 합동작전이었습니다."

에드 프레스콧이 넓은 사무실을 한 바퀴 도는 동안 시간이 멈춘 것 같았다. 검게 칠한 창문은 2.5센티미터 두께의 방탄유리여서 아침 햇빛이 오후의 햇빛처럼 들어왔다. 방해하는 사람을 막기 위해 닫아놓은 이중문은 강화 철로 되어 있었다. 마이애미는 주거 침입의 시대를 겪었지, 스트렐스키는 기억했다. 가면 쓴 남자들이 집 안의 모든 사람들을 한곳에 몰아놓고, 눈에 띄는 건 모조리 가져갔다. 오늘 오후에는 아포의 장례식에라도 가볼까 하는 생각이 들었다. 아직 아침이다. 두고 보자. 그 뒤에는 아내에게 돌아갈까 하는 생각도 들었다. 이렇게 일이 안 풀릴 때는 늘 그런 생각이 들었다. 때로 아내에게서 떨어져 있는 것이 보석으로 석방되는 기분처럼 느껴질 때가 있었다. 자유는 아니었지만, 대안이라는 표현보다 나은 게 있을까. 그는 패트 플린을 생각했고, 그의 침착한 성격이 부러웠다. 패트는 다른 사람들이 명성과 돈을 가져가도록 내버려두고 외톨이로 남는다. 이 일이 마무리될 때까지 사무실에 오지 않아도 된다는 말을 들었을 때, 패트는 감사 인사를 하고 악수를 나눈 뒤 목욕을 하고 부시밀즈 한 병을 마셨다. 오늘 아침에 여전히 취한 상태로, 그는 스트렐스키에게 전화해서 마이애미에 신종 에이즈 바이러스가 발견되었다고 경고했다. '들어주기 원조(Aids)'라는 거야, 패트는 말했다. 워싱턴에서 온 개자식들 말을 너무 많이 듣다 보면 걸리게 되지. 스트렐스키가 그에게 롬바르디아 호에 대해 무슨 소식을 들었느냐고 물으니, 플린은 스트렐스키가 기억하는 최고로 재수 없는 동부 아이비리그 출신 흉내를 냈다. "아, 조, 자네의 자격 권한으로 그런 기밀을 물어보면 안 되지." 패트는 어디서 그런 억양을 다 익혔을까, 그는 궁금했다. 아이리시 위스키를 하루에 한 병씩 마시면 나도 가능하려나. 프레스콧은 그의 입에서 더 많은 말을 끌어내려 하고 있었고, 그래서 그는 주의를 기울여야겠다고 생각했다.

"자네가 아포스톨에 대해 그렇듯이, 버도 당연히 파인에 대해 직접적으로 언급하지 않았겠지, 조." 말투에 적당한 신랄함이 섞여 있었다.

"파인과 아포스톨은 다른 종류의 정보원 아닙니까. 전혀 비교가 안됩니다." 스트렐스키는 자신의 목소리에서 긴장이 풀리는 것을 듣고 기뻤다. '들어주기 원조'라는 플린의 농담 때문인지도 몰랐다.

"그 점을 좀 설명해주겠나, 조?"

"아포스톨은 퇴폐적인 변태였습니다. 파인은…… 파인은 올바른 편을 위해 위험을 무릅쓴 명예로운 친구입니다. 버는 그 점을 아주 강조했습니다. 파인은 요원이고, 동료고, 가족이었습니다. 그에 반해 아포스톨은 누구도 가족이라고 부르지 않았죠. 그의 딸조차도."

"이 파인이라는 친구가 자네 요원을 결딴냈다던 그 사람 아니던가, 조?"

"긴장한 상태였습니다. 아주 큰 극장이었고요. 아마 지시를 지나치게 성실하게 수행하려다가 과잉 반응을 했을 겁니다."

"버가 그렇게 말하던가?"

"우리가 그렇게 해석하기로 했습니다."

"아주 마음이 넓군, 조. 자네가 고용한 요원은 의료비가 2만 달러에 이르는 상해를 입고 석 달 병가를 냈고 소송 준비까지 하고 있는데 공격자가 약간 과잉 반응을 한 거라니. 옥스퍼드에서 교육받은 영국 사람들은 아주 설득력이 좋은가 보군. 레너드 버가 부정직한 사람처럼 느껴졌던 적이 있나?"

모두 인물들에 과거형을 쓰는군, 스트렐스키는 생각했다. 나도 마찬가지고. "무슨 뜻인지 모르겠습니다." 그는 거짓말을 했다.

"열의가 없다거나, 불성실하다거나. 윤리적으로 사기꾼 기질이 있다거나."

"아닙니다."

"그냥 아닌가?"

"버는 좋은 조직원이고 좋은 사람입니다."

프레스콧은 다시 방을 한 바퀴 돌았다. 본인도 좋은 사람으로서, 삶의 엄혹한 부분과 씨름하는 데 어려움을 겪는 것 같았다.

"조, 지금 우리는 영국과 몇 가지 문제가 있어. 난 법 집행기관 차원에서 이야기하는 걸세. 버와 그쪽 친구들이 우리에게 약속한 것은 파인이라는 티끌 하나 없는 깨끗한 증인과 세련된 작전, 거물급 범죄자였지. 우린 믿고 협조했어. 버와 파인에 대해 기대도 컸고. 법 집행기관 차원에서는 영국이 약속을 저버렸다고 말할 수밖에 없네. 우리를 다루는 방식에서 어떤 사람들이 예측하지 못했을 법한 이중성을 보였어. 기억력이 좋은 사람들은 다를 수도 있겠네만."

스트렐스키는 몇 가지 보편적인 영국 흉보기로 맞장구를 칠까 했지만, 그럴 기분이 나지 않았다. 그는 버를 좋아했다. 버는 같이 말을 훔

처낼 수 있는 종류의 인간이었다. 깐깐하긴 했지만 루크도 좋아하게
되었다. 그들은 괜찮은 두 남자였고, 좋은 작전을 운영했다.

"조, 자네의 그 좋은 작전에서 말이야—미안해, 버의 작전 말이
야—파인이라는 이 명예로운 친구는 몇 년 전부터 전과가 있었어. 런
던의 바버라 밴던과 그녀의 랭글리 친구들이 파인 씨에 대해 매우 불
편한 배경 자료를 찾아냈네. 그는 숨은 사이코패스 같아. 불행히도 영
국이 그의 입맛에 놀아난 거야. 아일랜드에서 자동소총으로 섬뜩한 살
인 행위도 저질렀고. 저쪽에서 쉬쉬하는 바람에 파헤치지도 못했네."
프레스콧은 한숨을 쉬었다. 남자들의 기만이란. "파인은 사람을 죽여,
조. 사람을 죽이고, 물건을 훔치고, 마약 거래를 해. 그가 자네 요원을
제압할 때 썼던 칼을 사용한 적이 없다는 게 이상할 정도야. 파인은 요
리사이고, 야행성이고, 근접 전투 전문가이고, 화가야. 조, 이건 사이코
패스의 전형적인 환상 패턴이야. 난 파인이 마음에 들지 않아. 내 딸 옆
에도 오지 못하게 하겠어. 파인은 카이로에서 마약 거래인의 창녀와
사이코패스적인 관계가 있었고, 결국 여자를 때려죽였어. 난 파인을
내 증인으로 법정에 세울 수가 없네. 따라서 그가 제공한 정보 역시 심
각한, 매우 심각한 회의를 안고 바라볼 수밖에 없어. 난 본 적이 있어,
조. 뒷받침하는 증거 없이 정보만 있는 지점들이 너무 많은데, 이 지점
이 이 건의 신뢰성을 판단할 때 결정적이라네. 파인 같은 사람은 사회
의 숨은 거짓말쟁이야. 자기 어머니를 팔면서도 자기가 예수 그리스도
라고 믿지. 자네 친구 버는 유능할지 몰라도, 야망이 커서 제 기관을 띄
우고 거물들과 경쟁하기 위해 너무 무리를 했어. 그런 사람이 날조의

자연스러운 목표가 되지. 난 버와 파인이 건강한 파트너 관계라고 생각하지 않네. 의식적으로 공모했다고는 말하지 않겠지만, 그런 비밀결사를 맺은 사람들은 서로 떠받쳐주는 과정에서 진실에 무신경해질 수 있어. 아포스톨 박사가 아직 살아 있다면—그는 변호사였고, 약간 미치광이 같은 데가 있었다 해도, 증인석에 세우면 훨씬 신뢰할 수 있었을 거야. 배심원들은 신에게 귀의한 사람들에게 언제나 너그러워진다네. 그러나 이제 그럴 수는 없게 됐고, 아포스톨은 이제 증인으로 나설 수가 없지."

스트렐스키는 프레스콧에게서 짐을 내려놓아 주기로 했다. "그런 일은 없었겠죠, 에드? 그냥 이 사건 전체를 없었던 일로 합의하는 게 어떻습니까? 마약 거래도, 총기 거래도 없었고, 온슬로 로퍼는 카르텔과 손을 잡은 적도 없었다. 사람을 잘못 봤다."

프레스콧은 그렇게까지 생각하지는 않았다는 듯 서글픈 미소를 지었다. "어떤 것을 법정에서 내세울 수 있는가를 말하는 것뿐일세. 이건 변호사의 일이야. 일반인이야 진실을 믿을 호사를 누리지. 변호사는 입증 가능한 부분에 만족해야 한다네. 그렇게 표현하자고."

"그러죠." 스트렐스키도 미소 짓고 있었다. "에드, 제가 한 마디 해도 될까요?" 스트렐스키는 가죽 의자에서 몸을 앞으로 내밀고 관대하게 두 손을 펼쳤다.

"얼마든지, 에드."

"에드, 제발, 긴장 푸세요. 너무 몰입하지 마시고. 림페트 작전은 죽었습니다. 랭글리가 죽었어요. 당신은 그저 장의사에 불과합니다. 그건 이해해요. 살아남은 건 플래그십 작전이지만, 난 플래그십 권한이 없습니다. 추측하기로, 아마 당신은 있겠죠. 날 엿 먹이고 싶습니까, 에드? 들어보세요. 난 엿 먹어본 적이 있어요. 등 두드려줄 필요는 없습니다. 워낙 엿을 많이 먹어봐서 베테랑이에요. 이번에는 랭글리와 몇몇 나쁜 영국 놈한테 엿 먹은 겁니다. 콜롬비아 놈들 몇몇은 말할 것도 없고. 지난번에는 랭글리와 다른 나쁜 놈들 몇몇, 브라질 놈이었던가, 아니군, 암흑기에 우리가 신세를 좀 진 쿠바 놈들이었군요. 그전에는 랭글리와 아주아주 돈이 많은 베네수엘라 놈들이었지만, 이스라엘 놈들도 합세했던 걸로 기억합니다. 솔직하게 잊어버렸어요. 파일도 잃어버렸고. 그리고 슈어파이어 작전이라는 것도 있었는데, 그건 내게 열람 자격이 없었습니다."

화가 치밀었지만, 놀랍도록 편안했다. 프레스콧의 푹신한 가죽 의자는 최고였다. 방해하는 사람들과 불쾌한 꼴을 만들 일도 없고, 벌거벗은 끄나풀이 가슴까지 혀를 빼낸 채 침대에 무릎 꿇은 모습을 볼 일도 없이, 영원히 이 호화로운 펜트하우스 사무실의 안락함 속에서 숨 쉬며 빈둥거리고 싶었다.

"나한테 하고 싶은 말이 또 뭔지 알아맞혀 볼까요, 에드? 아침은 하되 입은 열지 마라, 이거 아닙니까?" 스트렐스키는 말을 이었다. "입을 열면 누군가 날 쫓아내고 연금을 빼앗을 거다. 혹은 진짜로 말하면, 싫어도 누군가 내 머리를 날려버리지 않을 수 없다. 그런 건 이해합니다, 에드. 난 규칙을 배웠어요. 에드, 한 가지 부탁이 있습니다만."

프레스콧은 방해하지 않고 귀를 기울이는 데 익숙하지 않았고, 보답을 받을 수 없다면 절대 호의도 베풀지 않았다. 그러나 그는 분노를 알았고, 시간을 주면 인간이든 사람이든 분노가 수그러든다는 것도 알았다. 그래서 그는 자신의 역할이 본질적으로 기다리는 데 있다고 판단하고 미치광이를 상대할 때처럼 미소 짓는 얼굴로 이성적으로 답했다. 놀란 티를 내지 않는 것이 중요하다는 것도 알고 있었다. 그의 책상 안쪽에는 빨간 버튼도 있었다.

"내가 할 수 있다면, 조, 무슨 일이든지." 그는 선선히 답했다.

"바뀌지 마십시오, 에드. 미국에는 당신 같은 사람이 필요합니다. 높은 자리에 있는 친구들이나 기관 내 연줄, 아내와 친분 있는 돈 많은 어느 회사 사장직 같은 걸 포기하지 마십시오. 우릴 위해서 고쳐주세요. 번듯한 시민들은 이미 너무 많이 알고 있습니다, 에드. 더 많이 알았다가는 건강에 심각한 위협이 될지도 모릅니다. 텔레비전을 생각해보세요. 어떤 주제든 5초만 봐도 충분합니다. 사람들을 불안하게 할 게 아니라 정상화시킬 필요가 있어요, 에드. 당신이 바로 우릴 위해서 그렇게 해줄 사람입니다."

스트렐스키는 겨울 햇빛을 뚫고 조심스럽게 집으로 차를 몰았다. 분노 때문에 시야가 생생했다. 바닷가의 하얀색 예쁜 집. 에메랄드빛 정원 끝의 새하얀 요트. 한낮에 배달을 도는 우편배달부. 그의 집 진입로에 서 있는 빨간색 포드 머스탱, 생각해보니 아마토의 차였다. 그는 장례식용 검은색 타이 차림으로 테라스에 앉아 아이스박스에서 콜라를 꺼내 마시고 있었다. 그 옆에는 무의식 상태인 패트 플린이 조끼와

검은색 모자까지 갖춘 검은색 정장 차림으로 스트렐스키의 등나무 소
파에 늘어져 부시밀즈 싱글 몰트위스키 10년산 빈 병을 가슴에 끌어
안고 있었다.

 "패트는 옛 보스와 어울렸어." 아마토가 옆에 누운 동료를 힐끗 쳐다
보며 설명했다. "일찌감치 아침을 먹었어. 레너드의 첩자는 아이언 파
샤에 있어. 안티파에서 두 남자가 로퍼의 제트기에서 끌고 내린 뒤에
두 명이 더 붙어서 해상 비행기에 태웠대. 패트의 친구는 플래그십 자
격이라는 영광을 갖고 계시는 정보기관의 아주 순수한 사람들이 작성
한 보고서를 읽었다는군. 당신 친구 레너드 버에게 이 말을 전하고 싶
을지도 모른다던데. 레너드에게 안부도 전해달래. 힘든 일이 있었지
만, 버와 함께 일하면서 즐거웠다고."

 스트렐스키는 시계를 힐끗 보고는 재빨리 안으로 들어갔다. 이쪽은
보안 전화가 아니었다. 버는 기다리고 있었다는 듯이 즉각 전화를 받
았다.

 "당신의 사람은 돈 많은 친구들과 함께 요트를 타고 있어." 스트렐스
키가 말했다.

 쏟아지는 비가 고마웠다. 몇 번인가 그는 갓길에 차를 세우고 앉아
지붕을 두드리는 빗소리를 들으며 조금 잠잠해지기를 기다렸다. 비는
일시적인 해방감을 주었다. 골방의 베 짜는 직공이 되살아났다.

 그는 예상보다 늦었다. "부탁하네." 그는 처참한 팰프리를 루크에게
맡기며 무심하게 말했다. 팰프리를 부탁해. 어쩌면 이렇게 생각하고

있었을지도 모른다. 하느님, 조너선을 잘 보살펴주십시오.

조너선은 파사에 있다. 그는 차를 몰며 계속 생각했다. 살아 있다, 어쩌면 아닐지도 모른다. 한동안 버가 머릿속으로 할 수 있는 것이라고는 그 생각뿐이었다. 조너선은 살아 있다, 조너선은 고통을 겪고 있다, 지금 그 짓을 당하고 있다. 어쩌면 이 고통의 시간이 지나야만 이성을 수습해서 그나마 남은 위안을 조금씩 끌어모을 수 있을지도 모른다.

그는 살아 있다. 그렇다면 로퍼가 그런 식으로 계속 데리고 있기를 원했을 것이다. 그렇지 않았다면, 마지막 서류에 서명을 끝낸 즉시 죽였을 테니까. 파나마 길가에 신원 미상의 시체 한 구. 누가 신경이나 쓰겠는가.

그는 살아 있다. 로퍼 같은 악당이라면 그를 죽이려고 유람선에 싣지는 않았을 것이다. 뭔가 물어볼 게 있기 때문에 데려갔을 것이고, 그런 뒤 죽여야 한다면 선내 위생과 예민한 손님들을 위해 배에서 적당히 떨어진 곳으로 데려갔을 것이다.

그렇다면 로퍼는 그에게 자기가 모르는 무엇을 물어보려는 것일까?

아마도, 조너선이 자기 작전의 세부 내역을 어디까지 누설했는가?

아마도, 로퍼에게 정확히 어떤 위험이 닥쳤는가, 체포 위험이나 작전의 좌절, 노출, 스캔들, 세간의 반응 같은?

아마도, 나를 보호하는 사람들에게서 아직 얼마나 보호를 받을 수 있는가? 혹은 경보음이 울리자마자 뒷문으로 살그머니 도망가지 않을 것인가?

아마도, 내 집에 몰래 기어들어 와서 내 여자를 빼앗다니, 넌 도대체 얼마나 잘난 놈이냐?

나뭇가지가 차 위에 아치처럼 드리워져 있었고, 버는 작전을 시작하던 날 밤 래니언 오두막에 앉아 있던 조너선의 모습을 떠올렸다. 그는 굿휴의 편지를 램프에 비춰보았다. 나, 조너선은 확신해요. 내일 아침에도 그럴 겁니다. 어떻게 서명할까요?

자넨 서명을 너무 많이 했어, 버는 속으로 퉁명스럽게 생각했다. 그렇게 하라고 부추긴 건 나였고.

자백하게, 그는 조너선에게 애원했다. 내 이름을 불고, 우리 모두의 이름을 불어. 우리가 널 배신했어, 안 그런가? 그러니 우리한테 되갚아주고 살아남아. 적은 바깥에 있지 않아. 우리 내부에 있어. 우리를 배신해.

그는 뉴베리에서 16킬로미터, 런던에서 64킬로미터 떨어진 영국의 농촌 한가운데에 있었다. 그는 언덕을 올라가 너도밤나무 가로수 길에 들어섰다. 도로 양편에 펼쳐진 들판은 갓 쟁기질을 한 상태였다. 목초 냄새가 풍겼고, 요크셔의 어머니 부엌에서 마시던 겨울 차가 생각났다. 우리는 고결한 사람들이다, 그는 굿휴를 떠올리며 생각했다. 자조와 품위를 아는, 민중의 정신과 따뜻한 가슴을 지닌 고결한 영국인이다. 우리에게 무엇이 잘못되었나.

부서진 버스 정류장이 아포스톨을 만났던 루이지애나의 깡통 같은 헛간을 상기시켰다. 해리 펠프리가 배신해서 다커에게 넘기고, 다커가 미국 정보기관에 넘기고, 미국 정보기관이 하느님만 아는 누군가에게 넘겼을 아포스톨. 스트렐스키라면 권총을 가지고 왔을 것이다. 플린이라면 앞장서서 기관총을 손에 들고 성큼성큼 나섰을 것이다. 우리는 총 덕분에 안전하다고 느꼈을 것이다.

그러나 총은 해답이 아니야, 그는 생각했다. 총은 허풍이야. 나는 허풍쟁이고. 난 면허도 없고 총알도 없어. 공갈 협박이야. 그러나 앤서니 조이스턴 브래드쇼 경을 흔들 수 있는 건 나뿐이야.

그는 루크와 팰프리가 루크의 사무실에서 전화를 사이에 두고 조용히 앉아 있는 모습을 생각했다. 처음으로 미소가 나올 뻔했다.

그는 안내판을 발견하고 왼쪽으로 꺾어 비포장도로에 올라탔다. 전에도 이곳에 와본 적이 있다는 근거 없는 확신이 들었다. 무의식과 의식의 만남인 건가, 어느 잘난 잡지에서 읽었던 기억이 났다. 그 만남에서 데자뷔라는 감각이 생겨난다는 이야기였다. 그는 그런 쓰레기 같은 말을 믿지 않았다. 그 말은 그를 거의 폭력적인 상태로 몰아갔고, 지금은 생각만 해도 그런 상태였다.

그는 차를 세웠다.

전체적으로 너무 폭력적인 기분이었다. 그는 감정이 가라앉기를 기다렸다. 하느님 맙소사, 대체 내가 어떤 괴물이 되어가고 있는 것인가? 나는 팰프리를 목 졸라 죽여버릴 수도 있었다. 그는 차창을 내리고 고개를 뒤로 젖힌 뒤 시골 공기를 들이마셨다. 그는 눈을 감고 조너선이 되었다. 고개를 뒤로 젖힌 채 말 한 마디 할 수 없는 고통 속의 조너선이. 십자가에 못 박혀 빈사 상태에 처한, 로퍼의 여자에게 사랑받는 조너선이.

대문의 돌기둥 한 쌍이 앞에 나타났지만, 래니언 로즈라는 간판은 없었다. 버는 차를 세우고 전화기를 들어 제프리 다커의 직통 번호로 전화를 걸었다. 루크의 목소리가 "여보세요"라고 전화를 받았다.

"확인한 거야." 버는 첼시의 다커 자택 번호를 눌렀다. 이번에도 루크가 받더니 툴툴거리면서 전화를 끊었다.

다커의 시골집 번호로도 걸었지만 같은 결과였다. 전화 조작 명령은 제대로 실행 중이었다.

버는 대문으로 들어가 황량해진 공원으로 들어섰다. 부서진 난간 너머에서 사슴이 멍하니 그를 바라보고 있었다. 진입로에는 잡초가 무성했다. 때 묻은 간판에 '조이스턴 브래드쇼 협회, 버밍엄'이라고 적혀 있었고, '버밍엄' 위에는 엑스(X) 자가 그어져 있었다. 그 아래에 누군가 대신 '청문회'라고 적어놓았다. 버는 작은 호수를 지났다. 호수 반대편에 흐린 하늘을 배경으로 대저택의 윤곽이 모습을 드러냈다. 망가진 온실과 관리하지 않은 헛간이 저택 뒤 어둠 속에 옹기종기 모여 있었다. 헛간 몇 군데는 한때 사무실로 쓰이던 곳이었다. 외부 철제 계단과 통로가 자물쇠 달린 문으로 이어졌다. 저택에는 포치와 아래층 창문 두 군데에만 불이 켜져 있었다. 그는 시동을 끄고 조수석에서 굿휴의 검은색 서류 가방을 집어 들었다. 그는 차 문을 닫고 계단을 올랐다. 돌조각 뒤에서 쇠주먹이 비죽 나와 있었다. 그는 주먹을 잡아당겼다가 밀어보았지만, 움직이지 않았다. 그는 노커를 잡고 문을 두드렸다. 벨 소리는 짖어대는 개 소리에 묻혔고, 남자의 걸걸한 목소리가 들려왔다.

"위스퍼, 조용히 해! 앉아! 좋아, 베로니카. 내가 나가지. 당신인가, 버?"

"맞소."

"혼자야?"

"그렇소."

체인 끄르는 소리가 들려왔다. 묵직한 자물쇠가 돌아갔다.

"거기 서 있어. 냄새를 맡아봐야겠으니." 목소리가 지시했다.

문이 열리고 커다란 마스티프 두 마리가 나와 버의 신발을 킁킁거리고 바짓가랑이에 침을 묻히고 손을 핥았다. 그는 습기와 나무 재 냄새가 풍기는 컴컴하고 거대한 현관으로 들어섰다. 그림이 걸려 있던 자리에 희끄무레한 사각형 자국이 나 있었다. 샹들리에는 전구 하나만 켜져 있었다. 그 불빛 아래에서 버는 앤서니 조이스턴 브래드쇼 경의 방탕한 모습을 알아보았다. 올이 닳은 재킷, 목깃이 없는 타운 셔츠 차림이었다.

베로니카라는 여자는 천장이 둥근 문간에서 그와 떨어져 서 있었다. 희끗거리는 머리칼, 나이를 짐작할 수가 없었다. 아내인가? 유모? 애인? 어머니? 알 길이 없었다. 그녀 옆에는 어린 소녀가 있었다. 9살쯤 된 듯했고, 목깃에 금수가 놓인 네이비블루 드레싱 가운 차림이었다. 침실 슬리퍼 발가락 부위에는 금토끼가 그려져 있었다. 긴 금발을 등 뒤로 늘어뜨린 모습이 마치 단두대에서 처형된 프랑스 귀족 계급의 아이 같았다.

"안녕하십니까." 버는 그녀에게 말했다. "레너드라고 합니다."

"침대로 가라, 지니." 브래드쇼가 말했다. "베로니카, 아이를 침대로 데려가. 중요한 이야기를 해야 해. 방해하면 안 돼. 돈 문제니까. 자, 키스해주고."

베로니카가 아내인가, 딸인가? 지니와 아버지는 키스했고, 베로니카는 방문 입구에 서서 그들을 바라보았다. 버는 브래드쇼를 따라 길고 침침한 복도를 지나 응접실로 들어섰다. 큰 저택이 얼마나 느린 곳인지 잊고 있었다. 응접실로 향하는 데 도로 하나를 건너는 시간이 걸렸다. 팔걸이의자 두 개가 벽난로 앞에 놓여 있었다. 벽에는 물 자국이 나 있었다. 천장에서 배어 나온 물이 마루에 놓인 빅토리아 시대의 푸딩 접시 위로 뚝뚝 떨어지고 있었다. 사냥개들이 벽난로 앞에 조심스럽게 앉아 있었다. 버와 마찬가지로 그들 역시 브래드쇼에게 시선을 고정하고 있었다.

"스카치?" 브래드쇼가 물었다.

"제프리 다커가 체포되었소." 버가 말했다.

브래드쇼는 늙은 권투 선수처럼 주먹을 맞았다. 타격을 흡수하고는 거의 움츠러들지도 않았다. 움직이지 않고 푸석푸석한 눈을 반쯤 감은 채 피해를 계산했다. 그는 타격이 다시 들어올 거라고 예상했는지 버를 다시금 보았고, 아무 말이 없자 반걸음 앞으로 나서더니 연속으로 약하게 지저분한 반격을 날렸다.

"말도 안 되는 소리. 헛소리야. 누가 다커를 체포하겠어? 자네가? 술 취한 주정뱅이 하나도 체포할 수 없는 주제에. 제프리를? 자네가 무슨 수로! 난 자네를 알아. 법도 알아. 자넨 심부름꾼이야. 경찰도 아니잖나. 어떻게 제프리를 감히." 그는 적당한 비유를 찾았다. "파리 새끼 주제에." 그는 약하게 끝을 맺었다. 웃으려고 했다. "멍청한 거짓말이야."

그는 술 쟁반을 찾아 뒤돌아섰다. "맙소사." 그는 깜박 잊고 팔지 않은 듯한 멋진 술병에서 스카치 한 잔을 따랐다.

버는 아직도 서 있었다. 서류 가방은 옆 바닥에 놓여 있었다. "아직 팰프리는 잡아들이지 않았지만, 그도 꼼짝달싹 못 하게 갇혀 있어." 그는 절대적인 평정을 유지했다. "다커와 마저럼은 구금 중이오. 아마 내일 아침쯤에, 언론을 따돌릴 수 있다면 오후쯤에 발표가 있겠지. 정확히 한 시간 뒤에, 내 지시가 따로 없다면, 제복 경찰들이 아주 크고 반짝거리는 차를 끌고 시끄럽게 이 집에 들이닥쳐 당신 딸과 가족이 보는 앞에서 당신에게 수갑을 채워 뉴베리 경찰서로 끌고 가서 구금할 거요. 취조는 격리해서 진행할 거요. 사기죄도 넣어줘야 보기가 좋겠지. 이중장부에, 조직적이고 의도적인 관세 및 소비세 탈루, 기타 부패 정부 관료와 결탁한 혐의는 말할 것도 없고, 당신이 감옥에서 썩는 동안 열심히 머리를 짜내서 생각나는 대로 죄목을 덧붙여주겠어. 감형해도 7년 형을 받고 감옥살이를 준비하는 동안 디키 로퍼, 코코란, 샌디 랭번, 다커, 팰프리, 기타 죄를 미룰 수 있는 이름들을 모조리 머릿속에서 굴려봐. 하지만 우리한테 그런 협조는 필요 없어. 로퍼는 이미 잡아 뒀소. 서반구에 있는 모든 항구에서 덩치 큰 남자들이 송환 명령서를 갖고 대기 중이니까. 남은 문제는 미국이 파샤가 해상에 있을 때 나포할 것인가, 아니면 어차피 마지막 나들이니 아주 오랫동안 즐기라고 내버려둘 것인가 하는 점뿐이야." 그는 미소 지었다. 의기양양하게. 보란 듯이. "유감이지만 이번에는 빛의 세력이 이겼어, 앤서니 경. 나와 렉스 굿휴, 영리한 미국인 몇몇 덕분이야. 랭글리가 형제 다커를 이끌고 막다른 길로 걸어갔어. 아마 그걸 함정수사라고 부른다지. 당신은 굿휴를 모를 거요. 아마 증인석에서 아주 잘 알게 되겠지. 렉스는 알고 보니 타고난 연기자였어. 무대에 서도 떼돈 벌겠더군."

버는 브래드쇼가 다이얼 돌리는 모습을 지켜보았다. 처음에는 커다란 쪽나무 책상에서 영수증과 편지를 마구 뒤지더니, 전등의 흐릿한 불빛 아래에서 후줄근한 수첩을 들고 엄지손가락에 침을 묻혀가며 D 항목이 나올 때까지 페이지를 넘겼다.

이어서 그의 몸은 굳었고, 위세 부리는 음성으로 전화기에 화를 터뜨렸다.

"다커를 바꿔. 제프리 다커. 앤서니 조이스턴 브래드쇼가 긴급한 일로 통화하고 싶다고 해. 빨리하라고. 알겠나?"

버는 브래드쇼에게서 위세가 빠져나가며 입술이 차츰 벌어지는 모습을 바라보았다.

"뭐요? 무슨 경감이라고? 어, 뭐가 잘못됐지? 다커를 바꿔주시오. 긴급한 일이오. 뭐요?"

그때 수화기를 통해 루크의 자신만만한 지방 억양이 들려왔다. 전화선 너머의 장면이 버의 눈에 선히 보이는 듯했다. 사무실 전화 옆에서 왼팔은 옆에 꼿꼿이 붙이고 턱은 아래를 향하는 연병장 자세로 서 있는 루크.

그리고 하얗게 질린 얼굴로 겁을 잔뜩 먹고 시키는 대로 다 하며 자기 차례를 기다리는 불쌍한 해리 팰프리.

브래드쇼는 전화를 끊고 짐짓 자신만만한 태도를 보였다. "집 안에

도둑이 들었나 봐. 경찰이 출동한 모양이야. 일반적인 절차지. 다커는 늦게까지 사무실에서 일해. 연락했어. 모든 게 정상이야. 내게 말했어."

버는 미소 지었다. "다들 그렇게 말하지, 앤서니 경. 그 사람이 당신 더러 짐 싸서 도망치라고 하겠나?"

브래드쇼는 그를 응시했다. "헛소리." 그는 다시 전등 옆으로 가서 전화번호부를 집어 들었다. "헛소리야. 전부 다. 멍청한 게임이라고."

이번에 그는 다커의 사무실로 전화했다. 버의 머릿속에 다시 광경이 펼쳐졌다. 팰프리가 루크의 충실한 요원으로서 전화기를 집어 드는 모습이었다. 루크는 옆에 서서 내선으로 통화 내용을 들으며 격려하듯 커다란 손을 팰프리의 팔에 얹은 채 타협하지 않는 또렷한 시선으로 그를 바라볼 것이다.

"다커를 바꿔줘, 해리." 브래드쇼는 말했다. "지금 당장 통화해야 해. 절대적으로 중요한 일이야. 어디에 있나? ……무슨 뜻이야, 모르겠다니? ……맙소사, 해리. 뭐가 어떻게 된 건가? ……그의 집에 도둑이 들었고 경찰이 와 있어. 경찰이 그를 찾고 있어. 어디 있나? ……작전이 어쩌고저쩌고하는 헛소리는 그만하고. 내가 작전 아닌가. 이게 작전이야. 찾아내!"

버에게는 긴 침묵이었다. 브래드쇼는 귀에 수화기를 납작하게 대고 있었다. 얼굴이 창백해졌고 겁에 질렸다. 팰프리가 대사를 읊고 있는 모양이었다. 속삭이듯이, 버와 루크가 지시했던 대로. 진심에서 나오는 소리였다. 팰프리에게는 그것이 사실이었으니까.

"토니, 전화 끊어요, 빌어먹을!" 팰프리는 수화기를 잡지 않은 주먹으로 코를 문지르며 은밀하게 사정했다. "일이 터졌어요. 제프리와 닐이 당했어요. 버 일당이 우리를 사정없이 쪼고 있어요. 전부 다 듣고 있다고. 다시는 전화하지 마요. 아무한테도. 로비에 경찰이 와 있어요."

그때 팰프리가 전화를 곧장 끊은 것이 무엇보다 효과적이었다. 어쩌면 루크가 대신 끊었을 것이다. 브래드쇼는 이미 끊긴 전화를 귀에 댄 채 입을 벌리고 그대로 얼어붙었다.

"보고 싶어할 것 같아, 영장을 가져왔어." 브래드쇼가 이쪽을 돌아보자 버는 편안하게 말했다. "내가 할 일은 아니지만, 이게 워낙 즐거운 일이라서 말이야. 아까는 7년이라고 말했지만, 그것도 내가 워낙 비관론자라서 그런 거겠지. 요크셔 핏줄은 과장하는 취미가 없어서 말이야. 아마 10년에 더 가깝지 않을까."

버의 목소리는 차츰 커졌지만, 속도는 빨라지지 않았다. 그는 말하면서 마법사처럼 묵직한 서류 가방을 열어 헝클어진 파일을 한 번에 하나씩 의미심장하게 꺼내고 있었다. 가끔 파일 하나를 펼쳐서 편지 한 장을 유심히 보다가 내려놓기도 했다. 때로는 미소를 지으며 '믿기지 않네'라고 말하려는 듯이 고개를 젓기도 했다.

"이런 사건이 어떻게 하루 만에 이렇게 뒤바뀌는지……." 그는 서류를 꺼내며 느긋하게 중얼거렸다. "우리는 죽도록 들이받는데, 나와 팀원들 말이야, 아무도 들으려고 하지 않았어. 매번 벽에 부딪혔지. 다커의 혐의를 입증할 증거는 물샐틈없이 찾아놓았는데, 아." 그는 다시 말을 끊고 미소 지었다. "내가 기억하는 한 말이야. 앤서니 경, 당신은 내가 그래머스쿨에서 수염 하나 나지 않은 소년이었을 때부터 봐왔던 사람이지. 난 정말 당신을 싫어했어. 감옥에 잡아넣고 싶지만 절대 못 넣을 사람이 너무나 많지, 사실이야. 하지만 당신은 그중에서도 격이 달라. 늘 그랬어. 음, 그거 아나?" 다른 파일이 시선을 끌었다. 그는 잠시 파일을 넘겼다. "그런데 갑자기 전화가 와서 받았더니—늘 그렇듯 점심시간이었는데, 다행히 내가 다이어트 중이라서 말이야—내가 평소 통화할 일이 없는 검찰청이었어. '이봐, 레너드, 잠시 스코틀랜드 야드로 와주지 않겠나? 배고픈 경찰 몇 사람 데려가서 제프리 다커를 잡아오지 않겠어? 화이트홀을 청소할 때도 됐지 않나, 레너드? 썩은 관료들 전부 다 몰아내고 더러운 외부 밀거래도 싹 없애고—앤서니 조이스턴 브래드쇼 같은 사람 말이야—바깥세상에 본보기를 보여주자고. 미국도 하는데 우리라고 왜 못 하겠나? 우리가 미래의 적을 무장시킬 수 없다는 데 단호한 입장이라는 걸 증명할 때가 됐어. 그 쓰레기들.'" 그는 '극비', '취급 주의', '관련자 외 열람 금지'라고 표시된 다른 파일들을 꺼내 측면을 소중하게 다독였다. "다커는 자발적 자택 연금 상태요. 정식 용어는 아니지만, 고백의 시간이지. 조직 내 인물을 다룰 때도 난 언제나 헤비어스코퍼스(위법한 신체 구속에 대한 인신의 자유 확보를 위한 제도—옮긴이)를 넓게 적용하고 싶었어. 가끔은 법을 살짝 둘러가야 할 때가 있지 않나. 안 그러면 아무 일도 못 해."

허풍이 다 똑같을 수는 없지만, 하나는 다른 모두를 구성하는 데 필수적이다. 속는 자와 속이는 자 사이의 공모, 서로 반대되는 필요의 신비로운 결합 관계다. 법의 반대편에 선 사람에게는 옳은 길로 돌아가

고자 하는 무의식적인 욕구가 있을지도 모른다. 외로운 범죄자에게는 무리로, 그것이 어떤 무리든 소속할 수 있다면 되돌아가고 싶은 비밀스러운 욕구일 것이다. 브래드쇼라는 닳고 닳은 한량이자 악당이 버의 기만에 기꺼이 넘어간 것은—다락방에서 베 짜는 직공의 아들은 그의 적이 파일을 읽고, 넘기고, 돌려보고, 다른 파일을 집어 들고, 다시 읽는 모습을 바라보며 부디 그렇게 되기를 기도했다—어떤 대가를 치르더라도 특혜를 얻어낼 수 있는 기회, 뒷거래를 성사시킬 빈틈을 얻고 싶은, 자기보다 더 성공한 자들에게 복수할 기회를 찾고 싶은 습관적인 탐색이었다.

"맙소사." 브래드쇼는 속이 메슥거리기라도 하는 듯 서류를 돌려주며 마침내 내뱉었다. "이렇게 극단적으로 갈 건 없지 않나. 중간 지점을 찾아보세. 있을 거야. 말이 통하는 사람이니까, 늘 그랬지 않나."

버는 덜 직설적이었다. "아, 그걸 중간 지점이라고 부를 수는 없을 것 같은데, 앤서니 경." 다시 분노가 치밀어 올라, 그는 파일들을 다시 챙겨 서류 가방 안에 넣었다. "다음 기회까지 경기를 미루는 거라고 표현하고 싶어. 날 위해서 아이언 파샤에 전화를 하고, 우리들의 친구한테 조용히 말을 전해줘."

"무슨 말?"

"이런 말. 일이 터졌다. 내가 말한 대로, 당신이 본 대로, 당신이 한 대로, 당신이 들은 대로 전해." 그는 커튼을 치지 않은 창문을 흘끗 보았다. "여기서 도로가 보이나?"

"아니."

"안됐군. 지금쯤 밖에 있을 텐데. 호수 건너 작은 파란색 불빛이 깜빡이는 게 보이지 않나? 위층에서도?"

"모르겠어."

"우리가 당신들 조직을 완전히 파악했다고 해. 당신이 실수를 저질러서 가짜 수요자를 역추적해서 공급처를 알아냈고, 이제 롬바르디아 호와 호라시오 엔리케 호의 행적을 유심히 추적하고 있다고 해. 미국인들이 마리온 교도소의 독방을 따끈따끈하게 데워놓고 있다고. 법원의 높은 친구들도 더 이상 로퍼의 편이 아니라고 말해." 그는 브래드쇼에게 전화를 건넸다. "겁이 나서 죽겠다고 해. 할 수 있다면 울어버리라고. 감옥에는 절대 못 가겠다고 해. 지긋지긋할 정도로 비굴하게 굴라고. 내가 팰프리를 맨손으로 거의 목 졸라 죽일 뻔했다고 해. 순간 로퍼라고 착각했거든."

브래드쇼는 입술을 핥으며 기다렸다. 버는 방을 가로질러 반대쪽 어두운 창가에 섰다.

"그래서 어떻게 하라는 거요?" 브래드쇼는 초조하게 물었다.

"이렇게 말해." 버는 매우 마음에 내키지 않는 듯 말을 이었다. "모든 고발을 취하한다고. 당신과 그에 대한 모든 고발 말이야. 이번 한 번만큼은. 배는 자유롭게 풀어주겠어. 다커, 마저럼, 팰프리―다들 가야 할 곳으로 갈 거야. 그렇지만 그와 당신, 그 짐은 아니야." 그의 목소리가 높아졌다. "그에게 내가 그놈과 그 한심한 족속들을 땅끝까지 쫓아갈 거라고 해. 죽기 전에 깨끗한 공기를 마셔야겠다고." 그는 잠시 마음을 가다듬었다. "그는 배에 파인이라는 남자를 데리고 있어. 당신도 들었을 거야. 코코란이 나소에서 전화로 당신한테 그에 대한 이야기를 했잖아. 리버하우스의 쥐새끼가 그의 과거를 캐냈고. 전화 끊고 한 시간 내에 로퍼가 파인을 풀어주면……." 다시 한 번 그의 말이 끊겼다. "사건은 묻어주지. 약속한다고 해."

브래드쇼는 놀라움과 안도감이 섞인 시선으로 그를 응시했다. "맙소사, 버. 파인이란 친구가 정말 물건인가 보군!" 기분 좋은 생각이 든 것 같았다. "아니, 혹시 당신도 뭐 나눠 가질 게 있나?" 그는 물었다. 그때 시선이 버와 마주쳤고, 희망은 사라졌다.

"여자도 같이 풀어주라고 해." 버는 이제 막 생각난 듯 덧붙였다.

"무슨 여자?"

"할 일이나 해. 파인하고 여자. 멀쩡하게 살아 있는 상태로."

버는 자기혐오의 감정을 억누르며 아이언 파샤의 위성통신 번호를 불러주었다.

같은 날 밤늦은 시각이었다. 펠프리는 비를 의식하지 않고 길을 걸었다. 루크가 그를 택시에 밀어 넣었지만, 펠프리는 돈을 주고 내렸다. 그는 베이커 스트리트 근처에 있었고, 런던은 아랍인들의 도시였다. 네온사인이 켜진 작은 호텔 창문 안에 검은 눈의 남자들이 구슬 팔찌를 만지작거리며 몸짓으로 서로를 가리킨 채 음침하게 모여 서 있었고, 아이들은 새 기차 세트를 가지고 놀고 있었으며, 베일을 쓴 여자들은 자기들끼리 이야기하고 있었다. 호텔 사이에는 개인 병원이 있었고, 불 켜진 병원 입구 계단 위에서 펠프리는 멈춰 섰다. 들어가서 치료

할까 고민하는 듯하다가 마음을 접었는지, 그는 다시 발길을 옮겼다.

외투도 모자도 쓰지 않은 차림이었고, 우산도 없었다. 택시가 옆을 지나치다 속도를 줄였지만, 팰프리의 멍한 표정은 전혀 의식하지 않았다. 아주 중요한 목표의식을 잃어버린 사람 같았다. 어쩌면 차일 수도 있고―어느 거리에다 세워놨더라?―아내, 여자일 수도 있었다―어디서 만나기로 했더라? 한번은 비에 젖은 재킷 주머니를 두드리며 열쇠나 담배, 돈을 찾는 것 같기도 했다. 한번은 문을 닫으려는 술집에 들어가서 5파운드 지폐를 바에 올려놓고 물을 섞지 않은 더블 위스키를 마신 뒤 잔돈도 챙기지 않고 '아포스톨'이라는 단어를 중얼거렸다. 이후 이 말을 들은 어느 신학생은 그가 '변절자(apostate)'라고 선언하는 줄 알았다고 증언했다. 그는 다시 거리로 나와서 탐색을 계속했다. 사방을 둘러보지만, 모든 것을 거부하는 시선이었다―아니, 이곳이 아니야. 여기도. 여기도. 금발로 염색한 나이 든 창녀가 문간에서 다정하게 그를 불렀지만, 그는 고개를 저었다―아니, 너도 아니야. 그는 다시 다른 술집에 들어갔고, 술집 주인은 마지막 주문을 하라고 외치고 있었다.

"파인이라는 친구 말이야." 팰프리는 멍하니 한 남자에게 잔을 들어올리며 말했다. "그 친구는 사랑에 빠져 있어." 그 남자는 팰프리가 약간 상심한 것 같다고 생각하고는 함께 말없이 술을 마셔주었다. 누군가 자기 여자를 훔쳤나 보지. 그는 생각했다. 아마 비슷한 못난이겠지.

팰프리는 교통섬 한 군데를 선택했다. 사람이 들어오는 것을 막기 위한 것인지, 보호하려는 것인지 용도가 확실치 않은 난간이 둘러쳐진 약간 높은 삼각형 보도였다. 그러나 교통섬도 그가 찾던 곳이 아닌 것 같았고, 그저 주변을 관찰하기 위한 지점, 혹은 익숙한 지물 같았다.

그러나 그는 난간 안으로 들어가지 않았다. 운동장에서 노는 아이들 같은 행동을 했어요, 다른 목격자가 증언했다. 그는 바깥 경계석에 발뒤꿈치를 올리고 두 팔을 뒤로 돌려 난간 위에 걸치더니, 움직이지 않는 회전목마 밖에 달라붙은 자세로 생각에 잠긴 채 서둘러 그의 앞을 지나쳐 집으로 돌아가는 텅 빈 심야의 이층 버스들을 한참 동안 바라보았다.

마침내 방향을 파악한 것처럼, 그는 몸을 바로 세우고 홀로코스트 추모일의 노병처럼 쇠약한 어깨를 뒤로 젖히더니 유난히 빠르게 다가오는 버스 한 대를 선택해 그 아래로 몸을 던졌다. 그 지점의 도로에서, 그 늦은 밤 시각에는, 특히 비에 젖어 스케이트 링크처럼 미끄러운 그 도로 상태에서는 불쌍한 운전자가 어찌 손을 쓸 도리가 없었다. 팰프리 역시 절대 그를 탓하지 않았을 것이다.

손으로 썼으나 법률 문구로 작성된, 약간 구겨진 유언장이 팰프리의 주머니에서 발견되었다. 모든 부채를 탕감하고 유언집행자로 굿휴를 지정한다는 내용이었다.

29
헤어 카스파르와
그의 가발처럼

1987년 네덜란드의 피드십 사가 현 주인의 주문을 받아 강철로 제
작하고 로마의 라빈치 사가 내장을 담당한 무게 1,500톤, 길이 76미터
의 아이언 파샤 호는 2천 마력 MWM 디젤엔진 두 대와 보스퍼 스터빌
라이저, 충돌 방지 장치와 레이더 와치를 포함한 국제 해상 위성통신
시스템 레이더를 탑재하고 있었으며, 당연하게도 팩스, 텔렉스, 돔 페
리뇽 수십 상자, 크리스마스 축제를 대비한 살아 있는 감탕나무 화분
까지 갖추고 있었다. 겨울 여행길에 나선 배는 앤틸리스 군도에 있는
안티과의 잉글리시 하버 넬슨 항을 출발해서 윈드워드와 그레나딘 섬
쪽으로 흐르는 아침 조류를 타고 블란키야, 오르칠라, 보네르 섬을 거
쳐 퀴라소로 향하고 있었다.

안티과의 세련된 세인트 제임스 클럽에서 몇몇 알 만한 얼굴들이

전송차 항구에 모여들었고, 경적과 엔진 소리가 울려 퍼졌다. 늘 인기 많은 국제적 사업가 디키 온슬로 로퍼와 우아하게 차려입은 손님들은 떠나는 배의 고물에 서서 해안에서 들려오는 "좋은 항해 되시오", "즐거운 시간 보내요, 디키. 당신은 그럴 자격이 있어" 등등의 인사말에 손을 흔들고 있었다. 반짝이는 크리스털 문양이 그려진 로퍼의 개인 깃발이 주 돛대에서 펄럭이고 있었다. 사교계의 구경꾼들은 랭번 경(친구들에게는 샌디)과 헤어진다는 헛소문이 도는 그의 아내 캐롤라인 부부, 1년 넘게 로퍼의 애인이자 낙원의 섬의 유명한 여주인인 아름다운 미스 제미마 마셜(친구들에게는 제드) 같은 유명한 제트기족을 구경할 수 있어서 흡족해했다.

그 외 열여섯 명의 손님은 까다롭게 선별된 국제적 인사들로 이루어져 있었다. 최근 그리스 정부에서 스페체스 섬을 사들이려고 했던 페트로스(패티) 칼루메노스, 미국의 수프 회사 상속녀 버니 솔트레이크, 영국의 자동차 레이서 게리 샌다운과 그의 아내, 독일 브레머하펜에서 현재 자기 요트 마르셸린을 건조 중인 미국 영화 프로듀서 마르셀 하이스트 같은 거물도 있었다. 아이들은 없었다. 파샤에 처음 탄 손님들은 대체로 처음 며칠 동안은 호화로운 객실에 놀라 감탄하느라 정신을 잃을 확률이 높았다. 여덟 개의 객실에는 모두 킹사이즈 침대, 하이파이, 전화, 컬러텔레비전, 르두테 그림과 역사를 다룬 장식물이 갖춰져 있었다. 고풍스러운 게임 테이블과 18세기 청동상이 단단한 호두나무 돔 안에 비치된, 은은한 조명이 비치는 에드워드 시대풍의 붉은색 살롱, 와토의 숲 그림이 걸려 있는 단풍나무 식당, 풀, 자쿠지, 온실, 격식 없는 저녁을 즐길 수 있는 이탈리아식 후갑판.

뉴질랜드에서 온 데릭 토머스에 대해서는, 가십 칼럼니스트가 아무 기사도 쓰지 않았다. 아이언브랜드의 홍보물 어디에도 그의 이름은 없었다. 해안의 친구들에게 손을 흔드는 갑판에도 없었다. 저녁 식사 자리에 참석하여 섬세한 대화를 나누며 동료들을 즐겁게 해주지도 않았다. 그는 재갈을 입에 물고 체인으로 묶인 채 파샤 호에서, 헤어 마이스터의 고급 와인 창고와 가장 비슷하게 생긴 캄캄한 공간에 누워 있었다. 코코란 소령과 그의 조수들이 가끔 찾아가 끔찍한 고독을 달래주었다.

파샤의 선원과 직원은 선장, 항해사, 기술자, 보조기술자, 손님 담당 주방장, 선원 담당 주방장, 수석 승무원, 가정부, 갑판 인부 네 명, 사무장, 모두 스무 명이었다. 헬리콥터 조종사, 해상 비행기 조종사도 있었다. 보안팀에는 마이애미에서 제드와 코코란과 같이 비행기를 타고 온 독일계 아르헨티나인 두 명이 추가되었고, 배와 마찬가지로 보안 장비도 어마어마했다. 일대의 해적 전통은 완전히 뿌리 뽑히지 않았기 때문에 배의 무기고에는 접근하는 비행기를 따돌리거나 옆으로 접근하는 적대적인 선박을 침몰시키는 등, 장시간 해상 전투를 치를 수 있을 정도의 화력이 있었다. 무기는 앞 갑판에 적재되어 있었고, 보안팀 숙소도 그쪽 갑판의 창살로 보호한 쇠문 뒤에 있었다. 조녀선도 그곳에 갇혀 있을까? 바다에서 산만한 사흘을 보낸 뒤, 제드는 그렇게 확신했다. 로퍼에게 물었지만 그는 들은 척도 하지 않았고, 코코란에게 묻자

턱을 치켜세우며 눈살을 찌푸렸다.

"위험해요." 코코란은 입술을 앙다물고 말했다. "남의 눈에 띄게 다녀요, 벙어리처럼. 명심해요. 침실과 선상에만 있고, 얌전히 굴어요. 그게 모두에게 안전해요. 내가 그랬다고 말하진 말고."

코코란의 변신은 이제 완벽했다. 궁지에 몰린 쥐 같은 강렬함 대신 예전의 게으름이 돌아왔다. 그는 거의 미소 짓지 않았고, 잘생겼건 못생겼건 남자 선원들에게 딱딱거리는 말투로 지시를 내렸다. 곰팡이가 핀 디너 재킷에는 한 줄로 훈장을 달고 있었으며, 닥치라고 말할 로퍼가 자리에 없을 때는 늘 세상 문제에 대해 거창한 독백을 늘어놓았다.

안티과에 도착한 날은 제드에게 있어 일생 최악의 날이었다. 지금껏 최악의 날은 수없이 겪어왔다—가톨릭 신앙에서 비롯된 죄의식 때문이었다. 원장 수녀님이 기숙사에 들어와서 택시가 문간에 대기하고 있으니 짐을 싸라고 명령했던 날도 있었다. 헛간에서 벌거벗은 채 마을 소년과 뒹굴려다 미처 처녀성을 빼앗기기 전에 붙잡힌 뒤, 아버지가 16살 난 어린 창녀를 어떻게 다루어야 하는지 사제에게 조언을 얻는 동안 침실에 가 있으라는 호통을 들었던 날도 있었다. 같이 자자는 제안을 거절당한 두 남자가 술에 취해 합심해서 차례로 그녀를 붙들고는 강간했던 해머스미스의 그날도 있었다. 파리에서 잠들어 있는 사람들의 몸을 넘어 밖으로 나와서 곧장 디키 로퍼의 팔에 안겼던, 파리의 방탕했던 시절도 있었다. 그러나 안티과의 잉글리시 하버에서 파샤에 오른 날이야말로 단연 최악의 날이었다.

비행기에서 그녀는 코코란의 은근한 모욕을 애써 무시하고자 잡지 속으로 도피했다. 안티과 공항에서 코코란은 그녀의 팔 밑에 보란 듯이 손을 밀어 넣었고, 놓으라고 뿌리치자 독수리 발톱처럼 움켜쥐었다. 두 금발 남자가 뒤따르고 있었다. 리무진에서 코코란은 앞자리에 탔고, 남자 둘은 제드의 양옆에 딱 붙어 앉았다. 그녀가 파샤 호의 현문 사다리를 오를 때도 그들은 진을 치듯 제드를 감싸고 움직였다. 로퍼에게―그가 만약 보고 있다면―지시받은 대로 따르고 있다는 것을 보여주려는 것이 분명했다. 주인 객실 문까지 끌려간 그녀는 코코란이 노크하는 동안 기다렸다.

"누구요?" 로퍼가 안에서 물었다.

"마셜 양입니다, 두목. 안전하게, 얌전히 잘 모셔왔습니다."

"들여보내게, 코크."

"짐하고 같이 들일까요, 두목? 몸만 들일까요?"

"같이."

제드가 안에 들어가 보니 로퍼는 이쪽으로 등을 보이고서 책상 앞에 앉아 있었다. 그렇게 가만히 앉아 있는 동안, 승무원이 짐을 침실까지 옮겨주고 나갔다. 그는 뭔가 읽으면서 펜으로 확인하고 있었다. 계약서 같았다. 그녀는 일이 끝나면, 혹은 중단하고 돌아보려니 생각하며 기다렸다. 일어설 거라고 생각했다. 그렇지 않았다. 그는 페이지를 끝까지 다 읽고 뭔가 휘갈겨 썼다. 이니셜을 적는 것 같았다. 이어서 다음 페이지로 넘어가더니 계속 읽었다. 두꺼운 타이핑 서류였다. 붉은 리본이 달리고 가장자리에 붉은 테두리가 있는 파란색 종이였다. 상당히 많은 페이지가 남아 있었다. 유언장을 쓰고 있구나, 그녀는 생각했다. 예전 정부 제드에게 내 전 재산을…….

그는 목 부위가 돌돌 말린 칼라와 진홍색 옷깃이 달린 네이비블루 실크 드레싱 가운 차림이었다. 평소 이 옷은 사랑을 나누기 전후에 입었었다. 제드가 감탄하며 바라보고 있다는 것을 눈치채기라도 한 듯, 그는 글을 읽는 동안 옷 안에서 어깨를 몇 번인가 움직였다. 그는 언제나 자신의 어깨를 자랑스러워했다. 그녀는 아직도 서 있었다. 그와 2미터 정도 떨어진 위치에서. 그녀는 청바지와 스웨터 조끼 차림에 금목걸이를 여러 겹 두르고 있었다. 그는 그녀가 금장신구를 두르는 것을 좋아했다. 양탄자는 암갈색의 새로 산 것으로, 아주 비싸고 두툼했다. 크리스털 벽난로 앞에서 샘플을 보며 같이 결정한 물건이었다. 조너선이 조언을 해주었다. 실제로 깔려 있는 모습을 본 것은 오늘이 처음이었다.

"내가 방해되나요?" 그가 고개를 돌리지 않자, 그녀는 물었다.

"전혀." 그는 종이에 고개를 묻은 채 대답했다.

그녀는 의자 가장자리에 걸터앉으며 무릎 위에 태피스트리 가방을 얹었다. 그의 몸엔 지나치게 힘이 들어가 있었고 목소리는 팽팽한 긴장감을 숨기고 있어서, 금방이라도 일어서서 순식간에 그녀를 후려치기라도 할 것 같은 분위기였다. 다음 주까지 일어나지 못할 정도로 손등으로 후려칠 것 같은 분위기. 언젠가 이탈리아 남자가 건방진 소리를 했다며 그렇게 때린 적이 있었다. 주먹을 맞은 제드는 방 건너편까지 날아갔다. 다른 사람이었다면 그대로 쓰러졌겠지만, 승마로 단련한 균형 감각이 그녀를 도와주었다. 그녀는 그 즉시 침실에서 자기 물건을 챙겨 집 밖으로 나갔다.

"로브스터 요리를 주문했어." 로퍼는 서류에 다시 이니셜을 쓰면서 말했다. "엔조 식당에서 코키가 난리를 쳤을 때 못 먹었잖아. 로브스터 요리 괜찮지?"

그녀는 대답하지 않았다.

"사람들 말을 들어보니 토머스와 무슨 일이 있었다면서? 좋아해? 한데 본명은 파인이야. 당신의 조녀선 말이야."

"그는 어디 있죠?"

"물어볼 거라고 생각했지." 그는 페이지를 넘겼다. 한쪽 팔을 들었다. 독서용 안경을 만지작거렸다. "오래됐나? 저택에서 무슨 일이라도 있었어? 숲 속에서 굴렀나? 솜씨가 좋아, 둘 다. 직원들이 사방에 널려 있는데 말이야. 나도 멍청한 사람은 아니고. 한데 전혀 몰랐어."

"내가 조녀선과 잤다는 말을 들은 거라면, 그건 사실이 아니에요."

"잤다는 이야기는 안 했어."

"우린 연인이 아니에요."

수녀원장에게도 이 말을 했었지, 그녀는 기억했다. 하지만 소용이 없었다. 로퍼는 읽던 서류를 내려놓았지만, 고개를 돌리지는 않았다.

"그럼 뭐야? 연인이 아니라면, 뭐지?"

연인 맞아요, 그녀는 어리석게 시인했다. 육체적으로 연인이든 다른 방식으로 연인이든 다를 게 없죠. 조녀선에 대한 사랑과 로퍼에 대한 배신은 분명 사실이었다. 나머지는 헛간에서의 그날처럼, 기술적인 문제였다.

"그는 어디 있죠?" 그녀는 물었다.

로퍼는 서류를 읽느라 너무 바빴다. 2미터 길이의 몽블랑 펜이 움직이는 것처럼 흔들리는 어깨의 움직임.

"배에 있나요?"

로퍼는 조각처럼 굳었다. 아버지처럼 생각에 잠긴 침묵. 그러나 그녀의 아버지는 세상이 악을 향해 달려간다 해도 막을 방법이 없었다. 반면 로퍼는 제 손으로 세상을 악의 구렁텅이에 빠뜨리고 있었다.

"전부 혼자 했다고 하더군." 로퍼는 말했다. "사실인가? 제드는 아무 상관이 없다. 파인만 나쁜 놈이다. 파인이 다 했다. 제드는 눈처럼 결백하다. 자기가 어떤 상황에 처했는지 알 정도로 머리가 잘 돌아가지도 않는다. 이게 다다. 모두 자기가 했다고 하더군."

"무슨 일 말이에요?"

로퍼는 펜을 옆으로 밀어내고 일어섰다. 시선은 계속 피하고 있었다. 그는 방을 가로질러 한쪽 벽으로 가더니 버튼을 눌렀다. 술 진열장의 전기문이 열렸다. 그는 냉장고를 열고 돔 페리뇽 한 병을 꺼내 코르크 마개를 따고 한 잔 따랐다. 그리고 타협하듯 와인 병과 베르무트 병, 콩파리 병 사이로 거울이 달린 찬장 안쪽 벽을 통해 그녀를 바라보며 말했다.

"줄까?" 그는 거울 속의 그녀를 향해 돔 병을 들어 보이며 부드럽게 물었다.

"무슨 일인데요? 그가 무슨 일을 했는데요?"

"말을 안 해. 물어봤지만, 실토하지 않았어. 무슨 짓을 했는지, 누구를 위해 했는지, 누구와 함께 했는지, 왜 했는지, 언제 시작했는지. 누구에게 돈을 받았는지. 아무 말도 안 했어. 말했다면 심한 꼴을 피할 수 있었을 텐데. 용감한 친구야. 당신 사람 볼 줄 알아. 축하해."

"그가 무슨 짓을 했다는 거예요? 그에게 무슨 짓을 하려고요? 그를 놓아줘요."

그는 돌아서서 연하고 희끄무레한 눈빛으로 마침내 그녀를 똑바로 바라보더니 다가왔다. 이번에야말로 때릴 것 같았다. 너무나 부자연스러운 미소와 의식적으로 무심한 태도 때문에 그의 안에는 분명히 다른 사람이 들어 있을 것 같은 분위기였다. 그는 아직 독서용 안경을 쓰고 있었기 때문에 고개를 약간 숙여 안경 너머로 그녀를 바라보았다. 보란 듯한 미소가 너무나 가까이 다가왔다.

"진짜 남자지, 당신 연인 말이야? 순백처럼 깨끗하지? 정정당당한 사람이지? 배짱도 좋고. 내가 그를 들인 건 청부받은 배우가 내 아들의 머리에 총을 겨누어서였어. 그가 이 음모에 가담하지 않았다는 거야? 헛소리야, 솔직히. 결백하다는 걸 증명해봐. 그럼 내가 사과하지. 그때까지는 믿지 않겠어." 그녀가 고른 의자는 위험할 정도로 낮았다. 그가 허리를 굽히자 무릎이 그녀의 턱 높이에 왔다. "당신 생각을 해봤어, 제즈. 과연 당신이 내가 생각했던 것만큼 멍청할까? 혹시 당신과 파인이 이 일을 공모한 게 아닐까? 말 경매장에서 누가 누구를 꼬였던 걸까? 어? 어?" 그는 마치 장난처럼 그녀의 귀를 비틀었다. "여자들이란 정말 영리해. 정말로 영리한 족속이라고. 어깨 위에 뇌라고는 안 달린 척하면서 말이야. 남자들이 여자를 택했다고 생각하게 만들지만, 사실은 여자들이 남자를 고르지. 당신도 첩자야, 제즈? 첩자로는 안 보여. 예쁜 여자처럼 보이지. 샌디는 당신이 첩자라고 했어. 자기도 한번 자보고 싶다고 하더군. 당신이 첩자라 해도 코크는 놀라지 않을 거야." 그는 여성적으로 헤헤 웃어 보였다. "당신 애인은 아무 말도 안 하고." 그는 단어에 강세가 들어갈 때마다 그녀의 귀를 꼬집었다. 아프지는 않았다. 장난스러운 몸짓이었다. "솔직하게 말해봐, 제즈. 말해보라고. 우리끼리잖아. 이러기야? 첩자 맞지, 당신? 엉덩이가 예쁜 첩자 맞잖아."

그는 손을 그녀의 턱으로 가져갔다. 엄지와 검지로 턱을 잡아당겨 고개를 들게 했다. 그의 표정에는 제드가 너무나 자주 친절함으로 오해하곤 하던 유쾌함이 있었다. 이번에도 그녀가 사랑했던 남자는 들어맞지 않는 조각을 못 본 척하고 믿고 싶은 부분만 끼워 맞춘 가상의 인물이었다.

"무슨 말을 하는지 모르겠어요. 당신이 날 골랐잖아요. 난 겁에 질려 있었고요. 당신은 내게 천사였어요. 내게 나쁜 짓을 한 적도 없고요. 지금까지는. 난 당신에게 최선을 다했어요. 당신도 알잖아요. 그는 어디 있어요?" 그녀는 그의 눈을 똑바로 쳐다보며 물었다.

그는 그녀의 턱을 놓고 샴페인 잔을 든 손을 들어 올린 채 방 저편으로 걸어갔다.

"좋은 생각이야." 그는 칭찬하듯 말했다. "아주 좋아. 그를 풀어주라고. 당신 연인을 풀어줘. 빵 안에 줄칼을 철창 틈으로 밀어 넣어줘. 사라를 데려오지 않은 게 유감이야. 둘이서 말을 타고 석양을 향해 달릴 수 있었을 텐데." 말투에는 변화가 없었다. "혹시 버라는 사람을 모르나, 제즈? 이름은 레너드야. 북부의 뜨내기지. 암내 나는 돼지 새끼. 복음주의자. 당신한테도 접근하지 않았나? 같이 잔 적은 없고? 자기 이름이 스미스라고 말했을 텐데. 이런. 그런 줄로만 알았는데."

"난 그런 사람을 몰라요."

"이상하군. 파인도 모른다던데."

그들은 저녁 식사를 위해 신중하게 옷을 고르고는 등을 돌린 채 갈아입었다. 파샤 호의 광란의 낮과 밤은 이렇게 시작되었다.

메뉴. 승무원과 요리사와 함께 상의. 샌다운 부인은 프랑스인이었다. 본인은 샐러드만 먹고 음식에 대해서는 아무것도 모른다고 맹세하는데도, 프랑스인이기 때문에 주방에서는 매사에 그녀의 의견을 복음처럼 받아들였다.

세탁. 식사하지 않을 때 손님들은 옷을 갈아입거나 수영을 하거나 정사를 나누었다. 매일같이 깨끗한 이불, 수건, 옷가지, 식탁보가 필요하다는 뜻이었다. 배에서는 음식과 세탁을 자체적으로 해결해야 했다. 서비스 갑판 한쪽에 세탁기와 건조기, 스팀다리미가 잔뜩 놓여 있었고, 여승무원 둘이 새벽부터 황혼까지 거기에서 일했다.

머리카락. 바닷바람은 사람의 머리카락에 좋지 않다. 매일 저녁 5시가 되면 객실 갑판에선 헤어드라이어 소리가 윙윙거렸고, 드라이어는 하필 손님들이 한창 욕실에서 머리카락을 말리고 있을 때 고장 나곤 했다. 그러니 정확히 6시 10분 전에는 틀림없이 옷을 반쯤 걸친 호전적인 여자 손님이 머리카락에 욕실 빗을 꽂은 채 현문에서 서성거리면서 고장 난 헤어드라이어를 보여주곤 했다. "제드, 이거 좀 고쳐줄 수 있어요?" 가정부는 그때쯤 저녁 식탁의 마지막 준비로 분주하기 때문이었다.

꽃. 날마다 가장 가까운 섬에서 소형 비행기가 날아와서 꽃과 신선한 생선, 해물, 달걀, 신문, 편지를 배달해줬다. 그러나 로퍼가 가장 신경 쓰는 것은 꽃이었고, 파샤 호는 꽃으로 유명했다. 시든 꽃이나 적절히 꽂지 않은 꽃이 눈에 띌 때는 아래 갑판에 심각한 충격파가 전해질 위험이 컸다.

오락. 어디로 입항할까? 어디서 수영하고, 스노클링을 할까? 어느 집을 찾아갈까? 기분 전환 삼아 밖에서 저녁을 먹을까? 헬리콥터나 소형 비행기로 누구를 부를까? 해안으로 데려갈 사람은 또 누가 있을까? 파샤 호의 손님은 고정 인원이 아니었다. 섬에서 섬으로 옮길 때마다 미리 정해둔 체류 기간에 따라 손님이 변했고, 새 피와 새 진부함이 수혈되었다. 크리스마스가 점점 다가오고 있었다. 어떻게 준비를 이렇게도 하지 못했을까, 선물은 생각도 못 했어. 당신과 디키는 이제 결혼할 때가 되지 않았나요? 같이 있으면 정말 잘 어울리는데.

제드는 이러한 광란 속에서 광란의 일상을 영위하며 틈을 기다리고 있었다. 빵 안에 줄칼을 밀어 넣어줄 거냐는 로퍼의 말은 전혀 근거가 없지 않았다. 조녀선과 함께할 수만 있다면, 다섯 명의 경비와 랭번, 심지어 코코란까지 모조리 해치울 수 있었다.

한편 기다리는 동안, 엄격한 어린 시절과 수녀원 학교에서 배웠던 예법이—이를 악물고 미소를 지으라는 규율—굴욕적으로 제드를 옥죄었다. 이 규칙을 따르는 동안에는 아무것도 현실이 아니었지만, 표류하는 일도 없었다. 하지만 손해를 보는 것도 없었다. 이 두 가지 축복에 그녀는 감사했고, 뭔가 틈이 생길 기회는 여전히 남아 있었다. 골칫거리 유모를 안전하게 런던으로 보내버린 캐롤라인 랭번이 샌디와의 즐거운 결혼 생활에 관한 이야기를 꺼내면, 제드는 꿈꾸듯이 미소 지으며 말했다. "아, 캐롤라인, 정말 두 사람을 위해 기쁜 일이에요. 물론 아이들을 위해서도 그렇고요." 캐롤라인은 괜히 디키와 샌디가 꾸미는 사업에 대해 근거 없는 헛소리를 늘어놓았던 건 아닌지 모르겠다, 샌디와 다시 찬찬히 얘기를 나눠봤는데 솔직히 자기가 너무 부정적으로 해석한 것 같다—솔직히 요즘 손을 전혀 더럽히지 않고 돈 한 푼 벌 수 있는 세상이냐?—고 말했고, 제드는 역시 기뻐했다. 무슨 말을 했었는지 전혀 기억하지 않는다, 난 사업 이야기라면 그저 한 귀로 듣고 한 귀로 흘려보낸다, 얼마나 다행인지 모르겠다……

　밤에는 로퍼와 잤다. 틈을 기다리면서.

　그의 침대에서.

　그의 앞에서 옷을 입고 벗었으며, 그의 보석을 두르고, 그의 손님들을 접대했다.

　육체적 접촉은 거의 새벽에 이루어졌다. 그녀의 의지력이, 죽어가는 사람의 의지력처럼 가장 약해질 때. 그가 먼저 손을 뻗으면, 제드는 무시무시한 열정으로 즉각 그의 부름에 반응했다. 이를 악물고 이렇게

함으로써, 조녀선을 압제하는 사람을 길들이고, 뇌물을 주고, 조녀선을 구해달라고 설득할 수 있을 거라고 생각하면서. 그리고 틈을 기다렸다.

최초의 격전 이후 그들이 공유하는 이 광란의 침묵 속에서, 그녀가 로퍼에게서 얻으려고 하는 것은 바로 그것이기 때문이었다. 경계심을 누그러뜨릴 기회. 상한 올리브 같은 중대한 문제에 관한 한 그들은 함께 웃을 수 있었다. 그러나 격정적인 성적 흥분의 상태에서도, 그들은 아직 단 한 가지 주제에 관해서는 말하지 않았다. 바로 조녀선에 관해서는.

로퍼도 뭔가를 기다리고 있는 걸까? 자기가 기다리는 것처럼, 제드는 그도 그렇다고 확신했다. 코코란이 왜 뜬금없는 시각에 주인 객실 방문을 두드리고 고개를 내밀었다가 설레설레 흔들며 물러나겠는가? 제드의 악몽 속에서 코코란은 조녀선의 처형자였다.

이제 그녀는 그가 어디에 있는지 알고 있었다. 로퍼가 말해주지는 않지만, 제드가 단서를 찾아 꿰맞추는 모습을 지켜보는 것이 그에게는 재미있는 게임이었다. 그리고 이제 그녀는 알고 있었다.

처음에는 배의 맨 앞, 아래층 갑판 손님 객실 너머로 사람들이 어색하게 모여 있는 모습이 눈에 띄었다. 마치 우연인 것처럼 한데 모여 서 있는 사람들. 이유는 정확히 뭐라 말할 수 없었고, 그쪽 갑판은 그녀에게 익숙하지도 않았다. 아무것도 모르던 시절에, 보안 구역이라고 들었던 기억이 났다. '병원'이라고 불린 기억도 있었다. 손님도, 선원도 출입하지 않는 유일한 구역이었다. 조녀선 역시 손님도 선원도 아니었으니, 어쩌면 병원이 그에게 가장 잘 어울리는 장소일 것이다. 목적의식을 갖고 주방 근처를 서성이다가, 제드는 자신이 주문하지 않은 환자식 쟁반을 보았다. 주방에서 나갈 땐 음식이 차 있었는데, 들어올 땐 비어 있었다.

"누가 아픈가요?" 그녀는 길을 가던 프리스키에게 물었다.

원래부터 그런 편이었지만, 프리스키의 태도는 더 이상 공손하지 않았다. "그럴 일이라도 있나요?" 그는 당돌하게 되물었다. 쟁반은 한 손으로 들고 있었다.

"한데 이런 건 누가 먹는 거죠? 요구르트와 닭죽? 누가 이런 걸 먹는 거죠?"

프리스키는 쟁반 위의 내용물을 처음 알아본 척했다. "아, 태비입니다. 태비예요. 아가씨." 그는 평생 동안 그녀를 아가씨라고 부른 적이 없었다. "치통이 있대요, 태비가. 안티과에서 사랑니가 났답니다. 피가 많이 나요. 진통제를 먹고 있습니다. 네."

그녀는 누가, 언제 그를 찾아가는지 관찰하기 시작했다. 그녀가 이제껏 자신을 통제해왔던 덕분에, 배 위에서 일어나는 아주 작은 특이한 움직임도 눈에 들어왔다. 그녀는 필리핀의 예쁜 여승무원이 선장과 잤는지, 갑판 장교와 잤는지—어느 날 오후 캐롤라인이 후갑판에서 일광욕하고 있을 때에 아주 잠시—샌디 랭번과 잤는지 본능적으로 알았다. 그녀는 로퍼가 신임하는 부하들—프리스키, 태비, 거스—이 자는 선실 아래에 있는 출입 제한 계단 안쪽으로 조녀선의 방이 있을 거라고 짐작했다. 통로 건너편에 있는 독일계 아르헨티나인들도 의심은 하겠지만, 확실히 알고 있지는 않다. 그리고 다시 제자리를 찾아 잔뜩 위세를 부리는 코코란은 하루에 적어도 두 번씩 중요한 임무가 있는 것처럼 그곳을 드나들었고, 심술궂은 분위기를 풍기면서 돌아왔다.

"코키." 그녀는 옛 우정을 이용해서 그에게 애원했다. "코키, 제발. 부탁이에요. 그는 어떤가요? 아프지는 않나요? 내가 여기 있다는 걸 그도 아나요?"

그러나 코코란의 얼굴에는 어둠이 내려앉았다. "내가 경고했잖아요, 제드. 당신한테 모든 기회를 줬어요." 그는 발끈해서 답했다. "당신이 내 말을 안 들은 겁니다. 고집을 부린 거예요." 그는 성난 교회 집사처럼 가던 길을 계속 갔다.

샌디 랭번 역시 이따금 드나들었다. 그가 선택하는 시간은 저녁 식사 뒤 아내보다 더 흥미로운 말 상대를 찾아 갑판을 서성거릴 때였다.

"샌디, 이 나쁜 자식." 제드는 그가 옆을 지나칠 때 나직하게 속삭였다. "건방지고 버릇없는 쓰레기."

랭번은 이 갑작스러운 공격에 아무 반응도 보이지 않았다. 그런 말에 귀 기울이기에는 너무 아름답고 권태로웠다.

조녀선을 찾는 다른 손님으로는 로퍼도 있다는 것을 알고 있었다. 로퍼가 갑판 앞에서 돌아올 때 유난히 생각에 잠겨 있었기 때문이다. 그가 들어가는 것을 직접 본 적은 없지만, 다시 나타났을 때 그의 태도를 보면 알 수 있었다. 랭번처럼 그 역시 저녁 시간을 선호했다. 처음에는 갑판을 서성거리다가 선장과 이야기를 나누거나 세계 각지에서 모인 주식 거래인, 외환 딜러, 은행가 중 한 사람과 잡담을 했다. 독일에 투자해보는 건 어때, 빌? 스위스는 어떨까, 잭? 엔화나 파운드화, 이스 쿠두화, 말레이시아 고무, 러시아 다이아몬드, 캐나다 금은? 그러다 이런 대화가 끝나면, 그는 마치 자석에라도 이끌린 것처럼 배 앞쪽으로 향했다. 그리고 사라졌다. 다시 나타날 때, 그의 표정은 어두웠다.

그러나 제드는 빌거나, 울부짖거나, 비명을 지르거나, 소동을 일으 키는 것은 현명한 행동이 아니라는 것을 알고 있었다. 로퍼를 위험인 물로 만드는 것이 단 하나 있다면, 그것은 소동이었다. 그것은 자신의 자존심에 대한 부당한 공격이었다. 여자가 발치에서 울며 보채는 행동 이었다.

그리고 그녀는 조너선이 아일랜드에서 하려고 했던 일을 하고 있다 는 것도 알고 있었다. 아니, 그렇게 믿었다. 그는 자신의 용기 때문에 자멸하려 하고 있었다.

헤어 마이스터의 창고보다는 나았지만, 동시에 훨씬 더 나쁘기도 했다. 캄캄한 벽을 짚으면서 돌아다닐 필요는 없었다. 왜냐하면 그 벽 에 묶여 있었기 때문이다. 방치되지는 않았다. 그가 여기에 있다는 것 을 아는 사람들이 끊임없이 그를 찾아왔다. 바로 그의 입에 섀미 가죽 을 물리고 그 위에 테이프를 붙여놓은 사람들이었다. 말할 용의가 있 다는 신호만 보내면 언제든지 이 불편한 재갈을 제거해줄 거라는 사실 은 알고 있었지만, 그럴 생각도 없으면서 장난으로 신호를 보내면 보 복이 따른다는 것도 이미 시범을 통해 알고 있었다. 이후로 그는 절대 말하지 않는다는 원칙을 단호하게 고수했다. '좋은 아침입니다', '안녕하세요'라는 인사조차도. 호텔 직원으로 일하면서 그는 남의 질문에 선선히 대답하는 습관이 몸에 배어 있었고, 혹여 이 습관 때문에 무너지지는 않을까, 혹여 그 순간의 고통 때문에 '안녕하세요'라는 인사말이 '내가 루크에게 컨테이너 번호와 선박 이름을 보냈다'는 말이나 그 외 머릿속에 불쑥 떠오르는 이런저런 다른 고백들로 이어지지나 않을까 하는 공포 때문이었다.

하지만 저들이 원하는 자백은 뭘까? 저들이 아직까지 모르는 무엇을 더 알고 싶은 걸까? 그들은 그가 첩자라는 것을 알고 있었고, 그에 대한 대부분의 이야기가 가공된 허구라는 것을 알고 있었다. 그가 얼마나 정보를 누설했는지는 모른다 해도, 늦기 전에 계획을 변경하거나 취소할 정도로는 알고 있었다. 한데 왜 이렇게 급박한 걸까? 왜 이렇게 답답해하는 걸까? 그러다 차츰 고통이 더욱 맹렬해지면서, 조너선은 상대가 자신의 자백을 당연히 받아내야 할 권리로 여기고 있다는 깨달음을 얻게 되었다. 그는 그들의 첩자였다. 그들은 첩자를 잡아냈다. 교수대 앞에서 회한에 찬 죄수의 참회를 듣지 않는다는 건 자존심이 허락하지 않는 것이다.

그러나 그들은 소피에 대해 모르고 있었다. 그와 비밀을 공유했던 사람에 대해 모르고 있었다. 먼저 같은 길을 갔던 소피. 지금 그를 향해 미소 지으며 커피를 마시고 싶어요, 이집트 커피요, 라고 말하고 있는 소피. 그를 용서하고, 즐거움을 주었던 소피. 그를 유혹하고 환한 햇빛 속에서 살라고 격려했던 소피. 그들이 얼굴을 때리면—길고 주도면밀하지만 파괴적인 폭행이었다—그는 씁쓸하게 두 사람의 얼굴을 비교했고, 기분 전환 삼아 아일랜드 소년과 헤클러에 대한 이야기를 모두 해주었다. 그러나 넋두리는 아니었다. 그녀는 감상적인 것을 싫어했다. 그들은 절대 자기 연민에 빠지거나 유머 감각을 잃지 않았다. 당신이 그 여자를 죽였나요? 그녀는 잘 다듬은 검은 눈썹을 추켜세우며 장난처럼 묻고 남자처럼 웃었다. 아니요, 내가 죽이지 않았습니다. 이미 오래전에 과거의 일로 돌린 이야기였다. 그녀는 오길비와의 거래에 대한 이야기도 듣고, 때론 미소 짓고, 때론 역겹다는 듯 미간을 찌푸렸다. "당신은 의무를 다했어요, 파인 씨." 그녀는 이야기가 끝나자 단호하게 말했다. "불행히도 세상에는 많은 종류의 충성심이 있고, 그 전부를 모두 한꺼번에 지킬 수는 없어요. 내 남편처럼, 당신도 자신이 애국자라고 믿었던 거예요. 다음번에는 더 나은 선택을 할 거예요. 어쩌면 우리 둘 다." 태비와 프리스키가 그의 몸을 고문할 때는—주로 몸에 체인을 묶어서 아주 길고 극심한 고통을 주는 방식이었다—소피가 자신의 몸이 어떻게 망가졌었는지 알려주었다. 그녀의 경우 죽을 때까지 맞았다. 그리고 심해에 가라앉아 반쯤 졸면서 어떻게 이 심연에서 다시 위로 올라갈 수 있을까 생각할 때, 그는 그녀에게 힘들었던 알프스 등반 이야기를 해주었다. 심각한 사고를 당했던 융프라우 북벽, 시속 100마일 강풍 속에서의 비박. 소피는 아무리 지루해도 절대 내색하지 않았다. 그녀는 커다란 갈색 눈을 그에게서 떼지 않고 사랑으로 귀를 기울이며 격려했다. 난 당신이 다시는 스스로를 그렇게 값싸게 포기하지 않을 거라고 믿어요, 파인 씨. 그녀는 그에게 말했다. 정중한 태도가 때론 용기를 빼앗기도 해요.

카이로로 돌아가는 비행기 안에서 읽을 게 있나요? 뭘 좀 읽어야겠어요. 내가 나 자신이라는 사실을 기억하는 데 도움이 될 거예요. 그리고 놀랍게도, 그는 룩소르의 작은 아파트로 돌아가서 카이로보다 훨씬 먼 여행길의 동반자를 고르듯 그녀가 여행 가방 안에 물건을 하나씩 아주 신중하게 챙겨 넣는 것을 바라보고 있었다.

물론 침묵을 지키도록 용기를 준 것도 소피였다. 그녀는 그를 고자질하지 않고 죽지 않았던가?

그들이 테이프를 떼어내고 가죽 재갈을 끄집어냈을 때, 로퍼와 개인적으로 이야기하겠다고 한 것도 소피의 충고 때문이었다.

"그럼 그렇게 해, 토미." 힘을 쓴 태비가 숨을 몰아쉬며 말했다. "두목한테 다 털어놔. 그럼 예전처럼 다들 함께 맥주 한잔 할 수 있을 거야."

로퍼는 편한 시간에 항해용 복장으로—크리스틸의 드레스룸에서 조너선이 봤던 고무창이 달린 흰 사슴 가죽 구두도 신고 있었다—그를 보러 내려와서 방 건너편 의자에 앉았다. 로퍼가 그의 엉망이 된 얼굴을 보는 것은 두 번째인데, 두 번 다 로퍼의 표정이 똑같다는 생각이 스쳤다. 콧등의 주름, 비난하듯 상처와 조너선의 생존 가능성을 가늠하는 눈빛. 소피가 맞아 죽을 때 그 자리에 있었다면 로퍼가 그녀를 어떻게 바라보았을까 궁금했다.

"괜찮나, 파인?" 그는 기분 좋게 물었다. "불만은 없고? 다들 잘 돌봐주던가?"

"침대가 좀 딱딱하더군."

로퍼는 껄껄 웃었다. "모든 걸 다 가질 수는 없지. 제드가 자네를 보고 싶어해."

"그럼 이리로 보내."

"그건 곤란하지. 수녀원 학교 출신인데. 은둔 생활을 좋아해."

그래서 조녀선은 랭번과 코코란, 다른 사람들과 처음 나누었던 대화에서 계속 들었던 추궁, 제드가 조녀선의 활동과 관계있느냐는 질문에 대해 로퍼에게 설명했다. 무슨 짓을 했든 혼자 했다, 단 한 번이라도 제드의 도움을 받은 적이 없다는 사실을 어떻게든 논리적으로 설명하고 싶었다. 제드가 우디의 집에 찾아왔던 건 캐롤라인 랭번 때문에 너무 지루해서였고, 조녀선은 외로웠을 때였다, 의미 부여를 할 필요가 없다고. 그리고 유감이지만 다른 질문에는 대답할 수 없다고 말했다. 보통의 경우 재빠르게 말을 이어가는 로퍼는 잠시 할 말을 찾을 수 없는 것 같았다.

"자네 패거리가 내 아들을 납치했어." 그는 마침내 입을 열었다. "자넨 거짓말을 해서 내 집에 잠입했고, 내 여자를 훔쳤어. 내 계약을 망치려고 했어. 말을 하든 말든 무슨 상관인가. 자넨 죽은 목숨이야."

그럼 이건 단순한 자백용 고문이 아니라 벌이었군, 조녀선은 그들이 입을 다시 막을 때 생각했다. 소피에 대한 동지 의식은, 그런 게 가능하다면, 한층 더 강해졌다. 난 제드를 배신하지 않았어요, 그는 그녀에게 말했다. 절대로 안 할 거예요. 약속해요. 난 헤어 카스파르와 그의 가발처럼 꿋꿋할 거예요.

헤어 카스파르가 가발을 썼어요?

내가 말하지 않았나요? 맙소사. 헤어 카스파르는 스위스의 영웅이에요! 그는 일 년에 세금 제하고 2만 프랑이라는 돈을 자기 자신에게 충실하겠다는 이유로 포기했어요!

맞아요, 파인 씨. 소피는 엄숙하게 동의하며 그의 모든 이야기에 귀를 기울였다. 절대 제드를 배신하면 안 돼요. 헤어 카스파르처럼 강해져야 하고, 당신 자신도 배신하지 말아야 해요. 이제 내 어깨에 좀 기대요, 제드와 같이 누워 있었듯이. 그리고 좀 쉬어요.

이후 대답 없는 질문이 때로 툭툭, 때로 소나기처럼 쏟아지는 동안, 조녀선은 같은 의자에 앉아 있는, 그러나 사슴 가죽 신발은 신지 않은 로퍼를 종종 보았다. 언제나 그 뒤엔 소피가 서 있었다. 복수심에 가득 찬 얼굴이 아니라, 조녀선에게 그들이 세상 최악의 남자와 같이 있다는 사실을 상기시켜주려는 모습 같았다.

"그들은 자넬 죽일 거야, 파인." 로퍼는 몇 번 경고했다. "코코란이 선을 넘으면 끝이야. 동성애자들은 도대체 선을 어디서 그어야 하는지 모르거든. 너무 늦기 전에 포기해. 내 충고야." 그런 다음 로퍼는 친구를 도울 방법을 도무지 찾을 수 없을 때 누구나 짓는 안타깝다는 표정으로 뒤로 물러앉았다.

그러다 코코란이 다시 나타나서 얼른 같은 의자에 앉아 몸을 내밀고 명령처럼 질문을 쏟아부은 뒤 셋까지 세었다. 그리고 셋을 세고 나면 코코란이 피곤하거나 만족할 때까지 프리스키와 태비가 다시 작업을 시작했다.

"실례가 아니라면, 친구, 난 이제 스팽글을 단 긴 옷으로 갈아입고,

배꼽에 루비를 박고, 공작 혓바닥 요리를 먹어야겠어." 그는 히죽 웃으면서 문으로 향하며 말했다. "당신이 함께 즐길 수 없다니 유감이야. 하지만 통 노래를 하지 않는데 어쩌겠어?"

아무도, 코코란조차도, 오래 머무르지 않았다. 말하기를 거부하고 그 결심을 고수하고 있으니, 늘 비슷한 장면이 되기 마련이었다. 소피와 함께 내면의 세계를 방랑하는 조녀선만 묘한 충족감을 얻고 있었다. 원하지 않은 것은 아무것도 소유하지 않았고, 그의 인생은 질서 정연했으며, 그는 자유로웠다. 그는 집단에 대한 맹세에서 해방된 것을 자축했다. 아버지, 어머니, 보육원, 애니 고모와 부르던 노래, 조국, 과거, 버. 모든 것을 정확히, 모자라지 않게 갚았다. 잡다한 여자 채권자들의 추궁도 더 이상 그를 건드릴 수 없었다.

제드? 아직 저지르지도 않은 죄에 대해 미리 죗값을 치르는 것도 조금은 멋진 일이었다. 물론 마마로에서 그는 그녀를 속였다. 성에 잠입하기 위해 자기 자신에 대해 거짓말을 했다. 그러나 자신이 그녀를 구했다는 기분이 들었고, 그것은 전적으로 소피의 시각이었다.

"너무 천박했다고 생각하지 않습니까?" 그는 젊은 남자들이 흔히 현명한 여자들에게 사랑에 대해 묻듯 소피에게 물었다.

그녀는 화난 척했다. "파인 씨, 그건 그냥 약간의 추파였어요. 당신은 사랑에 빠진 사람이지, 고고학자가 아니잖아요. 당신의 제드는 원석 그대로의 천성을 갖고 있어요. 미인이기 때문에 남자들이 추근대고, 떠받들고, 가끔 이용한 거죠. 그건 평범한 일이에요."

"난 그녀를 이용하지 않았습니다."

"하지만 추근대지도 않았어요. 그녀는 당신을 신뢰하지 않았어요. 인정받기 위해 당신에게 갔던 거예요. 하지만 당신은 거부했죠. 이유가 뭐죠?"

"하지만 마담 소피, 그녀가 내게 한 일이 무엇일까요?"

"둘 다 공통으로 증오하는 마찰력으로 뭉친 거예요. 그것 역시 일반적인 일이죠. 그건 이끌림의 어두운 면이에요. 둘 다 자신이 원하는 걸 갖고 있어요. 이제 그걸로 뭘 해야 할지 찾아야 할 때예요."

"난 아직 그녀에 대해 준비가 되지 않았습니다. 그녀는 그저 그런 여자예요."

"그저 그런 여자가 아니에요, 파인 씨. 그리고 당신은 언제든 결코 누군가에 대한 준비가 되지 않을 거라고 확신해요. 하지만 당신은 사랑에 빠졌고, 그것뿐이에요. 이제 좀 자요. 당신은 할 일이 있고, 여행을 마치려면 있는 힘을 다 짜내야 하잖아요. 청량음료 고문이 프리스키가 말했던 대로 고약하던가요?"

"더했습니다."

그는 다시 죽을 뻔했지만, 깨어나 보니 로퍼가 흥미롭다는 미소를 띤 채 그곳에 있었다. 하지만 로퍼는 등반가가 아니었고, 조너선의 영구한 결의를 이해하지 못했다. 정상에 오르지 못한다면 왜 산을 타겠어요, 그는 소피에게 설명했다. 반면 그의 내면에 있는 호텔 직원은 감정으로부터 도망쳐 버린 남자에게 지극히 공감하고 있었다. 조너선은 진심으로 로퍼를 향해 손을 뻗고 우정의 표시로, 두목에게 이곳이 어떤 곳인지 알려주기 위해 이 심연으로 끌고 들어오고 싶었다. 당신은 아무것도 믿지 않는다는 것을 너무나 자랑스럽게 여기지만, 저 아래에 있는 내 신념은 다친 데 하나 없이 멀쩡해.

그러다 그는 잠시 졸았고, 깨어나 보니 래니언에서 제드와 함께 절벽 위를 거닐고 있었다. 더 이상 저 모퉁이를 돌면 무엇이 기다리고 있을까 궁금해하지 않으며, 자기 자신에 대해, 옆에 있는 사람에 대해 만족하는 기분으로.

하지만 그는 계속 로퍼에게 말하기를 거부했다.

그의 거부는 맹세 이상의 것이 되었다. 그것은 그의 자산이자 재원이었다.

거부하는 행동 자체가 그에게는 부활이었다.

말하지 않는 단어 하나하나, 그를 잠재우려고 요동치는 주먹과 팔, 팔꿈치 하나하나, 새로운 고통 하나하나가 미래를 위해 저장해야 할 새로운 에너지원처럼 그의 안에 쌓였다.

고통이 참을 수 없을 정도로 심해질 때, 그는 자신이 그 고통을 향해 손을 내밀어 생명력을 빼앗아 오는 환상을 보았다.

그리고 효과가 있었다. 고통의 외피 아래서 조너선 안의 면밀한 관찰자는 작전 지능을 집합시켜 비밀리에 축적한 에너지를 발산할 계획을 세웠다.

아무도 총을 갖고 있지 않아, 그는 생각했다. 좋은 교도소의 규칙을 따르고 있다고. 간수들은 총을 휴대하고 다니지 않아.

30
삶의 종착지

놀라운 일이 일어났다.

좋은 일이든, 나쁜 일이든. 어느 쪽이든 결정적이고 최종적인 사건이었다. 제드가 아는 한, 삶의 종착지라 할 수 있었다.

이른 저녁에 걸려온 전화 한 통이 그들을 깨웠다. 극비로 직접 통화하고 싶다고 합니다, 두목, 선장이 조심스럽게 말했다. 앤서니 경입니다, 두목. 연결해도 좋을지 모르겠습니다. 로퍼는 투덜거리면서 몸을 옆으로 굴러 전화를 받았다. 그는 다시 옷을 입고 있었다. 그들은 사랑을 나눈 뒤 침대에 누워 있었지만, 그들이 나눈 것은 사랑이라기보다 증오에 가까웠을 것이다. 오후에 섹스를 하는 그의 오랜 습관이 최근 되살아났다. 그녀 역시 마찬가지였다. 서로에 대한 욕정은 애정도에 반비례해서 자라나는 것 같았다. 그녀는 과연 섹스가 사랑과 조금이라도 관계가 있는지 의문을 갖기 시작했다. "나는 좋은 섹스 상대예요." 일이 끝난 뒤 그녀는 천장을 올려다보며 말했다. "아, 그럼." 로퍼는 동의했다. "누구한테든 물어봐." 그때 이 전화가 걸려왔고, 그는 등을 돌린 채로 전화를 받았다. 등이 굳었다. 실크 안의 근육이 얼어붙었고, 엉덩이가 불편하게 움직였다.

"토니, 법정에서 나왔군. 또 화가 났나? ……누가? 음, 바꿔봐. 왜? ……좋아. 원한다면 말해봐. 난 들을 테니까. 나하고는 상관없는 일이지만, 어쨌든 들어보지. ……투정부리지 마, 토니, 듣기 좋은 음악이 아니야……." 그러나 이 퉁명스러운 대화의 말은 차츰 짧아졌고, 공백은 점차 길어졌다. 이윽고 로퍼는 몸이 완전히 굳은 채 꼼짝도 하지 않고 완전한 침묵 상태에서 귀를 기울였다.

"잠깐만, 토니." 그는 갑자기 지시했다. "기다려." 그는 그녀를 돌아보더니 수화기에 손을 갖다 대지도 않고 말했다. "물 틀어." 그는 그녀에게 말했다. "욕실로 가서 문을 닫고 물을 틀라고. 당장."

그래서 그녀는 욕실로 들어가서 물을 틀고 고무를 씌운 내선 전화기를 집어 들었지만, 당연하게도 그는 물소리를 듣고 전화를 끊으라고 고함을 쳤다. 그래서 그녀는 물이 똑똑 흘러내리도록 아주 조금만 틀어놓고 열쇠 구멍에다 귀를 갖다 댔다. 갑자기 문이 폭발하듯 얼굴 앞에서 열리면서 그녀의 몸은 최근에 새로 장식한 네덜란드산 타일 바닥 반대편까지 날아갔다. 로퍼의 목소리가 들렸다. "계속 말해. 잠깐 문제가 있었어."

그런 뒤 그는 계속 듣고만 있었고, 제드가 들은 것은 침묵뿐이었다.

그녀는 욕조로 들어갔다. 한때 로퍼가 반대편에 들어와서《파이낸셜 타임스》를 읽으며 그녀의 다리 사이에 발을 집어넣는 것을 즐겼던 기억이 났다. 그러면 그녀는 발가락으로 그를 희롱해서 발기시키곤 했다. 때로 그는 그녀를 다시 침대로 안고 가서 욕조 물로 시트를 흠뻑 적시며 한 번 더 뒹굴었다.

그러나 지금 그는 그저 문간에 서 있었다.

가운 차림이었다. 그녀를 응시하고 있었다. 그녀를 어떻게 해야 할지 고민하고 있었다. 조너선에 대해서, 그 자신에 대해서.

그의 얼굴에는 극히 드물게 보이는, 대니얼 앞에서는 절대 보이지 않는 '다가오지 말라'는 뜻의 주름이 돌처럼 새겨져 있었다. 아이를 보호하기 위해서는 무엇이든 만들고 파괴하던 사람이었다.

"옷 입어. 2분 뒤에 코코란이 올 거야."

"왜요?"

"그냥 입어."

그는 다시 전화기로 돌아가서 전화번호를 누르기 시작했지만 생각을 바꾼 모양이었다. 그는 전화 수화기를, 배 전체를 부수고 싶은 충동을 억제하는 듯 어마어마한 통제력으로 다시 내려놓았다. 그리고 엉덩이에 손을 짚고 서서는 입는 옷이 못마땅하다는 듯한 시선으로 그녀가 옷 입는 모습을 지켜보았다.

"걷기 편한 신발을 신는 게 좋을 거야."

그때 그녀의 심장이 멈췄다. 하이힐이 금지되어 있기 때문에 여자들이 정장용 구두를 신는 저녁때를 제외하면, 배 위에서는 갑판용 신발이나 맨발로 돌아다니지 않는 사람이 없었다.

그래서 그녀는 옷을 입고, 뉴욕 여행길에 버그도르프 백화점에서 샀던 편한 고무 밑창이 달린 스웨이드 단화를 신었다. 코코란이 문을 두드리자, 로퍼는 그를 거실로 들어서 10분가량 둘이서만 이야기를 나누었다. 제드는 침대에 앉아 아직 발견하지 못한 틈에 대해, 조너선과 자기 자신을 구할 마법의 방법에 대해 생각하고 있었다. 그러나 그런 방법은 생각나지 않았다.

배 앞쪽 창고에 들어 있는 무기를 폭파시켜 사람들과 조너선, 그녀 자신까지 타고 있는 배를 가라앉힐 상상도 해보았다. 〈아프리카의 여왕〉 같은 장면이었다. 경비에게 독약을 먹이거나, 저녁 식사 자리에 모인 손님들 앞에서 로퍼의 범행을 극적으로 공표하고 숨겨놓은 죄인을 찾아내게 한다거나, 혹은 그냥 칼로 로퍼를 위협하고 몸값을 내놓으라고 한다거나. 영화에서는 순조롭게 풀렸던 몇 가지 다른 방법이 떠올랐지만, 사실 일꾼들과 선원들은 늘 그녀를 지켜보고 있었다. 그녀가 초조해 보인다, 임신했다는 소문이 돈다고 말한 손님도 여럿 있었고, 배 위에는 그녀의 말을 믿어주고 행동에 나설 사람도―그녀의 말이 옳다고 설득할 수 있을지라도―신경을 쓸 사람도 단 한 명도 없었다.

로퍼와 코코란은 거실에서 나왔고, 로퍼는 두 사람이 보는 앞에서 완전히 벌거벗은 뒤에 다른 옷을 대충 걸쳐 입었다. 로퍼는 이런 것을 전혀 꺼리지 않았고 오히려 즐겼다. 잠시 그가 코코란과 그녀만 여기에 남겨두려는 건가 하는 생각이 들었고, 좋은 이유로 그럴 것 같지는 않았다. 다행히 코코란은 그와 같이 문으로 향했다.

"여기서 기다려." 로퍼는 나가면서 말했다. 다시 생각해보니, 그는 나가면서 밖에서 문을 잠갔다. 전에는 한 적이 없던 행동이었다.

처음에 그녀는 침대 위에 앉아 있다가 아군과 적군 중 어느 쪽이 수용소에 들이닥칠지 모르는 전쟁 포로 같은 기분으로 벌렁 드러누웠다. 그러나 누군가 들이닥치고 있다고, 그녀는 확신했다. 심지어 잠긴 객실 안에서도 나지막이 들려오는 승무원들의 명령과 빠르게 복도를 지나치는 가벼운 발소리에서 긴장감을 감지할 수 있었다. 엔진의 진동이 느껴졌고, 배가 약간 기울었다. 로퍼가 새 항로를 지시한 것이다. 창밖을 내다보니 수평선이 돌아가고 있었다. 그녀는 일어섰다. 놀랍게도 그녀는 로퍼가 항해용으로 고집하는 값비싼 옷 대신 청바지 차림이었다. 학기 마지막 날 지긋지긋했던 수녀원 학교의 회색 교복을 벗고 정말로 대담한 면 드레스 같은 옷으로 갈아입은 뒤 부모님의 차가 안젤라 수녀의 과속방지턱을 넘어들어와서 자신을 데려가 주기만 기다리던 시절이 떠올랐다.

그러나 그녀 외엔 누구도 그녀가 어디로 갈 거라고 말해주지 않았다. 그것은 제드의 생각일 뿐이었고, 그녀가 할 수 있는 일은 그저 현실이 되었으면 하고 기도하는 것뿐이었다.

그녀는 탈출을 위한 준비물을 챙기자고 결심했다. 편한 신발이 필요하다면, 다른 편한 물건도 필요할 것이다. 그녀는 옷장 맨 위 칸에서 가방을 꺼내 스펀지 백과 칫솔, 속옷을 챙겼다. 책상 서랍을 열어보니 놀랍게도 그녀의 여권이 있었다. 코코란이 로퍼에게 건네준 모양이었다. 보석함으로 간 그녀는 당당해지기로 결심했다. 로퍼는 항상 보석

선물을 좋아했고, 보석마다 언제 받은 것이라는 사연이 있었다. 파리에서 함께 보낸 첫날 밤을 기념하는 로즈 다이아몬드, 모나코에서 생일 선물로 받은 에메랄드 팔찌. 빈에서 크리스마스 날 받은 루비. 잊어버리자. 그녀는 어깨를 떨며 스스로에게 말했다. 추억은 서랍 안에 넣어두자. 그러다 생각했다. 뭐, 어때. 그냥 돈인데. 그녀는 앞으로 함께할 인생을 위해 장신구 서너 점을 챙겼다. 그러나 가방에 넣자마자 그녀는 보석을 다시 빼서 로퍼의 드레싱 테이블 위에 놓았다. 다시는 보석을 휘감은 인형이 되지 않겠어.

그러나 조너선에게 옷이 필요할 때를 대비해 로퍼의 수제 셔츠와 실크 속옷 몇 장을 챙기는 데엔 문제가 없었다. 조너선의 발에 맞아 보이는, 로퍼가 아끼는 구찌 에스파드리유 신발 한 켤레도 넣었다.

용기가 사라지고, 그녀는 다시 침대에 털썩 누웠다. 이건 나 속임수야. 난 아무 데도 가지 않아. 날 죽일 거야.

조너선은 언제가 마지막인지 늘 알았다—어떤 마지막이든—마지막은 늘 쌍으로 온다. 그의 추측으로는 프리스키와 태비일 것이다. 고문자들에게도 누구나처럼 그들만의 원칙이 있다. 이건 내 일, 이건 네 일, 그리고 큰 업무는 가장 높은 사람에게 간다. 거스는 늘 조수였다. 화장실에 갈 때도 둘이서 끌고 갔고, 스펀지로 씻길 때도 둘이서 했다. 조너선 때문이 아니라 그들만의 세심한 이유가 있는 것 같았다. 콜론에서 똥을 싼다고 협박했을 때도 절대 시간을 넘기지 않았고, 그에게 화가 났을 때는 꼬박꼬박 지저분한 개새끼라고 욕을 했다.

프리스키와 태비가 문을 열고 머리 위의 파란색 조명을 켰을 때, 왼손잡이 프리스키는 만약의 사태에 대비해 왼손을 자유롭게 사용할 수 있도록 조녀선의 오른편으로 왔고, 태비는 조녀선의 머리 왼쪽으로 무릎을 꿇었다. 늘 그렇듯 맞는 열쇠를 미리 준비하지 않아서 한참 동안 열쇠를 찾아야 했다. 모든 것이 면밀한 관찰자가 예상했던 그대로였다. 단지 방문 목적을 이렇게 솔직하게 털어놓을 거라고는 예상하지 못했다.

"우린 네게 아주, 아주, 아주 질렸어, 토미. 특히 두목이." 태비가 말했다. "그래서 넌 여행을 떠나는 거야. 유감이야, 토미. 기회는 있었는데, 오죽 고집이 세야 말이지."

이렇게 말해놓고, 태비는 혹시 귀찮은 소동이라도 벌일까 봐 조녀선의 배에 대충 한 번 발길질을 했다.

그러나 그들이 봐도 알 수 있듯이, 조녀선은 말썽을 일으킬 수 있는 단계를 이미 오래전에 지난 상태였다. 체인에서 풀려난 조녀선이 머리를 옆으로 돌리고 입을 벌린 채 앞으로 쓰러지자, 말썽거리가 영원히 끝난 게 아닌가 싶었는지 프리스키는 조녀선의 눈꺼풀을 엄지로 뒤집고 눈을 들여다보았다.

"토미? 이봐, 네 장례식에는 참석해야 할 거 아니야."

그때 그들은 놀라운 행동을 했다. 그들은 그를 그대로 내버려두었다. 체인을 풀어놓고, 재갈을 뺀 채로. 프리스키는 얼굴을 스펀지로 닦고 입에 새 테이프를 붙였지만 가죽 재갈은 물리지 않았다. 태비는 넝마가 된 셔츠를 벗기고 새 셔츠를 한 팔씩 끼워 넣어주었다.

그러나 넝마 인형처럼 늘어진 시늉을 하는 동안, 비밀리에 비축한 에너지는 온몸 구석구석을 채우고 있었다. 멍들고 쥐가 나서 반쯤 마비된 근육은 마음껏 움직이게 되자 비명을 질러댔다. 망가진 손과 구겨진 다리는 화끈거렸고, 프리스키가 눈을 닦아주자 흐릿하던 시야가 깨끗해졌다.

그는 기다렸다. 조금 더 지체하는 것이 이롭다는 것을 기억했다.

안심시키자, 그는 생각했다. 그들은 그를 일으켜 세웠다.

안심시키자, 그는 다시 생각했다. 그들은 조너선의 팔을 어깨에 하나씩 둘러 그를 부축하고 몸무게를 지탱하며 복도로 끌고 갔다.

안심시키자, 그는 생각했다. 프리스키는 나선형 계단을 뻐딱하게 앞서 올라갔고, 태비가 아래쪽에서 받쳐주었다.

하느님, 그는 검은 하늘에 박힌 별들과 물 위에 떠 있는 커다란 붉은 달을 보았다. 하느님, 제게 마지막 순간을 주십시오.

세 사람은 가족처럼 갑판에 서 있었다. 로퍼의 30년대 음악과 연회를 시작하는 흥겨운 잡담이 배 뒤쪽 식당에서 저녁의 어둠을 뚫고 흘러왔다. 배 앞쪽에는 불이 켜져 있지 않았다. 조너선은 음악 소리가 높아질 때를 틈타 자신을 총으로 쏘려는 게 아닌가 생각했다. 누가 듣겠는가?

배는 방향을 바꾸었다. 해안선은 겨우 몇 킬로미터 떨어져 있었다. 도로가 보였다. 별빛 아래로 길게 뻗어 있는 가로등이 보였다. 육지라기보다는 섬 같았다. 군도인지도 몰랐다. 알 수 없었다. 소피, 함께해요. 세상 최악의 남자에게 다정한 작별 인사를 할 때예요.

경비는 뭔가 기다리며 멈췄다. 그들의 어깨에 팔을 두르고 중간에서 힘없이 늘어진 채, 조녀선도 기다렸다. 테이프를 붙인 입 안에서 다시 피가 흐르는 것이 내심 기뻤다. 테이프를 느슨하게 해주고 실제보다 더 심하게 망가진 것처럼 보이게 해주는 이중 효과가 있었다.

그때 그는 로퍼를 보았다. 아마 계속 서 있었던 모양이었다. 흰색 디너 재킷 차림에 하얀 다리를 배경으로 서 있었기 때문에 눈에 띄지는 않았다. 코코란도 있었지만, 샌디 랭번은 보이지 않았다. 아마 하녀 누군가와 놀아나고 있겠지.

코코란과 로퍼 사이로 제드가 보였다. 아니, 하느님이 거기에 만들어놓은 그녀의 환영을 본 것일 수도 있었다. 하지만 확실했다. 그는 그녀를 볼 수 있었고, 그녀도 그를 볼 수 있었다. 그녀는 그 외에 아무도 보이지 않았지만, 로퍼가 조용히 하라고 한 모양이었다. 그녀는 평범한 청바지 차림에 장신구를 두르지 않았는데, 조녀선은 이상하게도 그것이 반가웠다. 로퍼가 돈으로 그녀를 휘감아놓는 것이 정말이지 싫었다. 그녀는 그를 보고 있었고, 그도 마주 보았지만 얼굴이 엉망이라 시선을 알아볼 수는 없었다. 신음소리를 내며 축 늘어져 있었기 때문에, 그리 낭만적인 재회도 아니었을 것이다.

조녀선은 경비의 팔에서 더욱 축 늘어졌고, 그들은 몸을 숙여 그의 허리를 더욱 단단히 잡았다.

"이 친구 보내는 것 같아." 프리스키가 중얼거렸다.

"어디로?" 태비가 말했다.

이 말을 신호로 조녀선은 평생 그 어느 때보다 더 큰 힘을 짜내 두 사람의 머리를 맞부딪쳤다. 묶여 있었던 굴에서 올라오는 도약으로 힘이 시작되었다. 넓게 펼치는 팔부터 어깨까지 에너지가 흘렀고, 그는 박수 치듯 커다랗고 세차게 팔을 오므렸다. 한 번, 그리고 두 번. 관자놀이와 관자놀이, 얼굴과 얼굴, 귀와 귀, 두개골과 두개골이 부딪쳤다. 그는 두 남자를 밀어내고 갑판에 던진 뒤 오른발 옆면으로 양쪽 머리를 걷어찼다. 한 번은 머리에 세차게, 한 번은 목덜미에. 그런 뒤 그는 얼굴에서 테이프를 떼어내고 로퍼를 향해 다가갔고, 로퍼는 마이스터에서처럼 명령했다.

"파인, 그런 짓은 하지 않는 게 좋았어. 가까이 오지 마. 코키, 총을 보여줘. 육지에다 내려주는 거야. 둘 다. 넌 임무를 수행했지만 실패했어. 시간 낭비였어. 멍청한 짓거리 전부 다."

조녀선은 배의 난간을 찾아 두 손으로 잡았다. 그러나 그저 쉬고 있을 뿐이었다. 힘은 약해지지 않았다. 그는 비밀리에 에너지가 다시 모일 시간을 벌고 있었다.

"물건은 모두 배달됐어, 파인. 배 한두 척 던져주고, 몇 명 체포되고, 뭐가 어때? 내가 이런 일을 혼자 했을 거라고 생각하나?" 그는 제드에게 했던 말을 되풀이했다. "이건 범죄가 아니야. 정치지. 힘세고 높은 사람들 중에는 착한 놈이 없어. 세상의 이치야."

조녀선은 다시 그를 향해 발을 옮겼지만, 걸음이 너무 넓고 휘청거렸다. 코코란이 총을 겨누었다.

"넌 집에 갈 수 있어, 파인. 아니, 못 가. 런던이 발을 뺐거든. 영국에도 널 수배하는 영장이 떨어졌어. 쏴, 코크. 쏘라고. 머리를 쏴."

"조녀선, 그만해요!"

제드가 부르는 걸까, 소피일까? 그냥 걷는 것도 더 이상 쉽지 않았다. 다시 난간을 잡고 싶었지만, 그는 갑판 한복판까지 와 있었다. 몸이 흐느적거렸다. 갑판이 흔들리고 있었다. 무릎이 휘청거렸다. 그러나 의지력은 물러나지 않았다. 손이 닿지 않는 로퍼의 희고 아름다운 디너 재킷을 움켜쥐고 피를 묻히고 돌고래 같은 미소를 뭉개놓고 비명을 지르게 해주고 싶었다. 나는 사람을 죽여. 나는 나쁜 짓을 해. 좋은 사람과 나쁜 사람이 있는데 나는 나쁜 사람이야!

로퍼는 코코란이 그랬던 것처럼 숫자를 세고 있었다. 아주 느릿하게 세는 건지, 조녀선의 시간 감각이 둔해진 건지 알 수 없었다. 하나가 들렸고, 둘이 들렸지만, 셋은 들리지 않았다. 이것도 혹시 죽이는 방법이 아닐까. 그들이 총을 쏴도, 나는 이전과 똑같이 살아갈 수 있다. 아무도 내가 여기 있다는 것을 모를 뿐이다. 그때 제드의 목소리가 들렸다. 늘 귀에 유독 거슬렸던 권위적인 말투였다.

"조녀선, 맙소사, 잘 봐요!"

로퍼의 목소리가 우연히 주파수에 잡힌 머나먼 라디오 방송국처럼 들려왔다. "그래, 잘 봐. 여길 보라고, 파인. 내가 뭘 갖고 있는지 봐. 네가 대니얼에게 했던 짓을 제드에게 하고 있어, 파인. 단지 이번에는 게임이 아니야."

쳐다보려고 했지만, 모든 것이 몽롱해지고 있었다. 멋진 흰 재킷 차림의 로퍼가 훌륭한 장교처럼 부관 앞으로 한 걸음 나서서 차렷 자세비슷하게 서 있었지만, 그의 한 손은 제드의 밤색 머리카락을 움켜쥐고 있었고 다른 한 손은 코코란의 권총을 들고 그녀의 관자놀이를 겨누고 있었다. 코코란답게 고지식한 군용 9밀리 브라우닝이었다. 다음 순간 조녀선은 쓰러졌든가 넘어졌고, 이번에는 소피와 제드가 합창으로 정신 차리라고 소리치는 목소리가 들려왔다.

그들은 조녀선에게 줄 담요를 가져왔다. 제드와 코코란은 그를 일으켜 세웠고, 제드는 크리스틸에서처럼 간호사 같은 태도로 어깨에 담요를 둘러주었다. 제드와 코코란이 그를 붙잡고 로퍼가 폭동에 대비해 계속 총을 겨눈 자세로, 그들은 프리스키와 태비 비슷해 보이는 물건을 지나쳐 배 옆면으로 향했다.

코코란은 제드부터 내리게 했고, 두 사람은 양쪽에서 조녀선을 부축해서 계단을 내려갔다. 거스도 보트에서 손을 잡아주었다. 그러나 조녀선은 모든 사람들이 도우려고 애쓰는데도 고집스럽게 손을 뿌리치다 거의 물에 빠질 뻔했다. 코코란이 저 섬은 베네수엘라 땅이라며 뭐라고 말했지만, 제드가 입 닥치라고 하자 입을 다물었다. 거스가 엔진에 대한 사용법을 알려주려고 했지만, 그녀도 보트에 대해서는 그만큼 잘 알고 있었다. 조녀선은 담요를 승려처럼 뒤집어쓴 채 보트 한가운데에 웅크리고 보트를 본능적으로 더듬고 있었다. 부어올라서 보이지도 않았지만, 그의 시선은 마천루처럼 우뚝 솟은 파샤를 향하고 있었다.

제드는 배를 올려다보았다. 흰 재킷 차림의 로퍼가 뭔가 잊어버린 것을 찾으려는 것처럼 물을 내려다보고 있었다. 순간 그는 파리에서 처음 만났던 모습과 정확히 똑같아 보였다. 깔끔하고 재미있는, 완벽한 그 세대의 영국 신사. 그는 사라졌다. 바다 저편의 갑판 뒤쪽에서 울려 퍼지는 음악 소리가 아련히 들려오는 것 같았다.

31
유령의 집

처음 그것을 목격한 것은 호스켄 형제였다. 그들은 래니언 헤드 앞 바다에서 바닷가재 덫을 끌어내고 있었다. 피트가 그것을 보았고, 한 마디도 하지 않았다. 바다에서 그는 말이 없었다. 생각해보면 육지에서도 마찬가지였다. 오늘 그들은 바닷가재 수확에 있어 운이 좋았다. 큼직한 놈이 네 마리나 걸려들었고, 총 5킬로그램 무게였다.

피트와 그의 동생 레드퍼스는 낡은 우체국 밴을 몰고 뉴린으로 가서 바닷가재를 팔아 현금을 챙겼다. 그들은 현금으로만 거래했다. 포스과라로 돌아오는 길에, 피트는 레드퍼스를 돌아보고 말했다. "오늘 아침 래니언 농가에 불이 켜진 거 봤어?"

알고 보니 레드퍼스도 불빛을 보았지만, 별생각은 하지 않았다. 무슨 히피나 뉴에이지 부류, 세인트 저스트의 캠핑족 같은 인간들이 와 있으려니 생각했다.

"어느 내륙에서 온 여피가 집을 샀나 보지." 레드퍼스는 차를 몰다가 다시 덧붙였다. "오랫동안 비어 있었어. 일 년이 다 됐잖아. 이 근처 사람들 중 누가 그 집을 샀겠어."

피트는 동의할 수 없었다. 뭔가 마음속 깊은 곳에서 걸리는 게 있었다. "집주인도 못 찾았는데 집을 어떻게 사지?" 그는 동생에게 날카롭게 물었다. "그건 잭 린덴의 집이야. 잭 린덴을 먼저 찾지 않고는 아무도 그 집을 살 수가 없어."

"그럼 잭이 돌아왔나 보지." 레드퍼스는 말했다. 피트도 그 생각을 하고 있었지만, 입 밖으로 내지는 않았다. 그는 코웃음을 치며 레드퍼스에게 멍청한 소리라고 대꾸했다.

그 뒤 며칠 동안 형제는 이 문제에 대해 서로에게, 혹은 다른 사람들에게 할 말이 없었다. 화창한 날씨가 계속되고 있었고 고등어가 많이 올라왔으며, 위치만 알면 도미도 풍부하게 잡혔다. 잭 린덴의 위층 침실 창문에 불이 켜진 것 따위는 뭐하러 걱정하랴?

일주일 뒤 어느 저녁, 마지막으로 피트가 늘 좋아하는 래니언에서 남동쪽으로 몇 킬로미터 떨어진 얕은 바다를 확인하러 가다가 바닷바람에 실려 오는 나무 때는 연기 냄새를 맡은 그들은 아무렇지도 않게 길을 따라 내려가서 도대체 누가 살고 있는지 확인해보자고 무언의 결정을 내렸다. 냄새 나는 집시 노인 러크와 그의 개일 확률이 높았다. 그렇다면 봐줄 수 없다. 잭 린덴의 집은 안 된다. 러키는 안 된다. 올바른 일이 아니다.

현관 앞에 이르기 한참 전부터, 러크도, 그 비슷한 사람도 아니라는 것을 알 수 있었다. 러크가 어느 집에 입주했다면, 집 앞길 주변의 잔디를 깎아놓지도, 놋쇠 문손잡이를 닦아놓지도 않았을 것이다. 방목장에 예쁜 갈색 암말을 매어놓지도 않았을 것이다―이봐, 너무 예뻐서 사람을 보고 미소 짓는 것 같았다니까! 러크라면 아무리 변태스럽다 해도 빨랫줄에 여자 옷을 걸어놓지도 않았을 것이다. 거실 창가에 사람이라기보다는 살이 많이 빠져서 어딘가 익숙해 보이는 유령 같은 분위기로 독수리처럼 꼼짝도 하지 않고 서 있지도 않았을 것이다. 피트 펜젤리가 토끼 사냥을 갔을 때 그랬던 것처럼, 그 길을 따라 올라오면 다리라도 부러뜨리겠다는 분위기였다.

언뜻 턱수염을 기른 것만 보고, 두 사람은 얼른 돌아서서 종종걸음으로 발을 옮겼다. 지저분하고 커다랗고 빽빽한, 털이라기보다는 마스크 같은 곤월 스타일의 턱수염이었다. 하느님! 예수님 턱수염을 기른 잭 린덴이라니!

그러나 요즘 마릴린에게 구애하고 있는 레드퍼스가 용기를 내서 장차 장모가 될 트레서웨이 부인에게 유령이 아닌 잭 린덴이 실제로 래니언에 돌아왔다고 알리자, 부인은 날카롭게 쏘아붙였다.

"잭 린덴 같은 소리 하고 있네. 멍청한 소리 하지 마, 레드퍼스 호스켄. 아일랜드에서 온 신사와 그 부인이 말을 기르고 그림을 그리면서 지내고 있어. 집을 사고 빚도 갚고 새 출발을 하는 분들이야. 자네도 그럴 때가 됐잖아."

"저한테는 잭처럼 보였는데요." 레드퍼스는 기가 죽었지만 용기를 내서 대답했다.

　트레서웨이 부인은 잠시 이 모자라는 청년에게 어디까지 말해야 하나 고민하는 듯 침묵을 지켰다.

　"잘 들어, 레드퍼스. 오래전에 이곳에 왔던 잭 린덴은 사라졌어. 래니언에 살고 있는 사람은, 아마 잭과 친척 같은 관계에 있는 분이겠지. 그럴 수는 있어. 그러니까 잭을 잘 모르는 우리 같은 사람한테는 비슷해 보이는 거겠지. 요크셔 출신의 아주 설득력 있고 매력적인 신사분이 런던에서 여기까지 친히 납셔서 몇몇 사람들에게 귀띔해줬다고. 몇몇 사람에게는 잭 린덴처럼 보일 수도 있겠지만, 현명한 사람들의 눈에는 죄 없는 낯선 사람으로 보여. 그러니 행여 쓸데없는 소리 하고 다녀서 멀쩡한 사람 둘 잡기만 해봐."

〈끝〉

감사의 말

《마이애미 헤럴드》의 제프 린, 웹스터 협회의 루디 맥서, 로빈 스완, 짐 웹스터, 노웰 앤티크의 에드워드 노웰, 엔론의 빌리 코이, ABS의 애비 레드헤드, 펜잰스 해리스 식당의 로저와 앤 해리스, 세인트 베리언의 빌리 채플, 그리고 명백한 이유로 여기에 이름을 언급할 수 없는 미국 마약 단속국과 재무성의 친절한 사람들 도움에 감사를 전한다. 내게 문을 열어준, 혹은 내가 간다는 소식을 듣고 1.5킬로미터 밖으로 도망친 무기상의 이름을 언급하는 것도, 아일랜드에서 군 복무를 했으며 내게 기억을 도둑질하도록 허락해준 퇴역 영국 군인의 이름을 거론하는 것도 적절하지 않을 것 같다. 취리히에 있는 어느 대형 호텔의 경영진은 이 늙은 손님의 기벽을 너그럽게 받아주었다. 룩소르에 있는 시카고 하우스의 피터 도먼과 그 동료들은 내게 아낌없는 환대를 베풀어

고대 이집트의 장관에 눈을 뜨게 해주었다. 프랭크 와이즈너는 절대로 잊지 못할 카이로를 보여주었다. 음무신스는 내게 낙원 한 조각을 빌려주었고, 케빈 버클리는 내게 좋은 방향을 알려주었으며, 딕 코스터는 파베르제의 열쇠를, 게라시모스 카네로풀로스는 서점을, 루이스 마르틴스는 파나마의 소중한 마법을 건네주었다. 호르헤 리터는 내게 콜론과 그 이상의 것을, 바버라 데쇼텔스는 퀴라소를 안내해주었다. 그들의 환대와 현명한 말들에 부응하지 못했다면, 그것은 그들이 아니라 나의 책임이다. 글을 쓰는 동안 내게 격려와 도움의 손길을 줬던 모든 사람들 중에서도 존 캘리와 샌디 린은 감사의 말을 전하기에 너무도 가까운 사이지만, 그들이 없었다면 아이언 파샤는 출항하지 못했을 것이다.

작가 후기

  《추운 나라에서 돌아온 스파이》가 내게는 첫 영화화 경험이었는데, 돌아보면 드물게 순조로웠던 첫 관문이었다. 감독과 나는 마음이 잘 맞았다. 시나리오 작가와도 사이가 좋았는데, 그는 제2차 세계대전 중에 영국 스파이 학교에서 마법을 지도한 사람으로, 첩보 분야에 나보다 훨씬 아는 바가 많았다. 내 원작에서 크게 벗어난 부분도 없었고―나는 이제 이 점을 판단 기준으로 삼지 않는다―내가 했던 일은 시나리오에 이런저런 추임새를 다는 한편 리처드 버튼과 어울리면서 그의 알코올 섭취를 감시하는 것뿐이었다.

  올드스쿨 스튜디오 영화였다. 참여 인원 거의 대부분이 스튜디오 상근 직원이었다. 밤에는 모닥불 앞에서 선임들이 들려주는 클라크 게이블과 도로시 라모어의 뒷소문으로 이야기꽃을 피웠다. 감독 리트는 할리우드 블랙리스트에 올랐던 상처가 아직 아물지 않은, 성난 좌파 감독이었다. 무기력한 몽상가 리처드 버튼과 상처받고 용서할 수 없는 리트가 감독과 스타로 만나 서로 공개적인 적개심을 드러내게 되자, 배우의 소외감은 커졌고 그 감정은 연기에 활력을 주었다.

책에서 영화로 옮겨가는 과정은 매끄러웠다. 이야기는 복수심에 찬 영웅과 순수한 여성 희생자가 파멸을 향해가는, 비록 얽혀 있지만 한 가닥으로 구성된 줄기였다. 리트는 소설 내용 그대로를 원했고, 그렇게 만들었고, 탁월하게 찍었다. 작가가 요구할 게 더 뭐가 있나? 영화화는 분명 서비스업이었다. 내가 쓰고, 그들이 영화를 찍으면 일이 끝난다. 순진했던 나는 그렇게 생각했던 것 같다.

첫 번째에 연이은 두 번째 영화화 경험은 나를 현실로 데려다 놓았다. 문제의 책은 내 첫 작품 《죽은 자에게 걸려온 전화》였는데, 스튜디오에서는 제목이 영화 관객들에게 너무 음산하다는 이유로 '침묵의 살인(The Deadly Affair)'으로 바꿨다.

이 소설의 구조는 원래 좀 흔들리는 구석이 있었지만, 나는 제작자들이 내 도움을 약간 받아서 문제를 고칠 거라고 막연히 생각했다. 그러나 막상 닥쳐보니 '12명의 성난 사람들'로 명성을 얻은 감독 시드니 루멧은 영화에 대한 토론은커녕 나를 만나볼 의향조차 비치지 않았다. 제임스 메이슨이 조지 스마일리 역으로 캐스팅되었지만, 계약상 이유로 '돕스'라고 불러야 했다. 촬영의 흥분을 티끌만큼이나마 느낄 수 있었던 경험은 메이슨과 함께 피커딜리 리츠 호텔에서 오이 샌드위치를 같이 먹었던 일뿐이었다. 성대한 시사회가 열렸는지는 몰라도, 난 소식을 듣지 못했다. 영화가 내 집 근처 극장에 마침내 도착했을 때, 나는 어느 날 오후 표를 직접 사서 혼자 관람했다. 꿈의 출연진이었다. 제임스 메이슨, 맥시밀리언 셸, 시몬 시뇨레, 해리 앤드루스, 로이 키니어. 게다가 환락의 60년대 필수 요소로서 젊고 아름다운 스칸디나비아 여배우가 놀랍게도 벌거벗는 장면까지 있었다. 그녀의 모습에 반한 나머지 나는 다른 생각을 거의 못 하고 극장을 나섰다. 그리고 정신을 차리고 나니 훌륭하게 찍었으나 합쳐서 어우러지지 않는 단역들의 집합이었다는 느낌이 들었다. 루멧이 내 책을 읽었을까? 그랬을지도 모른다. 어쩌면 그것이 문제였을지도.

이후 내 소설들 중 15권 정도가 극영화와 텔레비전 드라마 형식으로 영상화되었다. 그러나 그 변환 과정은 언제나 내겐 예측 불가능이고, 때로 좌절감을 주기도 하고 보람을 주기도 한다. 나는 오랜 세월 공들여 창조한 캐릭터가 하룻밤 사이에 납작한 종잇장으로 변하는 광경을 보았다. 내 소설 변두리에서 잠깐 스쳐 갔던 이차원적인 단역이 마법처럼 입체적으로 재창조되는 광경도 보았다. 긴장감을 불러일으키기 위해 피땀 흘렸던 소설 속의 장면들이 극히 기본적인 연출 기법 부족으로 인해 완전히 엎어지는 광경도 보았다. 가장 단조롭고 시시했던 묘사가 탁월한 감독과 배우들의 연기 덕분에 생생하게 살아나는 과정도 보았다. 태초에 언어가 있으니, 작가는 언어로 살고 죽는다. 영화인에게는, 태초에 이미지가 있다. 최초로 영화가 태동한 순간부터 이 창조적인 전투는 행복하게 펼쳐져 왔다.

내가 무엇을 배웠나? 제 소설의 경비견으로 시나리오 회의에 들어서는 작가가 있다면, 그는 시간 낭비를 하고 있다. 그 이유는 너무나 자명해서 설명할 필요조차 느끼지 못한다. 이것은 대여섯 시간의 참을성 있는 독서를 필요로 하는 소설을 참을성 없는 관객이 100분 정도에 관람해야 하는 영화로 변환시키는 작업이다. 내 소설의 뼈대가 살아남고 관객이 내 등장인물 몇 명과 만나서 독자들이 책을 덮을 때 경험했던 감정의 일부를 공유할 수 있기를, 소설가가 요구할 수 있는 최대치는 이 정도다.

이것도 이미 큰 요구다. 소설가는 자신의 일을 다른 사람에게 위임하기를 거부하는 자기중심적인 사람이다. 소설가는 자신의 캐릭터를 창조하고, 그에게 옷을 입히고, 목소리를 싣고, 취향과 단점과 버릇을 부여한다. 그들을 위해 장면을 창조하고, 마음에 드는 장소를 선택하고, 계절이든 밤낮이든 마음대로 시간을 설정한다. 작가는 한순간 전지전능한 목소리가 되었다가, 다음 순간 이야기 속으로 들어가서 그 일부가 되기도 한다.

예산 문제라면, 중간 무게의 A4 용지 한 묶음 종잇값은 요즘 6~7파운드다. 그다음에는 내 경우 어마어마한 볼펜 리필 값이 다다. 반면 영화는 최소 2천만 달러부터 시작한다.

450페이지 정도의 소설을 각색해야 하는 가련한 시나리오 작가의 일을 살펴볼까. 스튜디오 간부들은 책을 다 읽기에는 시간이 너무 비싼 사람들이다. 아랫사람들이 요약본을 작성해준다. 5페이지면 충분하고, 거창한 단어나 긴 문장도 필요 없다.

그러나 시나리오 작가는 요약본을 상대하지 않는다. 그는 돈을 받고 (일반적으로 큰돈) 소설 전체를 샅샅이 훑으며 업계 표현을 빌리면 후추에서 파리똥을 찾아내야 하는 사람이다. 이 일을 마치면 프로듀서가 큰 뼈대를 정리한 '트리트먼트'를 요구하지만, 실제 시나리오를 쓸 때는 트리트먼트 같은 것은 작가에게 별 쓸모가 없다. 아마 트리트먼트에 뭐가 있었는지 잊어버리기 때문일 수도 있을 것이고, 원작 소설만큼이나 트리트먼트도 두통거리라는 것을 알기 때문일 수도 있을 것이다.

그러나 시나리오 작가가 자기만의 길을 찾게 되는 데는 더 어두운 이유도 있다. 고집스러운 소설을 각색하느니 자신이 창조한 더 나은 이야기를, 오랫동안 머릿속에 간직하고 있었지만 종이 위에 표현하지 못했던 이야기를 덮어씌우고 싶은 욕망에 빠지는 것이다. 난 이런 경우를 몇 번 봤고, 그런 경험은 눈물로 끝났다.

그렇다면 내 소설을 각색한 영화 중에 내가 즐거움으로, 심지어 자부심으로 기억하는 영화는? 다행히 나쁜 영화는 하루 만에 잊힌다. 반면 나쁜 책은, 혹시 그런 책을 한두 권 썼다면, 잊었다고 생각한 한참 뒤에도 되돌아와 작가를 괴롭히곤 한다. 내 최악의 작품이 최고라고 주장하는 영리한 평론가가 늘 등장하기 마련이니까.

즐거움? 자부심? 《추운 나라에서 온 스파이》의 경우 자부심은 있었지만 즐거움은 없었다. 개인적인 문제는 있었지만 탁월한 재능을 지닌 리처드 버튼과 잠깐 스친 경험은 그의 요절로 인해 슬픔으로 남았다. 감독과 그의 차가운 관계에 대한 기억도, 비록 창조적 효용은 있었겠으나 시간이 흘러도 뇌리에서 지워지지 않았다.

내가 가장 행복하게 기억하는 영화는―무신경해보일 수 있지만―제작 과정이 가장 즐거웠던 영화들이다. 웃음이 끊이지 않았던 현장을 뜻하지는 않는다. 그런 종류의 즐거움을 말하는 것이 아니다. 감독과 배우, 스탭 들이 자신이 만드는 영화를 진정으로 음미하는 제작 현장, 피치 못하게 생기기 마련인 다툼이나 경쟁의식이 보다 큰 공동의 목적 앞에서 물러나는 제작 현장을 뜻한다.

언제까지나 최고로 남을 제작 과정의 기억은 아마도 알렉 기네스가 주연하고 촬영이 진행된 7개월 동안 거의 신비에 가까운 관심을 불러일으킨 BBC의 〈팅커, 테일러, 솔저, 스파이〉일 것이다. 영화가 완성되자 제작자들은 BAFTA 초청 관객 앞에서 영화 전체를 상영했다―점심 식사 전에 4화, 그 뒤에 3화. 누가 그 건물 아래에 폭탄을 설치했다면 영국 정보계는 핵심 간부 절반을 잃었을 것이다. 그들은 좋아했다. 나도 마찬가지였다. 심지어 자신의 연기라면 결코 만족하지 못하는 알렉조차도 좋아했다.

덧붙여 말하자면, 게리 올드만이 조지 스마일리 역을 맡았던 장편 영화 〈팅커 테일러 솔저 스파이〉의 제작자들도 마찬가지로 이런 으스스한 열광에 사로잡힌 것 같았다.

《콘스탄트 가드너》에서야 나는―제작자들도 그랬다고 믿지만―옛 흥분을 다시 느꼈다. 그 책을 쓸 때도 처음부터 끝까지 즐거웠다. 런던의 거대 제약회사에 불만을 품은 직원들이 은밀히 조사를 시작하는 장면부터 바젤의 흰 공장 굴뚝을 누비며 수사를 벌이는 장면, 글을 잘 읽지도 못하는 젊은 어머니들이 감언이설에 속아 자기 아이들을 실험용 쥐로 만드는 '동의 계약'에 서명하게 되는 케냐의 부족 마을에 이르기까지.

영화의 프로듀서 사이먼 채닝 윌리엄스는 브라질 출신 감독 페르난도 메이렐레스와 마찬가지로 이 영화에 전달하려는 중요한 메시지가 있다고 열정적으로 믿었다. 레이프 파인즈와 레이첼 와이즈의 도움을 받아, 그들은 그 메시지를 전달했다. 그리고 키베라 슬럼에는 절실했던 진료소가, 터카나 호숫가에는 절실했던 학교가 설립되었다. 둘 다 오늘날까지 번창하고 있다. 각본은—원작에서 더하고 빼는—나름의 괴상한 과정을 거쳤지만 이야기의 뼈대와 열정은 살아남았다. 그리고 레이첼 와이즈는 받아 마땅했던 오스카 상을 탔다.

지금까지 이 두 작품이 영화업계와 인연이 닿은 우여곡절 중에서 가장 즐거웠던 경험이었다.

《나이트 매니저》가 현재로 시대를 옮긴 여섯 시간짜리 텔레비전 영화로 각색된다는 소식을 들었을 때 나는 걱정스러웠다.

20년 전에 넘겼지만 결실이 없었던 판권이었기 때문에, 우선 묘한 의미로 놀랐다고 말할 수 있을 것이다. 스타 감독 시드니 폴락(〈투시〉, 〈아웃 오프 아프리카〉 등)이 내 소설에 반해서 판권을 사자고 스튜디오를 설득했다. 〈차이나타운〉의 로버트 타운이 시나리오 작업을 맡기로 계약했는데, 내가 아직까지 알지 못하는 수수께끼 같은 이유로 각색을 끝내지 못했다. 큰돈이 여러 사람 손을 오가면서 판권은 할리우드 금고 속에 잠들었고, 나는 혼자 투덜거리며 ─ 이 소설은 단연 영화화에 적합하다는 평을 받았기 때문이었다 ─ 아픈 마음을 달래야 했다.

한데 지금.

매체가 텔레비전이라는 부분은 좋았다. 내 작품은 대체로 일반 극영화보다 긴 형태가 잘 어울렸고, 요즘은 미국도, 스칸디나비아도, 보다 드물긴 하지만 영국도 텔레비전 드라마가 정점을 찍는 추세다.

한데 내가 거의 사반세기 전에 쓴 소설을 각색해서 현대로 옮긴다? 파인이 퀘벡 북부로 여행한 이야기는 없앤다? 중앙아메리카도 안 나온다? 내 정든 콜롬비아 마약왕은 중동군 지도자가 대신한다? 리처드 로퍼의 수백만 달러짜리 초호화 요트도 없다? 결말도 새로 쓴다, 추후 논의 필요? 이건 무슨 뜻이지?

아, 말이 나왔으니 말인데, 당신만 괜찮다면, 데이비드, 수사 책임자는 여자로 바꿀 거요. 당신이 그린 미스터 버가 아니라, 날카롭고, 배짱 좋고, 성깔 있고, 생기 있고, 영화 내내 임신 중인 미시즈 버로. 영화에서처럼 실제로도 임신 중이거든.

이 모든 선택에 대해 나처럼 모자라는 사람은 이런 질문을 던질 수 있을 것이다. 차라리 당신 소설을 쓰지 그러나? 그걸 다 바꾸면 내 작품에서 도대체 뭐가 남지?

대답은 놀랍게도, 내가 감히 바랐던 이상으로, 아주 많은 부분이 남았다.

미시즈 버를 보자. 그래, 소설에서 버는 남자다. 거칠고, 육중하고, 현실적인 친구, 어쨌든 남자다. 여성 요원 관리자가 드물던 내가 경험한 그 시절을 배경으로 탄생한 인물이고, 설사 드물지 않았다 해도 나는 만나본 적이 없었다. 그러나 2015년에 굳이 그래야 할까? 백인 중년 남자가 백인 중년 남자에 맞서 싸우기 위해 보다 젊은, 제3의 백인 중년 남자를 무기로 사용한다?

다음으로 리처드 로퍼의 요트라는 골칫거리가 있다. 나는 그 요트를 좋아했다. 소설에서 독자는 오랜 시간을 거기서 보낸다. 요트는 로퍼의 본부다. 그는 요트를 타고 해외를 떠돌아다닌다. 요트는 그를 사악한 '방황하는 네덜란드인'으로 만들어준다. 나는 백만장자의 요트에 손님으로 초대받아서 그가 요트에서 세상을 지배하는 모습을 본 적이 있다.

그러나 호화 요트를 임대하려면 돈이 어마어마하게 드는 것 같고, 영화에서 요트는—가라앉힐 게 아니라면—곧 폐소공포의 갑갑한 분위기를 낳는다. 한가운데 개츠비 스타일의 궁전 같은 빌라가 있고 그 주변에 졸개들과 보호자들의 시골집이 여기저기 흩어진, 햇빛 찬란한 억만장자의 섬을 로퍼에게 주는 쪽이 영화적으로는 훨씬 좋다.

미시즈 버에 대해 말하자면, 지금 생각하면 내 소설에서도 둔한 미스터 버보다 여자로 그렸더라면 좋았겠다고 생각한다. 하지만 나는 그러지 않았고, 어차피 과거의 일이다. 그러니 내가 할 수 있는 것은 그저 약간의 경계심을 거두지 않은 채 미시즈 버를 가족의 일원으로 환영하고 작가와 감독, 프로듀서가 생생하고 개연성 있는 캐릭터를 창조해주기를 기도하는 일뿐이었다.

그들은 그렇게 해주었다. 올리비아 콜맨을 불러옴으로써.

시나리오가 유능한 데이비드 파의 손으로 형태를 갖추는 동안—나는 스트랫퍼드의 로열 셰익스피어 컴퍼니에서 그의 무대연출을 보고 감탄한 바 있었다—넉 달의 촬영 기간 중에 멀리서 소식을 듣고 때로 이런저런 짤막한 영상을 구경하기도 하면서, 나는 들뜬 기분을, 배 속에서 뭔가 조금씩 요동치기 시작하는 흥분의 전조를 느끼기 시작했다. 운이 좋다면, 단편적인 장면들을 통해 알 수 있는 것은 기껏 한 가지뿐이다. '믿을 수 있는 감독을 만났다'는 사실. 수잔 비어가 그런 감독이라는 것은 첫눈에 알 수 있었다. 단순히 실력이 있다고 알려져 있고 오스카 상을 타서가 아니라, 처음 본 장면부터 꼼꼼한 스토리텔링 스타일이 확연히 드러났기 때문이었고, 혹여 실수가 나오나 불안하게 기다리기보다 그냥 느긋하게 앉아 지켜보아도 되겠다는 확신이 들었기 때문이었다.

차츰 극적인 삼각관계가 모습을 드러냈다—아니, 사각관계라고 해야 할까? 휴 로리의 로퍼 대 톰 히들스턴의 파인. 그리고 탁월한 엘리자베스 데비키가 열연한 제드. 네 번째 인물? 톰 홀랜더가 연기한 코코란, 이 작품의 이야고(《오셀로》에 나오는 악당—옮긴이), 아니, 어쩌면 보솔라(《말피의 공작부인》에 나오는 악의 화신—옮긴이)에 더 가까울지도 모르겠다. 최고의 대사를 독점한 악마.

이제 나는 그저 일개 관객일 뿐이었다. 이것은 소설의 영화가 아니라 영화의 영화이고, 그것이야말로 우리 모두가 바라는 바니까. BBC 버전 〈팅커, 테일러, 솔저, 스파이〉와 〈콘스탄트 가드너〉가 그랬듯, 이번 영화야말로 아무도 미처 발견하지 못했던 방식으로, 어쩌면 나 자신조차 미처 알지 못했던 방식으로 내 소설을 열어주는, 영화 본연의 임무를 다한 것 같다고 느꼈다.

그러다 며칠 전 나는 마침내 드라마 전체를 보았다. 저녁에 세 시간, 다음 날 아침에 세 시간. 수잔 비어가 다른 감독이었다면 오래전에 포기했을 드라마의 뼈대를 끈질기게 씹어 삼키는 것이 무엇보다 마음에 들었다. 또한 내 소설 속에서 내가 어쩌면 의식하지 못하고 있었을 지점을 감독이 발견했듯, 영화 속에서 감독이 어쩌면 의식하지 못했을 지점이 내 눈에 들어오는, 영화와 소설 사이의 쌍방향 소통이 좋았다.

예를 들어, 영화에서 리처드 로퍼가 패배하면서도 사실상 승리했다는 것을 감독은 의식했을까? 내 눈에는 그렇게 보였다. 경찰차 뒷자리에서 몸부림치면서도—교수대로 가는 걸까, 라이헨바흐 폭포로 가는 걸까?—로퍼는 그 모든 끔찍한 일을 저질렀음에도 불구하고 대가로 억울한 취급을 받는 사람처럼 다가온다.

어쩌면 휴 로리의 로퍼가 세련미와 위트, 도시적 감각, 변명 없는 악랄함으로 워낙 오랜 시간 관객을 흘렸기 때문에 보내주고 싶지 않은 감정인지도 모르겠다. 어쩌면 조너선 파인이 복수 천사 역할을 너무 기쁘게 즐긴 게 아닐까 싶은 의문이 들기 때문인지도 모르겠다. 파인의 죄를 모두 합하면 로퍼와 비등하지 않나?

수잔 비어가 정말 그걸 생각했을까, 나는 궁금하다. 혹은 그저 탁월한 영국 배우 둘이 무의식적으로 발산한 무적의 기운이자, 논리로 설명할 수 없는 호모에로틱한 공모의식이었을까? 달리 말해, 파인과 로퍼가 처음부터 이 목적을 서로 의식하고 있었을까? 때로는 거의 그렇게 보인다. 로퍼가 오로지 자신만큼 똑똑하고 무자비한 인물과 짝을 이뤘다는 쾌감 때문에 자신의 파멸에 공모하는 것을 사실상 즐기지 않았나 싶을 정도로. 자신의 사형을 집행하는 인물과 약간은 사랑에 빠진 게 아닌가 싶을 정도로.

내가 정말 이 모든 것을 소설에서 표현했던가? 그랬다고 생각하고 싶다. 그렇지 않았다면, 대신 표현해준 영화에 깊은 감사를 표한다.

2016년 존 르 카레

나이트 매니저 2

1판 1쇄 인쇄 2016년 5월 9일
1판 1쇄 발행 2016년 5월 16일

지은이 존 르 카레
옮긴이 유소영

발행인 양원석
편집장 김지연
디자인 RHK 디자인연구소 남미현, 김미선
해외저작권 황지현
제작 문태일
영업마케팅 이영인, 양근모, 박민범, 이주형, 김민수, 장현기

펴낸 곳 ㈜알에이치코리아
주소 서울시 금천구 가산디지털2로 53, 20층 (가산동, 한라시그마밸리)
편집문의 02-6443-8846   구입문의 02-6443-8838
홈페이지 http://rhk.co.kr
등록 2004년 1월 15일 제2-3726호

ISBN 978-89-255-5897-4 (04840)
     978-89-255-5895-0 (set)